南回北归

你身处何处
梦想就在何处

晶莹水灵 著

坚守梦想，还是理性回归，其实终其一生，
我们只有一个目的地
——一辈子朝着幸福的方向迁徙。

致所有曾经或正在穿梭于北上广深和家乡的人，
致那些曾经或仍有梦想的人，致那些在爱与现实中徘徊的人，这本书里有你的影子。

新世界出版社
NEW WORLD PRESS

图书在版编目（CIP）数据

南回北归 / 晶莹水灵著．-- 北京：新世界出版社，2018.3

ISBN 978-5104-6386-0

Ⅰ. ①南… Ⅱ. ①晶… Ⅲ. ①长篇小说-中国-当代 Ⅳ. ①I247.5

中国版本图书馆 CIP 数据核字(2018)第 017402 号

南回北归

作　　者：晶莹水灵
策划编辑：张铁成
责任编辑：张晓翠
责任印制：王宝根
出版发行：新世界出版社
社　　址：北京西城区百万庄大街 24 号（100037）
发 行 部：(010) 6899 5968　(010) 6899 8705（传真）
总 编 室：(010) 6899 5424　(010) 6832 6679（传真）
http://www.nwp.cn
http://www.nwp.com.cn
版 权 部：+8610 6899 6306
版权部电子信箱：nwpcd@sina. com
印　　刷：天津中印联印务有限公司
经　　销：新华书店
开　　本：710mm×1000mm　1/16
字　　数：315 千字　　印张：19.5
版　　次：2018 年 4 月第 1 版　2018 年 4 月第 1 次印刷
书　　号：ISBN 978-7-5104-6386-0
定　　价：49.80 元

目　录

破裂的备用胎

“我如大海般的胸膛，随时等待一只小帆的泊岸……”

卿帆将车子停住，脑海中马上浮现起这句话，确切地说，它是一首诗的组成部分，那首诗前段如小溪般婉转，后段则激昂澎湃，而她只记住了这句。那个男人不是诗人，却为她写了不少缠绵悱恻的诗，他专门为她开了一个博客，隔三岔五就会有一篇新作，既朦胧又深情。

这个叫易劲宏、被她戏称为“一斤红”的男人是她以前的同事，是她稳定结实的“备用胎”，他是北京土著，她是资深北漂。她的目标是三十岁前将自己风风光光嫁出去。这个目标经过几度修改终于定位，十八岁的时候，她随口说二十五岁之前一定得嫁人。在她二十五岁的时候，她的目标调整为了二十八岁。二十五岁之后，时间简直就像装了一个极速滑轮，一夜之间就滑到了目的地，于是，她不得不认真了。

现在是周日上午九点，她的清梦早在两个小时前就被电话惊醒，卿妈——她的亲妈在电话中的声音听起来甚是兴奋。一大早，村里的媒人“大结巴”就拿着一大沓照片上门了，一个连说话都不利索的、形象猥琐的矮小男人却游走于十里八村以说媒为生，世间的事偏是这么奇怪，就是这样一个不起眼的男人，听说做媒成功率极高。现在的农村青年男女都出去打工去了，而他的方式也算与时俱进，挨家挨户网罗照片，先对上眼，再约回来对上号。他不止一次向卿妈索取照片，卿妈没有给他这样的机会，在她的心中，她引以为傲的女儿去了首都做了白领，那可是飞出山窝的金凤凰，还没有沦落到要在一帮农村青年中挑选丈夫的地步。可是，这一次，她的风向转了，她说：“我看了一下，想不到啊，那些里面有一个那是很不错啊，有房有车，在广州，还开了工厂啊！年龄比你大几岁，大点更好呀！又没有结过……”卿妈的声音非常兴奋，卿帆想象得出来她在电话那头的眉飞色舞。她不禁一声叹息，她的老妈终于被人成功洗脑。

“妈……您难道希望我跟一个完全不了解的暴发户相亲，马上结婚，然后马上离婚……”卿帆有些急了。

“小帆，我可告诉你，现在离婚在我们乡下也不是什么丑事，快三十岁的女人不结婚那才叫丑，人家以为我生的女儿不正常，你再挑，别说人家红花男儿，‘二锅头’也没得你选了。”这些话从她妈这个农村老太太的嘴里说出来，轮到卿帆震惊了，社会什么时候开放成这样了?!

“你今年不结婚，我和你爸就准备搬家了，我们都没脸了！”她妈撂下这句狠话，非常果断地挂了电话，这种异于常态的干脆，让卿帆感到一阵发麻，老人家终于揭竿而起了。

于是，她一鼓作气就将车开到了“一斤红”的楼下。一路上，她想着他的好处，来坚定自己的决心：他有着诗人般的敏感和细腻，他会蹲下身子替她系松开的鞋带，会在她任何不舒服的时候各种电话叮嘱，比如多喝开水、多休息，真正诲人不倦……他会在她生病的时候，哭着说，你嫁给谁都好，我只要你活着。他的如海深情，隔着电话线，隔着电脑屏幕，她都能感觉得到，让她有一种魅力被肯定的自豪感。其实，最重要的，还是闺蜜姚进说的：“一个等了你三年，一个有着独立住房、有车、有北京户口的男人，一个为你写诗的男人，那可是世界上濒临灭绝的物种。”姚进是一个现实的女人，她的标准是这个社会的通常准则。那么，她就只有行动了！也许今年——二十八岁这一年，她就光荣达成目标了！

卿帆想象着他“守得云开见月明”的神情，应该是苦尽甘来，欣喜若狂吧！她摇下车窗看了看后视镜中自己的脸，得意地笑了笑，然后打了他的电话，彩铃一直唱到系统提示响起，她呆了一下，他还真能睡，这个点了还在睡懒觉。也罢，如果自己突然出现在他面前，然后扑到他怀里，跟他说，嘿，本小姐决定从你了！岂不是更有戏剧效果。她的笑意更深了，有着恶作剧般的跃跃欲试，几乎是蹦跳着上楼，将他的门铃按响了几遍，里面一片沉寂。她到底不死心，自己可是一腔热血啊，她嘴中念道：“一斤红！你过了这村，可就没有这店了！节骨眼上，你跑哪儿去了！”

她将身子靠在门上继续拨电话，清脆的铃声就从门缝里传了出来，他在家！她用手兴奋地拍打着门喊：“一斤红，一斤红！”铃声突然就断了，接着，一个男人压抑的低声和一个女人尖细的声音同时响起：“开门呀！为什么不开门，是谁？”

卿帆只感觉到全身的热血迅速凝固，就像大热天的猛然被人从背后泼了一桶冰水，这样狗血的剧情，她可是始料未及的。

漫长的等待后，门到底开了，她的专属诗人和一个女人同时出现在门口，他的胳膊被她挽着，他的神情甚是尴尬，几乎不敢直视她的眼睛。女人的眼睛红红的，显然是哭过，她是拭干了泪出来的，她看着卿帆的眼神透着一种挑衅，态度是被刻意夸大的居高临下。只一轮眼神的纠缠，卿帆便察觉到了她的心虚，她是上市公司的商务经理，是最有实力提拔商务总监的人选，从商务助理、商务主管的位置一步步爬上来，有的就是这点洞察人心的本事。其实，装腔作势的不仅是她，卿帆觉得自己在刻意压制着自己排山倒海般、想从嗓子眼里挣脱出来的质问，她长舒了一口气，笑道：“不好意思啊，这么早打扰两位……”她转向女人，“嫂子……我不知道你在这里啊！是这样的，我下个月结婚，刚好路过这里，想到时候请宏哥帮下忙……”

临走，她看了一眼他，他的眼神中充满了愧疚还有感激……从他家下来，她刻意看了下手表，从上去到下来不过十分钟的时间，她为什么觉得竟有几个小时那么长了，她摸了一下自己的脸，泪水不知何时决堤般流了一脸，连这样的男人都可以这样，爱情到底怎么了？她一直将车开出了小区，将车停在路边，才将那种莫名的冲击、理不清头绪的情绪用眼睛彻底清洗一遍，北京交通广播里正放着一首曲子，“为你我做了太多的傻事，第一件就是为你写诗……”

这首歌就像一剂发酵剂，悲伤被适时催发，这一刻，她有愤怒和质疑，也想起这个男人的诸多好处，也许他的爱，早在一次次失望的试探之后逐渐稀释。

直到晚上，她才敢给他发一条短信：“有一个男人给我讲了一个童话故事，一直讲了三年，今天我去找他，我太想知道童话圆满的结局。结果，三分钟，他给我讲的童话就结束了，因为那个男人要为别人去讲故事了。”

她得告诉自己真相，无论他的真相是什么样的。他的短信过了很久，才回过来了，“小帆，对不起，你来迟了，我和她好上真的只有七天！不过，我这辈子再也不会为别的女人写诗了！你要真喜欢一个男人，千万不要让他等太久！”刚好是七天，这个男人真会煽情，他是让自己后悔吗？也许在很早以前，就已经有别人存在了。

“为你写诗，为你静止，为你做不可能的事……”他为她深情唱过这首歌，他一直保持着等待的姿势……世界上没有谁会站在原地永远等着你，世界上最不可信的就是山盟海誓，这一次，她都信了。她一遍遍听着这首歌，这场和他的故事，哪怕只剩下虚伪的诗歌，也得找个仪式悼怀。

姚进的追询电话到晚上才姗姗来到，声音带着兴奋的探询：“怎么样？诗人是不是兴奋得晕过去了？”

“我的备用胎爆了！没了！”卿帆没好气地说，“狗头军师拜你所赐，我栽了！”

肥水不流外人田的老乡聚会

姚进将衣柜里的衣服一件件拖出来，在镜前搔首弄姿一番，不一会儿，床上已经堆成了一座小山。她埋怨着："什么时候，我这样的穷人，竟然也装模作样买了这么多职业套装，怎么没有一件有女人味的。"卿帆躺在床上，看着她苗条的背影，说道："从后面看，你就像块门板，你得再丰满一点，现在的男人都是食肉动物。"

姚进捏了捏自己纤细的腰，不以为然。"那是低级品位！有品位的男人欣赏的是轻灵的女人。"她轻蔑地看了一眼卿帆，"像你这样的，暴发户的首选，论斤两，多划算。"

卿帆急了："喜欢我的男人那可是风花雪月，七步成诗……"

"你还有脸说……"姚进停止试衣的动作，突然一副恍然大悟的神情，"那个一斤红是个高手，你想啊，写诗不用花钱，又能让女人感动得稀里哗啦，连我都上当了，实在是高啊！所以，我们要吸取教训，那种酸溜溜的文艺青年坚决不能要！"

两人正说得热闹，何雨初来了。她穿了件嫩绿色的长款针织衫，公主式样的白色领口缀了一层薄薄的蕾丝，看得两人一愣，异口同声地说道："哇！这也太嫩了！"在这三个女人组成的"闺蜜团"中，只有雨初人如其名，她的打扮总是清纯干净，却又有种属于小女人的性感，皮肤保养得如同瓷器般，是典型的"坐有坐姿，站有站相"的淑女，在国内排名前五的公关公司做客户经理的她，每天跟着一群高端客户打交道，那架子是端得越来越正了。姚进则酷爱职业装，她的职业生涯就是一个大杂烩：保险、广告业务员、经理助理、媒介……最近这份在软件公司的销售工作，她难得有保持一年的纪录，她觉得这是唯一一次她的付出和收获成正比的工作。其实，今天三个人要去参加的老乡聚会，也是姚进力邀一起去的，她们以前也常去，最近两年却缺席严重。经过上场痛心而失败的恋爱，姚进现在一门心思就是想找个钻石王老五，连这样的聚会都不肯放过，卿帆担心她的饥不择食会让她失去基本的判断能力。而她因为上场失败的恋爱，明显有了矫枉过正的趋势。

这一次老乡聚会听说是一次盛况空前的相亲大会，所谓“肥水不流外人田”，属于老乡之间的自给自足，这是由“湖南人在北京”论坛发起的，这个当初就几个人的小论坛如今会员早已逾万，线上线下的活动做得非常热闹。当初，她们三个就是最初在老乡聚会上认识，那时人少，活动也简单，逛逛紫竹院、后海、动物园，在免费场所或收费相对低的地方扎堆，逛上一天，中午一起AA吃顿饭，认识的人虽少，但是感情深厚。不像现在，论坛拉来了广告赞助，连聚会的地点也是定死的，其中猫腻大家心知肚明，聚会的人是与日俱增，目的也是五花八门，好在总坛主城哥脑子灵活，每期都有一个主题，今天的主题就是“老乡，爱在咫尺天涯”。

因为姚进的打扮时间耽误了太长时间，加上周末路上堵车，她们到达会场的时候，已经是人声鼎沸了，有好些餐桌坐满，坛主城哥见到她们，高兴地说：“又有三个美女驾到!”他将三人拉到电脑前的摄像头前，“拍照，吃完饭根据人头抽奖，今天可是礼品厚重，有苹果手机放送。”

“山寨的吧?”和平时发的美容卡、打折卡、纪念茶杯之类的相比，这可真是大手笔。

“卿大美女，你不要这么聪明嘛，自己知道就行了。”城哥挤眉弄眼地笑道。这个自封为城哥的男人，是一本杂志的摄影师，本着“广泛撒网，重点捕捞”的原则，坛子里稍有姿色的女人据说都被他追过，一来二去，逐渐在女人攀比式的私聊中走漏了风声，从此臭名远扬。可是这人却有着超强的活动能力，短短几年，就把组织迅速扩大，活动也是办得有声有色了。

三个人找了角落上一个空桌落定，才发现桌上立了一块红牌，醒目地写着：限坐十人，男女各半，请自觉遵守。开席的时候，她们这桌男女比例却是七比三，里面有四个似乎脸熟，其中三个明显是新来的，刚来北京，一脸找到组织的兴奋和有些无所适从的拘谨……接下来陆续上菜，男人们举着酒杯满桌子献殷勤，女人们娇笑打趣，现场热闹无比。不时有人找她们互换手机号，这种闹哄哄的场面一直持续到下午二点多终于结束了。然后抽奖环节到了，规则就是将所有人的头像在投影幕布上快速放映，主持人喊停的时候，谁的头像停在屏幕上，谁就是幸运者。卿帆对于这个环节没有任何期望，除了购物时百分之百中奖率的纪念奖，她长到二十八岁从未中过任何奖，果然，十部苹果已经陆续被领走，一片欢声笑语中每个幸运者发表获奖感言。她感到索然无趣，有些后悔，早知道是这样，还不如闷在家里睡觉，她看了看身边的雨初，竟然坐得端正，微笑着看得正饶有兴致，而姚进已经不知道窜到哪个地方去了。

又一个中奖者的头像定格在屏幕上，卿帆昏昏欲睡的神经终于被一个明晃晃的光头激活了，是他——尹哲。那时，他是被大家评的坛子里最帅的小生，身材也很有型，现在他剃了光头，穿了件简单的蓝色毛衣，一年多不见，他似乎把身上的奶油味丢了个干干净净，多了些成熟男人才有的沧桑味，就是隔得太远，不知道他脸上的青春痘好了没有。她一度以为凭他那样的皮囊和气质，应该是个养尊处优的富二代，后来才知道是一名普通的 IT 记者，再后来，他辞了职，某个时期，经常在群里打快餐的广告，听说是在国贸附近开了个快餐店当起了老板。卿帆想起，没有他消息差不多有一年了，想不到又重出江湖了。

“亲爱的老乡们！你们好！在此，我光荣宣布，我于上个星期正式破产！我要离开北京了。希望留守的你们，寻找到属于自己的梦想！”

虽然是件坏事，可是卿帆不觉会心一笑，这人还真有意思。她追着他的身影看到他落座，他和她坐的方向正是一个最远的对角线。正在这时，她突然听到城哥叫道自己的名字：“最后一位幸运中奖者，请美女卿帆上台。”

果然自己的大头照片出现在大家的视线中，卿帆觉得不可思议，难道是自己从此要转运了！她从城哥手中拿到手机时还有些错愕，说道：“这是我平生第一次中的大奖，我准备去买双色球！”后来想想感言太简单了点，又补充道：“如果我中了大奖，下一次的聚会我买单，奖品我提供！中奖率保证百分之百！”

她的豪言壮语引来大家一阵欢笑，卿帆开心地冲下台，对雨初说：“就算是块肥皂，我也总算是中过奖了。值了！”

这次的活动效果看来不错，聚会结束的时候，有好几对就采取了单独行动，连姚进都重色轻友加入了一个小组织，准备去K歌。卿帆和雨初正要离开，雨初的男朋友吴楠开车来接她了，雨初见到他并不开心，对卿帆说："谁要他接，他越这样，我越看不起。"

卿帆说："小声点，别让他听见了。他这样，说明他在乎你。"

雨初的感情生活一直比较稳定，刚来北京，还在公关公司做媒介助理时就认识了他，吴楠是个北京人，跟父母同住。因为考虑到节约房租，雨初在两个人确定恋爱关系之后就搬到了吴楠家里，卿帆和姚进都去过他家。父母都是好人，没有北京人普遍的排外，反而是对雨初如亲生女儿般疼爱。卿帆想，雨初人长得漂亮，运气也不错，谁说红颜薄命，正常情况下，好运和美貌是成正比的。

来的时候是三个人，回去的时候成了一个人，卿帆将战利品放在副驾驶座上，心中不免有些落寞。她将车窗摇下，一张男人的脸俯下来离她的眼睛不过一尺，朝她笑道："卿帆，我搭你的顺风车。"

是他，他脸上的青春痘看来没好啊！鼻子上有一个好大的红疙瘩正在长熟，发出亮晶晶的光芒，卿帆暗想，原来男人也是只能远观，不能近看啊。

北京一夜

尹哲高大的身体挤进卿帆的两厢雪佛兰乐骋，她感觉空间一下子逼仄起来。他坐在副驾驶上侧过脸笑着看她，她有些不自在，只好装作聚精会神开车的样子。一路上，尹哲也没有多说话。卿帆想起印象中他一直不是一个话多的人，不多的几次聚会中，他总是安静地坐在位置上，偶尔说几句话便引起一桌哄堂大笑。姚进曾评价他，是一个典型的“闷骚男”。想到这儿，她问道：“怎么剃了个光头？”

“欲盖弥彰，头发少的人，光头是首选。”

她忍不住转过脸去看了一下他的脑袋，来不及细看，青青的一片，记忆中他的发型一直挺正常的。她还是想找点话题聊聊：“回家干什么呢？大不了，再拾起你的老本行去做记者。”

“我这人团队精神不及格，不适合上班。”尹哲回答得很干脆。

“那你自己创业，不是也要团队合作。哪怕你是老板，你也不可能一个人把所有的事情都做完呀。”卿帆对他的话不以为然。

“所以，我先回家做个体。”

卿帆不禁哑然失笑，他这种思维方式又是怎么当记者的呢，难怪会去创业，估计是被单位开了。卿帆又问：“那你开的快餐店，当初请了几个人？”

“十个人。”

“因为团队精神不及格导致的管理不善，直接导致破产？”卿帆笑着调侃道。

卿帆见他半晌没有说话，心想这话可能触到他的痛处了，虽然是老乡，可是并不是很熟，她不免觉得自己有些唐突，正想转移一下话题，他出声了："我这次破产，是因为试图扭转人的健康意识，用了最环保的餐盒，导致包装成本剧增，我想——这是破产的根本。"

他回答得这样正式，卿帆点了点头："嗯，要培养消费者一种全新的饮食习惯太难了，说不定，你的理念换到别的地方，那可能是另一种情况了。"

尹哲没有再接腔，卿帆转过脸看他，他一脸灿烂的笑，见她看着他，说道："有没有人告诉你，你这样一本正经说话的样子，很好笑。"

卿帆想自己在公司好歹也是一个小中层，这种说话方式也是一种常态，有什么好笑的，这人还真是莫名其妙。尹哲住的地方在魏公村，离聚会的地方并不远，卿帆将车开至小区门口停住。尹哲并不下车，问道："我有些东西带不回去，你有没有兴趣收了？"

"都是些什么破铜烂铁？"

"都是好的，不是破的。电饭煲、电热水壶、电磁炉、电微波炉等，七八成新。"

"那……多少钱？"卿帆不能确定这是不是免费的。

尹哲说："我这都有发票的，二折吧，旧货的基本行情。"

卿帆想，这人还真抠门，笑意也逐渐收了起来："哦，这些我们那房东都配齐了，你想办法快递回去吧。"

尹哲哈哈大笑起来，"走吧！逗你玩的，不收你钱，还倒给你垃圾处理费。"

卿帆于是将车停了，跟在他后面上了楼。这个地段挨着中央民族大学，房子比较陈旧，可是租金却很高。他是和一对小夫妻合租的，是那种没有客厅的老房子。进入他的房间，蓝色的窗帘，蓝格子布的床单，他的房间倒是收拾得很干净，书柜、书桌和床对立的摆着，形成一条狭窄的过道，中间只能容下一张椅子。除了床，桌上、柜里已经空无一物，房门另一侧的简易衣柜旁，整整齐齐地码着好些个纸箱，虽然空间拥挤却显得有条不紊，他是一个难得的爱干净的男人，这让卿帆对他突生好感。尹哲指了指门口那几个箱子："就那个，我都打好包了。"

"怎么不放在一个箱子里面？"

"你车的后备厢没那么大。"

卿帆又笑着说："说得你好像知道是要送给我一样。"

“本来就是。”尹哲应声说道。这真真假假的对话，让卿帆突然心中一热。卿帆坐在书桌前的椅子上，房间里仅有一把椅子，尹哲站着问道：“要不要喝杯茶？”

卿帆说：“好。”拿了人家的东西，这么快就溜，于情于理都不好。尹哲出去了一下，端了一杯热气腾腾的水进来，用的不是一次性的杯子，他解释道：“我的杯子，用开水消过毒了，一次性纸杯高温下有毒，你以后也不要那样喝。”

卿帆接过来握在手中，虽是乍暖还寒的三月，她感觉掌心出汗了，尹哲就站在他身旁，在这狭小的房间里，她闻到了一种浓厚的男人气息弥漫了整间屋子，这种奇异的感觉让她有些无所适从，站了起来：“我要走了，我忘了等会儿有一个同事要给我送一个文件。”

尹哲说：“那我给你扛下去。”

他蹲下身子把那几个纸盒端了起来，卿帆站在他的身后，发现他整个身材线条都很好，尤其是臀部那里，让她想起了内衣男模，谁说只有男人好色呢，她又放肆地扫了几遍他的背影，她故作客气地说：“这怎么感谢你呢？”

尹哲抱着东西回过身来面对着她，笑着说：“你真要谢我？”

“是啊……”卿帆见他一脸坏笑，离她距离又近，心跳突然加速，“你想要什么？”

“给我一个临别的拥抱，怎么样？”尹哲见她受惊的样子，“纯同志式的。”见卿帆愣在原地，又笑着说：“逗你玩的，瞧把你吓的，替我把门打开点，我这样不好开门。”

“好！我给你一个纯同志式的拥抱！”卿帆不知道自己怎么就突生邪念，又怎么会答应这无理的请求，她心中甚至有些好奇，跟这个帅男拥抱一下，到底是什么感觉呢？

于是，那几个纸盒被重重放到了地上，尹哲紧紧拥抱着她，一种感觉火箭般地充盈了她整个身体，她的心脏开始失控般地悸动，觉得自己在他怀中竟是微微发抖，男人紧实的胸膛和强有力的肌肉传达出来的信息，让她有一种强烈的眩晕……尹哲的手隔着她的衣服轻轻摩挲着她的背，她没有拒绝，任由那种感觉泛滥到无以复加，终于控制不住，她也试图摸索着他结实紧绷的后背，然后顺势往下……她的唇不知何时也被掠夺了，然后她的身体腾空而起，几秒钟时间她就躺在床上，然后他覆盖了上来……一种从未有过的充盈感填满了她，她再也没有任何抵抗的能力，或者几年孤独的生活，一个拥抱如导火线般将她彻底燃烧……

卿帆终于在极度疲惫之后，在他的臂弯中清醒了过来，屋子里没有亮灯，一片漆黑。和她神智一起复苏的，还有她可怜的羞耻心，她一伸手就触到了他紧实的胸膛，原来这真不是一场春梦，刚才这一切是真的！那种醉生梦死的快乐，那种充实，是一个并不熟悉的男人给她的。这一切既荒谬又真实，这让卿帆措手不及。她想到了诗人，心中突然非常难过，他用三年时间都没有做到的事情，这个男人在这间房里，不到三十分钟就搞定了。她摸索着寻找自己的衣服，她想趁着他睡得正熟，偷偷地溜走，所幸他马上就要离开北京了，谁也不会知道这件事。她在黑暗中一件件将衣服穿好，床上那人突然说："等我一下，我帮你搬东西下去。"

卿帆又羞又愧，如果不是自己贪便宜，又怎会不幸失身，她已经穿戴整齐，拾回了些勇气，说道："我不要了。"

尹哲坐了起来，将自己手机摁亮，照亮了自己的脸，他说："已经一点多了，我送你。"

卿帆忙说："不用了。"她犹豫了一下说："你是不是觉得我是一个好随便的女人。"

尹哲沉默了一下，说道："没有，我会对你负责的。"卿帆愣了一下，她没有想到他会说出这句话，她看见手机亮光中他朦胧的脸和裸露的身体，一种奇异而温暖的感觉腾地而起，白天还是一个非常陌生的人，一场欢娱之后，她对尹哲突然有了一种说不清的感觉，她说："加油！我等你为我负责任。"她感觉眼眶突然有些发酸，说完她便再也没有停留，走了出去。深夜清凉的风吹拂着她的脸，她更加清醒，她回头看了看身后的那座老房子，心中五味杂陈，这一夜是值得原谅的吧，因为住在这城市的有些人是那么深刻的孤独着。

回不去的曾经和速成的爱情

卿帆这一天都感觉精神不济，昨晚发生的事情总是冷不丁地冒出来，精神上的恍惚连同身体上的疲惫让她恨不得长了翅膀飞回去睡觉。下班的点刚到，她一反常态，第一个打卡冲出了办公室，她刚到停车场，就看到了尹哲，他也看到她，她不觉有些恼火，他来干什么？

他走上前去，挡住她，往她手上塞了一个小纸袋。卿帆诧异地说："这是什么？"

"这是一个男人对女人的承诺，我走了，你自己保重。"尹哲说完这话，便头也不回地走了，只留下卿帆傻傻站在那里，这个奇怪的人搞什么鬼呢。她打开纸袋，里面是一个红色的小盒，打开竟是一款二个半心拥抱成的心形戒指，很是精巧。她朝他离开的方向看过去，他的身影早已看不见，她突然如释重负，昨晚遗留的罪恶感因为这枚戒指而烟消云散，因为这个男人，他真是认真的。她将戒指取出来，郑重地戴在了自己的中指上。

晚上，卿帆在老乡 QQ 群共享的通讯录中找到了尹哲的手机号码，发了四个字过去：一路顺风。她想象着他在夜幕中穿行的火车上，看到这四个字的心情。可是，一直到第二天，她也未收到他的回信。甚至，连续好些天，她都没有收到他发来的片言只语。她揣测，难道是他的号码停用了，而他又不知道自己的号码，可是随之她又马上打消了这个可能，真要找一个人，是怎么样都找得到的。她有时会愣愣地看着手中的戒指，想着尹哲这个人，他的面貌有时真切，有时遥远，而他们之间发生的事情就是一个荒谬的故事。

不过，接下来更为荒谬的事情却是姚进带给她的，离那次聚会仅一个多月的时间，姚进约了她和雨初去东方新天地，非常豪爽地说："挑吧，每人挑瓶护肤品，限价八百元。"她俩一脸狐疑地说："不会吧？今天又不是节日，你傍上大款了？"

其实在三个人中间，最会精打细算的人就是姚进，她极少在专柜买护肤品，她最常去的就是淘宝的保真店，她酷爱买职业装的原因，也是因为那种衣服不容易过时，她每天都自己做饭吃，哪怕中餐也是自己带去公司，她的身上有很多她俩不具备的习惯，所以，她有些反常了。姚进见她俩瞪大眼睛看着自己，笑着说："姐妹们，我要回家了！不是大款，我傍到男人了。"她俩当场僵住，看到姚进突然间红了眼睛，才意识到她说的是真话。三个人没有继续逛商场，这两位因为突如其来的消息，完全失去了逛商场的兴趣，维持了三年的"铁三角"没有任何预兆地就要走了一个，不知是该庆幸还是该悲伤。

"老天爷呀！这是什么时候发生的事情呀？"在仨人常去聚餐的西式茶点店，卿帆仍然觉得难以置信："就是上次老乡聚会吗？"

姚进点了点头，姚进的男朋友果然就是上次老乡聚会上认识的，也就是说，那次聚会果然发生了很多故事。她说："他家里条件不错，给他安排好了工作，回家就能在财政局上班。他说，如果我跟着回去，给我安排一个稳定的工作完全没有问题……"

短短半个月，姚进就做了一个这么重大的决定，她向往的是稳定安逸的生活。但是每一个选择北漂的人，心中都曾有过不安分，都曾在一段年轻无畏的时光中选择与安稳背道而驰。

三年前，她们刚相遇时，她还是一个觉得有爱就能战胜一切的理想主义者。第一次老乡聚会，只有二十来人，她介绍完自己后，还红着脸傻乎乎地补充了一句："我男朋友是河北人。"很多女孩在未尘埃落定之前，哪怕是有了男朋友，都喜欢伪装成单身，以免错过了更好的下一个，卿帆当时想，这真是一个单纯的女孩。后来，她们成了无话不说的朋友，也经历了彼此之间所有的变化……

姚进的前任男友，她们见过很多次，因为他皮肤黝黑的缘故，她们亲热地跟着姚进叫他黑子哥。每次都是周末去蹭饭，他们在五环外的通州租的小一居，过着温馨居家的小日子，而卿帆那时也是和人合租，雨初和未来公婆住在一起，也不宜常去，只有姚进那儿才是最理想的集中营。那时的黑子虽然话不多，却给人很踏实的感觉。他和姚进的相识，是因为她打电话给他那时的单位，问有没有广告投放计划，电话刚好是黑子接的，姚进因为他超好的态度，而认为这个主肯定有戏，于是约他出来吃饭，结果……广告业务没有拉成，却将自己推销了出去。后来黑子辞了职出来单干，就在租住的地方成立了一个小公司，因为面向的客户是高校，一个项目一跟就要好几个月，好不容易等到中标，可是回款周期又太长……黑子的积蓄没有了，姚进不多的积蓄也日渐减少，她一个人的工资要应付着所有的开支……到最后，为了帮他渡过难关，她找她的闺蜜团借钱，因为黑子终于接到了一个项目，却无钱垫资。这样的情况，接连发生了几次，却从来不见黑子有好消息传来，她们开始怀疑他就是一个吃软饭的骗子，而姚进却因为这些话好些天不理她们。姚进其实早就发现了黑子经营思路的不对，她总是试图去说服他，可是黑子自尊心敏感得可怕，但是，她周末的时间仍是待在家里陪着他，尽可能去做一个失意男人身边最好的女人……直到有一天，姚进跟他说："如果是一条错误的路，继续走下去，只会越走越远，黑子，你找份工作，咱们从头再来吧，没关系的。"就是这句话，黑子竟然勃然大怒，给了她一巴掌，他说他早已受不了这样的生活，他说她怎么这样咄咄逼人。姚进虽然震惊，可是看到他的样子却觉得可怜，她向他解释，她是为他好，他不需要去硬撑，她可以接受从头再来，一无所有的他。其实，她想，如果她真是咄咄逼人，她会毫不留情地说，你守着公司这个虚壳，就是守着你仅剩的虚荣心，那才是她心中真实的想法，可是她小心翼翼维护着他的尊严，那句话终究没有说出口。她搬出来和卿帆挤在一起，觉得只要安静半年，黑子一定会知道她的好，也会知道他自己存在的问题，可是，不到三个月，姚进就在黑子的 QQ 空间里看见他和另一个女人亲密的大头贴。

姚进哭得昏天黑地，终于安静下来的时候，对着卿帆她俩说："我全心全意地付出了我的一颗心，那个男人竟把它碾在地下，成了粉末。我自作多情地愿意陪他走过他最为失意的时刻，他完全不知道我对他的好，我掏心掏肺，最后人家当作驴肝肺。我失去了我最为青春的时光，我最纯洁的信仰，我所有的积蓄，我还负债累累，我得到的却是永远无法痊愈的伤痛……从此，那个相信爱情的女人死了。"

死而复生的姚进就成了现在的样子，她不可能再有勇气去找那种所谓的潜力股，她现在正如一个溺水的人抓住了一个浮木，不顾一切地只想上岸，那个岸就是婚姻。

“累了，找个男人过平凡殷实的生活，不用每天对客户赔着笑脸，我觉得挺好。反正现在也快三十了，这辈子出人头地是不大可能了，我下周去他们家考察，然后就领证，再回北京辞职。”姚进看着她俩，笑着说。她俩没有再问什么，一直热火朝天进行的盘问戛然而止，一种即将到来的分别被确认后，难以言说的失落笼罩在每个人心头。卿帆心中更有一种“兔死狐悲”的惆怅，姚进虽是个“逃兵”，却总算有了归属。雨初即将成为夫唱妇随的北京人，而自己呢，虽然有着一份还算光鲜的工作，却仍是一株没有根系的浮萍，不知下一站会飘到何处。

“小帆，你是最有潜质捉到钻石男的，你服务的客户层次高，哪天碰到一个，一定要抓住。千万要记住，在北京创业的无人脉、无背景、无钱的三无外地男人不能要！”姚进见卿帆一副失意的样子，不由得有些不忍。

“其实在北京有作为的男人，绝大部分都是外地人。”雨初很有些不以为然，她当初碰见吴楠，并不是因为他的优秀，或者她想找个北京户籍的男人，只是因为自己太年轻，那时的爱情一如干柴，一点就着。她在这一行碰到的白金男人更多，每每此时，她便觉得自己握在手中的就是一根草。而姚进的这句话也让卿帆想到了尹哲，那个创业失败的三无男人。一直以来，对于自己的另一半，还没有设定精确的选项，在她生命的辞典里，自我才是最重要的。至于另一半，她想，自己欣赏就行。

晚上，姚进提议在宾馆开个房间，三姐妹最后在一起聚聚，这个提议马上被采纳。这一夜，她们都喝了些酒，挤在一张床上又哭又笑。这就是不知所以的放纵，这就是无所谓的为所欲为，这种感觉真好。

标王卿帆

卿帆登上大连的飞机前，收到了公司主管销售的李总给她发的短信："标王，等你凯旋"。她的脸上泛起踌躇满志的笑容，前些天因为姚进的离开带来的迷茫终于离她而去。这个拥有十四家分公司的上市公司，主要是为各大银行和其他金融机构提供及时的财经资讯服务。卿帆虽在总部，不知从什么时候开始，碰到重要客户的竞标，每次派出去讲标的就是卿帆，她虽是湖南人，可是早就练就了一口绝对标准的普通话。每次到讲标现场，她沉稳的气质和有条不紊的讲解，总是能让客户情不自禁地将目光聚焦在她身上，用李总的话说，什么叫气场，卿帆这样的就叫气场，平时是个普通小女人，关键时候就是一颗散发着吸金光芒的星星。或许正是因为她这种特质，所以才让她在这个公司平步青云。

九点钟开标，卿帆在分公司老总、销售经理的陪同下八点就来了会场外等候，这是经验，可以提前侦察对手的情况。等候区的椅子上已经有人了。她站在窗前的有色玻璃前，观察着自己，一头中长发已经被束成干净的马尾，前面没有刘海，露出她光洁宽阔的脑门。她没有像很多精干的职场女性一样，喜欢将头发盘起来，她觉得马尾既简单又有型，听说很多男人都爱梳马尾的女人。不多时，来自全国各个地方的投标者陆续到场，卿帆一边观察着那些人，一边沉着地将昨晚整理的思路又重新梳理了一遍，这次的标底是一百八十万，为一家银行分行的网站提供全年资讯服务，也就是说这次投标非常重要，从事先得到的消息得知，最大的竞争对手不是本土的，而是享誉中外的亚透社，这家总部在英国的通讯社近年也开始把触角伸向了国内这块新兴的市场。她和对手们交换着名片，互相客气而又警惕地聊天，她一直没有看见有亚透社的名片。一直到一个男人在开标前十分钟笃定地从楼梯口那儿走过来，卿帆打量着他，他穿了一身黑色的西装，标准的打扮，再看他的头发，却不禁哑然失笑，两边剃得短短的头发向中间聚拢，形成了一个尖，活脱一个“雷震子”发型。她想，一定就是他了！

这次讲标是公开的，公开开标和唱标，也就是说所有的投标者都在一个大厅里，每个人有二十分钟的讲标时间，结果却不会当场公布，三天后公示在银行的网站上。卿帆的签抽到第五位，这个顺序不错，更令卿帆欣慰的是，那个“雷震子”抽到的竟是一号，这个数字是所有讲标者最不愿意摸到的。“雷震子”站在台上，并没有急于做自我介绍，而是先放上了PPT，投影幕布上先出现了几根线条，接着纵横交错，画面不断变化，最后变成了一幢现代化的建筑……接着，出现了一张黑白报纸，紧接着无数张报纸叠在一起，成了一家银行的网页……这样的图文并茂，类似于小电影的展示让卿帆感到了惶恐，不仅将亚透的历史和这次服务的主题轻易表现了出来，而且绝对区别于她们这种条框型，从麦肯锡图形库里走出来的PPT，一下就将国际公司的风范展露无遗。这段 PPT 演示完，“雷震子”才非常有风度地上台，微笑着说：“各位好，我是来自于亚透社中国区的骆海清。”

卿帆脑子里飞快地转动着，她第一次感到了惊慌失措，她盯着这个骆海清，看着这个男人胸有成竹的样子，觉得自己的气场全被他吸走了。二十分钟很快就结束了，她看着他下台，眼光再往评委席上一扫，他们脸上的表情似乎有些意犹未尽，和平时评标人员一脸严肃和麻木完全不同。他坐的位置刚好在她前面，这样他的发型便完全收入她眼底，他没有染发，乌黑的头发根根直立，精神抖擞。她看着他的头发出神，过了良久，她将电脑打开，将昨晚准备的二十几页 PPT 删得只剩下四页，然后又飞快地进行修改，坐在她身边的分公司老总不由得愣住了，低声问道：“为什么?”

“没办法了，得整点不一样的。”卿帆简短的回答，声音似乎惊动了前排的“雷震子”，他回过头来看了看她，见她正在埋头折腾，弯着嘴角浅浅笑了下，一脸明了的表情。

轮到卿帆上场的时候，她也一改平日中规中矩的作风，说道：“在这个七十岁老太太都在炒股投资的时代，信息并不缺乏，它甚至是爆炸的，很多的信息铺天盖地而来，良莠不分，效果却是这样。”她微笑着举起手中准备的白纸，“零，甚至比零更差。所以，专业是唯一选择。专业的分类、优秀而准确的资讯，经过二百多个专注不同领域的财经编辑精心编辑，它不是简单的信息，它是提高人理财素质的资讯，让投资者找准方向，这就是我们能够提供的服务。大家好，我是卿帆……”

这样的开场白，让卿帆迅速找回了以往的状态。她朝台下一扫，分公司的同事朝她偷偷竖起了拇指，而那个“雷震子”也带着一脸微笑看着她。等到投标结束，卿帆刚走出会场，“雷震子”叫住她，将手伸给她：“你好，卿帆。”

这个男人精致得有些过头了，修饰得圆圆的手指，裁剪得体的西服……是职场精英最常见的装扮，她将自己的手递给了他，忍不住说道：“你好。”

他随即递过来自己的名片，说道：“认识你很高兴！”

卿帆看着他，这是一张一看上去就有金融行业职业特点的脸，笑容却还单纯。她也递过去自己的名片，说道：“有没有人说过你的发型很像雷震子？”

“雷震子？”他似乎没有反应过来。

卿帆笑了起来，朝电梯间走去。在电梯间的时候，他追问道：“那是种什么发型？”卿帆终于忍不住大笑起来：“老版的《封神榜》里有答案。”

或许是这个男人还算干净的笑容给了她勇气，要不然就凭他那一本正经的脸，谁敢跟他开玩笑呢。

卿帆没有等到开标结果就回了北京，三天后的上午，她正在开例会，收到一条陌生号码发来的短信：“先恭喜美女！咱们下次再过招！雷震子。”她会心一笑，这人还有点幽默细胞呢。

卿帆知道，肯定是银行网站上已经公布消息了，她不动声色，很快就会有人来报喜。她随即又收到了一条彩信：“我找到答案了，你现在再看看还像雷震子吗？”她偷偷将手机放在座位底下，将他的照片放大，果然将那个尖顶推了，成了一马平川的平头。她飞快回过去一条短信：“帅多了，孺子可教也！”

李总那边也接到了大连分公司打来的电话，在会议中忍不住夸道：“卿帆，你真是名副其实的标王。大连分公司那边来消息了，中标了！”卿帆虽然高兴，却也谦虚地说：“哪里，那是大连分公司的工作做得踏实。”

卿帆说的是实话，招标之前已经有很多次的沟通，其实招标单位心中早已经有了倾向性。讲标，不过是做了些锦上添花的事情罢了。李总一直最满意她不骄不躁的态度，满脸含笑地看着她，说道：“例会结束后，你到我办公室去一趟。”

这个李总是卿帆的“伯乐”，她从商务助理一步步做到现在的位置，是他一手提拔的，每每见到她的成绩，他也很高兴，这种公司支派众多，他是一直把卿帆当作有实力的亲信来培养的。他见到卿帆进来，满脸微笑地说：“把门关上。”

卿帆并不想在这个公司拉帮结派，所以她在任何领导面前总是保持着一种不卑不亢的态度，觉得在一个公司生存的最好办法就是不靠近任何一个帮派，尽可能做好自己的本职事情。她听话地将办公室的门掩上，尊敬地叫了声：“李总。”

“卿帆，我这次得到消息，上海分公司人事会有变动，蒋明有可能会换下，上面想从我们商务管理部派一个人过去。我已经向老郑提了你，老郑基本同意，你要把握好这个机会，继续好好表现，这个事情，在没宣布之前，你也不要到处张扬。”

老郑是台湾人，是公司的总经理，一个深不可测的老头。成天笑容满面，却常常冷不丁地窜到人背后，让正在看网页的同事猝不及防，卿帆一直以为他不喜欢自己，没想到他竟然也会同意。上海分公司和北京分公司是所有分公司中最厚的两块大肥肉，去那里掌管大几十号人马，奖金直接与销售挂钩，比起总部的清水衙门，那一个月得多拿多少奖金呀！还有那数不清的灰色收入，哪有这么好的事情会掉到自己身上呢？她有点如坠入梦中的感觉，等她反应过来的时候，她终于控制不住自己的表情了，谄媚地说：“谢谢李总，您对我真的太好了！可是，我没有资历啊，年纪也还轻，我怕别人不服，让您为难。不过，我要真能成，我会……记得您的好，会按照您的旨意，好好工作！”

李总见她这样表态，亲热地说道：“这个公司真正干活的没几个，你是一个非常具有执行力的人，你看，公司几次全国性的大活动都是你发起并作为主要执行人，虽然你资历浅，但是分公司需要的是干实事的人，你最合适。十几个分公司老总，其实跟我亲的没几个，你去那里我最放心。”

李总这番体己话，让卿帆隐隐不安，她还真不习惯成为某人的心腹，这也就意味着从此以后失去了自由。但是，从办公室里出来，这种情绪就被迅速挥发，只有一种崭新的喜悦填满了全身，她走出办公室，忍不住想给雨初打电话，心情实在是太好了！她的号码还未拔完，雨初的电话就先她打了过来，她高兴地说：“女人，我正要找你，我们真的是太……太心有灵犀了！”

雨初的声音似乎在抽泣，卿帆大声说：“喂，喂……发生什么事情了，别吓我！”

“我分手了……”

卿帆松了一口气，这女人有没有点创新精神啊，说：“我还以为是天要塌下来呢，恭喜你这次终于分手成功了！”

“这次是他甩了我！”雨初的声音很是低沉，混合着浓重的鼻音。卿帆还是没有想明白：“既然是想分手，谁甩谁不是一样啊！”

“就他那样的，凭什么啊？而且，他和那女人都好了一年了！”

这些确实让卿帆震惊了，那个唯雨初马首是瞻的男人，被女朋友嘲笑成怎么也拽不走的牛皮糖，怎么会变心呢？卿帆在微博中总结道，你眼中的牛皮糖，从嘴里吐出来不要的时候，就是别人实实在在的奶糖。

被丢了的牛皮糖

雨初知道她的存在其实已有一年，那时候的吴楠把这当作一件值得炫耀的事情。他说，公司新来了一美女特崇拜他，是个说话特别好听的江苏女孩。雨初心想，又一个涉世未深的小妹妹，这样的小女孩，对男人的欣赏阈值最低。不过，是吴楠故意说出这些抬高自己的身价也不一定。所以，她是全然没有将这件事情放在心上的。

有一次，她的手机没电，借用吴楠的手机打电话，才发现了女孩的短信，她在他手机里的代号是“小小”，而她称呼他为“南瓜哥哥”。她一条条翻下去，都是小女孩家的琐碎，做了什么好吃的；变天了，注意不要感冒，还有就是网络上传来传去的那种并不好笑的笑话。她也翻到了自己的短信，几乎都是一个意思，今晚不回家吃饭，今天不要去接我之类的。当时，她有刹那的失神，不过很快就释然了，甚至有些兴奋。吴楠还真是有人喜欢，她更享受的是，终于出现了一个弱小的竞争者。有时候女人的自信，在两个女人之间的较量间更能获得，尤其是胜券在握的时候。她一直觉得自己对吴楠根本不需要花任何心思去把握，他永远会像万能胶一样的黏在自己身上，他一直以一种卑下的态度迎合着自己的爱情，她也从来不会为任何一次争吵低头，因为他总是先沉不住气的那方，每一次冷战，不出一天，他都会“溃不成军”。

后来，一个陌生的ID经常进入雨初的QQ空间，因为太过频繁，她判断这个叫“小白兔”的人就是她。她像所有没有城府的傻女孩，窥视着对手却将自己的行踪暴露得一览无余。雨初从没有回访，她一直保持着最骄傲的姿势，接受着另一个女人的高度注视。她只有骄傲，没有危机感。

雨初和吴楠的分手事前一点预兆没有，如果不是因为那次偶然。她和一个客户走进星巴克喝咖啡时，他们俩坐在窗前那排座位上，卿卿我我，一副旁若无人的样子。而她的客户，碰巧也喜欢视野开阔的地方，喜欢坐在窗前悠闲地看着马路上形形色色的人群。这样，她就坐在了吴楠的对面，那一刻，愤怒、质疑迅速填充了她的全身，他们竟然来了真的！但是，她很快就装着无比优雅的样子和客户继续谈笑风生，她知道对面的吴楠已经看到了她，并且如坐针毡，他急欲带着那女孩离去，也许他们刚来不久，女孩有些不解，抬头询问，但是很快就被吴楠说服，离开了座位。接着，女孩跟在吴楠身后往外走，也发现了雨初，只是一瞬间，脸上就布满了做错了事情的慌张，一脸通红。雨初第一次见到她，一个圆脸的胖女孩，她漫不经心地扫了女孩一眼，眼神便迅速移开，一脸怡然地和客户继续聊天，雨初想告诉她，就她那样的，她连正眼都不想瞧。其实，只有她自己知道，她的心已经乱得一塌糊涂。

那天回家，雨初并没有等来意料中吴楠的表现，像几年来很多次的争吵之后一样，他变着花样求自己。他保持着沉默，这种状态在他身上并不多见，因为这种沉默，让雨初重新审视这个普通的北京男人，这一点反而在她心中加分了。等了很久，他终于说话了："我们分手吧，雨初。我知道，这是你一直想的，我成全你。"

雨初在那一瞬间，从高高在上的云端瞬间掉在了地上，她感到了一种彻骨的疼痛，那是几年来一种习惯的突然崩裂，这个百依百顺的男人变成了另外一个人，令她措手不及。她匆匆收拾了几件衣服便夺门而出。当她从那个家里冲出来，她突然感到了一种恐慌，三年了，她其实早已经习惯了这个家给予她的安逸，虽然她有百般不甘，她却已经将自己的未来放在这里了。黑夜中的北京大得空洞，她哭得像个无助的孩子，那一刻的迷茫，一如几年前她刚来到这里，只是中间发生了那么多的故事，迷失的感觉更复杂，更令人痛心。她是在宾馆里给自己的闺蜜打电话，姚进已经完成了一个已婚女人身份的转变，正准备赴京办理离职手续，雨初的伤感在她喜悦的口吻中根本无法施展，匆匆说了几句便断了电话。只有卿帆，听着她毫无志气地在电话那头抽抽搭搭，将事情的原委讲完。卿帆说："对于在你心目中如鸡肋的男人，你还这样伤感，你这就是作了。你伤心的只是，是他先提出的分手，还有一点，就是你的尊严，你觉得你这样优秀美貌的女人，你这样有魅力的女人，那个男人就算受了再多委屈，都应该死不放手，而不是轻易去选择一个普通的女人。告诉你吧，没有人会在爱情这场平等的男女游戏中，一直处于卑贱的地位，爱是平等的!”女人们看别人的问题时，总是异常清醒，并且分析得头头是道，俨然就是一个感情专家。雨初没有告诉卿帆，吴楠是不是鸡肋，她还真不清楚，她清楚的就是，她真真切切地伤心了。她甚至在想，如果他来求她原谅，也许她会试着改变。她躺在床上，很多关于她和吴楠的镜头在脑子里毫无秩序地播放着，她索性在宾馆的便笺纸上写下：

那个男人，90%的邮箱、QQ、网站ID、密码都是用我的生日，每次买彩票的号码，都会有我们第一次认识的日子和我的生日；

不论是开心、还是生气、发脾气、吵架，那个男人从不先挂我的电话，都是等我先挂断电话；

不论刮风下雨，那个男人每天骑自行车送我上班，接我下班；

不论我多么任性，他都让着我，不论我提多么无理的要求，他都会尽可能答应我……

写着写着，雨初泪如雨下。这样爱她的男人，终于被她赶走了。

当三个女人重新在北京相聚的时候，大家都有了一种“物是人非”的感觉。姚进挂着一脸幸福的笑容，卿帆因为升职的预期也神采奕奕，只有雨初，人整整瘦了一圈。因为她的事情，快乐的情绪就不能过分渲染。姚进说：“想不到，我们马上就要各奔东西了，小帆也要去上海了，只有雨初坚守在阵地……”

雨初的目光穿过咖啡厅透明的玻璃窗，视线跟随着一个年轻男子骑着自行车的身影，说道：“爱情真是一个奇怪的东西，它有时就在自行车的后座，它很快乐。”她的眼眶突然又湿了，全是吴楠载着她在北京的大街小巷，她环着他的腰，那是她最初的爱情和北京。她接着说：“无论什么样的爱情，它只要来过，它就爱过，它就快乐过。”

姚进和卿帆对视了一下，雨初还真是进入了失恋的状态，远比她们想象的症状要重。卿帆提议道：“五一，我们一起去雾灵山吧！就我们三个，这也许是我们在北京的最后一次旅游了。”

这个提议马上得到了响应，姚进办完交接手续刚好到了五一。聚会结束的时候，雨初跟着卿帆回家，她一个人租的一居室，不像姚进虽然没有退租，却和一对小夫妻租住在一起，带人过夜，怕遭人白眼。她俩到家的时候，卿帆接到了吴楠的电话，他问雨初过得怎么样。

卿帆说："你既然关心她，为什么不自己给她打电话。"雨初已经知道是谁打过来的了，示意她打开免提。卿帆将免提打开，对着手机说道："吴楠，我问你，你真的不爱雨初了吗？你们真的就这样分手啦？"

"她向我提出过很多次分手，我只提了这一次，每次都是我哄她，也许她早就在等这一天。"吴楠的声音听起来很疲惫，看来这几天他也过得很纠结。卿帆看了看雨初，她接过电话，平静地说道："吴楠，你说对了。谢谢你的成全。祝你和你的女朋友幸福美满，我的东西麻烦你帮忙快递一下，到付就行。"

说完将电话挂断了，瞬间眼泪就夺眶而出。卿帆知道，雨初四年的爱情真的就这样画上了句号。卿帆用手机上网写下微博：女人提出很多次分手，很多次都是假的。有时候，男人只要提一次，那一次就是真的。

她刚将微博发上去，手机屏幕上便收到了一条短信，尹哲的名字让她的心脏猛然收缩，内容竟是几条乘车方案，出发地都是北京，目的地也只有一个——尹哲所在的城市。他这是什么意思，还未等她思考清楚，下一条短信接踵而至：你不会迷路的，我会来接你的。

卿帆愣住了，他这样是什么意思，是什么东西给了他这样的自信？

丑媳妇第一次见公婆

火车进站了，卿帆忐忑起来，哪怕是面对一次再最重要的投标，也不曾这样紧张。

她到底还是来了，这一点连她自己都没有想到，她背叛了她的友情之约，卿帆觉得自己在友情面前很无耻，从接到短信的那一刻，她的心其实就已经有了选择，她为难的不是如何拒绝尹哲，而是如何在两个闺蜜面前想一个完美的说辞。她的内心并没有犹豫，她甚至是充满憧憬的。所以，当姚进先她一步变卦，准备和老公去桂林的时候，她就有了一种如释重负的感觉，她装模作样地和雨初骂姚进重色轻友，骂得姚进一个劲儿地求饶，答应每人补送一件礼物才罢休。很快，旅行计划又因为雨初想趁五一找房子而彻底搁浅，她又装出一副非常惋惜的样子。她暗自高兴，做什么事情还真是要沉得住气呀，要不然，成众矢之的的就是她了，友情在爱情面前还真是非常不靠谱啊！

卿帆刚走出出站口，便一眼看到了他。一段时间不见，尹哲的头发长成了齐刷刷的板寸，他也看到了她，两人走近，都有些不好意思和无所适从。卿帆侧过脸看他，短短的、黑黑的胡茬儿在下巴处密密麻麻地冒出来，这就是说他如果不修边幅起来，也有可能是一个大络腮胡，这与当记者时的尹哲真是判若两人。就是这样一个大男人，脸上竟有着羞涩的微笑，和她相隔一米，规规矩矩地走着。卿帆忍不住问道："你怎么知道我一定会来？"

尹哲反问道："为什么不会来？"他终于正视她了，他的皮肤黑了不少，更显得结实健壮。在他灼热而直接的眼神包裹下，卿帆脸马上热了起来。

尹哲的家就在市内，离火车站不过几分钟路程便到了他家。她没有想到，尹哲是要把她带回家。她站在小区门口不肯进去，她觉得和他的关系还远没有到要见对方父母的这一步。尹哲皱着眉头说："你的意思是说，我们现在去宾馆?"

卿帆脸迅速涨得通红，她有些生气地说："我一个人去宾馆，你请回吧！我明天就回家。"这其实是她看不起自己的另一个原因，因为她家乡所在的城市离尹哲的家坐车也不过三个小时车程，而她没有回家。

尹哲拉住了她的手，他的手温热有力，"卿帆，我是认真的，这是我第一次带女孩回家。"卿帆一直觉得自己是个有主见，并且强势的女人，可是在尹哲面前，那种坚持会被他的三言两语瓦解，她终于投降了。尹妈妈是个笑声洪亮的大个子女人，她爽朗的笑声立刻消除了卿帆初次进门的不安。看他家的陈设，就知道他的家境应该是一般的城市家庭。尹妈妈看着卿帆就没有合拢过嘴，她将水果摆上茶几，殷勤地说："你这样子，真看不出比我们家尹哲大三岁，我没见你时，还有些担心。"

这下轮到卿帆吃惊了，她比他大三岁?！她还真不知道尹哲的年龄。她突然有些后悔，她这次真是冲动，完全没有考虑后果啊！她用质疑的眼神看着尹哲，他在旁边一脸贼笑。

一直到晚上，卿帆才见到尹爸爸。他和尹妈妈十几年前下岗后，在市里开了一家店，白天他是守店去了。他和尹妈妈的性格截然相反，一脸严肃的神情，脸上的肌肉也绷得紧紧的。从白天和尹妈妈的聊天中，卿帆已经基本掌握了尹家的情况，尹爸爸以前在单位时是个管着几十人的经理，威风了好多年，所以有这种状态也是情有可原。吃罢晚饭，尹爸爸便开始对卿帆进行了全面的摸底，家庭，工作……卿帆和尹爸爸之间一问一答，如同一场特殊的面试。也许是卿帆落落大方的表现让尹爸爸颇为满意，他的嘴角渐渐有了些笑容。卿帆在心中暗暗得意，卿某人不愧是历尽沙场啊。

"你不要耽误他们睡觉了!"尹妈妈大着嗓门说："小帆，你们的床，我给你们铺好了!"谈话节目戛然而止，尹爸爸识趣地起身进了自己房间。卿帆满脸通红，对尹妈妈说："我睡沙发……"

此情此景，卿帆觉得自己说这话实在是"此地无银三百两"，她还欲说什么，尹哲说："我睡沙发，你去床上睡。"

尹妈妈不解地看着他们："好不容易见面了，为什么要分开睡？"

卿帆彻底无语了，她小声对尹哲说："别说了，我们一人睡一头，你别碰我就是。"

这话到了床上，便成了一句最天真的谎言。她和尹哲的身体刚碰着，那种欲望便迅速淹没了所有的理智，她只是象征性反抗了几下，便被他覆盖了……他低沉的喉音在她的耳畔呢喃道："我好……想你……"

她彻底堕落在那种无边无际的快感中，死死地抓着他结实的背部，任由感觉沉沉浮浮……突然，咔嚓一下，什么东西猝然断裂的声音将两个人吓了一跳。卿帆喘着气问道："什么声音？"

尹哲停下动作，说道："好像是床板断了……"

一早上，尹妈妈做好了早餐叫他俩起床，她一脸微笑地看着卿帆，小声地说道："我昨天做了一个特别好的梦，梦见一大片鲜花盛开在天空中，红艳艳的……"

卿帆礼貌地应付着："阿姨，这真是好梦呢，你应该去买彩票去。"

"小帆，这个梦太好了，如果你们怀上了，就一定要生下来啊！"尹妈妈满脸神秘，声音故意压低了些，却仍是声声入耳。卿帆正吃着她做的荷包蛋，差点没噎住。五一只有三天假，卿帆请了两天年假，一共是五天假期，这几天，尹哲带着她去了郊区，他的家乡有不少有名的景区，确实风景宜人。他自豪地说："在全国选宜居城市，它也是能排在前十的。"卿帆也觉得在南方的小城市，比北京、上海的生活质量确实要高出不少，但是也仅仅只是宜居，事业发展的机会却少了很多。这也是这几天，她为他担心的原因，他只字未提关于未来的计划，几次她想问问，话到嘴边又缩了回去，毕竟，男人都是爱面子。他不说，那么她就可以装糊涂。

临走的前一晚，他牵着她的手去逛超市，在一个个货柜之间流连，替她买火车上吃的东西，卿帆不解，一个大男人竟然会爱逛超市，她说："很多男人都不喜欢陪女人逛街，你倒是一个例外。"

"我只是喜欢逛超市，和自己喜欢的人一起逛超市，我会觉得很实在的幸福，有成了家的感觉。"尹哲说这句话时，目光仍停留在货架的食品上，这句话他是脱口而出。卿帆站在他的背后，鼻子一酸，突然有种想在背后抱住他的冲动，她看过他的身份证，准确地说，她整整比他大了三岁零三个月。她问尹哲："你什么时候知道，我比你大的？"

尹哲回过头说："难道你的记忆退化了吗？我们第一次见面，你说你属猪。"和尹哲的第一次见面，是在老乡聚会上。那时的他年轻帅气，所在的报社在行业内也是享有盛名，在一群长相平庸的男人里面是那么出类拔萃。如果他一直在做记者……

最后一个晚上，他们难得的安静。想到即将分别的明天，卿帆在心里说，以后不会再到这个城市来了，她依偎在他结实的胸膛上，心口游离上了一种复杂的疼痛。这个小她三岁的男人，用这种方式来向她表明，他的认真。而她，想得要比他复杂得多。她喜欢这个男人的身体，喜欢和他在一起亲热无间的感觉。可是，想到和他的未来，她即将去上海，那里有着她好不容易努力来的机会，她便觉得痛心，那是一种早已明了结局的疼痛。

卿帆临走的时候，尹妈给了卿帆一个红包，女大三，抱金砖……小帆，你就是一个旺夫相。卿帆执意不肯接受，尹妈突然生气地说："小帆，你这样是不是看不起我们家？这是我们这儿的规矩，看得起我们尹哲，你就收下！"卿帆求救地看着尹哲，他朝她点了点头，卿帆便收下了。尹哲牵着卿帆的手，一路走到车站，这几天，她已经习惯了将自己的手自然地放在他的手心里。她将尹妈妈给她的红包拿出来，说道："红包还给阿姨，我不会要的。"

尹哲的表情是难以置信的，"为什么？我妈说得没错，如果你不收，就是看不起我。"

卿帆终于有了勇气，问道："可是，你要我怎么办？我在北京，你在这里……你准备在这里干什么？"

尹哲笑道："卿帆，你果然记忆退化了。我早就跟你说过了，我先做点小生意，我先找好门面，你就回来，我们就结婚。"

卿帆怀疑自己耳朵听错了，"我回来？我和你一起开店子？"

"是啊，我们一起创业。"尹哲傻傻地笑着，上一次创业失败的经历丝毫没有影响他的自信，卿帆开始怀疑，这个人根本就是没心没肺。这就是尹哲，想法单纯而又自以为是，是卿帆这几天对他最深的认识，他的无厘头思维，让人不知从哪里下手辩驳。这色字头上一把刀，果真啊！卿帆将红包重新放进包里，这个时候，实在不是拒绝的最好时机，她在心中暗自叫苦，这个冤家，下一步怎么办？

闺蜜老公竟是旧识

卿帆看到姚进老公的时候愣了一下，这人似乎在哪里见过。姚进笑着向她和雨初介绍道："这是我家先生，秦昆。"转而又看向秦昆，问道："你猜，谁是雨初，谁是卿帆？"

秦昆戴副眼镜，很白净斯文的模样，卿帆突然想到了黑子，其实黑子对她俩一直还不错，蹭吃蹭喝从未给过脸色，经常还亲自下厨。可是，自从姚进与黑子分手后，他就已经从她们的世界里彻底消失了，现在另一个等待剥削的男人进入了她们的生活，秦昆脸上挂着浅浅的笑，很有礼貌地朝她们点点头，望向雨初，"雨初，你好。"然后又看向卿帆："你好！"姚进高兴地说："哈，你眼光不错，你怎么猜出来的？"

秦昆笑而不答，卿帆观察着他，模样看起来倒是一个内敛的男人，这种品性的男人怎么会选择和姚进闪婚呢。他的话不多，吃饭时身体坐得端正，倒是和雨初的姿态接近。饭桌上的气氛并不热烈，卿帆判断，这不是一个让人轻松的男人，他彬彬有礼的样子给了她一种距离之感，就算姚进和他的家安在北京，也许她们都不会去她家蹭饭。这顿饭后，姚进就真的离开北京了，他们晚上七点多的火车，雨初问道："为什么不坐飞机，多快。"

雨初问的话太蠢了，卿帆恨不得替姚进他们回答，从市区坐机场快轨到机场，又从长沙的黄花机场再到长沙市区，然后再坐火车到秦昆家乡……而火车不过就是晚上睡一觉，夕发朝至而已，机票这种时间也不可能打折。秦昆说："我以往回家都是坐飞机，火车实在是太挤了，味道也不好闻。五一机票不好定。"

雨初附和着说："就是。我出差也是，基本只坐飞机。"卿帆看了看他们，恍然明了，原来外貌姿态接近的人，就连思维都趋于一致。姚进说："有了高铁，你们以后回家就方便啦！飞机有什么好，两头折腾，到长沙的机票，什么时候打过五折啊，起码是八折以上。"

卿帆暗想，到底还是姚进更合自己的胃口。虽然三个女人关系一直很要好，彼此之间并没有厚此薄彼的意思，但是卿帆那时和姚进是一见如故，两人身上都有一种"亲民气质"，聊着聊着就成了好朋友，而雨初刚开始总是给人一种高傲的感觉，是后来逐渐了解才加入到组织的。三个女人卿帆老家在农村，姚进在市郊，雨初是城里女孩，也许是自小的家庭背景决定了生活习惯，卿帆一直想让自己和雨初一样过得精致一些，却总会败给自己二十几年的习惯。虽然经过十几年城市生活的洗礼，有些烙印却是深深刻上了。

北京西站永远人流如潮，卿帆和雨初将姚进两口子送进了候车厅。时间还早，姚进扯着雨初："走！陪我去趟厕所，火车上的厕所实在是太脏了。"

雨初皱着眉说："公共洗手间也好不到哪儿去。"

卿帆见只剩下自己和秦昆，便找着话题对一直比较沉默的他说："从来没有见你参加过老乡聚会，第一次参加，你就钓了一个好老婆。我们姚进真是一个特别适合做老婆的女人。"秦昆推了推眼镜，笑着看向卿帆："你真的不认识我了？"

卿帆睁大眼睛，一脸疑惑："我总觉得在哪儿见过你，就是想不起来了。"

秦昆说："我参加过一次聚会，那一次组织去后海划船，我只是去打了个照面就有事走了，没有跟着去。"卿帆努力搜索着记忆，装作恍然大悟的样子，"原来是那次呀！"这样的记忆力，让卿帆有点无地自容，她认人的本事本就非常差，最近几年在北京有过一面之缘的人如过江之鲫，最多只能混个脸熟罢了，她只是隐约想起有这么个人，似乎在面前出现过，那这个男人还记得自己，记忆力还真不是一般的好。

"我在群里的网名是七彩狐狸，只是我喜欢潜水。"秦昆现在的表情比刚才在饭桌上要自然多了。

"七彩狐狸？"卿帆觉得这个名字耳熟得很，这一定是一个在老乡聚会上被八卦过的名字，在聚会中，网名往往比现实中的名字更有名。她脑子一个激灵，那些八卦的片断终于重叠在一起，七彩狐狸，大家都叫他狐狸，听说是北大毕业的高才生，在知名 IT 企业任职。这些都不是重点，他身上最为亮点的地方是他身边，叫“狐妹”的女孩，听说长得颇为精灵，身材很是火爆，他因为这，而被很多男同胞羡慕着，可惜卿帆只知其名，不见其人。她说：“你怎么……你和狐妹什么时候分的手?”

“你还知道狐妹?”秦昆的表情很惊讶，随即便暗淡了下来，淡淡地说：“她出国了。”

卿帆觉得自己问得有些唐突，忙掩饰道：“塞翁失马，焉知非福。姚进是个值得你珍惜的女人。”

姚进和雨初已经走了过来，姚进问秦昆：“你要不要去一趟?”

秦昆摇了摇头，说：“我们走吧!”

姚进顺从地提起包，对她俩说：“我走了!”就在一瞬间，她的泪突然奔涌而出，哽咽着说：“你们要过得好一点，自己照顾好自己……”说完，头也不回地走向检票口，秦昆礼貌地向她们告别：“欢迎你们有时间到我家去做客!”

其实，火车站是最能催生离愁和眼泪的地方，她俩从火车站里走出来，才将蓄在眼眶的泪水逐渐逼了回去。卿帆想着狐妹，心中隐隐有些不安，说：“姚进一定要过得幸福才行，她老公就是七彩狐狸。”

“七彩狐狸是谁?”雨初对这个名字不熟，她和姚进因为有男朋友，参加聚会的时候并不是很多。卿帆将狐妹的事情讲给了她听，她不以为然，我们这么大的人，谁的过去会是一张白纸。结婚的对象不是爱了多年的那个人，而是另一个，这种事情实在是太多了。

卿帆笑了笑，失恋的人在某个阶段，信手拈来就是一段哲理。两个人正准备分手，她的手机响了起来，是“雷震子”，他说：“你好。”

“你好。”卿帆没有直接问他什么事，和客户打交道久了，知道哪些词语是应该从对话中摒弃的。

“五一去哪里玩了?”

“我回老家了。”卿帆笑道，“我在火车站送一个朋友回老家，如果你打这个电话只是和我拉家常，那么这个环境是太不合适了。”

“那我们找个合适的地方?”“雷震子”征询的口气很诚恳，又害怕卿帆拒绝，“只是请你坐坐，我只是想，如果你刚好也有点无聊，那么干脆两个人一起无聊地聊聊天。你在哪个车站，我来接你?”

卿帆今天刚好没有开车出来，她看了看雨初，说道：“我不是一个人，我身边还有一位美女。我问问她，如果可以，那就三个人一起无聊地拉家常。”她想这样也好，要不然雨初一个人待着，又会陷入到旧情之中去，如果这个“雷震子”是一个黄金单身汉呢……她有些兴奋起来，对着雨初眨了眨眼睛说道：“我们在西站……”

卿帆挂了电话，打量着雨初，说道：“送上门来的一块肥肉，就看合不合你口味了。”

雨初已经猜到了她的意思，不以为然地说：“如果是块肥肉，你还是留给自己吧。”

卿帆说：“好吧，如果真是一块肥肉，我们就看他想被谁夹进碗里。”她脑子里晃过尹哲的脸，竟然有些自责。雨初是一个骄傲的女孩，她不喜欢这种刻意推销的感觉，她最期待的下一次，是与一个能让她仰慕的男人来场美丽的邂逅，一场与吴楠带给她的完全不同的恋爱。

暗香盈动一如卿

当卿帆看到一辆黑色的宝马车停在她俩面前，车窗徐徐摇下，骆海清的笑脸逐渐展示在她们面前时，她眼前一亮。他的发型和彩信中一样，成了短短的小板寸，黄色的T恤和黑色的衣领，很休闲的打扮却比西装革履更显朝气。

西式餐厅一直是卿帆感到无措的地方，虽然也已经经过很多次的“实战”，但她还是无法自如，而雨初却是很爱这种调调，她身上的女人味和那种环境非常和谐，如果不是因为她，卿帆会选择去喝茶，然后叫上些水果、蛋糕，而不是蓝山咖啡，日式海鲜比萨之类的。看来雨初对他的印象不错，脸上一直挂着浅浅的微笑。骆海清五一去了法国，她颇有兴趣地和他聊起了法国的香水、埃菲尔铁塔还有随意的海边沙滩，这些让卿帆惊讶，雨初没有出过国，但是对于这些东西却如数家珍。

卿帆总觉得骆海清身上有点贵族味道，和秦昆那种后天雕琢的不同，举手投足的优雅自如，也不刻意将背挺直，看起来却放松得很。每个女人都曾有过一段为优雅而努力的经历，卿帆自己就曾学习优雅而收获甚微，所以对于这种细枝末节就比旁人观察得更仔细。她将身子懒洋洋地靠在柔软的沙发座上，听他俩说话，看雨初纤细有致的侧影，发现她又瘦了。骆海清看了看卿帆，脸上的笑意加深，说道：“我还以为你挺能说，怎么今天话这么少?”

“你们说的地方太远了，能说说近点的地方吗?”卿帆笑道。

“你们公司在国内也是数一数二的，怎么会没有出国学习的机会?”骆海清有些惊奇。

“我们是本土企业，服务的客户也是本土的，和你们这种跨国公司不同。”卿帆的公司是港交所的上市公司，出国的机会并不是没有，只是她所在的销售部门这样的机会就太少。不过，几年间，她的足迹涉及了中国所有的省份。

骆海清看向雨初："你对法国那么熟悉，你去过那里？"雨初脸上的表情马上窘迫起来："我……"

卿帆接过话说，"她公司的客户有不少国际大公司，这样的机会比我们多。"

接下来的话题终于从国际转到了国内，骆海清的底细也逐渐明朗，北京人，父母都从事外交工作，在法国度过童年，在中国过完少年，高中时代去了美国，毕业于宾夕法尼亚大学沃顿商学院。这个问题，是雨初主动问的，她的母校是国内排名前十的211工程学校，雨初平时是个含蓄的人，今天这样的表现只能说明一点，她欣赏骆海清。这天晚上，骆海清送她俩回家时，卿帆特地说："先送我回家吧！然后再送雨初。"路线是有些绕了，但是两人却有了单独相处的机会。

卿帆回到家刚洗完澡，雨初的电话就来了："你从哪里认识的他？"

"上次去大连的招标现场？你感觉这宝马男怎么样？""雷震子"的称呼被成功篡改。

"好像还不错，你要加油，不要错过机会了。"

卿帆笑，这就是女人，明明自己喜欢，却故意这样装。卿帆说："我在你身旁，只能做绿叶，你见过摘叶子的采花大盗吗？"

两人又互相打趣了一番，雨初突然感慨地说，以前的众多日子真是虚度了，以后要争取出国的机会，要苦练英语……骆海清的出现让雨初找回了状态，她正式结束了失恋颓废期。卿帆躺在床上翻看手机，尹哲一天都没有和自己联系，这个男人一旦离开自己的视野，就成了陌生人。她不禁有些郁闷，是他太自信满满，还是自己太沉不住气？

卿帆没有想到到上海分公司的事情这么快就进入了实施阶段，她刚结束五一假期，李总就告诉她，让她在这周内去上海，名为协助分公司的工作，实际上是去"摸底"。下班后，她便被李总带到了外面吃饭，她看到了公司其他几位同事，其中还有北京分公司的邹总。落座后不久，她才知道自己加入了公司的"小团体"，里面的人都是李总的心腹。她有些不安，这是她一直拒绝的，在公司，她一直遵守着认真做好本职的原则。席间，大家都在恭喜卿帆的高升，褒奖之声不绝于耳，卿帆谦虚地说："还没有正式任命呢。”

李总说：“这就是我最喜欢小卿的地方，做事成熟稳重，为人还低调，这在年轻人中真是难得啊！”

卿帆马上谦让道：“全靠李总指点……”

李总哈哈大笑道：“这小卿以后不得了啊！”

后来，大家都喝得有些多了，李总喷着一口酒气在她耳边低声说：“小卿，在那边，给我盯紧一点，有异常，要与我多交流。”

卿帆偏着身子，极力躲避着吹在耳根上的热气，说道：“李总，我每天会写工作汇报发电子邮件给你，我会写得很详细的。”

卿帆好不容易熬到这顿饭杯羹狼藉，可以走人的时候，已过了晚上十一点。她将车窗全部摇下，任由深夜的风将一身燥热抖落得干干净净，这一刻，她突然很想打电话给尹哲。回到家，她久久盯着手机中尹哲的名字，到底没有拨出去，她感觉到失意，她去上海了，那么，她和尹哲之间的距离就更远，她和他的结果只会等于零。晚上吃饭留下的情绪后遗症让她的头异常兴奋，明明累极了，脑子却清醒成一片空白。未知的上海，应该是令人期待的，为什么经过今晚，却成了压在心口的一块石头？

去上海那天，卿帆还去了趟公司，刚好收到了一个同城快递的包裹，她很疑惑，最近没有在网上订东西呀，她自言自语道：“别不是哪个仇家寄的炸弹吧？”是一瓶法国香水，她有一瞬间的失神，脑海中迅速划过一个人名，骆海清。只有他符合这些条件，她拿起快递单上的字迹辨认着，寄件栏上写着的名字正是“雷震子”。她不禁有些惶恐，他这是什么意思？她准备把包装盒丢掉的时候，却发现了一张折成心形的信纸，她不禁莞尔，那时她还在上高中，曾经很风靡写信，最爱把信纸折成这种形状。信纸上只有寥寥数字：暗香盈动，一如卿。

这简单的几个字让卿帆心中一动，她并不爱用香水。这瓶香水该送给雨初，她才是一个爱香识香的女人。只是，骆海清为什么会将它送给自己，他是什么意思？

职场是深不见底的江湖

卿帆刚到上海分公司，就发现了此次分公司气氛的不寻常，同事们都比往常热情，几乎每一个人都从座位上站起来和她打招呼，连笑容都透着股子谄媚，这在以往是从未有过的，总部不同部门的人隔三岔五的就往分公司跑，犯不着这样大惊小怪，卿帆心想，是不是自己反应过敏了，自己即将上任上海分公司的事情，应该不会就散播开了吧。当她见到上海分公司老总蒋明精神抖擞的模样时，连这趟的真实目的也开始怀疑了，他的脸上没有丝毫即将被撤的“衰态”，打着哈哈说：“欢迎领导过来视察工作！”上海分公司在众多分公司待人接物方面一向是最大方的，四十多岁的蒋明更是从来不会薄待总部来的“钦差”，而且上海分公司的业绩并不算太差，怎么就会突然要被换下，这一直是卿帆不解的地方，所以，她见蒋明这样，心中更是打起了鼓。

这天的午饭是蒋明请客，几个部门经理陪同，地点是一家很有特色的私家菜馆。吃饭的途中，蒋明的聊天内容和以往一样，非常官方，无非就是公司的业绩和分公司最近的计划，开着玩笑说：“就我们上海分公司，是爹不亲，娘不爱，得到总部的支持是最少的，任务额却是最重的，我都怀疑我们是后娘养的……”这席话，卿帆并不陌生，除了北京分公司，其他分公司总是爱这样说，只是措辞略有不同，像成都分公司就会说，就我们山高皇帝远……

卿帆记得李总的叮嘱，先去拜访了上海分公司最大的几个客户，她逐渐发现了蹊跷，这些大客户与陪着卿帆同去的客户经理并不相熟，他们熟悉的只有蒋明，也就是说这些服务于大客户的客户经理其实都是徒有虚名，公司的客户资源其实全掌握在蒋明手中。公司的奖金制度是三级提成，同一个客户，直接服务的客户经理提成是最高的，部门经理次之，而分公司老总再次之……卿帆马上意识到，这个蒋明之所以这样，就是和这个奖金制度有关……晚上给李总发去的电子邮件中，汇报了这件事情，她分析，李总之所以想撤掉蒋明，可能他早已经发现了端倪，所以，这样做对于蒋明，并不是放阴箭。这样想的时候，她心里舒服了一些，她真是不擅于做这样的汇报。

周五下班的时候，蒋明又要请卿帆吃饭，这次只有他和卿帆两人，却仍是一些无关痛痒的话题，一直到最后，他突然问道："老李派你过来做卧底，你有没有把我这边的情况告诉他？"

卿帆一愣，稍一犹豫，便迎着他的眼神，微笑着点头："嗯。"她心里想的是，原来李总说的是真的，既然蒋明已经知道了自己此行的目的，不如挣个磊落的印象。

"好！我就喜欢和直爽的人打交道。其实，我们上海分公司的业绩，虽然不如北京，却不会输给其他分公司。你知道，他凭什么能把我拉下来？"

这正是卿帆没有想明白的地方，按道理蒋明没有硬伤，一个工作了几年的分公司老总是不能被随便拉下马的，她试探着说："就是因为那些重要客户……"

蒋明摇了摇头，"其实分公司这种现象很普通，他发现了我在上海的公司。"他见卿帆睁大了眼睛，一副不可置信的样子，"所以，你也可以将这个消息告诉老李，显示你工作做得认真……"

卿帆有些震惊，蒋明有自己的公司，也就是在利用公司资源在做私活，难怪会被换下……蒋明说："就算是被老李发现了，也没有什么，而是因为他想要我公司的股份，没有谈拢。还有，我一直没有将奖金上交，这也是他最不满意我的地方。"

"你自己的奖金为什么要上交呀？"卿帆觉得不可思议。

"所以，小卿，你还是年轻啊！下面分公司哪个不将自己的提成分出一部分给老李，让他罩着，这就是大鱼吃小鱼，小鱼吃虾米……你是他一手培养起来的，所以他认为你好掌握。可是，小卿，我并不是一个小气的人，当年我本来就是带着客户进的公司，我手下的人，我都没有亏待他们……不像老李，就是吃着碗里，看着锅里的，越是亲近的，越下得了手……"

卿帆彻底迷茫，一直以来她遵守着“认真做事，低调做人”的原则，对公司的各种绯闻和小道消息从来不多加关注，原来它们从来不是空穴来风，而自己也不得不趟入到这场浑水之中。她脑海中那些熟悉的脸庞变成了一张张面具，李总一本正经的脸倏然出现在眼前，她突然觉得恶心，自己真要成为这个人的亲信吗？她究竟应该如何在错综复杂的江湖中明哲保身？她心事重重地回到酒店，躺在床上一动不动，维持这种姿势不知道有多长时间，尹哲的电话打来了。她有些欣喜，又有些意外。尹哲不爱在电话中表达情感，哪怕经过了上次几日的缠绵，他为数不多的几次电话，也并没有太多温度，这和两人见面时炙热如火的他判若两人。卿帆常会在电话中对尹哲的印象有一种强烈的落差，觉得他是一个陌生人。关于他俩的未来，卿帆又没有断然斩断的勇气，她甚至不敢去深想。

“卿帆，你什么时候回北京？我想这段时间接你回家，你早点跟公司打招呼吧。”尹哲的话向来直接。

卿帆感到可气，又好笑，“你是说，我辞掉工作，和你回家?”电话那头没有声音，卿帆以为手机信号不好，对着话筒说：“喂？尹哲!”

“我在……我是认真的，除非……你不是。”尹哲听出了卿帆语气中不自觉的讥讽和质疑。

“可是，我回去了，我们干什么养活自己?”卿帆看不懂尹哲，为什么他提出这种要求这么理直气壮，他以为生活就是喝蛋汤吗？一直以来，她考虑着他的感受，从来不会直接问这种问题，而尹哲也从不主动提起。

“我已经和我爸妈说好了，先接替他们店子，他们年纪大了，也不想那么辛苦了，我们靠这个，基本生活是不成问题的，你知道的，我爸妈靠这个店子养活了一个家，我们在保障基本生活的前提下，再去寻找其他机会。”尹哲见卿帆没有接腔，继续说道，“我虽然上次创业失败了，但是我并不后悔自己的决定，我们还年轻，可以自由地实现自己的想法，去制定自己的工作规划……”

这是尹哲说过最长的话，卿帆终于确认寡言的他，是可以做一个好记者的。因为在他的辩证下，她竟然动心了，逃离这乌七八糟的职场，在小城市中去寻找自己的机会，她甚至有些兴奋起来，去他的，李总！去他的，亲信！但是，她终究还是有些胆怯，这个建议来得那么突然，她说道："给我几天时间，我回北京给你答案。"

"好!"尹哲没有再坚持，"早些睡，一个女孩子在外面注意安全，我不放心你。"

"有什么不放心的?"卿帆感到甜蜜，他从来不会在电话中说这样的话。

"其实，我只有亲自牵着你的手，我才能放心……所以，我不想你一个人在外面了。"这句话，击中了卿帆的泪腺，一直以来自怜自艾的情绪在奔腾的眼泪中释放，她想到几年来，她一个人辗转全国那么多的城市，从来没有哪个男人对她说这样的话，一瞬间，她找到了归属的感觉。

在这一刻，她只觉得，人生嘛，就是要尽情尽性，她那时去找一斤红，倒不是真爱他，而是爱上了那种戏剧般的感觉。这一刻，她真的爱上了给了她戏剧般人生感觉的男人。

北飞的燕子决定南回

姚进接到卿帆电话的时候已是晚上十一点，清亮的铃声在深夜格外的响亮，她赶紧接通，压着声音说："怎么啦？这么晚了。"

卿帆的声音很亢奋："才十一点，很晚了吗？你在干什么呀？"可能意识到她声音的压抑，又恍然大悟道，"噢，噢，打扰你们了，你们继续……嘿嘿！我明天白天给你打电话，有重要事情跟你说。"不待她解释，又风一样地挂了电话。姚进将手机关机后，却再无半分睡意，婚前，哪怕是和黑子在一起的时候，几个姐妹间经常有凌晨突然一个电话打来的时候，也是常事，黑子最多就是翻个身，然后嘟囔一下，有时甚至还会兴致勃勃的听她们闲扯……想到黑子，她心情猛然失落。和秦昆结婚后，对他刻骨铭心的痛恨逐渐淡了，有时还有些片断浮现出来，它们与现在的生活糅合在一起，她时时会有些恍惚。她看了看身旁，秦昆没在身边，他还在书房，新婚蜜月一过，他便逐渐恢复到了在北京单身时的习惯，会经常在网上呆至深夜，她朝客厅里面看了看，公公婆婆房里的灯已经灭了，不知道刚才的电话是不是已经惊醒了他们……这是秦昆父母的房子，因为一直没有想过秦昆会回家乡，所以家里并没有给他们另外预备房子，一家四口暂住在秦昆父亲单位的房子里。秦昆爸爸在任审计局局长，房子是二套二室一厅改造的，别的都好，就是因为是老房子，所以隔音欠佳。姚进正要重新进入睡眠状态，她听到几声异响，连着一串。本来她还不敢确认是那种声音，直到她清晰地听到婆婆说："响屁不臭，臭屁不响，响屁说明肠胃好，你少在外面应酬吃饭，肠胃比以前好了。"这种私密的谈话在向来严肃的公公婆婆之间进行，她不禁在被子里偷笑了好久，任你是谁，也不过是饮食男女，该放屁都得放屁。

公公婆婆房间有起床的动静，姚进听着脚步进了洗手间，然后回到房间，最后又走了出来，停在了书房前面，婆婆的声音响起了：“秦昆，你还在干什么，都快十二点了，还不睡觉!”

“马上就睡了，我上网查点资料……”秦昆声音很低。

“那我给你倒点水，别太辛苦了。”

查资料？姚进是不会相信的，在网上毫无目的地漫游，那只是一种网络后遗症。姚进并没有太强烈的这种症状，结婚以后，她对网络的兴趣锐减，尘埃落定，再也没有在网上邂逅一段感情的期望。她睁着眼睛看着一厅之隔的书房，里面的灯光从门缝里透出来，将客厅的地板印成一块不规则的几何形……她正要迷糊睡着的时候，秦昆上床了，她想说点什么，话到嘴边又吞了回去。她想到了自己与黑子，自己就是因为凡事都过问，才会落得吃力不讨好的下场。她装作酣睡的样子，含糊地哼唧一声，从后面抱住了他的腰，紧紧贴着他的后背……

秦昆一去上班，姚进在家里便会感觉到无所适从，大把的时间空在那里，她实在是无法习惯。除去周末有秦昆在家的日子，她会陪着他睡睡懒觉，其他的每个清晨，婆婆一起床，便会跟着起床，然后陪着她去菜市场，做饭……婆婆很爱看电视，姚进也会陪着，有时还会陪着逛街……这样的日子，虽然轻松，却无比压抑，她觉得自己在婆婆面前，小心翼翼做着“三陪”的角色，好在公公虽然不怒自威，却从无多话。就算是周末，也不过在家看看报纸，或者出去会客，他鲜有把客人带至家中的时候，所以大半时间都是见不着他的。

“妈……我这样待在家里也不是办法，我还是想去上班。”说这话，是因为她结婚前，来秦昆家考察时，她婆婆很坚定地说过，要托她老同学的关系，把她安排到财政局去上班，这样小两口都有稳定的工作。她自己是财政局主任退休，退休金不低，秦昆他爸过几年副处退位工资更是低不了，言下之意很清楚，她们不但不会给小两口增添任何经济上的负担，而且只有“倒贴”可能。她似乎猜到了姚进的心思，她看似随意，却很肯定地说，结婚后，再给小两口买下一套新房，现在不买，是因为房价涨得太离谱，等跌跌再买，她分析不出两年，房价肯定会跌下来……这样的话，让姚进无比心安，她从来没做过嫁入豪门的美梦，她要的就是秦妈妈嘴中看得见摸得着的生活。

婆婆正在喝汤，“嘟噜”一声响，她是一个身材清瘦、颧骨很高的女人，姚进看着她的侧脸，一种熟悉的望而生畏感油然而起。她听了姚进的话，脸上带着笑意，这也是她一贯的表情，虽然带着笑，精明却已经渗透到了她的每一根笑纹里面。这也是姚进和她相处两个多月，有的只是“相敬如宾”的客气，却并不亲热的原因。

“小进，你的事情我会帮你去办的，只是，现在你的当务之急不是工作，而是生孩子。你这种不大不小的年纪，结了婚没生孩子是比较尴尬的，哪个单位都不想用你这样的，刚上班就忙着生孩子，所以，干脆将孩子生了，再好好上班。”

婆婆的话让姚进一愣，她只知道在北京，那些私企在用人方面确实有这方面的考虑，却不知道在小城市也会有这样的困扰。孩子？这两个字眼如此陌生，却又是伴随结婚而来，不得不面对的现实。她想争取一下，嗓子眼却像被堵住了，一句话也说不出来，何况婆婆说的话也不无道理，孩子是迟早都要生的，和结婚一样，一次性到位。她心里莫名地沉甸甸的，以前怎么样的生活都是自己可以作主的，而现在她的生活，却分明开始有了不由自主的味道，她觉得哪怕是这样的生活，她也变得没有了把握。

婆婆见她没有说话，继续说道：“现在有些女人，非得等到三十多岁再去生，真是荒唐。听我的，趁早把孩子生了……”

姚进心中虽然有些不痛快，但她却聪明得多一句话也未讲，包括她想问的，好吧，如果以后生了孩子，会不会给她们重新买房。既然工作等生了孩子再给，可是房子呢？她一直告诉自己，没有价值的话，就不要多说。两人吃罢饭，姚进洗碗，她将碗端进厨房，心中后悔，她想到卿帆说的话：到一个新公司，既不要偷懒，也不要过分表现自己去加班，你经常加班，有一天，你正常下班，不再加班了，老总会觉得你懈怠了。所以，做个正常的员工就行。

这话确实很有道理，刚开始，婆婆也没有让她做饭、洗碗，自己为了图表现，陪着她买菜、做饭、洗碗，后来婆婆也就逐渐不再坚持，现在更是习惯了这种模式。姚进自己觉得如果哪一天没有进厨房，婆婆一定会不高兴，这种家庭生活经过初期彼此的谦让，磨合，形成模式雏形，她到目前是没有地位的，不从这个家里搬出去，她就得在婆婆隐形的“统治”下生活下去。

姚进将碗筷收拾了，婆婆进了自己房间午休，她也躺到了床上，轻掩了自己的房门，北京的办公室，这样的时间，或在办公室里强忍着睡意工作，或奔走在见客户的途中，那个地方是没有“午休”两个字的，她心里忽然又有了些庆幸。她想起卿帆神神秘秘的电话，给回了过去。

对于昨晚提的重要的事情，卿帆却卖起了关子，反而很关心姚进在家里的情况，对于她昨晚接电话时的表现不依不饶，姚进只好说：“我现在还和公婆住在一起呢，太晚了，我怕吵醒了他们。”

“你接你的，他们睡他们的，难道你和他们睡一间房啊?”卿帆表示不解。

“他们睡觉习惯开着门睡……房子隔音不是很好。”姚进压低了声音说，“快说你的什么重大事情。”

“我准备回湖南了，因为突然爱上了一个男人。所以，我们相聚的日子不远了，他家离你那儿不远……”

卿帆的语气非常轻松，虽然姚进自己的决定同样突然，她却依然感觉到不可思议，她有些担心地说：“你还是要多考察一下他的家里，不要太冲动了，我现在越来越觉得，嫁人，其实就是嫁给了一个家。”

卿帆笑着说：“你闪婚，倒闪出哲理来了。我去过他家了，没钱，但是你知道的，我一向不注重这个。”

两人还在热聊，婆婆不知何时推门走了进来，姚进心中一惊，马上说：“我先有点事，回头打给你。”将卿帆那句“女人，你怎么这样神经兮兮，别不是又吵着你婆婆……”的话硬生生地掐断。

婆婆说：“小进，是你在北京的朋友?”

“嗯，我最好的朋友，她在北京混得挺好的，前段时间才听说要升职，这次……”话未说完，婆婆说道：“小进，我不是想说你，你现在准备要孩子，就要少用电话，少用电脑，那东西有辐射。”

姚进一下子没回过神来，不是中午才提了这事，怎么这么快就进入了轨道，自己这么快就开始备孕，她觉得自己毫无预兆的就失去了自由，连反抗的理由都没有。

三剩一的告别

今天是卿帆在公司的最后一天，交接手续的最后一个签名在下班前半个小时完成。五点半到的时候，她起身离开，笑着和商务部的同事说再见，那种感觉和每一个下班的日子一样，只是她的眼眶却在不知不觉间酸了。她的辞职在整个商务部引起了不小的骚动，各种版本的猜测在部门间流传，在卿帆即将上任上海分公司的节骨眼上，在这千载难逢的职业机会面前，她竟然撒手不干了，最气恼的就是李总。他对卿帆说，如果是上海分公司之行让她感觉到了压力，她可以选择继续待在总部，是不是那边的情况太复杂了？卿帆看着他的眼睛，知道他旁敲侧击的意思，她说，我真的是因为个人原因离职，我知道的，在邮件里，我全告诉您了，其实，和您想的差不多，谢谢您这几年对我的栽培，您是我一生的老师。后面这句话有些矫情，却是发自她的内心。当她终于不用打卡走出那扇大门，把各种猜测关在了门后，她想，为什么他们猜了那么多版本，怎么就没有一个人想过，她是因为爱情。这些人里面，还包括她的闺蜜雨初。

卿帆告诉她时，她一直以为是在说笑话，是她故意给处在"空档期"的自己放出的烟雾炸弹，当卿帆告诉她，手续全部办完的时候，她才意识到卿帆是动了真格，急急忙忙赶到卿帆那儿，看到房子里的东西没有丝毫整理过的痕迹，不禁松了口气："我看你真是闲得没事干了，你想见我了，就明说。"

卿帆笑道："真要走了，屋里有什么东西，你看得上，随便选。"尹哲明天就要过来了，她的屋子仍保持原样，是因为她看过尹哲整理的房子。对于整理能力欠佳的她来说，理所当然该把这种机会留给他。

雨初愣愣地看着卿帆："来真的？"

卿帆说："我的样子像开玩笑的？"

雨初刹那间就红了眼眶，说道：“你们都走了，只有我一个人在了。”当初，她听到姚进突然离开，突然结婚时，她甚至还送出了自己的祝福。现在卿帆同样的决定，却让她觉得惶恐，偌大的北京，在失去爱情后，连惺惺相惜的友谊都要远去……

“姚进的选择，我觉得对于她来说是最好的。可是，你比她有才华，有前途，难道我们刚摸着这个城市的大门，你就要折身而回。只为了一份你想象出来的爱情？如果你非要这样，那么你这几年的时光就是白白度过了？”

“这几年，我经历的，我努力过的，就是我的财富，怎么就算白过了？”

“在你要回去的地方，没有人知道你的曾经，也没有人知道你现在的风光，你也许会找不到和你现在同样的职位……那里，没有你的容身之所。”

“哪有那么夸张，不能说全国只有北上广才有人才吧？”

“如果你没有一点家庭背景和社会关系，你根本没有机会进好单位，除非，考公务员，可是，年纪又不小了……”

“好了，理性分析向来是我的专长，什么时候，你也学会了。”卿帆打断她的话，“今晚别回去了，睡在我这里。”

雨初不再说话，闷闷地坐到床上。卿帆看着她这样，心里不免也有些伤感，看了看房子四周说：“说不定，哪天你也被人带回去了，我们很快又能见面了。”

“我和你们不一样，我从来没有想过从这里逃走。我就像一株被改良的植物，从温煦的南方到了寒冷的北方，既然扎了根，就没有想到哪天还要移植回去。”雨初的表情坚定，对卿帆的话明显抵触。说话间，她目光的焦点突然就落到了那瓶香水上，她走到它面前，端详着，问道：“你的男人送的？”

卿帆笑：“他？他没有这种细胞。”

雨初心中一动，“那还有谁？骆海清？”

卿帆一眼瞥见了雨初的失意，笑着说：“同事出国带的，部门女同事一人一瓶。”

雨初的表情有着明显的不可置信：“这可是限量版，很难弄到的，你同事一人一瓶？不可能吧？”她的目光朝卿帆看过去，卿帆见她睁大眼睛，睫毛根根分明，雨初对自己的武装果然是细致入微，卿帆漫不经心地说：“谁知道呢，反正我对香水也没有研究。”卿帆对香水的了解，也就是知道几个大品牌而已，现在她更弄不懂骆海清的用意了，那句似是而非的话，她想起来，还常会心头一热。她并不想让雨初知道这瓶香水的来历，她有一种直觉，雨初此时最不愿意听到的答案就是骆海清。

雨初将香水朝空中喷了下，一种带着股甜味的香味迅速弥漫开来，她闭着眼呼吸了一下：“果然名不虚传，清雅脱俗，暗香盈动，还有一种大家闺秀的大气和雅致。”卿帆也凑了过去，耸了耸鼻子：“有这么邪乎吗？什么香水在我鼻子里都是一个味道。”

雨初说：“送你香水的同事，肯定对你有意思。”

卿帆一摆手：“哪有的话，人家都四十多岁了。”

雨初笑道：“那就是误打误撞了，这瓶香水我收了。你家里其他东西，我都不要。”

卿帆拍了拍自己的床：“这也不要？这可是我花了一个月工资买的，实木的。”

“你这张床太小了。”

卿帆站到雨初身边，看着比自己矮了快半个头的她，说道：“我这么大一只都装得下，你这只小麻雀还容不了？”

雨初白了她一眼，“你们都换双人床了，我为什么还要用单人床？”卿帆回过神来，两人一起笑起来。正笑着，卿帆的电话在桌子上响了起来，雨初拿过来递给她的时候，瞟了一下屏幕，问道：“谁叫雷震子？”

卿帆说：“一个客户……我都走了。”

骆海清对她俩来说，还是陌生人，卿帆并不想让雨初知道，他对她有何不同，这关乎一个女人的骄傲，也许这只是他结交女孩惯用的手段，并没有特别的深意。

戴顶“安全帽”回家

在北京的最后一个上午，卿帆提出想换一个发型，从此开始另外一种完全不同的生活。卿帆问尹哲：“你喜欢女人什么样的发型?”

尹哲想了一下，看着她，正要张嘴，卿帆马上打断道：“你千万不要说，就喜欢我现在这样的。”卿帆现在是一头清汤挂面的直发，她一直想尝试那种齐肩的梨花烫，街上处处可见那种自然凌乱的卷发，就有一次，她在街上碰到一个女孩留着那种发型，有些凌乱的发尾微微朝内扣着，穿着一件碎花小裙，低头浅笑的样子深深刻在了她的脑海里。从此，她就开始无数次想象自己将头发剪成那样后的温婉模样。

尹哲说：“我最喜欢直直的马尾，颜色黑色。”

卿帆白了他一眼：“没创意。”

“说真话不需要创意。”尹哲不急不缓地回了句，卿帆见他脸上平静的表情，觉得自己要重新评估他的反应能力了。她到底还是坐在理发椅上，而尹哲则先去外面游荡再来接她，她暗想，如果是其他男人，也许会乖乖等着自己的女朋友，哪怕等待的过程再无聊。这一刻，她突然觉得自己很荒唐，一个还需要揣测性格的男人，自己怎么就有勇气选择和他在一起了，她的目光穿越美发店里来往的人群，看着镜中正一缕缕落到肩头的头发……这个即将离开的城市，她最青春的光阴留在了这里，她有很多选择留下的理由，她甚至可以做得更好，成为这个城市永久的居民，思想转念之间，一股悔意升了上来，她心中对新生活的热情一下子降了温，她甩了甩头，试图把自己的这种想法驱逐出去，既然决定了，就得一往直前，她的这个动作把那发型师吓到了，“别动!”理发师朝她说道。

卿帆这下看清楚了镜中的自己，同样被吓了一跳，镜中的刘海整齐得如同被刀片裁切过一样，她几乎要弹跳起来，说道：“你是嫌我的脸不够大饼吗?”理发师笑道:“这就是今年的流行时尚,可爱,卖萌。显得多年轻,多时尚啊!”

“我都多大了,还卖萌?”卿帆已经憋了一肚子火,正要发作,发型师将套在她脖上的围裙解了下来,麻利地一抖,“好啦,大功告成,如果有人说你的发型不好看,你再对我发脾气。”

卿帆将信将疑地在镜中打量着自己,从精干利落的白领一下子穿越到了青葱的学生年代,齐齐的刘海,齐肩的头发向里扣着,确实比以前可爱多了,她的脸上慢慢有了笑意。恰在这时,尹哲走了进来,看到了她,先是一愣,然后竟蹲在地上捧腹大笑,整个发型间的目光都朝这边投了过来。

卿帆被他笑得全身起了毛,又窘又急:“有那么好笑吗?难道一点不好看?”

尹哲指着她的头发,问道:“你头上的帽子花多少钱买的?”

卿帆摸了摸头:“我哪有戴帽子呀!”

尹哲说:“啊,那我看错了,原来是你的头发呀。真像一顶安全帽呀!啊哈哈……”

卿帆这下听懂了,马上就有人大声笑了出来,卿帆看着镜子,经他一说,还真有点像。她不禁恼羞成怒,有这样损人的吗!怒到深处,她跺脚道:“尹哲!你怎么能这样!”

尹哲忙扶着她的肩膀说:“哎哟,你小心点呢,别让安全帽掉下来砸到脚了!”这下,一屋子人都哄笑了起来,连卿帆也忍不住笑了。

回到住处,卿帆拉住尹哲的手:“慢!你凭什么就能将我带走?如果我告诉你,我现在后悔了呢。”

一直以来,尹哲对她没有过任何保证,虽然卿帆并不喜欢那种甜言蜜语的男人,但是尹哲的只字不提,还有她心里隐隐冒上来的不舍,她发现自己并没有那么洒脱。

“我要你幸福,我希望这种幸福是我给你的。”尹哲说,他摸了摸她的头发,“如果你的幸福是别人给的,我不会原谅自己。”

这就是卿帆喜欢的男人,她每次看电视时碰到这样的桥段:男主角为了自己爱着的女人而选择放手,她就会觉得男人是个懦夫,是一种最深刻的逃避和自私。她故意问道:“你怎么知道,你一定能给我幸福?”

她盯着他看，她从他的眼神中看到了越来越深的不安，到最后简直成了惶恐。在他要绝望的时候，她扑哧一笑，“这算是对你上午的惩罚。”

尹哲把她的手拉过来，放在自己的胸口：“有一种人，他是用强悍来掩饰不安。越害怕的时候，就会伪装得越自信……我怕你不会跟着我回去。我知道，现在的我什么也不能给你，我不会让你等我，我只是想，无论怎样的困难，我们现在都要在一起。”

卿帆将头靠在他的胸口，说道：“我不会让你一个人孤军奋战的。”

在回途的火车上，看着北京这个城市快速地从窗口一掠而过，卿帆定下心来，既然选择回程的列车，过去了的就让它过去吧！到哪个地方都是奋斗，关键是和谁在一起，她扭头看了看对面卧铺的尹哲，他已经睡着了，她也躺到了床上，拿出手机，发现有两条未读新消息，一条是雨初发来的，祝她一路顺风，想她的话。还有一条是骆海清发来的，那天当着雨初的面挂断他的电话之后，一直没有回话给他。

“幸福，我希望不是我的祝福，而是你的现状，回程安好。”他的消息怎么这么灵通，她看了看两条短信前后的时间，随即明了，雨初，这一次看来是主动了，能让她低下头颅的男人出现了，卿帆脑海里突然就冒出了他的模样，他整齐的头发，笑容……如果不是尹哲，她未来的十年又是怎样。人生真是奇怪，一句话，一个眼神，一次没有设防的邂逅就可以改变一个人一生的轨迹。卿帆去看尹哲，他醒了，正睁大眼睛看着她。

“你怎么就醒了?”

尹哲起床后，站在窗前，说道：“下午睡了，晚上怎么办?”

卿帆说：“你说话能不能不要这样贴近生活，换一个说法?”

尹哲回转身，拖过她的手：“因为，我想陪你看风景。”

“这条路上的风景，你看得还少吗?”卿帆想，反应倒挺快。

“和我爱的人，是第一次。”尹哲笑着看向她，他热烈的眸子让卿帆不敢直视，“丫头，看着我。”

卿帆将视线勇敢地迎了上去，他一字一顿地说：“我对你的感情，装在这里。”他拍了拍自己胸口，“我不想它们从嘴里飞出来，就让它们一直待在这里，好不好?”

卿帆再次觉得尹哲是高手，这话比任何情话听着都让人觉得踏实。

两难的选择题

卿帆回家，面对的就是一道选择题。

尹妈妈对她的到来，感到意外又兴奋，总是大着嗓门对邻里说，现在的女孩专拣高枝挑，我们家尹哲还真是有本事啊，一穷二白的，还真带回来一个媳妇。这些话从尹妈妈的嘴里说出来时，有那么些得意，卿帆听着有些刺耳，感觉还没有过门，就已经有了种廉价的味道。好在，回来之前，尹哲就已经将两个人的房子租好了，搬出去住。这是最明智的，时间长了，卿帆判断自己总有一天会败在尹妈妈的“口无遮拦”下。但是，以尹哲现在的实力想完全独立出来是不大可能的，摆在面前就是一道选择题，尹家能够借二十万给他俩，这二十万如果尹哲用来付房子首付，就是不用还的，如果拿它们另立门户做生意，这二十万就必须还。卿帆已经听出意思来了，尹家其实是希望儿子接他们的班，或者两人出去找工作，买房结婚，过平淡的日子。

尹妈妈问：“帆啊，我家尹哲在北京亏了很多钱，你知道吗？如果他安心上班，你们在北京不是更好。做生意，不是那么简单的事。我跟你叔叔，从单位下岗做了十多年生意了，攒点钱也不容易。”尹妈妈的乡音很浓，虽然是同一个省份，各自的家乡话也是南辕北辙，当尹妈妈叫她“帆啊”的时候，她差点听成“烦啦”。

“阿姨，我跟您说实话，他如果没有胆量亏钱，我还不跟他了呢。”卿帆说完这话，心里解了些气，“您如果愿意借二十万给我们，到时本金加上利息一起还。”

尹妈妈的大嗓门突然就降了调，“这是我们所有的积蓄，是我们准备留给尹哲结婚买房子的，如果以后你们买房子，我们真拿不出来了……”

“阿姨，你们没有义务替我们买房子，这些钱是你们辛苦赚来的，以后也是你们的养老钱。我们一定会按照约定，还你们钱。”卿帆希望用自己真诚的口气来让她相信，她和她所理解的不一样。

“我和你叔叔虽然下岗了，我明年就有退休金，一千四百多元呢，每年都会涨!”尹妈妈的口气很是自豪，“你叔叔要到六十岁才能领到钱，他的更高，二千多元!”

卿帆笑，没有再说话，经过这几日的交往，她已经领略到了尹妈妈爽直背后的精明。就在上午，她从卫生间出来，尹妈妈就走了进来，告诉她，冲厕所不要打开笼头，就用桶里的水。卫生间里放着一个硕大的水桶，有淘米水、洗菜水……水桶上的水龙头也终年不关，滴答不停。她出来的时候，顺手关住，尹妈妈马上又拧开，让它“滴答”不止，她压低自己的声音，对卿帆说：“过日子就是细水长流，水这样滴，水表是不转的。你别看事小，日子长了，可是一笔钱。”

卿帆问，“阿姨，你一个月水费多少?”

“十几元钱。”

卿帆心中不服，这样的精打细算也不过是十几元而已。其实，她可以说些“您真会过日子”之类的话，她不想刚开始就这样违心，不赞成可以沉默。她笑，这属不属于盗用国家财产？这句话溜到嘴边又缩了回来。她和尹妈妈之间，还没有熟到开这种玩笑的时候。

这几天，卿帆和尹哲一直在他家的店里实习，门面狭窄、细长，墙体被长年的烟熏火烤成了墨黑色，店空间的利用被发挥到极致，到处都是锅碗瓢盆的，整个店子只有容一人多进出的过道。此时已是盛夏，空间逼仄得令人透不过气来。不时有顾客上门，都是些大娘，拿个花碗翻来覆去地看，讲上半天价。尹爸一直端坐在店内的办公桌旁，他是负责开单的，那张桌子油黑发亮，已经看不出原来的颜色，尹妈妈就在旁边支个炉火做饭，猫着腰在锅里翻动着，一脸的汗水盈盈欲滴，她的脖子上挂着一条毛巾，随手一捋，鬓角的头发全湿透了。卿帆看着，心里有些酸楚，她第一天穿了一条裙子，第二天就主动换上了T恤短裤。她不得不佩服自己强大的适应能力，办公室里冷气足到要穿外套，而这里，她有一种度日如年的感觉。她试着让自己以最快的速度融入到这种状态中去，很快她就发现自己的力不从心。

“这碗多少钱一个?”

她便朝里问："阿姨，这种花碗多少钱一个？"她把碗拿起来，朝尹妈妈晃动。

"三块五。"

"啊哟哟，这么贵啊……"

然后尹妈妈就过来了，打着哈哈，一番讨价还价，最后二块八成交，那人要了五个。卿帆问："这碗进价多少？"

"二块四，这是零售，批发利润要低些。"

那就意味着一个碗毛利四毛钱，如果一天能零售一百个碗，那么就是四十元……

她将目光投向店外，正是一天中最热的时候，空气中的热分子相互裹卷着，从白得刺眼的水泥地上腾空而起，在人群、车流中缓缓荡漾着穿行，缓慢而炙热地冲击着裸露的肌肤。她远远地看着尹哲一脸汗水地骑着三轮车回来了，他去给下面县城的客户发货，卿帆的眼光随着他走进店里，T恤衫紧紧地粘在他的背后，她突然心里一阵泛酸，有些人赚些钱是多么不容易啊！而尹哲爸妈赚的辛苦钱，真是一张一张从汗水里捞出来的。

晚上，卿帆将电风扇的档调到最大后，身上泛着汗液浸透再晾干的味道，不是一遍，几遍轮回才会有这样浓烈的味道，这个房间还未装空调，她将头伸到电风扇的前面，那风里却像带着火，吹到脸上又热又难受，尹哲从后面抱住她的腰，脸伸到她的脖子里，卿帆将他的手掰开，有些赌气地说："尹哲，我上了你的贼船了，你这个船长，不会是载着我一顿瞎开吧，你爸妈那种店太零碎了。"

尹哲也不勉强她，支撑着脖子重新躺回床上，"我基本上考察清楚了，我们开个农机店，客户也是面向农村，但是没有他们那种零碎……我们主要卖中小型农机设备。"

卿帆转过头看着他说："要不，我们别面向农村了，我们俩开个广告公司吧，我想我们俩的联手，问题不大。"

尹哲看着她，目光坚定："我最想做的就是实业，我对实业有一种我自己也说不清的热情。"

卿帆看着他严肃的表情，觉得好笑，"你就是一个天生的个体户的命，好吧！既来之，则安之。你怎么样，我都支持你。"

尹哲高兴地说："真的？现在有件事情，你就得支持我。"

"什么事？找我借钱？"卿帆也变回一副一本正经的表情，"尹哲，我要跟你说明一个原则，我从来不借钱给男人。"

尹哲有点错愕："呃，我发现你真不是一般的聪明啊！不过，我不找你借钱，我只找你借人。"

"借人？"当尹哲说出他的计划的时候，卿帆再次领会到，这是一个危险的男人，不知是他太单纯，还是太有心计，自己就这样一步一步和他越走越远，欲罢不能。回过头来想会认为荒唐，仔细一分析又觉得顺理成章。

不嫁则已，一嫁惊人

尹哲开着披红戴绿的庞大的半挂车走进村里，后面已经跟了一大群从外村跟过来看热闹的人。卿家等待酒席开始的人们全部倾巢而出，看着那个大家伙慢慢开到了屋前，后面的队伍已经闹哄哄地跟了黑压压的一群。卿家嫁女，不嫁则已，一嫁惊人。

卿妈惊得张大了嘴，问卿爸："这是我家的吗？"

管事的人说："可不是吗？今天只有你家嫁女。"

半挂车的车头全缀满了玫瑰花，中间挂着一个喇叭，里面正播放着《共产儿童团团歌》："准备好了吗？时刻准备着……"，脆声声的童声被传播得格外洪亮。半挂车的后面已将货栏全都拆了，只剩下一个长约七米的平拖，挨着车头的地方挂着两条写着标语的红色绸缎，平拖上同样摆满了鲜花，花丛中簇拥的是尹哲和卿帆的硕大合影，上面有一条红色横幅，写着"卿帆，来我怀里!"，两侧的标语分别是"一颗心，一辈子，一世爱情""两个人，两双手，两情相悦"，黑字红面，甚是鲜明。

当尹哲从车上下来的时候，卿妈正式确认这辆婚车是迎娶她女儿的，她从开始的震惊，质疑，到最后已经分辨不出，这究竟称不称得上排场，用大卡车迎亲，这是哪门子方式。她想的，她期盼着的是一个豪华车队，最好从村头一辆一辆连到村尾，看着她快三十岁的女儿如何风光出嫁。可是，再豪华的车队也未必能惊动这么多围观者，所以，她看着这么多看热闹的人，只能傻笑了。卿帆已经从这不同寻常的动静中觉察出了异样，她站在窗户边注视着这一幕，也觉得自己脑袋上空天雷滚滚，当她看清那些标语的时候，不禁哑然失笑。后来的仪式就完全按照卿家这边的意思进行，尹哲带来的接亲团是清一色的小青年，一色的白衣蓝裤，从卡车后面的大巴车上下来，站满了卿家的小院，连同看热闹，久久不愿散去的人，简直就是水泄不通……

尹哲这边的婚礼是在这个城市唯一的五星级酒店举行的，虽然结婚的决定到实施只有短短一个多月，可是仍然看得出尹哲的用心，这场婚礼单鲜花这块，就是一笔不菲的支出，这大大超出了卿帆心中的预算，但是在此之前，她和尹哲约定过，他这边结婚的事，她一律不管。她把还在亲自布置场地的尹哲拉到一边，小声埋怨道："你不能弄些假花吗？每张桌子都摆了鲜花，这得要多少钱啊？"

"假花是不会香的，只有真的鲜花才会散发出香味。"他贴近她的耳朵，顺便亲了一下她。卿帆脸一阵发热，撤回到了更衣室，仪式马上要开始了，虽然她见惯了各种场面，这一次，她是真紧张。她看着镜中穿好婚纱的自己，转了一个圈，深呼吸。

"新娘子……"

这熟悉的声音让她惊喜，是雨初来了！

"你不是说请不到假吗？"卿帆回过身，她怔住了，她没有想到，雨初竟然将他带来了！骆海清一脸微笑看着她，她有刹那的错愕，随即高兴地说："她怎么把你也带来了？"

"我刚告诉他，你的婚讯，他就说要来看你。"雨初看向他，表情甚是亲昵甜蜜，卿帆看着他俩，雨初穿了件粉红色的裙子，骆海清穿了件鹅黄色的T恤衫，两人站在一起，真是登对得很。她笑着说："你们……怎么一起来了。"

骆海清笑着打量着她，说："很漂亮。"

雨初也附和着说："你这件婚纱是定做的吧？"

这件婚纱是尹哲从网上买的，听说挑了几个晚上，虽然价廉，却也物美，款式简单，却恰到好处的将她身材所有的优点勾勒了出来，她下意识地提了提自己的前胸，那个地方有些过于贴，有抢夺人眼球的嫌疑。卿帆笑着说："淘宝上淘的。"

雨初说："我结婚的时候，我要定做一套，一辈子都要好好珍藏。"

卿帆笑："这种事情，是要你的那一位帮你做的，你急什么？"雨初过来替她拢婚纱的裙摆，一股淡而清雅的香味钻进鼻子，这正是那瓶香水的味道，看来雨初确实真心喜欢。她有些尴尬地朝骆海清看过去，他的眼神正看着她，似乎带着质疑，她慌忙把眼神挪开……

“卿帆，开始了！”尹哲从门外风风火火走了进来。雨初笑：“哪有新郎官自己这么忙的？”

尹哲的脸上淌满了汗液，一脸藏不住的喜悦，他说：“何雨初，你来了，卿帆就高兴了。”

雨初有些意外：“你还知道我？”

尹哲说：“你们三人帮，在老乡会是有名的。”他朝骆海清伸过手去，“你好！我叫尹哲。”

骆海清也伸过手：“新婚快乐！我叫骆海清。”

卿帆看着两个男人的相识“仪式”，心想，男人之间真是比女人简单多了，正想着，尹哲的手就牵住了她，对他俩说：“你们坐前排吧，我们准备出场了！”

整个婚礼现场花香扑鼻，当尹哲牵着卿帆的手从那鲜花做成的拱门里走向红地毯的时候，卿帆的眼泪差点控制不住就要流出来，当司仪问道：“美丽的新娘子，你愿意嫁给你面前的男人吗？”

卿帆点头道：“我愿意。”

她感觉到尹哲一直牵着自己的手增加了力度，无论这场婚礼出于什么目的，牵住她手的男人绝对是认真的，她的眼眶再次潮湿，她朝台下看去，看陌生的面孔都带着祝福的笑容，她还看到雨初的笑容，然后就是骆海清，他却是一脸若有所思，他看到了她一闪而过的眼神停在了自己身上，不觉朝她笑了笑，在卿帆眼中，却带着落寞……雨初的目光已经从台上转移到了骆海清的身上，他们俩相视一笑……这让卿帆安心了一些……仪式中的最后一步，是她和尹哲向所有来宾敬酒，她举起手中的杯，有一种说不出的轻松，她在这么多人的见证下完成了她堪称完美的婚礼。

晚上的时候，雨初和骆海清搭乘火车回了北京。卿帆将他们送至车站，偷偷将雨初拉至一边问道：“发展到哪步了？”

雨初看着正在进站口灯光下看着她俩的骆海清说：“他像一只优雅的猫，对于猎物，好像不是那么急于一口吞下去……唯一听过一句好听的话，他说我的香水味特别好闻。”

骆海清似乎已经意识到这两个女人正在谈论自己，朝她们挥了一下手。卿帆看着他，在人群中，他自有一种贵族般鹤立鸡群的气质，说：“这个男人够降得住你了。”

雨初幽幽地说："可是，什么样的女人能降住他呢？"

卿帆搂住她的肩，朝他走过去，说道："他在跟你玩欲擒故纵的游戏，好好享受这个过程吧！等你的好消息，无论你在哪里结婚，我都会亲临现场的。"

虽然雨初和骆海清来去匆匆，却让卿帆感动，这个不打不相识的骆海清，对他已然有了老朋友般的感觉。只是姚进，与她在同个省份相邻而居，她以为她一定会来……当她走出站台的时候，尹哲却在广场的旗杆下等着她，朝她挥着手，"卿帆！"他不肯来送雨初她们，却站在那里等她，有时他还真固执得奇怪。

到结束一天所有行程躺到床上的时候，卿帆才意识到，戏已经演完了，可是已婚妇女的头衔却从今天开始，与她如影相随了。她有些怅然若失，在她的理性世界里，她没有领证，也就没有在真正意义上将自由舍弃，她只不过是为了配合尹哲的创业基金，也是为了配合自己的"愁嫁"，给卿爸卿妈及众多"虎视眈眈"的乡亲一个交代，真是一举两得。想到这，她进一步安慰自己说，只是如果，尹哲并不是一个值得托付终身的人，她也可以全身而退，找一个谁也不认识自己的地方重新开始，那些过去又有谁知道呢。

当卿帆将思路彻底理清的时候，她才意识到尹哲从后面环着她的腰，将头贴在她的脖子后面，可以感觉到他热乎乎的气息，这是他习惯的睡姿，她感到一种踏实的温暖，还有……内疚，翻过身子紧紧拥抱着他，"尹哲，这是我们的新婚夜，八月十八日，我们一定会成功的。"

尹哲没有说话，只是将她拥得更紧，她听得到他强健有力的心跳，这一刻，她感觉到了一种微妙的幸福，从今天开始，终于有了一个专属于自己的怀抱。

孩子是婚姻的必经程序

姚进感觉到秦昆上床的动静，主动将自己投进他的怀抱，秦昆顺势将她揽紧。她在他身上摸索，他平躺着不动，叹了口气，有些疲惫地说："你觉得这样有意思吗?"

姚进停止了动作，昂起头看着他："我用排卵试纸测过了，二十四小时之内就会排卵……为了这个时机，我连卿帆的婚礼都没有参加。如果这个月还没中，妈妈肯定以为我有问题了。"说完，她的手又开始向下面探索，秦昆将她的手握住，"不要这样，我真没兴趣，我觉得这样，和种猪场的牲口没什么区别，没一点情调。"

姚进听他这样讲，飞快地翻身平躺，为了博取在这个家的地位，为了让生活不至于毫无起伏，她觉得自己像个急于求成的战士，向秦昆主动发起猛烈的攻势，而作为女人的矜持和骄傲，还有那种只能意会，男女之间那种令人受用的暧昧在这种进攻中也消失殆尽，让她惊恐的是，结婚才四个月，她觉得她和秦昆之间的激情，如同一堆被浇了水的柴垛，很难点燃……

她被秦昆拒绝了，她脑海中很快浮出一些镜头，那是她和黑子在最困苦的日子里，没有情调却真实的激情，那些热情的场面在黑暗中一一浮现，令姚进觉得更难过。她想，难道荷尔蒙是青春的产物，有时根本无关爱情……她就老了吗？老到对男人的吸引力连四个月都无法维持。正伤感着，秦昆的头凑进了她的怀里，她感觉到他湿热的嘴唇从颈一直朝下延伸下去，然后在某个部位停留，那是他最习惯的序幕……他到底还是妥协了，姚进却读出了一股施舍的味道，她将他的头揽在自己胸前，努力让做秀的痕迹浅一些，听说水乳交融状态下的孩子更聪明……电话的震动在床头柜上响起时，秦昆已经发出了粗重的呼吸声，他睡觉的时候没有呼噜声，属于安静的男人。听说女人能得到高潮，生男孩的概率要大些，她有些懊恼，那种感觉离她还挺远，她并不想接电话，今天卿帆结婚，也许是她打过来的。她拿起手机，电话已经断了，却是雨初。她将手机取消震动，调为静音，再放至原处，后来想了下，侧起身将它放进床头柜的抽屉里，她想起一则报道上说的，这样辐射可以被阻挡。她这一动，马上感到一股热流从身下流了出来，她想，浪费了……这个月，千军万马中总有一个能到达目的地吧。

雨初并不是一定要在这个点给姚进打电话，她和姚进之间的友谊，只有在卿帆也在场时才能发挥得最好。她只是有些无所适从。和她期盼的一样，四人间的软卧车厢只有她和骆海清。她只是“无意”透露了卿帆的婚讯，他便和她前往，他的主动让她差点猜疑他和卿帆的关系。整个过程，他表现得都很正常，这让她心安。此时，他坐在车窗旁，眺望着窗外，她顺着他的目光看过去，外面漆黑一片，偶尔掠过的灯光，也只能让人感觉车厢的飞速移动。她觉得自己就像一个猎人，面对自己沉默的猎物，不知从何下手，她想打破这种沉默，于是她想到给姚进打电话，也不过响了几声便断了。

她说：“我在一本心理学上看过，如果一个人坐车的时候，无论外面有没有风景都爱盯着窗外，说明这个人内心很骄傲，你觉得这句话有道理没?”

骆海清回过头来，笑着说：“你说呢?”他的眼神落在雨初身上的时候，她一阵心慌，这是一个越接触越能让她慌张的男人。因为工作需要，她同各种人打过交道，她的眼神总是落落大方，而现在她竟然有些躲闪。她微笑着说：“我觉得你很骄傲。”

“能被人看出来的高调，叫骄傲。能被人看出来的低调，也叫骄傲。我是哪种?”

雨初说：“能被人看出来的骄傲，那叫张狂。”

说完，两人相视一笑。雨初说：“我一直觉得骄傲是女人的一种生活态度，骄傲的女人更容易让对方珍惜，对不对?”

“那得看你说的对方，是什么类型的人。”

“你喜欢什么类型的?”雨初问完这话有些后悔，这不是一个骄傲的女人该问的，虽然在他面前，她已经一点点瓦解一直武装了自己很多年的矜持。

骆海清意味深长地一笑：“我猜，我喜欢令自己放松的女人。”

雨初下意识抬了抬自己的肩膀，她知道自己的背一直挺得很直，这已经成了一种习惯，据说一个新习惯的形成只要七天，而她这个习惯却用了很长的时间才培养完成。她笑了笑：“可惜，你不是一个令人放松的男人。”

骆海清大笑，站起身来：“睡喽！晚上我打呼噜，你别睡不着啊。”

这句调侃让雨初看到了一点希望，她浅笑着说：“真的？是不是男人都打呼噜？”她想起吴楠，那么清瘦的男人晚上也是呼噜声阵阵，她早已习惯枕着一个男人的声音入眠。

骆海清站在离她很近的地方，她身上的香味又若有若无地钻进了他的鼻腔，他问道：“你们女人是不是都爱香水？”

雨初笑，“我们两人的问题，没有答案。因为你不能代表所有的男人，我不能代表所有的女人。”

车厢里的灯熄灭后，对面很安静，他要么没有睡着，要么就是根本不打呼噜。她有些不甘心，这样的好时机，那个男人白白把它浪费了，如果他真像卿帆说的欲擒故纵，为什么她却一点都感觉不到，她觉得和他对话，就像在组织一场文艺剧本的台词，句句精彩，恰是他的谦谦君子风度，却没有爱情的味道。其实，爱情应该是实在的，是握着手或者环着腰，就像卿帆的肉食者爱情……她有些期待，希望对面伸出一只手来……却是一夜无眠。

第二天姚进起床晚了些，连秦昆什么时候起床上班的，她都不知道。婆婆已经买了早餐坐在客厅等着她，她有些难为情。婆婆说：“黑豆浆是刚打的，趁热喝了。”

姚进便坐到沙发上，这一刹那，这种生活带给她的忐忑便放下了，这如果在北京，谁会认真地把吃早餐列入一天的日程。她现在虽然待在家里全力备孕，可是哪个女人都得过生孩子这一关，她并不小了。这样想着的时候，会将她焦躁不安的情绪压制下去。她知道，她的那两位闺蜜不会羡慕她的这种生活，也许她们还会有些瞧不起，她甚至已经感觉到了彼此之间关系的微妙变化，比如电话里共同话题的急剧减少。其实还有一部分原因，她一直无法说出口，就是婆婆在身边，她无法尽情去说体己话，而且煲电话粥的时间太长，也会造成辐射。为了孕育出一个健康的宝宝，婆婆是想尽了办法，比如黑豆浆能促进排卵，比如她多吃含碱性的食物，生儿子的概率要高等，婆婆还给她安排了每日食谱，两个女人所有的时间都集中在了这个课题上，所以，也就空前团结和谐。

姚进吃罢早餐才想起雨初的那个电话，回过去的时候，那边也没有接听。她想，这女人就是小心眼。

不务正业的尹哲

“史上最雷人的婚车”——最先发现晨报上这几个字与尹家有关的是尹妈妈隔壁的张嫂，这个晨报是省里的，不是市里的，也就是说尹哲结婚这点事惊动了省报。尹妈妈不大敢相信地接过张嫂递过来的报纸，但是那婚车确实是儿子接亲的那辆，那篇报道的字里行间全是溢美之词，婚车打破了传统，独树一帜。她有些喜不自禁朝着趴在办公桌上的尹爸说：“虽说花了一些钱，没想到还弄到报纸上去了。”

尹爸戴着老眼镜看了半天，顺带着将报纸上所有的新闻看完了，才说道：“如果他把心思放在正事上，他就不会辞职，也就不会将老底全亏了。”尹爸对尹哲的离职创业是不满的，虽然他从未对尹哲当面发作过。他希望儿子找点正事去做，过上稳定的日子，所谓的正事应是在首都做上得了台面的事情，这样才有机会光宗耀祖。如果说他自己的下岗是身不由己，那么儿子走上个体户的道路就让他所有望子成龙的愿望破灭。他看着报纸上不伦不类的婚车，视线逐渐模糊成了一片，那张图片就变成了尹哲开会的照片，等他回过神来时，心中便笼罩了浓厚的失望，确认自己刚才只是产生了一种幻觉。这种恍惚的感觉一直持续到了晚上，尹哲小两口将一张二十万的欠条放到他俩面前，他才清醒过来。

尹妈妈将存折已经交了过去，嘱咐道：“这是我和你爸所有的积蓄，也就是说这是我们一大家子所有的家当。以后你们买房，我们真的不会管了。”

尹哲说：“妈，这钱，我会一分不少的还给你们，我和卿帆已经选好地方了。”

尹爸爸问道：“你们准备做什么？”

“我们准备做农业机械，卖柴油机、碾米机、播种机之类的农业生产用的机械。”尹哲的回答很认真。

尹爸爸突然变得恼羞成怒，他一直以为尹哲他们俩经过一番折腾，最终还是会回北京，谁知道他们居然做出这样的决定。他大声说道：“你们不要以为生意那么好做，你们年轻人就是一腔热血，你以为做生意是喝蛋汤吗？我和你妈做了多少年生意，才做成现在这个样，我供你读大学就是为了让你回来干个体的吗？那如果是这样，我和你妈供你读什么书……”后面的话越发激昂，这样的场景令尹妈都觉得错愕，在这个家里，尹爸是绝对的“潜伏生物”，这场大爆发的结果是尹哲拉着卿帆几乎是落荒而逃。

从尹家出来，卿帆笑道：“我才发现你原来是只忍者神龟呀，你爸真是不鸣则已，一鸣惊人啊！你怎么一句话也不争辩啊！”

尹哲苦笑道：“对于一个已经失败过一次的人，再多雄伟的争辩只会令人更愤怒，我爸需要的是我盈利的答案。我需要的是时间和行动。”他看向卿帆：“这次我用了比上次多三倍的时间去考察一个市场，我们就从农村出发，实现我们的梦想。”

路灯下尹哲的脸部轮廓分明而坚毅，卿帆有些动容，她挽着他的胳膊，依着他说道：“我们这次结婚，一分钱没赚，要不然就可以多点启动资金了。”卿帆盘算了结婚的支出和收入，最多也就是不亏不盈的状态。

尹哲没有说话，卿帆掐了下他的胳膊：“你开快餐店亏损，是不是就是因为你根本算不出亏损盈利啊！这可是做生意一大忌啊！”

“如果我不用这个方法，你会那么爽快和我结婚。”他一把揽着她的肩膀，“你值多少钱，这是不是我赚的？”

她看尹哲一脸贼笑，终于恍然大悟。她拍打着他的肩膀，叫道：“你还真老谋深算啊！我还没有和你注册，你小心我跑掉。”

尹哲将她拥紧，“等我们成功了，我们就去注册登记。”

卿帆眼眶湿润了，他其实早就洞晓了自己的心事，他只是不说罢了，她紧紧依偎着他：“我真没有想到，我们结婚的事还能上报纸。自从认识了你，我的生活就成了传奇。”

对于婚车上报纸这件事，着实让卿帆惊喜，这毕竟是件极小概率的事情，它用一种特殊的形式记载了她一生中最重要的仪式。她忍不住把这件事情告诉了未出席婚礼的姚进，她已经隐约感觉到她一定有苦衷，从每次电话中她的欲言又止，她能感觉出来。自从上次见了秦昆，卿帆心里就一直有种不安，那种男人，不是姚进能驾驭得了的。

姚进在电话中的语气比平时轻松：“哇，真的呀？真羡慕你们，全国观众都看的到。我上网去看看，晨报有电子版。”

姚进同样惊喜，这让卿帆感动。其实，能掏心掏肺的朋友才是真朋友。那些好消息可以肆无忌惮地告诉她，她会发自内心地为你高兴，而绝无半分嫉妒。这种单纯而难得的友情，卿帆觉得姚进给了自己，她也真心希望她的生活能和她希望的一样。

姚进今天一人在家，公公婆婆一早出门参加一个老朋友的酒宴，而秦昆加班未回。她径直走进了书房，电脑几乎是秦昆的专属，在婆婆的“监视”下，她基本没有碰过。电脑打开后，一连串熟悉的声音响起，这是QQ好友登陆的提示音，秦昆的QQ设置为了自动登录，她没有在意。她很快便找到了晨报上卿帆的那辆婚车，不觉会心一笑，那个曾经风趣的男人果然是有手段，要不然卿帆怎么那么轻易上了他的贼船。她登录了QQ，寻找着一个熟悉的网名，才想起，她早就将他删了，不知道他和大头贴女人结婚了没有。她又浏览了一些网页，她发现那些新闻离自己竟有些遥远，不觉有些发愣。她下意识地查看着电脑硬盘上，这是她第一次“侵略”秦昆的精神领地，他是一个爱整洁的人，各种文件分类归档，其中一个名为《Dear》的文档让她猛然一惊，一种不祥的预感带来的悸动迅速蔓延到了全身。她忐忑地点开，里面满满盛着一个叫“狐妹”的女孩，这与秦昆“七彩狐狸”的网名相对应。

她越看越心惊，这里埋藏着秦昆惊天动地的过去，一段远比自己和他的故事深刻的过去，有秦昆毫不掩饰的深情款款。那个叫“狐妹”的女人，毫无疑问占据了秦昆的心，他保存了他们之间所有网上的聊天记录，她没有勇气仔细咀嚼他俩所有的对话，她匆匆拉了过去，一行行的字像针一样刺着她。聊天记录从去年十二月开始戛然而止，而秦昆对她照片的收集却从未停止过。他一直在关注着她，难怪一直找不到那种灵肉结合的感觉，因为他心里装着的是另一个女人。

她心里升起一股不知从哪里冒出的钝痛，让胸口一阵阵发紧，她安慰自己，自己刚才不还在搜寻黑子的消息吗？可是，哪有他这样投入。女人的照片被编上了日期，一张张躺在秦昆的电脑里，也横在了他们的婚姻里。难怪秦昆每日待到深夜才回卧室，也许只是因为美国的时差，他哪怕只是远远地观看着她，偷偷地、卑微地收集着她的一切……从和黑子分手的那刻起，她便暗暗发誓，从此不再将所有的真心付诸给一个男人。但是，真心往往和决心背道而驰，她在这段婚姻中再次沉沦了，她自认为踏实的婚姻从一开始彼此就有着陈旧的故事，它们如果不被拔除，就是毒瘤。

旧爱是一颗潜伏的毒瘤

姚进和“狐妹”照片面对面的一刹那，一种深刻的自卑便腾跃而起，她还幸运，没有像别的女人那样，用很多时间去猜想隐在背后的情敌是什么模样，那种毫无目的的猜测往往最折腾人，一个也许原本普通的女人能在另一个女人的想象中以极品的模样去折磨人。秦昆电脑上的女人，确实是一个极品。那是一个游历世界的女人，每到一处地方便有一个相册，照片中的她笑靥如花，各种姿态中有一种说不明的风情万种，每张照片都配了一段文艺范十足的文字，姚进刚开始以为是秦昆写的，后来仔细辨别才知道是她写的，这是一个自恋而有优越感的女人，这也是姚进一直在努力，却一直缺少的，她想起卿帆说过自己身材如同门板，照片中的女人正是男人喜欢的类型。照片最早的记录是四年前，她还在一个文件夹里发现了熟悉的面孔——公公和婆婆，她挽着婆婆的胳膊，站在颐和园的桥头，亲热得如同一对母女。她的眼眶酸涩得很，她和婆婆从未如此亲热，从一开始，她的慈爱中就有着一种难以觉察的“居高临下”，她从不习惯这样亲热地挽着婆婆，她突然意识到秦昆和自己一见如故，火速结婚就是一个阴谋……

家里安静得很，只有隔壁的电视声穿墙而过，姚进不知呆坐了多久，终于关了电脑，站了起来。她下意识地拿起一个一次性尿杯，走进了卫生间，这是排卵后的第十二天，最灵敏的早孕试纸已经能测出这个月的战果，她想起那几天的委曲求全，更感到自己的低微。她看着那张卡片，从一片洇红到空白，一种熟悉的失望和一种不知名的如释重负一起涌上心来，她端着它发愣，正欲扔掉的时候，对照线下一条若隐若现的红线让她一个激灵，她连裤子都未来得及提起，就站立起来，对着灯光，更加似有若无……她觉得自己出现了网上的一种说法——意念水印，也就是说它极有可能是自己的一种猜想，她摸了摸自己的肚子，前一刻麻木的神经复苏了一些。那个女人现在在国外，如果有回国和秦昆继续的意思，他不会和她这么快结婚，所以，这不过是他旧爱难割的精神爱恋，也是他的精神领地……这一刻，她放弃了等秦昆回来马上“兴师问罪”的打算，虽然此刻心里就像吞了一只绿头苍蝇，可是她对他俩这几个月攒起来的感情确实没有信心……她听到了门外公公婆婆的声音，赶紧从卫生间里出来，他们恰好从外面推门而入，秦昆竟然和他们一起进来的。

她看着秦昆换鞋的背影，一种强烈的陌生感油然而起，这真是自己的丈夫吗？婆婆见她站在客厅里，问道：“怎么还没睡？”

她稳定了下情绪，保持着平时在婆婆面前乖巧的口气：“等你们回来了就睡。”

秦昆走到她的身边，问道：“你脸色不太好，怎么啦？”手轻轻抚了下她的脸，这个动作给了她质问的勇气。她冷淡地说：“没什么。”他没有发现她的异常，径直走进书房。她跟着走进书房，站在他的身边。

他打开电脑，看到姚进正愣愣地看着自己，不觉笑道：“今天怎么啦？好像不太对劲。”

姚进看着他，说道：“你不是才从单位加了班回来？不要玩电脑了，我们一起早点睡。”秦昆有些诧异，不解地看着她。她将已经打开的电脑关了，拖住他的胳膊说：“你陪电脑的时间比陪我多，今天晚上破个例。”

她的口气有着一种不容商量的坚决，秦昆有些不悦，但还是顺从地跟着她进了卧室，这让姚进的心里放轻松了些，刚才她还感觉那个女人正拉着他的另一只胳膊，将他留在书房，而他还是听自己的。秦昆去洗漱的时候，姚进觉得自己眼眶胀痛得厉害，就像那次和黑子分手后把眼睛哭肿后的感觉，但是她并没有哭。秦昆洗完后爬到床上，用手摸着姚进的身体，这是他主动求欢的前兆，这样的机会同样难得，她猛然想起那条意念水印，将他的手拿开。

秦昆凑近问道：“怎么啦？”

姚进冷冰冰地说：“没什么，没兴趣。”

秦昆坐了起来，他准备下床，姚进知道他这是要去书房，一把拖住他：“你为什么不问我为什么没兴趣？”

“这个月的种播完了，你不需要了，你不了解性的真正含义。”秦昆的语气也降了温。

“你难道不想要一个我们的小孩?”姚进压住在心中翻江倒海的怒火。

“我?无所谓。”秦昆轻描淡写，重新回到床上。他没有黑子那样的暴脾气，他们之间从没有过剧烈的争吵。姚进很想告诉他意念水印的事情，却又担心万一真是臆想，惊动了一家人。她努力劝服自己要淡定，脑海中闪过一丝念头，要以一个女人温柔的内心、家的温暖圈住一个男人，将那个女人从他的心里驱逐出去。她看过小说和电视中这样的桥段，如果她现在发脾气，那么她就是对着一个影子发脾气，愚蠢极了。她圈住他说：“这个月，可能有戏，我只是怕伤着他，其实我……自己是想的。”

秦昆回转过来，轻轻抱住她说：“我知道了。”

“老公，不管以前我们经历过什么，我都希望我们能放弃过去，好好过日子。”姚进将头埋在他的胸膛。

姚进从来不是一个擅长于用语言作为武器的女人，秦昆放在她背上摩挲的手停了下来，问道：“怎么这样说?”

“我不了解你的过去，我希望那些故事都属于过去，不要出现在我们的生活里。”秦昆沉默了，姚进抬起头看他无动于衷的表情，受伤的感觉再次奔腾而出，她强忍着的愤怒马上就要从嘴里飞出去时，秦昆却说话了：“在我想结婚的时候，是你，不是别人。我从来没有怀疑过你不会和我安心过日子，你也不用怀疑我，这是我们的约定。”他起身将床头灯关了，姚进看着他，黑暗中看不清他的表情，满满的一肚子话却到底欲言又止。

姚进几乎一夜未睡，起来的第一件事情就是冲进厕所，当她再次将那张卡片从杯里抽出来的时候，昨晚的意念水印已经不需要太努力就看得明显了，成了一条淡淡的粉红色。生命真是奇特，不过是一夜之间，肚子里那个生命明明白白告诉了她，不需要她再日夜期盼，他（她）来了，对未来的生活，她突然升腾起一股新生的喜悦。

苦中作乐的激情

卿帆将最后一个包裹扔进屋里的时候，她浑身已经散了架。虽然近几年都过着南征北战的生活，让她对突如其来的搬家早已有了抵抗力，可是这些天的奔波折腾还是让她感觉到了身体的超支。这是一个处在国道旁的一居室，四十平方米左右，和楼下的门面连在一起，现在除了那张陪了尹哲二十几年的床，还有四处散落的、还来不及归位的包裹，倒也显得空旷。窗户那儿，耷拉着上一任留下的半边看不清颜色的窗帘，对面建筑的影子压在窗户上，又让房间显得逼仄，令人压抑。她和尹哲的创业生活今天正式拉开了序幕，楼下正发出乒乒乓乓的声音，他还在摆弄刚进来的机器。就这些机器，也是她和尹哲去了好几个城市考察而来的。

最后一趟设备是去山东临沂进来的，从这里到临沂，需要中转不说，刚好碰到大学生放假，别说卧铺，连座票都已没有，二十三个小时只能站着。尹哲说："不能等了，要不我自己一个人去。"

"我和你一起去，我刚去北京的前几年，每次回家过年，都是站着的，整整十六个小时，离二十三个小时又有多远呢。再说，中途说不定有下车的，我们可以补卧铺或者座位。"

上了车才知道，那趟车想要补位是不可能的，连一向可以暂时容身的餐车都已人满为患。她和尹哲站在那儿，她不断地主动找他聊天，哈欠连天，尹哲笑她："才过去六个小时而已，天都要被你聊破了，你的嘴也快扯破了。"

他出去转了一趟，过了一会儿返了回来，牵着她的手，走到另一节车厢的接头处，那里不知被谁铺了几个塑料袋："来吧，我坐在这里，你枕着我的腿，可以美美睡上一觉。"

累了的时候，最奢侈的事情就是能让身体从站立的状态过渡到平躺。

她蜷缩着腿伏在尹哲的大腿上，和着火车咣当咣当的声音，竟然熟睡了过去。不知过了多久，还是列车员的大嗓门将他们叫醒，马上到站了！这个地方是不允许睡人的。她睡眼惺忪，一脸茫然地站了起来，被尹哲牵着离开，才意识到原来是在火车上，笑道："怎么感觉我们变成了被驱赶的难民。"

接下来的十几个小时，就真的一站到底了。她一直以为十六个小时是她坐火车站着的最高阈值，纪录不可能再被超越，这次却以二十三小时打破她辉煌的纪录。

从考察进货到开张，已是一个月过去了。为了节约，他们也从租的地方搬到了店子里，她觉得自己在钱的事情上过于理智，一直到现在，她的钱一分不少的躺在银行里，所有的投资都是尹哲的，这是他一直坚持的原则，也是令她心安的地方，无论怎样，她有退路……当然，她会陪着尹哲全力以赴。想到这，她对着楼下叫道："尹哲，休息吧！"

尹哲的声音传了上来，"你先睡吧！我等会再上来……"

卿帆对着楼下继续嚷道："这儿没有热水啊，我们怎么洗澡啊！"

"我就洗冷水！"

虽是初秋，水也有了凉意。卿帆不觉烦躁："你洗冷水？那我怎么办？"

尹哲踩着简易的铁楼梯"咚咚"走了上来，皱着眉头看着她："要不，我们现在去爸妈那儿？"

卿帆赌气着说："不去！我也洗冷水。"她气恼的是尹哲的粗心，这些日子，他几乎把她当作男人在使。尹哲没有说话，转身下楼，卿帆听到开门的声音，他出去了，她心中有些气恼，索性和衣躺在床上，手机短信响起，是骆海清发的："还好吗？"

卿帆看着这个名字发愣，突然觉得他和那个繁荣昌盛的北京一样，变得很遥远。她想了想，回了过去："还好。你呢？"

很快，短信就回了过来："好，只是美中不足。"

卿帆笑了笑，每个人都有自己的烦恼，哪能事事如意。

正聊着，尹哲抱着一堆东西上了楼，朝她说道："我买了电水壶，还有桶，今天先将就着洗吧，明天我弄好热水器。"

卿帆看见他瘦黑的脸庞，心就软了下来。她默默接过东西，尹哲急忙转身又下楼去，整个房间都回响着他“咚咚”下楼的声音，她笑道：“这楼梯幸亏是铁的，要是木头做的，三天就会被你震垮了。”

卿帆从他买回来的桶里捞起了肥皂盒之类的东西，当她捞起一个长形丝状的沐浴条时，哑然一笑。她将水提至厕所里，这间房子没有专门的浴室，没有窗帘，就在对外的窗户上贴满了发黄的硬壳纸，最右边那个角被扯了下来，粘在墙壁上成了一团污泥，而头顶上面，是一个钉在墙上的锈迹斑斑的柱子，上面的喷头已无踪迹，她刚要开始洗澡，只听得头顶“滋”的一声响，房里一片漆黑。她开口叫道：“尹哲，灯泡烧了！”

话音刚落，一个身影便钻了进来，她心中一惊：“谁？”

那身影一把抱住她的光溜溜的身体，卿帆惊魂未定：“你是头猪吧，你想吓死人啊！”

尹哲笑，他接过她手中的沐浴条，帮她涂上沐浴露，帮她擦背，说道：“这根擦背条，又不是给你买的。”卿帆佯怒道：“给你自己买的，你可真够小气的。”

尹哲低下头在她耳边轻轻说：“你有我给你擦，还需要这个干吗？”

卿帆心中一暖，她背过身去抱着他：“你也不需要，我可以帮你擦。”尹哲狠狠抱住她，低下头去吻住她……卿帆挣扎道：“我身上都没洗干净，全是沐……浴……”“咣当”一声，盛满水的铁桶踢翻了，在黑暗中发出清脆的回响……激情的呢喃在黑幕中弥漫开来，连那斑驳不清的墙壁也充满了温情……

卿帆睁开眼的时候，太阳已经把床照亮了一大半，尹哲早就起床了，她拿过手机一看，已是早上九点多钟，她看到一条骆海清发来未读短信：“我哪敢奢求事事如意，我只愿最在意的那件事如意就行。”是她洗澡的时候发的，这话可以算成结束语，不用再回了。“咚咚”的脚步声从楼下响至楼上，她站在门口问道：“尹哲，你什么时候起来的？”

她走出房门，却是尹妈喘着气站在她面前，一种从天而降的视觉效果。她吓了一大跳，自己开衫式睡衣的带子全部松散开了，大半片身子裸露出来，她这个样子叫什么？“放荡”？她慌忙将睡衣裹紧，很是尴尬地说道：“妈，你怎么过来了？”

“起床了？”尹妈的声音似乎有些不悦。

“唔。”卿帆回答得毫无底气，她见婆婆四处张望，解释道，“昨天搬家太累了，还没有来得及收拾，不过，这里的条件太差了。”

“我和你爸刚开始的时候，就是用木板隔的夹层，人走进去都得猫着腰。住在门面上就是方便早些开门，我和你爸六点不到就开门了，一天之计在于晨。现在农村的人都是赶早买东西，买完了还得回家做事……”

卿帆本想尹妈见儿媳住在这样的房子里会有些许的心疼，想不到还引来了这么一长串的理论，不过是一次晚起而已，而且这么多天也没有见她过来帮忙，一来就这样含沙射影。她径直走进卫生间，将门一关，也就将那些唠叨关在了门外，她听见婆婆的声音还是穿墙而过：“这包怎么扔在这里……”她不禁暗叹，结婚了在婆婆心目中果然就成了自家人，教训起人来完全没把自己当外人啊！

她从卫生间里钻出来的时候，尹妈已经将自己的被子叠得整整齐齐，外加昨晚扔在地上的一堆卫生纸也收拾干净了，卿帆脸更加觉得羞愧，她说：“妈，你先出去一下，我换件衣服。”

她正要将睡衣褪下，转过身发现婆婆还待在房里收拾，难道刚才她没有听见，她将衣服重新整理好，加大声音力度说道，“妈……麻烦您……”

“你身上有的，我都有，还怕什么丑。”

虽然尹妈是语不惊人死不休的人，却还是一次次被雷到，她只好背过身去换衣服，谁料到一个声音站在她身后响起：“你这身材好生养，别到时真的给我生对双胞胎孙子。”

卿帆将衣服赶紧穿起，逃也似的到了楼下，尹哲正指挥人往店子里搬办公桌，他见到卿帆，给她递过一包东西说：“早餐给你买回来了。”

他举手将卿帆眼角的东西拭了一下，动作很自然：“你没洗脸？”

卿帆一摆手，拿起蛋糕就啃起来，边吃挨近他小声问：“谁叫她过来的？”

尹哲一脸不解，“谁来了？”

“你妈啊！”卿帆差点被蛋糕噎住，“她可真是一个雷神。”

“她是大雷神，你是小雷神。”尹哲笑容甚是宠溺。

卿帆看着他，心中不禁怀疑，这真是一个比自己小三岁的男人吗？从认识他到现在，从未有过年龄差距的感觉，见他一大早就满头大汗，心里又涌起一股涩涩的感觉，她随即将这种情绪压了下去，最近自怨自艾的情绪泛滥了些，不能这样。

生活中处处有婆婆

卿帆和尹哲住的地方太过简陋，除了电脑，别无其他娱乐方式去消遣时光。一到晚上，两个人各自开着电脑，互不干涉，卿帆对于尹哲爱看的各类综艺节目向来不感兴趣，认为只有不成熟的小男生才会愿意看此类节目。这天，他突然兴奋地对卿帆说：“你过来看看！好东西！”看见他如获至宝的样子，她走过去一看，是网上转得很火爆的视频《只有 80 后看得懂，70、90 不信进来》。视频收录了“80 后”很多经典，玩的，吃的，广告，包括那个时候熟悉的歌星、影星……卿帆迅速被一种时光如梭的感觉席卷，明明是前几天才看的东西，怎么一眨眼工夫，已过去了十几年。熟悉的电视剧旋律，让她想起了小时候期盼的情景，想起了笔记本上花花绿绿的明星张贴画，她一时情感泛滥，一言不发。当曾经熟悉的歌星一一出现时，她忍不住发问：“这是不是黄家驹？”

尹哲有些得意地说：“我就知道你爱看这个调调的，这人就是黄家驹。”

“是不是唱歌从台上摔下来死的呀？”卿帆隐约有些印象。

尹哲有些鄙视地看了她一眼：“不是的，是到日本做节目，道具质量有问题，做得太差了，出意外死的，歌坛一大损失。”

卿帆表示遗憾：“那日本赔了多少钱？不晓得买保险了没？”

“那我怎么知道。”

“你们那时候不讨论的吗？你们男生那时候不都是迷他吗？”

“谁会讨论赔多少钱啊。”

两个人说话间，随着《偏偏喜欢你》的旋律，温情款款的陈百强出现了。卿帆无比惋惜地说：“陈百强是不是病死的？我最爱听他的歌了。可惜了。”转而又问道：“他是什么病来着？”

卿帆没有听到他的回答，捅了捅他：“喂！”

“不知道啊！”尹哲的口气明显有些不耐烦。

李克勤出现的时候，卿帆觉得这人熟悉得很，一下子想不出他的名字了，便问道：“他是谁？什么原因走的啊？”

尹哲有些愤怒：“一个好人都会被你说没了。他活得好好的！”

卿帆赶紧噤声，张雨生唱着《我的未来不是梦》出现在屏幕上，她有些沾沾自喜道：“我知道他怎么走的，车祸。”该死的八卦精神又上来了：“他和谁一起坐在车上呢？是不是司机酒后驾车啊？以后真的不能醉酒开车，太危险了，张雨生多有才华啊……”

尹哲“啪”的一下关掉了视频，说道：“你别把我当度娘行不行啊！该干吗干吗去，麻溜的！再也不会跟你一起看电视了。”

尹哲看着一脸贼笑的她说道：“卿帆，原来你很……啰嗦。”

卿帆大笑道：“你真没有看懂，我是故意的，这是幽默！生活这样乏味，我们不该自己说说相声？”

正说着，角落里一阵“悉悉窣窣”“叽叽喳喳”声伴随着纷乱的小碎步，好一阵忙乱景象，卿帆说：“看呗，一屋的老鼠做听众，还带鼓掌呢，鼓得真起劲儿。”

早上一起来，卿帆去收获她的战利品，果然有一只老鼠中招。看着那个贼眉鼠眼的家伙在捕笼里毫无方向的撞来撞去的焦虑样子，她觉得很解气。这些天晚上，这些坏东西把房子当作了自己的战场，四面八方回响着它们酣战的声音，猛不丁地就有什么东西被它们掀翻在地，“咣当”一声惊醒一夜好梦。终于有一天一只老鼠“自投罗网”，卿帆决定用水淹死这可恶的东西。

“你在干什么？”卿帆身后响起一嗓子洪亮的声音，不用回头，婆婆大人又过来了！

“抓到一只老鼠，把它淹死了。”卿帆有些得意。

尹妈凑近看了看趴在笼中一动不动的老鼠，又看了看那个大铁桶，叹息道：“这么大一桶水用来淹死一只老鼠！用水要节约啊！我和你爸冲厕所，洗菜的水都是一点一点靠那个笼头……”

卿帆愣住了，这只老鼠是她和尹哲睡觉的床底捕捉到的，尹妈关心的不是这个，她竟然在心疼这桶水，她无时无刻不在为她省钱的小伎俩沾沾自喜，开业这段时间来，她天天到这儿来，每天都要不断唠叨，让她将“爽直”“老可爱”这些印象标签都从婆婆身上一一扯了下来。她冷着声音说：“妈妈，不用水，你觉得怎么把它搞死，把它直接丢在笼里饿死？”

“用烟熏死！”

“什么？到哪弄烟？”

“弄些废报纸，你们店里不是订了报纸？”

卿帆彻底服了，她歪着头问道：“妈，我不知道熏死一只老鼠需花费多少斤报纸，您知不知道现在废报纸回收价多少钱一斤，而水多少钱一吨？你觉得哪种方式更浪费？”

尹妈妈见卿帆口气中有顶撞之势，不觉拉长了脸，不再说话，径直走进店去，问尹哲：“今天开张了没？”

尹哲在一旁也听到了她俩的话，头也没抬：“没有。”

“我就说了，现在这生意不是那么好做的，这门面一天就是一二百元开支，我和你爸愁得晚上都睡不好觉，你们年轻人总是不听话，有这钱买套房，你们随便到哪个单位找份工作不比现在好？”尹妈妈的声音甚是气愤，她随即又问卿帆：“中午的菜买了没？”

“还没……”卿帆一起床就洗衣服、被子，在弄死这只老鼠前，她一直是忙碌状态。

“那你们中午吃什么？”

“吃盒饭。”尹哲很干脆地回答。卿帆见尹妈妈的脸色越来越难看，说道：“我这就去买菜，中午我来做饭。”她转身就朝菜场方向走去。

“卿帆，别去买菜了，就吃盒饭算了！”尹哲在背后叫道。她没有回头，眼泪就在一刹那间几乎夺眶而出。卿帆在心里说，马上又有人该说：“两个人就是二十元，够两个人一天的伙食了。”果然，尹妈妈的话便飘了过来：“盒饭有什么好吃的，两个人就是二十元，就是二斤肉……”

她在这一刻突然就有了逃离这里的冲动，“嫁给一个人就是嫁给一个家庭”这样的话让她有了深刻的体会，这绝对是无数姐妹婚姻生活中总结出来的真理。纵使她在枯燥的生活中变着花样自娱自乐，也抵挡不了环境改变给她带来的不适应。婆婆隔三岔五视察一趟，她努力地做着一个温顺的媳妇，却发现与她以前的单身生活越行越远，她不想每天的时间就在洗衣、买菜、做饭的事情之中一溜而过。她昂头看了看天空，将眼泪逼了回去，这里的天色比北京澄净多了，可是自己究竟选择了一条什么样的路呢。她看了看自己脱皮的双手，因为对洗衣粉过敏，她在北京一直是用洗衣机洗衣，现在店里连台洗衣机都没有，她在心中决定，尹哲的钱全用来进了设备，现在没有生意连开支都不够。算了，用自己的钱买一台，女人还是要心疼自己。

当她混杂在农贸市场拥挤的人群里，她想起自己在北京的写字楼走廊昂首挺胸的时候，有些后悔自己性格中的感性是不是害了自己，看着伏在菜摊前选菜、讨价还价的女人们，她不禁感叹，难道只有自己讨厌这样拥挤嘈杂的生活吗？这难道是一个女人在婚姻生活中必然的宿命，每日忙忙碌碌，却觉得自己一无所获。

不一样的两只袜子

卿帆还在睡梦中的时候，听到衣柜方向传来一阵声音，她以为是老鼠，一个激灵就清醒了，却见尹哲在衣柜最下面的抽屉里翻自己的袜子。卿帆有些心虚，袜子晒在楼顶上时明明是两只，许是被风吹走了，经常就有只剩下一只的时候。她问道："翻这么大动静，翻到了没？"

尹哲突然就提着两只袜子在她面前一晃，念了一段RAP：

嘿，嘿嘿

我的两只袜子它们不一样

它们看起来很相像

嘿嘿，嘿，嘿嘿

可是它们就是不一样

我的两只袜子

它们真的不一样

它们看起来那么像

嘿，嘿嘿

为什么它们偏偏不一样

尹哲果然有天赋，极其押韵，卿帆忍俊不禁，笑道："从今以后，所有的袜子一律黑色，无图案，统一标识，好管理，好凑对。"

尹哲频频点头："果然是会过日子。"

这样的时刻，虽苦犹甜。卿帆也跟着起了床，这是这个月的最后一天，她要清账。他们的账不复杂，不一会儿，卿帆按动计算机的声音便停了下来，尹哲看着卿帆从桌子前抬起头时脸色带着凝重，他笑道："亏损了多少？"

"两千五百六十三元，你有什么打算？你们这儿的农业机械并没有形成专门的市场，那些散落在城市的农机店，都是一二十年的老店了，而我们选的这个地方虽然人流量还可以，但是目标受众并不明显。”

“下乡跑市场，这是唯一的出路。我们不能这样守株待兔，我们的目标群体在乡下，就算是守株待兔，也得要多种些树，你在家守着，我一个人出去。”卿帆见尹哲眼神坚定，心中的担忧被这种眼神稀释了一些，他经历过一次失败，应该不会犯同样的错误。

“我也去，让妈帮着看下店子。”

“去乡下很辛苦，你是女人。”

“我是女人，但是我是一条女汉子。”卿帆心想，再累也比和你妈待在一起强，尹哲用眼在她身上四处巡视，不怀好意地笑道：“果真是好大一只女汉子。”

他走到她身边，将手放在她的肩上：“这次出去，我就准备跑到哪儿，睡在哪儿，不住宾馆，就睡在农民家里，你去不合适。”

卿帆抱着他的腰，将脸贴在他的身上，说道：“好吧，这样比住宾馆省开支。”

“关键是节省时间，我不想这样的日子让你过太久，如果一直是这样没有突破，我会觉得我骗了你。”他抚摸着她的头发，气氛突然就有了一种凝重，卿帆说：“没关系，我可以等。就算一直是这样，我也……”后面的话戛然而止，她想说，就算一直这样，我也是愿意的。可是她觉得这句话如果真溜出嘴，它只能算是一句假话，她已经开始觉得累了。

当晚尹哲就将背包收拾好了放在床边，沉甸甸的资料塞了一袋子，卿帆问：“去多久？”

尹哲说：“少则一个月，多则两个月。”

卿帆见他看着自己的眼神充满担心，笑道：“女汉子这个称呼还是上次搬家时，你送给我的，你不会忘记了吧？”

尹哲继续看着她，她说：“你这样看着我，是不是想把我看化了，然后吃了？”

卿帆没好气地说：“我发现你心理承受能力真够强啊！我发现不管什么时候，你那方面的想法还真是蓬勃啊！”

“我什么想法，你自己怎么什么话都能往那方面扯上啊！”尹哲斜着眼睛看着她，一脸嘲弄的表情。

“哼，你怎么知道我说的是哪方面?”

“那你说的是哪方面?”

卿帆一时无语，尹哲看着她欲言又止的表情觉得好笑，笑道：“今晚放过你，回来再收拾你!”

“你……你这个……”卿帆再次欲言又止，自己的语言天赋完全被这个男人灭了。

“懒得跟你说，睡觉!”卿帆爬上床将背对着他，她却感觉到两抹嘲弄的眼光正从上到下地扫射她，她猛地将身体翻过去，果然，尹哲正笑意盈盈地看着她，她说：“麻烦你，帮我把窗帘拉严实点。”

房间里的窗帘已经换成了黑色的遮光布，里面是更加厚重的遮光棉，这样就可以将车轮的摩擦声、汽笛声、刺眼的光线，包括房间的简陋都可以通通盖住，哪怕太阳升起，这个房里也只有黑暗和静谧。所以，卿帆已经接受了它，有尹哲，有床，最关键的是，尹哲做的木门将老鼠们拒之门外了。她对尹哲说，“你真幸运，天底下最好养的女人就是我了。”

尹哲坐到她身边，凝视着她的脸庞，说道：“我承认我很幸运……睡吧!”

卿帆突发奇想，问道：“如果我要你帮我唱一首催眠曲，你会不会觉得无聊?”

“你想听，我就唱。”他起身将灯关了，坐在床头握着她的手，低沉的男声就在卿帆耳边响起：

因为梦见你离开
我从哭泣中醒来
看夜风吹过窗台
你能否感受我的爱
等到老去那一天
你是否还在我身边
看那些誓言谎言
随往事慢慢飘散
多少人曾爱慕你年轻时的容颜
可知谁愿承受岁月无情的变迁
多少人曾在你生命中来了又还

可知一生有你我都陪在你身边

……

卿帆是第一次听到尹哲唱歌，她没有想到，他的声音如此好听，浑厚的声音在黑暗中带着男人的诱惑，却又异常的温柔，一种幸福感席卷而来，就算家徒四壁，就算前路尽是迷茫，罢了，跟着他继续朝前走吧……

这是尹哲离开的第一天，一直到上午十一点，卿帆没有等到一个来店子里的客人，也没有等来尹妈，这让她有些庆幸，她起身活动了一下，重新回到电脑旁继续看财经新闻。她仍然保持着这个职业习惯，一直到身边有个声音响起："小卿……"，她才意识到身旁站了一个人，她忙站起身，却是尹爸，她有些措手不及，像做坏事被人发现了的孩子："爸……你过来了。"

尹爸爸嘴里轻"唔"了一下，脸上毫无笑意，卿帆心里一沉，来者不善，谁得罪老头了。他在店里转了一圈，终于说话："小卿，以前我们在单位的时候，营业员都是站着的，这样来了客人就可以随时接待。像这样坐着，来了人都不知道是不行的。"

营业员？卿帆被这三个字雷到了，想解释一下，不过是闲来无事看下新闻，却自觉有些理亏，忙站起身，随手拿起一份不知哪个超市促销时丢下的宣传册走到店门前，手里不断翻动着，纸上花花绿绿的商品在眼底下一扫而过，心里觉得很窝火，有必要这样上纲上线吗？

"小卿，我管了一辈子人，我们那个时候，是不能看报纸的……"尹爸爸硬朗的声音在背后响起，卿帆将自己手中的宣传册一扔，心中的火气一蹿，"你管了多少人，我还管了好多人呢，你那是什么年代！"这些话，快速地在心里翻腾，但到底还是没有夺口而出。她一个劲对自己说，尹哲不在，别惹是非，放松，放松……

"小卿……"

不待他将话说完，卿帆挺直腰杆站在门口，想象着自己是棵迎客松，她压抑着自己的声音，毫无表情地说道："尹经理，是这样的吗？我这样，是不是就会门庭若市？"

这是什么逻辑，无人上门，岂是站在门口摆几个造型就能解决的，她脸上轻蔑的表情有些收敛不住，尹爸爸声音有些发抖，他说："我早就说过，让你们不要做生意，可是你们不听，现在知道苦了！就是把我和你妈辛苦赚的钱拿来打水漂!”

“您是说您的二十万？我会一分不少的还给您。”卿帆直视着他充满着愤怒的眼睛，“但是有一点，我不希望任何人插手我们的生意，我们怎么做生意是我们自己的事情。”

话一说完，卿帆有些后悔，自己没有控制好情绪，她想为了尹哲做个好媳妇，可是她到底没有做到，横跨在他们面前的是隔了一代的生活习惯和观念差异，面对的是那么有性格特点的两个长辈，此刻，她突然想起雨初说过的一句话——卿帆，你会后悔的。

低入尘埃的仰望

雨初钻进骆海清车里的时候，明显感觉到车窗挡住了很多女人的眼光，心中不免有些得意。她将车窗摇下一些，看着街上车流如梭，路灯和四周建筑里折射出来的光连绵成五光十色的一片，在繁华的都市里漂亮地生活，这是自己一直追求的生活。她偏过头装着不经意地看了一下他，车里灯光朦胧，却让他的侧面轮廓更加具备诱惑的特质。她特地选了离他上班挺近的一家法语培训班，这样就有了近水楼台先得月的优势，她听从了卿帆的建议，女人有时要适时放下自己的矜持，面对喜欢的东西要主动向前一步，有时让感情发生质的变化的就是向前的一小步。几次下来，她在他面前终于轻松了些，今晚她只是打破常规，再向前一步，她要他到上课的地方接她，然后将她送回家，当然，如果半路还有插曲……

“怎么会想到学法语?”他笑着问。

“希望有一天能去法国，来一次浪漫之旅。”

他脸上笑的轮廓加深，却没有接着往下聊。雨初有些纳闷，为什么每次和他在一起，都要寻找话题，而不是和吴楠一起那样放松，尤其是上次和他一起在法餐厅时，她发现他那种应对自如和流利的法语明明是从小生活在那儿的人才可能拥有的。她赴约之前，将法餐礼仪详细看了一遍又一遍，唯恐稍有差池，她在公关公司的这几年，也算得上经历过场面的人，始终觉得与他的气场“相形见绌”。她只有不断地进步，才能缩小这种感觉给自己带来的阻碍，比如在他面前的小心翼翼。她约他吃饭或者他约她吃饭，甚至两个人一起看过一场关于恐龙的科幻电影，他们就这样不紧不慢，你来我往，可是他们却不是在谈恋爱。卿帆问过她进展如何，有无牵手，她回答说，过马路的时候几秒钟的搀扶算不算？卿帆嘲笑，你们两个淑女绅士倒也配。

一路上难得的通畅，很快就到了雨初住的小区，和前几次一样，浅浅的笑容，礼貌的告别。她有些失落，却是缺少了更进一步的勇气，卿帆的理论是，一个男人和一个女人在一起做了很多事，但是那个男人没有吻过她，那就不是在谈恋爱。

晚上十点多钟，就在雨初为她和骆海清之间的距离烦恼不已的时候，骆海清竟主动打来电话，电话那头很吵，他的声音带着笑意："你方便过来接我一下吗?"

他和她一直是礼尚往来，她再次确定了下屏幕上的电话，是他的没错。她第一次听到他的那种语调，开门见山，没有客套，她有些惊喜。

"骆海清，你在哪?"

"我在三里屯零点酒吧。"

在酒吧里找到骆海清的时候，他正在一群人中间，明显压低了声音，相聚甚欢的样子。酒吧的灯光调得很暗，却不摇曳。整个空间里弥漫着是吉他手低沉质感的吟唱，他看见她的时候，朝她挥手。一桌子人的目光马上聚集了过来，雨初含蓄地笑了笑，算是打了招呼，人群马上爆发出一片笑声，似在嘲弄骆海清与她的关系，这令雨初有些无措，好在他马上站了起来，带了她出去。

他将车钥匙递给她："喝多了，送我回家。"

他离她很近，说话之间暖暖的酒气拂在她脸上，她其实最讨厌男人身上的酒气，可是此刻她却觉得是温暖的。她脸有些潮热："我很久没有开过车了。"她的驾照拿到已一年，从驾校出来，她就没有再开过车。

她跟在他的身后，一路到了地下停车场。她说："喂，喝酒不能开车!"

他回过头一笑，停车场的灯光在他脸上有些斑驳，他的眼神有些迷离，他已然带着醉意了。她愣了一下，这些镜头都是她和吴楠不曾经历过的，却轻而易举让她失去方寸。她跟着他坐进了汽车后座，骆海清说："我要先休息一下了。"

在她坐在他身旁的时候，他深吸了一口气："暗香浮动一如卿，好闻。"

雨初心中一动，她知道他说的是她的香水。她正想说，是卿帆送的，却见他闭着眼睛，似乎是睡着了。雨初静静地看着他，灯光晕暗，额发、睫毛在他的脸上形成了一圈黑黑的剪影，地下停车场空旷而又安静，将夜色和城市的喧闹都挡在了外面。这个场景虽然有些无语，是从认识他以来，她觉得最自在的一次。

骆海清醒来的时候，感觉脸上痒痒的，一头柔软的发丝泻在胸前，属于女人身上糯甜的味道让他一阵恍惚，过了片刻，他终于清醒地知道了自己的位置，他看了看表，已是凌晨三点，他动了动自己的胳膊，雨初很快迷糊地昂起自己的脸，头发将脸遮了一大半，她受惊地坐直了身体：“不好意思，我以为我不会睡着的。”

他看着这时的她，心中掠过一丝异样的感觉，“何雨初，你是不是喜欢我？”

雨初被这冷不丁的一句话惊得睡意全无，她对这句话完全没有准备，有些羞愧，是秘密被洞穿的错乱。纵使如此，她还是决定勇敢一搏：“是又怎样，不是又怎样？”

“如果你只是想谈场恋爱，我们可以试试。”

“如果我不只是想谈恋爱呢？”一种屈辱感从她心中升起，她二十多年的骄傲在这个男人面前彻底瓦解。

“如果你有信心让我离不开你，我们也许会有不一样的结局。我们得了解彼此真实的样子……”

雨初有些失望，她到底没有让这个男人失去理智，哪怕是此时此刻，此情此景。他在她面前这样骄傲直白，她说：“送我回家吧！谢谢！”

路上车辆的稀少让这个城市变成了陌生的模样，雨初一路看着，第一次发现自己在这里生活了几年，却从未认清过它的样子。两人一路无语，就在临下车前，雨初说：“我改变主意了，哪怕结局是误我终身。也许，最后害怕分开的人，会是你。”

她是紧张的，真觉得自己已经有低入尘埃的姿态，在她的爱情观里，此时的自己，是她最不屑的那类女人。半天没有听到他的声音，她侧脸看他，他一动不动地盯着前方，一脸沉思状。雨初打开车门径直朝家走去，泪水夺眶而出，她听到背后他的声音：“好好休息，改天我约你吃饭。”

她应该不再理他，从此断了这份念想，但是她知道他约她，她终会妥协，在爱情面前，她对自己无能为力。骆海清不是尹哲，她也不是卿帆，一夜订终身的故事从来不会再次上演。她想起了与吴楠最初的牵手，他手心的温度已经远去，但是此刻却那样清晰，那样温暖。

把结婚想得简单了些

这几日接到了一些问询电话，口音一日一日不同，这代表着尹哲的市场之路正一路朝西，而且正往大山方向挺进，到底有了些成效。她仍旧是边上班边关注着电脑上各种K线图，但是她的失落感却在某些时候发挥得淋漓尽致，她越来越觉得自己这样，是目前生活状态下的自我安慰。

隔几天店子里就会出现被内急逼得满脸愁容的路人，问她，请问可以在你们家上厕所吗？曾经有一次来了一个老人，问她："你们家有茅屎屋吗？"他重复了很多遍，卿帆都没有听懂，他急得团团转，在纸上写下歪歪扭扭的三个字——"茅屎屋"，石破天惊的三个字当时让她回味了很久，多么俗不可耐，而又直接明了，她笑了半天，简直乐不可支。这个客户群体中，"洗手间"三个字在他们字典中是不存在的，是要被嘲弄的，这是乏味生活中的一抹亮色。但是这种幽默过后就会有着淡淡的失意。

尹爸尹妈从那日争吵以后就没有再上门。这让卿帆心里更加忐忑，尹爸拂袖而去的愤怒，如同一块石头压在她的心头，她并不想让事情变得不可收拾。她已经意识到，结婚不是简单到只有尹哲和她自己。所以，当她站在店门口看到尹妈胖胖的身影一扭一扭朝这边走来，她感到如释重负，在尹哲回来之前，他们之间并没有僵到老死不相往来。

"妈，过来了。"卿帆主动示好。

难得的是婆婆一脸笑容，这倒让卿帆有些摸不着头脑。

"尹哲什么时候回来？"

"我们已经几天没联系了，他在外面不爱打电话。"

"一个女人，连自己家的男人行踪都不知道。"婆婆嘴里嘀咕着走进店子，叹了口气，"怎么还是没有人上门，下半年这个时候也该到旺季了。"

卿帆心中委屈，女人就该死，什么都怪女人，连男人没有行踪也怪女人，我在他屁股后面装个摄像头啊，这些话带着一股子热气在她嗓子里面不断打着转，却要压抑着不让它们喷涌而出，她答道：“这几天倒是多了些电话。”

“这孩子做什么都是脑门发热，吃力不讨好，你比他大，应该管管他，你们结婚了，我就把他交给你了。”

这话让卿帆心里烦躁，在心里暗暗反驳：“我是他老婆，你才是他妈。”她没有说话，暗想今天难道又是一场恶战？

婆婆看着卿帆：“你现在自己做饭吃？”

“嗯。”善意的谎言总比争执要好，这个婆婆对自己做饭有着病态的固执。

“是的，外面的油都是地沟油，快餐谁知道是什么做的？那是猪才吃的……你年纪也不小了，生孩子之前，把身体要调养好。”她回过身，把目光停留在卿帆的小腹处，卿帆愣住了，这件事太突然，她可从未想过。

“我去菜市场买点菜，你们这些年轻人，吃饭不讲究……”卿帆见她咚咚离开，自己都没回过神来，她是要买菜给自己做饭吃吗？难道公公没有向她告状，卿帆一头雾水地忤在门口。

午饭是卿妈亲自操办，并且由她亲自陪同。尹妈将那张笨重的、看不清原来颜色的桌子刷成了木头的颜色，扛在肩膀上搬到了楼下，卿帆对她这方面是崇拜不已的，这个女人对于逼仄的生活有着超强的改造能力，她发现尹妈一个特点，她吃饭吃得吧唧有声，有滋有味，吃青菜嗓子里都能吃出喝汤的感觉，发出“嗦嗦”的声音，这是卿帆第一次和她共同进餐，这种特质因为安静而愈加明显。现在卿妈将碗中仅有的一条半尺来长的桂鱼折断，将整个身子夹到了卿帆的碗中。

“你说这桂鱼贵不贵，这么半筷子长竟然要十五元，我们那时候才二三元钱一斤……”卿帆不知道她的那时候是什么年代的事情了，几元钱到几十元钱，她这样惊讶，只能说明她已经很久没有购买过这个物种了。她附和着说：“妈，别全夹给我了，你自己也吃吧。”

卿帆吃罢饭将碗放下来，尹妈马上将那剩下的桂鱼头和混杂着辣椒、生姜的鱼汤一股脑地倒进了自己肚子里，桌面上的几个碗空空如也。看得卿帆有些心酸，她心中想着，尹妈和尹爸都是好人，只不过都有些小市民气罢了，他们对自己也是同样节俭苛刻的，只是习惯于用要求自己的标准来要求别人，她和尹哲父母之间只是观念不同而造成的代沟，她突然间对他们又充满了同情。卿帆见尹妈已经在收拾碗筷，说道："妈，我来吧！"

"我反正手已经搞脏了，我不在这里的时候，你自己管好你自己就行了，我管你一顿只是一顿……"

卿帆看着她的背影，脖子那里堆着厚厚的一叠肉，使她的身体看起来不是那么挺拔，黑发已经无法隐藏不知从哪儿开始的丝丝白发，听到她在那里絮叨，心中竟涌起一些暖意，她还是关心着自己的。

"小帆，我问你件事?"

"嗯?"

"小帆，你手上是不是存了私房钱?"

卿帆一愣，"我和尹哲店子又没赚到钱，我能存什么私房钱。"

"你上班这么久了，又比我们尹哲大，你没有存钱? 尹哲说，你在以前公司做得不错，那你起码应该有二十万的存款了。"

"他告诉你的?"卿帆难以置信，难道尹哲以前的表现只是假象。

"结婚了，这钱就应该属于家庭了，要不然，尹哲会以为你不是一心一意和他过日子。"尹妈自顾自说着，看不到卿帆越来越凝重的脸色。

"这是你自己想的，还是尹哲说的?"

"你爸说你自己讲的，上次他过来，你自己讲的，把那二十万还给我们。"

卿帆没有再说话，心里像突然煮上了一锅滚粥，太烫，令她有了疼痛的感觉。难怪她会不计前嫌给我做饭，原来如此啊！她不想她的婚姻落入俗套，只要有亮点，她就会向前奔去，如果前方没有了亮光，谁会给她指明方向? 尹哲，你什么时候回来? 我们实在都把结婚这件事看得太简单了。

发生了事情请先拨110

卿帆拨打着尹哲的电话，听着一遍遍重复的提示，心中的不满不断升级。在这之前，尹哲不与她联系，她从未多想，而现在她觉得不合常理。如果她一个人在家出了什么意外，当她害怕的时候，她该给谁打电话？这个问题压得她心头沉甸甸的，有一种非要知道答案的冲动，她从很多地方看到过这样的一句话，一个男人爱一个女人，他会为她二十四小时开机，因为他害怕错过她的任何消息。这句话她以前觉得矫情，现在又觉得有八九分道理。听着电话里的提示音，她眼眶一酸，泪水不知何时淌了下来，抬手擦拭的时候，才发觉泪水已经泛滥得不可收拾。

她看见骆海清的短消息时是一觉醒来。她是被冻醒的，已是初冬季节，一场痛快淋漓哭泣后的沉睡，醒来更觉空虚，她环视一下房子四周，衣柜，双人床，一切恍如梦境。她甚至想起这个时候的北京，是否已经开始试暖气了，想起那些虽然孤独却自由自在的夜晚，心里就像缺失了一个角，觉得自己把什么东西丢了。她习惯性拿起手机，没有尹哲的任何消息，倒是看到骆海清一条短信："嗨，在忙什么？我下周到你们省城，有没有时间见面？"

她看了看时间，已快凌晨，她恶作剧般地回了一条："我是冻得自然醒，发呆。"

她才发出去，那边很快回了过来："怎么会冻到自然醒，没人给你盖被子吗？"卿帆心里一暖，回了条："自己心疼自己。"

电话很快响了起来，她以为是骆海清，却是尹哲。她接通电话却不说话，一直到那边喂了几声，她才没好气地说："你还活着呀！"

尹哲没有听到她语气中的不悦，他的声音高亢兴奋："老婆！知道我在哪儿吗？我真的好想在这大风地里光着身子洗个澡，拉泡屎！真痛快！"

卿帆听到他叫自己老婆，心头有种异样的感觉掠过，以前他一直只叫卿帆，没有感染他的兴奋，她口气冰冷地说："你的手机难道没有短信提示吗？我给你打了多少电话，你为什么不开机。"

"我在山区，信号不太好，我干脆就关机了，今天我找到了一个荒了的土地庙，草都没过膝盖了，但是好空旷，让人把烦恼全都可以丢掉。"

"你从来没有担心过我怕不怕，我一个人在家会不会有什么意外？如果我有什么意外，找不到你该怎么办？"卿帆一口气说完。

"卿帆，你要照顾好自己，如果真发生什么事，你最先不是找我，而是拨打 110。"

"你……"卿帆一时语噎，她是被这句话震到了，电话线那边，真是自己的丈夫吗？这是怎样匪夷所思的逻辑。

"你还有什么事吗？"

电话那头沉默。

"不说话，我便挂了。"卿帆宁可他没有打过这个电话，她突然感觉现在与尹哲相隔的不是身体的距离，而是心的距离。她觉得他如此陌生，似乎从未肌肤相亲，这一刻产生了从未走进彼此世界的质疑。她觉得自己对于婚姻的冲动其实是一种放纵自己的幼稚，以为自己随时能回头，至于那一张未领的结婚证，也不是什么能回头的后路，她终究实实在在步入了婚姻的角色。

"你早些休息，关好门窗，注意安全。"

"就这些？"

"嗯。"

"好！"卿帆挂断了电话，她感觉自己的泪又有涌出之势，他所谓的个性就是自欺欺人的自私，自私！她深吸了一口气，将泪强逼退了回去。她站在窗前，夜已黑得如此深沉，连门前的路灯都白得惨淡，夜晚该有的寂寥无法掩盖，时有货车突突而过，却更让人感觉空洞。她拿起手机，这可能是她外界沟通的唯一渠道了，此时它突然又亮了一下，是骆海清的短信："你还好吗？"

"我不知道。"写完这条，觉得不妥，想要删除，却不知已经发出去了。她愣了一下，索性关了机，和衣躺在床上，不想再动弹，也不想再做任何无谓的思考。

虽然后半夜不知道经过多长时间的辗转反侧才入睡，但是早上七点，卿帆仍旧准时醒了，她早就不需要闹钟了，闹钟已经装在了身体里。明知道这么早起来不一定有客户，但是，早起开门是每一个小生意人必须遵守的职业操守。其实，这些天的生意较以前确实有较大程度的好转，一天陆续也有几个人上门，销售一直是她的强项，这和以前的客户比，她现在面向的客户群体要单纯得多，一个眼神，一个动作，她基本就能窥见客户的想法，但是这种销售不是投标，不是讲标，只有没完没了的讨价还价，讲得唾沫星子满天飞，就胜在一个耐心上面。前几天，她还将那台一万多元的碾米机样机卖了出去。只要有人上门，她就有信心卖掉产品，但是这样的好运气不是天天都有，她现在经营的产品都是随大流的，卖的都是剩下来的二三线品牌，产品同质化明显，基本就是靠销售技巧和耐心，这点让她忧心忡忡。

这天下午快关门的时候，来了一个买电风车的客户，这种电风车就是农村里老式风车的替代品，基本上每一个卖农机的店子前面都会摆上这么一样东西，卿帆不喜欢这个东西，没什么赚头，每天还得像抬着一个门神一样把它搬出去，如果你不卖这个东西，时不时有人来问，你连这个都没有，你还卖农机啊！似乎这就是农机经营店的标志，再多的营销理论也拼不过事实。所以，她只能随遇而安，唯一令人欣慰的事是等到尹哲回来，可以告诉他这个月开始盈利了。想起尹哲，她心中又开始堵得慌。现在，那个被每天抬出的电风车经过一番讨价还价终于要出手了，那个客户要卿帆将电风车抬上车后付钱，卿帆看到他的车停在马路对面，说麻烦你自己背一下，行不行？客户是个五十多岁的男人，听到这话，一身肥肉似乎也僵在那里，我从对面过来的，你没看到我的车都停在那儿的吗？我们到哪儿买东西都是送货上门，我现在只要你送上车，你还卖不卖？

她犹豫了一下，将电风车抱在怀里，拼尽全身力气，一步步朝马路对面艰难走去，走走歇歇，电风车的脚不时碰撞着地面，也碰撞着她的脚。她觉得自己的样子就是一个小丑，到了车前，那个男人终于肯伸出手，一把将风车放在车内，点了四百元钱给她。她转身间，看到了一个人站在对面看着她，满面笑容，如沐春光。他是骆海清，鹅黄色的运动装那么青春活力，与四周格格不入。

工作是一种态度

骆海清和卿帆面对面站着，卿帆有一瞬间的无所适从，马上便先笑起来，昨晚你就到了吗？

“今天来的。”骆海清随卿帆走进店子，看见了电脑上停留的网页界面，是贵金属报价界面，“黄金三连跌，越是这样的大起大落行情，对于我们产品就越有利。”

卿帆指了指被尹哲打上了一个皮补丁的四脚木椅，“坐吧！我们这排门面都是六点钟关门。你到我这儿来干吗的？”

骆海清看了看手表，“还有三十分钟，你到哪儿都这么有职业操守吗？”

“嗯，工作是一种态度。”卿帆将电脑关了，桌面上收拾一下，又将店内打扫了一遍。骆海清看着她转来转去：“不管是在写字楼，还是在这里，你一点没变。”

“你真认为我没有变化吗？”

“没有，你就是这样的。”

卿帆停了下来，莫名有些感动。一间这样小的店面，这样简陋的环境，她以为他会询问一些事情，可是他一直坐在那里微笑地看着她，她从内心感谢他的淡定成就了她的自尊。她背起包，笑道：“走吧，吃饭去！”

晚餐选在这个城市颇为有名的湖上餐厅，四面环湖的柳树温柔而立，小城市的惬意迎面而来，透过窗外可以看到湖上点着花灯穿梭的游船，小孩们站在船头兴奋地叫着，远处淡了轮廓的小山丘和暗了的黄昏一起，像浑然天成的一幅画。

“这个城市很美，感觉心脏都跳得慢了。”骆海清看着窗外，脸色陶醉，“难怪你会回来。”

“我回来之前，不知道它是这样的。我回来之后，却不会再用客人的心情去欣赏自家的东西。”

骆海清转过头来看着她：“好个伶牙俐齿，不去讲标有些可惜了。”

“我在这里比讲标更有说话的机会，我现在就是一个不能倒带的复读机。”

“哈哈哈……”骆海清笑容灿烂，“和你在一起就是开心。”

“我说的话很好笑吗？这就是我说话的常态。”卿帆一脸不以为然。

菜陆续上齐了，卿帆举起筷子说：“吃吧！我也饿了！这是湖里的有机鱼……有机鱼就是不吃饲料长大的鱼……”突然她就停住了，她想起了自己的婆婆，每次开饭前那种成就感，她会说，这是河里的鱼，那是地里的菜。卿帆惊住了，这是不是已经近朱者赤了，她看着骆海清：“我这样是不是好像一个老太婆？”

骆海清故意细细打量着她，“老太婆？几十年之后，你应该是一个漂亮的老太婆。你怎么会这样问？”

卿帆松了口气，塞了一口鱼肉到嘴里，说：“因为近墨者黑。”

“噢，你的客户都是漂亮的老太婆？”

“我就是一杯水，给我什么样的容器，我就得让自己变成什么样。过几年，我会成为一个正宗的农民，如果我用办公室的形象去面对农民，我会一样东西都卖不出去，他们会望而却步，你没有发现，我身上所谓的白领气质已经在慢慢蜕去？”

骆海清摇了摇头：“气质可以随环境而改变，而一个人最本质的味道，是很难被影响的东西。”

卿帆若有所思，自顾吃着饭保持沉默。等她猛一抬头，却见他盯着她笑：“我怎么看你不像老太婆，倒像男人了。”

她摸了摸自己的头发，笑道：“我吗？成男人了？”她摸了摸自己脖子：“我的喉结没长出来吧？”

骆海清笑：“那么重的东西，你磕磕碰碰地搬过去。他呢？”

卿帆知道他说的是那辆风车，她眼眶突然就酸了：“其实，我一直想做的是男人，不是女人。”

“我们很快要在你们省会设立分公司，我这次过来就是提前拜访大客户，你也来吧！待遇方面，和你在北京时差不多，你也可以提要求。”见卿帆不动声色的表情，他加重语气："你应该做你擅长的领域，有些事情如果方向不对，越努力，只会离理想越远……你应该有自己的理想。"

"我的理想是什么？我还真没有想过。"卿帆故作痛苦状拍着自己的头，"活了快三十年，我不知道自己想成为什么样的人。那么，你的理想是什么？"

"我想在金融领域做得更好，做成可以影响大部分人的一小部分人，而不是领着薪水受制于一小部分人的大部分人。"

"你一定会成为你想成为的那类人。我的想法就是过好每一天，做一个撞好钟的好和尚。让每一天不要虚度，朝着我认为有爱和希望的方向。"卿帆将视线投向窗外，湖面上已经灯火阑珊。

吃罢饭，两个人在湖边漫步，晚上的湖边格外冷，卿帆裹紧了自己的呢外套说："哎呀，太冷了，这风怎么像吹进了骨头缝里去了。"

骆海清将自己的外套脱下来递给她："要不要？"

卿帆接过来，将它系在肩头："虽然起不了什么作用，但是心里会暖和一些。"

"你可以穿在身上。"

"男女授受不亲。"她转过头朝他狡黠一笑，卿帆醒觉似乎有一种暧昧在冷风中油然而起，说道："走吧，你也累了，早些休息。"

骆海清说："好，你送我去，我对这里不熟。"

卿帆觉得好笑："你确定是要我送你不？"

"嗯，女汉子，陪我走一走。"

骆海清在一个高尔夫俱乐部内预订的酒店，卿帆惊讶，来这里这么久，竟然不知道这个城市还有这样的去处。高尔夫球场背靠青山，从大门进去，豁然开朗，鲜花夹道，更远处则是高大的桂花树、樟树环绕……在这样的季节，花儿兀自姹紫嫣红，树木茁壮茂盛，卿帆深吸了一口气，湿润新鲜，不觉说道："小地方别有大洞天啊！"

球场在山谷的低洼处，而酒店依山而建，却只能见山隐约的轮廓，在酒店一侧是通向山谷的路，只听得到潺潺流水声，还有扑面而来的沁人心脾的凉气。酒店从内到外金碧辉煌，俨然一座皇宫，几道射向天空的光柱交错辉映，门前并不见人出入，这种暴发户似的繁华虽然与四周的静谧格格不入，却因为奢华的灯光，令人心情明亮。

骆海清说："如果你不介意，我帮你再订间房？什么都不要想，好好睡一晚。"见卿帆不解地看着他，又说道："晚上被冻醒，然后许久睡不着，这种状态只能说明你需要一个好好的睡眠。"

卿帆心中流淌过来阵阵暖意："你说得对，什么也不想，好好睡一觉。"

两人很快回了各自的房间休息，卿帆的房间是在一个小山坡上，窗外树叶繁茂，天然的藤蔓垂到窗台上，小溪的流水声远远传过来，可以想象到白天的盛景和雅致。房间的装修倒是低调而适意，厚厚的地毯，暖黄的灯光，她陷在温暖的床上，伤感地想起和尹哲在这里生活了这么久，何曾知道这个城市还有这样一个去处。每一个阶层都有属于自己的生活，那些特性早就渗入了生活中的每一个细节。卿帆觉得和骆海清在一起相处的轻松，和尹哲不一样，他的从容和随意，应该是长年优渥的生活给他的。她对他知之甚少，但是他有时带给她的感觉，已如多年老友般默契，她享受他带来的这种感觉，如同阴雨绵绵的冬日突然有了太阳的温暖。他一定是可以为了心爱的女人二十四小时开机的男人，而那个令人气愤的、要她有事打 110 的尹哲，这样奇葩的思维又是怎样形成的……她很快便有了睡意，沉沉睡了一个好觉，竟是一夜无梦。

第二天，卿帆从出租车上下来与骆海清挥手告别，一转身发现自己的店门竟是开的，她以为自己看错了，千真万确真是开着的。遭贼了？她几乎是狂奔过去，一进店门，心兀自跳个不停，她惊魂不定地朝店里搜寻，却见尹哲从楼上下来，她脱口而出："天，你是要吓死人吧，我以为来贼了。"

"这些铁疙瘩，哪个贼搬得动？"尹哲下来搂住她的腰。

"你怎么突然回来了？"她仰着头看他，他黑了瘦了，头发长了，一脸的胡茬儿，来不及责问和愤怒，她看到他这副模样，心就有些软了，他应该是昨晚就到家了，想着自己的彻夜不归，她竟有了无从解释的心虚。

"因为我忘记告诉你了，第一个电话打给 110，第二个电话马上打给我。"

"你……"卿帆笑着挣脱他的怀抱，"算了，不和你这个无赖计较了。"

尹哲回来了，她心中如气球般膨胀的怨气开了一个口，很快便泄了气，他的辛苦无处隐藏，他粗糙的双手，他身上的衣服只有在外奔波的泥土和汗味。骆海清邀请她加盟的事情，前一刻她觉得那是一个机会，而这一刻，她觉得自己除了陪尹哲一起走下去，已是别无选择。

“这趟出去有没有什么大的收获?”

“有，我要注册公司，找厂合作，生产自己的品牌。”尹哲神采奕奕，“现在我们的农机市场就是互相仿造，而要想有大的发展，就是不断的创新，做出一款新产品，我们就可以比代理一般的二线品牌要强得多。”

“我经过这一段时间的了解，发现我们的客户并不在意品牌。我们现在经营的中小农机，门槛太低，没太多技术含量，是个厂就能做。”卿帆深表同意，“问题就是到哪去寻找新产品?”

“对，我们的机会来了，我这次出去发现了几款新产品，是一个农民自己发明的。市面上目前还没有。”

卿帆听着，也在等着这些话题结束后，他来问自己昨晚未归的原因，可是他只字不提。他如此沉得住气，是因为他绝对相信自己，还是因为他有心机深沉、处事不惊的另一面。不知从何时开始，她开始怀疑自己的直觉，直觉并不准确，它很多时候都会被事实推翻，她对尹哲的认识其实都是建立在很多次的直觉之上，属于他和她之间的事实，只能让接下来的生活去验证，她也怀疑以往对生活的随意，到底是什么给了她勇气，后来她想了想，那应该是未被禁锢的无所畏惧的青春。

那么，她现在的踌躇，是不是代表着青春的结束，卿帆又一次提醒了自己，自己的三十岁就要来到了。

妊娠剧吐症

自从确定自己怀孕后，姚进觉得自己的生活真正安稳了下来，婆婆有时会亲自下厨房照顾自己的起居，连秦昆那些可疑的蛛丝马迹也在一夜之间消除干净了，大部分时间，他都会在她身边陪同，哪怕只是沉默。

但随之而来的强烈的早孕反应让她几乎终日卧床不起，她还未享受够那份欣喜，就开始了昏天黑地的呕吐，这种反应让她失去了品味生活其他滋味的能力。婆婆每日端着令她反胃的饭菜到她的手中，看到婆婆殷切的眼光，她是受宠若惊的，那些食物虽是令人望而生畏，她却还是强忍着心中翻江倒海的恶心感，勉强吞食一些进去，但是，它们很快就会一股脑喷射出来，在她身体里，它们短暂的停留就是一种折磨。她开始感觉婆婆的不耐烦，从开始克制的皱眉到最后满脸的不耐烦，她说："现在的人还真是娇贵，我们那时的女人哪有这么好命，要上班，要伺候老人……这也不吃，那也不吃，小孩子在肚子里哪有营养……"姚进心中有苦难言，甚至无力争辩，她抚摸着自己还平坦的小腹，告诉自己，坚持就是胜利，满三个月，这些症状就会消失了。秦昆有时会拉着她的手注视着她，他眼神中哪怕是稍瞬即逝的爱怜被她捕捉到后，她那晕晕沉沉的大脑就会清醒一些，也更增强了些隐忍到底的决心。

这种状态一直到她终于喝水都开始吐，嘴唇皱得如同一粒张了口的核桃，喝下去的水让不负重荷的胃如同灌进了千军万马，从里面开始吐出五颜六色的东西，黄色的胆汁，咖啡色的胃内容物，最后变成了纯粹的鲜血……她被送进了医院。

卿帆的电话就是那个时候打来的，婆婆拿着一叠化验单毫不掩饰她的愤怒："就是平时电话接多了，辐射造成的。"姚进将电话关了，她原本就没有了任何倾诉的欲望。婆婆在问医生，这真是怀孕造成的吗，不是身体其他地方的问题吧？你帮我仔细检查啊！医生疑惑地看了她一眼，用一种警示的语气说："这是严重的妊娠剧吐，现在酮体四个加号，电解质已经紊乱了，如果发展成酸中毒，就要考虑中止妊娠了。"

姚进听了这话，眼泪簌簌就流了下来，这些可以证明，这些天她绝不是恃孕而娇吧。姚进婆婆脸色一沉，问道："孩子不会有什么危险吧？"

"要看输液的情况，如果缓解，妊娠可以继续。如果不行，就只能中止了。"医生的语气平静，却让姚进感到惶恐不安，她趴在床沿上，对着垃圾篓又是一阵撕心裂肺的呕吐，嗓子里咸咸甜甜的液体不断往外喷出，她觉得胃都要吐出来了。输液持续了一个通宵，她一晚上重复着这些动作，几乎没有睡觉。一直到早上才迷糊了一会儿，很快又被病房里打开水、走廊外的各种喧哗声弄醒。这是一个三人间，姚进抬着疲惫的眼皮打量着周围，婆婆坐在椅上和旁边病床的聊着天。两个婆婆，一个妈妈，聊着聊着就有了火热的趋势。

隔壁床的婆婆说道："你说现在的孩子多娇贵，我们那时候怀着孩子，上班，做饭，哪样事落下了。"

另一张床的附和着："我那会怀着这个女儿的时候反应也大，喝碗辣椒水就下地干活去了，怀我儿子的时候，一点反应没有，都说怀女儿的反应就大，这话错不了。"

姚进本无意听这些，听了这句话，她硬是撑起身体用眼睛扫了一下这个喝辣椒水的神人，那是一个五十岁左右的粗壮妇女，此刻正一脸得意地看着她这边，然后说："你们的媳妇反应这么大，十有八九是个千金，我们女儿爱'动红'应该是个儿子，儿子不好养成些。"

姚进见婆婆已经明显不悦，听她争辩道："没这个说法，这都是没读过书的乡里老人不懂科学瞎说的。"

婆婆的针锋相对并未让对方感觉到不悦，她接上岔："你还别不信，你怀你儿子时有反应没？"

正在此时，姚进婆婆接起电话，她的声音温婉动听，是她同学打来的，说她老公在年前便已调走了，不再任这家医院院长，但是依旧愿意帮她们在医院里打招呼，婆婆客气有加，说话很有分寸。昨晚入院的时候，她就想到她这位同学，怕打扰她休息，选择发了条短信。

婆婆的细心不会出现在她身上，也不会出现在刚才的乡下女人身上，她的温柔和细心是有特定对象的，这种区别是一种本能的反应，在她心中也未必认真权衡过。姚进想到了秦昆电脑里的女人，婆婆温暖的笑容。想到这儿，她顿起一阵强烈的失落，在婆婆眼中，她是一个依附于他们家的弱者。

姚进从伤感的情绪中回过神来的时候，正迎上婆婆一脸心事的脸。婆婆意味深长地对她说："我那天算了清宫表，你怀的是个女儿。不过，那个东西也只是算得好玩……进进，秦家三代单传，我们只许成功，不许失败。"

姚进本不堪重负的心又压上了一块大石头，她无所谓男女，她只是期待皆大欢喜的结局。如果是个女孩，如果"失败"了，她的生活会变成什么样。等到秦昆下班后到病房，她趁婆婆不在，问他："你喜欢男孩，还是女孩?"

"我无所谓啊!"他将她散乱的头发拢在耳后，"这就和抛硬币一样，正反那是天注定的。"

这个不经意的动作，让她心生温暖，可是偏偏另一种念头又不能压制地想起，他和那个女孩也许更加亲密吧！这些念头不知隐藏在哪个角落，在她和他难得的温情时刻突然冒出，和当时的幸福感混在一起，不知道成了什么滋味。

她拉着秦昆的手："今晚你陪我吧，妈辛苦了，让妈回去休息。"

"好。"秦昆看起来心情不错。

姚进半躺在床上，秦昆一只手握着她的手，另一只手滑动着电脑屏幕，看着手机上的新闻。姚进说："妈不准我看手机，我都不知道外面的世界是什么样的了。"

秦昆说："其实手机哪有那么可怕，都是被妖魔化了，我们单位怀了孕的女人照旧用电脑，打扮得很得体，比没怀孕时更有风韵。"

姚进积累的恶心感又要蓄势而出，呕吐的感觉依旧来势汹汹，过了片刻，她才将胃里掏空，吐完反而轻松些，但是这种轻松维持不了多久，不适又会重新累积，再次发作，秦昆站起来，看着她的身体蜷成弓样，不断起伏，他给她端过去一杯水："什么时候才会好啊?这样不会出什么问题吧?"

正说着，姚进婆婆从家里回来了，提来了一桶饭菜。她刚拧开，姚进此时比狗还要灵敏的鼻子，就闻到了那股菜味，她难受得想死，说：“妈，盖上吧，我闻了就想吐。”

姚进婆婆将盖子“咣当”一声盖上：“你是嫌我服侍得不好，你就叫你自己妈来做。我是给你做饭吃的？我是给我孙子做饭吃！”

姚进见婆婆生气了，痛苦地解释道：“妈，我不是怪你做得不好，我是真的吃不下。我不能闻菜的味道，医生查房时说过，如果吐得厉害，就暂时不要进食。”

姚进婆婆将饭桶往秦昆手里一塞，没好气地说：“这样下去就算能生下来，怕也是一只小老鼠，你带回去。”

秦昆顺从地接过来，又把饭桶提到姚进面前：“妈辛辛苦苦做的，你要不要吃点？”

姚进拿手挡住，皱着眉头说：“不吃了。我想吃东西了，会努力去吃的。”

秦昆小心地说：“那我先回去了。”

姚进幽怨地看着他，他不是刚答应过今晚陪着自己吗？正想追问，又看了看婆婆板着的脸，便摆了摆手说：“走吧，路上注意安全。”

门轻轻关上了，她的心又堵上了。

孩子性别不应该被选择

姚进能够将病房里的“聊天杂碎”一字不落地收进耳朵的时候，已是住院二周之后。她将桔子、梨子、苹果、哈密瓜众多水果的果皮覆盖在口鼻之上，一股清新之气直入心脾，嗅觉终于有了丑恶之分，虽然胃依然沉重，但较以前却是好了太多，孕吐也不会时时来袭了。和嗅觉一起恢复的是各种感觉，病房的病友已经替换了两轮，姚进婆婆已经成了里面的“老人”，她通常是不屑于和其他的人聊天的，除非是百般无聊，别人又主动的情况下。聊天的内容无非就是孩子，孩子，还是孩子，衍生内容是其他各类家庭成员，姚进躺在床上就像听“话匣子”，各种家庭伦理剧上演。隔壁床照顾媳妇的婆婆，怪自己的婆婆活得太长，害人害己。靠窗的那床第一胎生了女儿，这一胎却突然流血不止，到医院的时候，以为早就流掉了，做检查却发现还在妈妈子宫里跳得很欢实，妈妈并没有失而复得的喜悦，天天坐在床上不知发谁的脾气，念叨这胎到底是个什么，如果是个女儿，干脆流了算了，免得到时生下来又让人不高兴，还得生第三个。一房一世界，姚进听着别人的故事，想着自己无边的心事，日子在病房里一天天过着，怀孕的喜悦、孕吐的痛苦逐渐淡了，现在又有另一种担心横在心底，快被想成了一根刺，和靠窗的那位妈妈一样，她心里不断祷告，自己怀的是个男孩，虽然秦昆和自己都是独子，秦家还是三代单传，在婆婆心中，她和秦昆极有可能只会有一次机会，她不敢冒任何风险。婆婆有时会附和别人：“如果第一胎是个男孩，第二胎有没有都没有任何压力了。”

姚进觉得正在肚子里成长的正是一个女儿，这样认为的时候会莫名懊恼，而这种懊恼又让她非常愧疚，孩子是能感知妈妈的情绪的，这种心思对“她”是不公平的。她看着婆婆正在看报或低头看手机的身影，便会生出很多恨来，在心里恶狠狠地说，你自己不是女人吗？你当初在你妈肚子里的时候，你妈是不是也这样害怕和憎恶你的到来？

她有时又觉得是个儿子也未必，毕竟抛硬币，字和花都是一半的概率。她就在这种复杂的情绪中惴惴不安，她又会讨厌现在的自己，怎么成了这样一副委曲求全的样子，难道仅仅是希望有一份安定的工作，一个安定的家，她就应该在这个家里小心地生活着。这种局势以一种微妙的方式朝前发展，成了一种习惯，无法扭转，就像她的不满只能被她自己知道，包括秦昆，她与他的聊天如同“隔靴搔痒”，她的情绪终不能淋漓尽致地表达。

那个成天愁眉苦脸的二胎妈妈出院后，床位马上就被分配了出去，新来的一家子前呼后拥着一个三十岁左右的孕妇，声势浩荡又极为小心，前一秒在走廊里一群人大声说话，进了房间突然个个噤声，尤其对那孕妇语气轻微，姚进还是被他们这么一大群人惊扰到了。医生查房的问话中，知道她也是见红保胎，不过是普通的保胎，却如此兴师动众，可见腹中的胎儿肯定是个“金贵儿”。人群很快被遣散，留下的人不知道是妈妈还是婆婆。一安静下来，中间那位婆婆就发起了谈话，这个家庭的情况在各种问话下逐渐清晰，男方家是个大家庭，男方二婚，女人却是头婚，男人的前任给男方家生了一个女儿，离婚时由女方带走了，可巧的是男方家三兄弟，第一胎全生的女儿。这个女人怀着孩子刚从香港回来，也就是这长途的颠簸动了红。

“都怀孕了，还到处跑，现在的年轻人真是……以为还是我们那一代，现在的人都娇贵些，养个孩子出来都不容易了，你说怪不怪？”隔壁床的婆婆感叹。

“去香港可不是去玩，我们是要提前知道我们孩子的性别。”新来的婆婆看了看自己的媳妇，满脸嘚瑟，“三个儿子，三个孙女，这次终于开了眼，我们任家有后人了。”

姚进婆婆应激性地抬起头来，“你媳妇三个月不到，怎么就知道男女了，做B超也要等孩子在肚子里成形了才知道。”

“你们就落后了，现在只要几管血，只要五十几天就知道了，不过，要五千多元钱，我们是没办法，再贵也得花。”

“那是骗人的，你们上当了。”姚进婆婆不相信这种事。

“是真的，查血里面的Y遗传因子，如果是女孩子就没有。”躺在病床上的媳妇接话了，“我也有朋友去香港，是女孩才要，男孩就不要了。”

姚进因为这话看了那女人一眼，心中平添了一些好感，又因为她们说的这件事而心烦意乱。

“我们生儿生女都好，反正能生两个，如果头胎是个丫头，二胎再去想办法，我手上有几个秘方，都很准的。”关于秘方的真实性，中间床位的婆婆是乐此不疲的宣教者，这个房间每换一次人，她都会将这个话题重拾一遍。

下午，姚进婆婆临回家做饭前，突然压低声音对姚进说：“你用手机上网查查，那个事情是不是真的。”

“哪件事?”姚进惊诧于婆婆竟然会主动让她用手机。

“去香港那事，如果是真的，我们也去。”

姚进其实已经预料到会是这样，她突然感到害怕，一种即将知道真相的慌张，还有一种可能会失去的恐慌。她脑海飞快越过很多想法，公公向来寡言，思想古板，这个家里或许只有秦昆……这是她和秦昆的孩子，他们尚未成形的孩子，不应该这样被残忍地对待。

无望如同潮涨潮落

雨初没有想到，等骆海清的这顿饭局会用这么长时间。她分析她和他之间的关系，回味他们在一起的细节几乎填满了整个等待的时间，她意识到他平日不屑的那类女人中，也有自己的影子。她和他之间虽常有联系，依然不痛不痒，无关风月。他在电话里说，他要离开北京了。这个消息让她突然慌张，是为了逃避自己？脑海中刚冒出这种分析，马上又感到好笑，她在他心中远没这么重要。

地点是骆海清选的，是与紫竹院公园仅一隅之隔的湘菜馆，翠竹环绕，门亭用竹子做成飞檐翘壁状，颇有几分古典味道。这和骆海清平日风格不同，她说道："这儿倒有几分《红楼梦》里潇湘馆的味道，不过就是进了大厅，粉饰得再好，烟熏火燎的味道还是藏不住。"

"挺好，让人有食欲。"骆海清的声音传递的信息，让雨初克制着自己的情绪，努力保持着微笑。

"去哪个国家?"这在雨初心中，这是他离开北京的唯一原因。

"不是出国，是去湖南。我们集团在那边成立了一个分公司。"

"是长期待着？还是临时派遣过去的?"雨初一怔，她从来没有想到他会去湖南。

"这个也说不准，看那边的发展情况。"

"我们那边的妹子很漂亮，也许在那边待久了，成了湖南女婿也不一定。"雨初是想轻松地开开玩笑，话一出口又后悔了，这话听出了一股酸味，还俗不可耐。

"如果真被你说中，我回北京请你吃大餐。"骆海清的笑脸明朗，干净得看不出任何情绪。

雨初的情绪被这句话击到了谷底，这顿饭形同嚼蜡，她和他就这样安静地吃着饭，有时他来两句，她也附和，却是再也没有往日精心对应的心情。

“你一个女孩，孤身一人在北京，为什么不和卿帆一样回老家?”骆海清觉察到她的寡言和沉闷。

“我和她们不一样，我想精彩地活着，而不是找个男人嫁了，过着一天接一天的日子。我来北京，就是想做成自己欣赏的那类女人。”雨初幽幽地看了他一眼，“如果我总是找不到和我志同道合的那个人，我会去更遥远的地方寻找我自己。”

“我倒觉得做自己想成为的那类人，最重要的是心境，而不是环境。”

“很多人都会这样说。”雨初不以为然，她抬高语调：“那是因为很多人都是站着说话不腰疼。”她从小城市走出来的，她能深刻体会到环境对一个人最终性格的形成有多重要。她在公关公司锻炼了多久，才能从容地出入五星级酒店、高级会所，才能让自己的背部姿态无论什么时候都是呈直线状态啊。

“错，本来站着说话就是不腰疼的，只有腰椎间盘突出的人站着说话、躺着说话都会腰疼。”骆海清笑着说，“我发现了湖南的女孩原来个个都是伶牙俐齿。”

雨初也笑了，她和他之间也可以这样针锋相对。当她和骆海清从饭馆里走出来，骆海清对她说：“这是我和你，吃过最轻松的一顿饭，你觉得呢?”

她重新变得黯然神伤，他用一种轻松的方式结束了一个女人的希望，而对那个曾抱着希望的女人来说，何来的轻松，她终究是不够优秀，她心中充满着挫败。她与他挥手告别，一个人坐在小区的长椅上任泪水流了一脸。终有一天，她会变得更优秀，而她也会成为那种高不可攀的女人。她并没有急于回家，而是去商场给自己买套护肤品，是一直以来因为高价而没有选购齐全过的品牌，每次都是混搭着用，洗面奶、眼霜、BB 霜之类的从没有集体在她家的台面上出现过，这次就是要它们全员到齐。她给卿帆、姚进各挑了一支眼霜，最近和她们的联系也是断继续续，给姚进打过几次电话都是无法接通，她很想告诉她们，女人之间的友谊比男人的爱情可靠，可是，她又觉得这仅是自己的一厢情愿，婚姻围城中的女人到底会怎么想，又岂是徘徊在围城外的人能明白的。

雨初回到家里的时候，隔壁房的东北女孩正在整理着包裹，不大的客厅里堆满了行李，连下脚的地方都快没有了，雨初皱着眉头说："你这是要搬家了？"

这个三室二厅住着雨初、东北女孩还有另一对同居的小年轻，本来雨初是最不爱和同居的男女混居在一起，她总觉得空气中都弥漫着男女混搭的杂乱的味道，如果不是和吴楠分手，急于搬家，她是不会选择这里的。好在，她和她们之间就是碰着了打个照面，每月交水电费时清算一下的交情，一直倒也相安无事，此时，东北女孩的笑容带着点难为情："我男朋友想搬过来一起住，他那边房租也到期了……你放心，水电肯定算两人的。"

"搬进来一个人，你是不是也得跟大家商量一下？"雨初心中突然蹿起的怒火被努力压制着。

"你这是说的什么话？又不是住你的房间，和你一起住，还要和你商量吗？那边屋里也是住的两个人，你如果心里不平衡，你也可以把你男朋友叫过来和你住在一起。"东北女孩从行李堆中站了起来，高大的身材挡在雨初面前，有着居高临下之势，一脸的蛮横，刚才的难为情再难觅踪迹。

雨初看她变脸如同翻书，平日还算和善的面孔一瞬间变得陌生，她想争辩几句，却发现争无可争，将自己的卧室门一摔："这地方没法住了！"

"有本事就自己单租出去，没有公主命，还得了公主病……"

雨初好不容易调整好不再低落又被激起的情绪，一种更低沉的状态侵蚀着她的内心，虽然她知道这种低沉无望感常常如潮涨潮退，它迟早会因为生活的继续而自然隐退，但是这一次却是那样汹涌。

民间奇人老黄

尹哲一大早从车站接回来的人让卿帆倒吸了一口气，纵是阅人丰富，也不禁惊叹：这是一个令人无法忽略他存在的人。尹哲对卿帆介绍道："这是老黄。"

"老黄好。"卿帆笑，努力不让自己的眼神过多地停留在他油迹斑斑的军大衣和包裹上，而是停留在他脸上。他有些拘谨地笑着，笑容如同纸扇般在脸上伸缩铺展，他的下唇过度朝前突出，使得嘴唇虽厚如磨盘，却无法包裹住他的满嘴黄牙，那上面历史悠久的残迹一览无遗，令人侧目。他身材矮胖，皮肤是长年在田地间耕耘形成的颜色，如同沉淀了几个春秋的黄土地。这就是尹哲口中被雪藏在乡下、可以上央视《我爱发明》的民间发明家。卿帆心里打着鼓，那浑浊呆滞的眼神并无半点灵光闪现。

尹哲将他的住处安排在附近的招待所，按月付租金，他每日按时上班，与卿帆两个同吃盒饭。这就意味着尹哲正式聘请了他，他有了自己的第一个员工。老黄并不谈客户，他每日就是将店里的机器拆装，然后在自己随身带着的工作本上写写记记，他也不坐在店内，休息的时间他就蹲在店门口抽烟，和隔壁店的伙计扯着闲话。从门口传过来的话语和笑声中，卿帆觉得他并不是看上去那么寡言，他是一位从未结过婚的老光棍，尹哲发现他的时候，他独自一人住在几间破屋内，那天正逢下雨，尹哲躲雨躲在他家。他正端坐在堂屋内，几个桶和脸盆将他围在中间，他在其间抽烟，雨滴穿过房顶，在桶和盆子之间"嘀咚"响起。尹哲告诉卿帆，老黄那一天说很多话，他问尹哲，你听得出雨落在桶里和盆里的声音有何不同吗。尹哲说，有点不同。老黄说，前者沉闷，像吃多了的老人在打饱嗝，后者清脆，像小孩在擤鼻涕。尹哲仔细一听，真是如此。他在聊天中还知道，老黄的"副业"就是用他自己发明的收谷机，包了整个村上收谷的任务。推着一台身后挂着米袋的机器，在晒满谷的禾场上，一边走一边就把谷粒吸进米袋内，收满一包后，直接取下来，再重新套一个袋子，如此反复，节省很多人工。他说，这台机器他发明出来有两年了，一年赚的钱比种田还要多，隔壁邻村的有几个人想学了去，他只让他们看，不跟他们讲，到现在为止，没有一个把这机器仿像了的。他说他肚子里还有几个好东西，他带着尹哲看了他的收谷机，一个四四方方的铁柜子，最下面装着一个如同吸尘器头般的扫把，原理尹哲很快就看明白了，小道理蕴含着大智慧，看似简单的设计，却不是常人能想出来的，很多人都是在别人的成果出来之后做恍然大悟之叹。他还带着尹哲看了他家一台破旧的洗衣机，内部已经被改造成了一个铁桶，他告诉尹哲，这是一台过滤机，几个村只有一台榨油机，榨出来的菜籽油渣和油混在一起，要提回去沉淀一两日才能清亮，它能让榨出来的毛油马上就能渣是渣，油是油。老黄说，我总觉得洗衣机能甩衣服，就能甩油，这是我自己搞的一个玩意，赚不到钱，纯是好玩。

尹哲当时就热血沸腾，这哪是玩意啊，分明就是无比光明的前景。所以当卿帆问他，养着老黄这么一个奇怪的人到底有没有必要的时候，他坚定地说："相信我，他就是我的财神爷。"

尹哲准备带着老黄寻求合作之前，要卿帆给他添置了一套衣服，一件带着毛领的夹克衫、一条里面加了绒的西裤。本来是买了另一条西裤，他说他们乡下的西裤里面都是有很厚的绒毛，这样冬天里穿着才会很暖和，卿帆觉得好笑，西裤里面怎么还会加绒，以为是保暖裤啊。后来见他固执且说得斩钉截铁，到菜市场旁边的服装店一问，竟然真有这种，而且销量不是一般的好，卿帆觉得自己孤陋寡闻了，专卖店不代表一切，变通才是硬道理，乡下自有乡下的市场。她若有所思地对尹哲说："农村的市场一定不能用我们常规的思路去考虑，品牌并不一定是他们最先考虑的，实用性才是第一位，这是我们的机会。"

尹哲说："我现在需要的就是找一个合作厂，将他做的东西经过改造变成真正的产品。"

这样的厂并不是很好找，对于合作一个要自己投入研发时间和资金，而且结果还需要远期观望的项目，各厂都很犹豫，他们更愿意的是眼前的利益。本地一些有规模的厂，基本是为大企业做代加工，最近这些企业普遍在走下坡路，导致厂里的日子也充满危机。越是这样越小心翼翼。尹哲带着老黄拜访过几个有生产研发能力的厂，各厂都是充满了兴趣，却又迟迟无法落实。老黄身上的夹克都穿出了油腻腻的质感，他们的事情还在停滞不前。

卿帆建议与其这样拖下去，错过明年春天上市的好时机，不如直接交钱下单，让厂里按照要求生产，就用自己的品牌。卿帆反复说过几次，尹哲都没有表达自己的意见，卿帆认为他可能害怕独自承担风险，所以还在等待着与哪个厂的共同合作。

这天上午，卿帆到楼上去上厕所，听到尹哲压低声音在通话，谈话应该刚刚开始，她听到尹哲与对方的寒暄，最近在忙什么，什么时候回过北京，声音刻意而友好，这有别于他平日干脆的风格，她预感到他这是要开口借钱，但是往下听，她听到尹哲明显在安慰对方："留得青山在，当初我也是亏得一清二白……"借钱的话到底没有讲出来，电话那头的兄弟在他开口之前已经拒绝了。卿帆蹑脚从二楼下去，一种交杂着心疼、伤感的复杂感觉从心底升起，她心情沉重。

晚上，她将自己的卡用一张写着字的纸包着，放在他的枕头下面。每天的床都是尹哲叠的，她知道他能看得到。纸上面写着：这是我的一半存款，年息百分之八，同意收卡，密码前面两位是你的出生年，中间两位是我的出生年，最后两位是我的出生年减去你的出生年。

她不知道尹哲会不会收下这张卡，结婚前，他说他坚决不会找她借钱，他是一个聪明的男人，他应该很清楚自己最看重他的是什么。可是这又是矛盾的，骨子里的傲气不能一味坚持，它需要妥协，如果固守着自己的骄傲而不肯低头，那么这也恰好说明，这正是尹哲无法突破的缺点。她决定借钱给他的时候，再次发现了自己心的动荡，所以当她发现枕头下面的卡不见了的时候，说不出是释然还是失落。

不做家务的女人不叫女人

卿帆终于见到了尹妈，有一段时间没有见她了，每次见到她，卿帆会觉得压抑而紧张。一段时间不来再次见到她，会令卿帆更不知所措，上次见到她，是她知道尹哲请了老黄过来上班的事情之后，当着老黄的面，对老黄的怀疑和厌恶毫不掩饰，她质问尹哲，这个老头，就是你们请过来的，你们知道底细吗？你们能赚多少钱，还请得起这样的人？尹哲没有做出任何解释，任由她发了一通脾气后说："妈，我们的事情，我们会负责。"尹妈妈然后怒气冲冲甩下一句话后扬长而去："你们还欠着我们的钱，你们把我们的钱还清楚，你们请谁我们也不会管了！"

卿帆叫道："妈妈，你来了。"

卿帆见老黄已不在店里，估计见她到来，避之不及。

"唔。"尹妈妈提着一个尼龙袋，径直上楼，"别人送了我们几个南瓜，都是自己种的，没打农药的，给你们提来两个。"

卿帆心中嘀咕，我们又不经常做饭，提来不是浪费，这么做无非就是想逼着我做饭吃。尹妈妈朝站在楼梯口的卿帆说道："帆啊，你听妈的，自己做饭吃，省钱又卫生，别浪费了。"

尹妈妈朝她看过去，卿帆迎上她的眼神，心中"咯噔"一下，尹妈妈整个人更大号了，全身裹在棉衣里显得奇大无比，她的整张脸都是肿的，包括眼睛，如同两条开了缝的小包子。而且脸色也不太好，和老黄脸上的黄色还不一样，是那种土黄色，她隐隐觉得不祥，关切地说："妈，您哪儿不舒服吗？怎么眼睛肿得这么厉害。"

"也没有什么，就是觉得有点乏力，这几天脚有些肿，棉鞋都穿不进去了，我穿的你爸的鞋子。"

卿帆留意到她的背影，脚上果然穿的是双男士皮鞋，鞋后跟严重朝一边倾斜着，看得她心中莫名一酸。这个女人对自己怎么敷衍到了这个地步，平日里打着健康饮食的旗号对自己百般要求，其实就是为了省钱，她活着的全部快乐和价值难道都在这精打细算的生活里了吗？

尹哲刚好在楼上，卿帆听到尹哲见到他妈的声音同样震惊："妈，您赶紧去医院吧！"

"放心吧！我身体好得很，可能是感冒了，没有睡得太好，不要搞得大惊小怪。我每次感冒脸都肿，你们什么时候听我的话，不让我操心，我就什么毛病都没有了。"

尹妈妈很快就在厨房弄出了各种声响，铲锅、刷碗还有令卿帆头痛的碎碎念："帆啊，这锅底都要锈穿了，又有多久没做饭了，是女人都要会做饭，不会你可以学，你没听说这样一句话吗？想拴住男人的心，就先拴住他的胃……"

尹妈的理论总是轻易就将卿帆的心弄得烦乱，她笑着反驳道："那你应该死死拴住了爸爸才对，在你店子里，我看你比爸爸更辛苦，谈生意是你，送货是你，做饭还是你，为什么爸爸和你不能同时分担家务，你既要和爸爸同样地赚钱，甚至付出得更多，为什么还要一人独自揽下所有家务活？"卿帆说完就后悔了，她控制情绪的能力还是没能修炼到位。

"所以，你爸他从来不在外面乱来，手上每一分钱都得交给我。"尹妈非但不恼，语气中反而透着满满的自豪。

卿帆为她感到悲哀，一个极容易满足的女人，在她的印象中，公公鲜有对她温柔的时候。

"不会做家务的女人就不能算作女人。"尹妈补充道，朝卿帆瞥了一眼。

"那如果男人只管赚钱，事业上不要女人插手，女人只负责做家务，和封建社会一样还是可以的。如果钱要一起赚，那么家务就得一起分担。"卿帆说道，"我没有您这么能干，尹哲也不像爸爸要求您那样要求我。每个人的生活都不是千篇一律的，过得好与坏，过得幸福与否，都是我们的事情。"

"哪有男人做家务的道理？做家务的男人有什么出息！"尹妈明显有些愠怒了。

"爸爸不做家务，那他是不是很有出息？天底下所有不会做家务的男人，是不是都该有出息？”

“咣！”锅铲在锅的边缘发出愤怒的声响，“你爸当过经理，管着大几十号人，他这是因为下岗了，你是不是觉得我们没给你们买房子，你有意见，我们也是给了二十万出去了……你们是才结婚，尹哲能惯着你，你们要过一辈子，你们就到外面吃一辈子盒饭？没有哪个男人结了婚，还愿意吃盒饭的。”

卿帆没有再接她的话，任由她说了下去，尹妈脑海里的信息处理系统与自己完全不同，再说下去只会徒生烦恼，偏移这种烦恼不能躲着藏着，只要与她相见，它们就会出现。尹妈不在的时候，她说过的话会突然从心里冒出来，那些当时被她自己强忍着摁下去的反驳的话沉到了心底，骚扰着她的内心，她就无法安宁，这样的生活很烦乱，一日又一日重复，一日又一日地过下去。尹妈以她自己的方式建议着她的生活，她如果想皆大欢喜，那么她必须得变成全新的、她完全不认识的自己，那是她还能继续选择这种生活最后的底线。

晚上睡觉的时候，卿帆问尹哲：“我突然发现一个很严重的问题。”她看到尹哲扭过头来不解地看着她，“每次你妈对我指手画脚的时候，你在干什么？好像你每次都是不闻不问，置身局外？”

“你受委屈了。”尹哲搂着卿帆的肩膀，“我妈是为了我们好，你不要和她计较就是了，塞上耳朵就当没听见。”

“可惜，我不是聋子啊。”卿帆侧过脸去面对着他，“尹哲，我可以像男人一样做事，甚至比男人更卖力。但是我不想把做饭吃当我必需的任务，每个人都有自己不擅长的地方，我真的在锅碗瓢盆中找不到自己的定位，我做一顿饭的工夫可能比别人慢一倍，做饭给我带来的疲惫感比任何事情都强。”

尹哲看着她，没有说话，她看不懂他眼神里透露出来的内容，她的心情更加沉闷：“我愿意自己出钱来请个擅长做饭的人，如果连你也认为，做饭是一个女人的必修课。我请人做饭，替代我忠诚女人的责任，然后我自己再像男人一样赚钱，还有谁会埋怨我呢？”

卿帆说完这些有种说不出的快感，虽然她明知道这番话说出来不合适。

“从明天起，我来做饭。我妈说得对，现在的饮食卫生确实危机重重，我们经常吃盒饭是不利于健康的，我以前做快餐的时候尚且明白这个道理，怎么回来后反而退步了。”

“你喜欢做吗？你不喜欢，为什么要勉强自己？”

“我不知道，我先试试。”尹哲摸了摸她的头，“睡吧，问题解决了。”

这一夜，卿帆睡得不太踏实，半睡半醒间，她感觉到尹哲将自己抱得很紧，将头埋在她的脖子底下，她可以感觉他硬邦邦的胡须在她的脖子上不断摩挲。她突然无比清醒，本不多的睡意驱散得干干净净，脑海中一片空白。她一动不动地窝在他的怀里。她知道他也没有睡，他和她的生活，终究开始心事重重。

可以为你做饭的男人

尹哲开始做饭了，令卿帆感到意外的是他的认真。菜是卿帆出去买的，而他特意交代姜、葱、蒜每样都要买，必不可少。他洗青菜，细到每片叶子的每丝纹理都洗。切菜，一刀一刀的，并不连贯，但是极认真。每道菜都是尽可能做到色香味俱全。姜、葱、蒜的使用，他从不偷懒，都是一刀一刀切得极精细。这样，他做顿饭的时间花费得特别长，饭的味道并不逊于普通的家庭妇女。卿帆看着他的背影心情复杂，为自己感觉到愧疚，于是她主动揽下买菜、洗碗的活儿。她也为这种状况感到不安，这不是她想要的结果，她希望是和他一起势均力敌地懒下去，一起对抗外来的干扰，而不是这样的妥协，他们应该把时间花在别的地方，而不是菜市场和厨房。不过，目前来说，尹哲和她是有时间去做这些事情的，那些零散的客户虽然让他们已经开始有了一个月几千元的利润，却还是可以让他们把足够多的时间用在做饭这件事情上。

“想不到，做饭挺有意思的。”尹哲将菜端在桌上，对着卿帆颇为得意地笑。卿帆笑着：“你果然是干一行，爱一行。”

她心中却担心，一个男人愿意花时间在厨房里周旋，会逐渐磨掉他的意志，尹哲自己的事情，似乎已经陷入僵局，出去谈了几次都没有了下文。

老黄急匆匆地上楼，迫不及待地端起碗：“小尹，你做饭太慢了，我来做饭算了！”

“老黄，您上午弄了机器的，洗下手吧！”卿帆想制止已经来不及了，黑乎乎的一双油手贴在碗上，洗碗时那印迹尤其难洗。她没好气地说：“老黄，以后你自己的碗自己洗，我们实行专人专筷。”

和他相处一段时间，卿帆对他的说话方式直接而凌厉，因为他的卫生习惯常令她侧目，令她逐渐失去了面对一个长辈应有的婉转。

老黄端着碗有些尴尬，看了看他俩：“好，以后归我洗碗。”

卿帆哭笑不得：“别，洗您自己的碗就行了。”

尹哲看了她一眼，说道：“老黄，没事，就在桌上吃吧，不用下去了。”

老黄夹了几筷子菜，飞速下楼，“别了，我这人不习惯上桌吃，一个人蹲着吃习惯了。”

尹哲抬头间就迎上了卿帆的白眼。卿帆气恼地说：“你什么意思？你不知道他喜欢说话，一说话那口水满天飞？有一次直接喷到我脸上，你知道那感觉吧？活生生的喷雾机呐！我还一直以为他不爱说话，这一熟了，话可真多啊。你带他出去，千万要留心他，别把人得罪了。”

尹哲笑着摇了摇头，想象着卿帆说的场景，又觉得好笑，到最后索性把碗筷放了下来，控制不住地大笑。卿帆接着说道：“还有，他还喜欢四处吐痰，咟……咳！那痰好像带着摇滚范儿的金属感，啪！有声音还好，没有声响就糟糕了，那口痰就不知道吐到哪儿去了，我真是无法去想这些，我一旦深究，没法想象后果。”

“你还要不要人吃饭啦!”尹哲拍了拍她的肩膀，“老黄一个人在乡下生活习惯了，几十年的习惯是不可能改了，只能眼不见为净了。”

“七天就能培养一个全新的习惯，关键是有没有人告诉他，这样就是不对，对一个人好，不应该就是纵容。”卿帆不以为然。

“上次去谈的那个红星机械厂上午给我报价了，价格还算合适，这两天最好能把合同签了，快点把产品做出来。那个时候，老黄就去厂里盯着了，也不会在你面前晃来晃去了。”

“那个厂的规模一般。不是有不少面临倒闭的厂，正在寻找出路吗？”卿帆不解地问道。

“真要落实下去，大多有规模的厂弊病反而更多，对这样的业务并不是很上心，合作起来怕迟迟出不了产品，实力太小的厂，又怕做不到我们想要的效果。但是，我们不能再等了。”

“这个红星虽然规模中等，但却是一个有二十多年历史的老厂，以前自己做过一些东西，后来专门靠外接加工业务生存，这就比那些有自有产品的大厂合作要好。”卿帆若有所思。

尹哲抬头看着她，有些疑惑："何出此言？"

"如果这个产品确实和你预估的一样有潜力，那么问题就来了，一个好产品就是那些厂的救命稻草。现在的农机市场，知识产权实施下去太难，只能看谁做出来的快，卖的快！那些有自有品牌的厂，销售渠道是现成的，就算是签合同也无法约束他们。如果只是做代加工的厂，就算真有这样的想法，他们往往不懂销售，也不懂市场，没什么好怕的。"

尹哲看着她，向她竖起大拇指："到底是老江湖！"

下午，卿帆外出给尹妈妈买了一双鞋子，她一直认为鞋子和内衣是一个女人最应该注重的，而尹妈从来没有把心思放在自己的外表上过。这几天，她脑海中一直晃动着那天她穿的那双鞋，刺得她心酸。只要几天不领略她的碎碎念，她对尹妈的不满就会逐渐稀释，她有时也恼怒自己怎么毫不记仇，而偏偏尹妈每次来，似乎也将以前的不快完全忘记，给他们做饭吃，打扫卫生不亦乐乎，所有的不愉快都是崭新的，而不是旧事重提，所以，这可能是她和她唯一的共性。她并不急于把鞋给她送过去，她不想让对方理解成一种刻意的讨好，那会被认为是一种心虚或者妥协，她等着她上门，然后云淡风轻地将鞋递过去，这是卿帆送给她的第一件礼物，不知道她会是什么反应。

怎么样的一天都会过完

夏天的到来，常常是入侵式的，仿佛是在某一天突然热起来的。而冬天却是渐进式的到来，衣服是一件一件添，树是逐渐掉光了叶子。卿帆抬头看了看门前的那排树，没有了叶子遮掩，枝条向天空肆意伸展，线条简单硬朗，前面的道路显得更加宽阔，视野愈加开阔。这个季节百物萧条，却是农村里碾米机畅销的好时节，一年的收获要碾成白白的大米，等待着春节的到来。卿帆对所有上门的客户，都采取的是顾问式营销，深度挖掘。往往一个客户做下来，他家的基本情况，她都会摸得差不多了，他有几个子女，他一年的收入，他为什么要买一台机器，甚至他今天有没有带钱过来，带了多少钱，她都能揣测得八九不离十。这些都不是用户直接告诉她的，而是她通过与对方的每一句交谈分析出来的。他的神态，他的开场白，甚至他站着的姿势都是一种信息的流露。随着这个月利润的成功破万，卿帆都有些乐在其中了，她发现，中小农机品牌之间的质量差距并不是那么明显，如果有足够的销售技巧和售后支撑，生意就不会差。但是，一个市场的容量在这里，如果光靠本地，就算能在那些“老店面”中分得几杯羹，也就是仅此而已。

这些天，尹哲和老黄几乎驻扎在了红星机械厂，不用问，卿帆都可以感觉到他的激情，连老黄那张木讷的脸也变得生动了几分，尹哲不但给他工资，而且还承诺给他机器销售百分之三十的利润，卿帆认为这种方式纯属尹哲随意分配，完全没有经过财务分析的结果，她有些不快，尹哲的感情用事是发展的大忌，但是尹哲认为事业刚发展的时候，不应该被一些未知的分析所约束，现在要做的，就是调动一切资源，大踏步向前。这番话充满了热情，这种热情也蔓延到了床第之间，以至于他们没有机会再去进行下一步讨论，前段时间，卿帆对曾乐此不疲的游戏变得有些倦怠，这让她认为她们的感情已经开始出现隐形的裂缝。而现在，他们彼此向对方索取的那一刻，一切还是老样子，肌肤之亲永远是婚姻关系最好的调合剂。

她躺在他的怀里，说道："吃了你做的饭，我都不想吃盒饭了，跟我说句大实话呗?"

"嗯?"尹哲拨弄着她的一缕头发，难得的静谧时光。

"其实，你还是希望我能做一手好饭菜的，对吧?"卿帆昂着头，一脸认真地看着他。

"为什么会这样想?"

"因为你骨子里就是一个大男子主义的人，而且比较传统，如果你有一天成功了，你更喜欢的仍旧是传统的相夫教子的女人，毕竟生活说到底就是吃饭和睡觉，我也没奢望过你会给我做一辈子饭吃。"

"你爱做饭也好，不爱做饭也好，都不会影响我。你相信也好，不相信也好，你不做饭，我都会心甘情愿去做饭。"尹哲打了一个哈欠，困了。偏偏卿帆谈兴正浓："我们为什么不请一个人做饭？这样虽然支出会大，但是我们可以把做饭的时间省出来赚钱弥补。"

"我们自己请个人做饭，你所要承担的唠叨会更多。因为这在我妈眼里是不可原谅的事情，是败家行为。她不会指责我，只会针对你。可是我能怎么办，她是我妈。我没法和她据理力争。"

"尹哲，你还忽略了一点，你做饭吃，我承受的压力才大呢，你妈不是看不惯我们不做饭吃，而是看不惯我不做饭！就你的性格，你无法违抗她的意思。哪怕有一天，她要你离开我，你也无法违令，对吗?"

"我不可能离开你，硬要弄一个假设出来，也只有可能是你离开我。"

卿帆听了这话，莫名觉得伤感，自己沉思了一会儿，抱紧了他，身边鼾声已经响起。她很快也进入了迷糊状态，突然被手机铃声吵醒。她拿过手机一看，是姚进打过来的，她看了下睡得正熟的尹哲，将电话挂掉了。正是隆冬，她摸索着从被子里爬出来，准备穿衣服去楼下给姚进回过去，这个时间点姚进怀着孕脱离了她家的视线打电话过来，一定是碰到了很重要的事情，绝不是聊天那么简单。自从她怀孕，她们的联系就靠短信维持，卿帆一直想去看她，她想知道，是什么样的生活让直言快语的姚进变得这样谨小慎微。

她刚出被窝就被一双手拉了进去："就在这里接，外面多冷啊。"

“方便不？”

“谁不方便？你？”尹哲脸上闪过一丝不快，稍瞬即逝，却被卿帆捕捉到了。

她索性重新躺在被窝里：“狗咬吕洞宾，白疼你了。”

她给姚进回拨了过去，那边很快就接了过来：“卿帆，我在深圳，去了香港。”她将手机放在尹哲耳边一下，然后轻蔑地朝他一瞥。尹哲笑了一下，翻身背对着她。

“喂？卿帆？”

“你不是才好点出院吗？怎么还舟车劳顿去香港了？”

“去验是男孩还是女孩……”姚进的声音哽咽，“我直觉认为是个女孩子，明天就会有结果。”

“重男轻女？秦昆他们家不是公务员吗？不至于吧？万一是女孩准备怎么办？”卿帆震惊。

“秦昆说来检验是他爸妈的意思，早点知道男女，早点取名字，好早点准备衣服，不会因为是个女孩就不要的。”

“哄三岁小孩吧！”卿帆抬高声音，愤怒地说，“你退一步，他们家就进了一丈。”正说着，她的背被尹哲轻轻拍了一下，她扭过头，尹哲示意她安静一点。

“如果是个女孩，他们家不要，你准备怎么办？”

“我不知道，我的心太乱。”

“你不能太软弱了，你得坚持原则。”

“我……卿帆，我看不起自己，我好像跳进了棉花糖的感觉，而且我也没有任何反抗的资本，我才发现我自己一无是处。我已经结婚了，是什么样的果我都要自己咽下去，除非……”姚进没有再说下去，她不敢去想象从头再来的场景。

“这是原则性的问题，这和任何事情都不一样，女人，在这方面你一旦妥协……”其实女人在婚姻中还能保持单身时个性的又有多少，总是会身不由己地去改变，自己又没有身临其境，又怎能慷慨激昂地指导别人的生活，所以卿帆的声音也就弱了下去，“不过，你先不要想多了，明天结果出来是个男孩，你这些心就白操了，先睡觉吧，出来结果再说。”

见那头在沉默，她安慰道：“你现在要做的就是好好休息，等你回来，我去你那儿，我们见面说。”

电话断了以后，姚进家的事情让卿帆心事重重，现在看来，单身时的那些时光简直就是无忧无虑，谁又能料到知识分子家庭还会有这么古老陈旧的想法。

她摇了摇尹哲：“你是喜欢男孩还是女孩?”

“喜欢男孩。”尹哲想了想，“男孩可以陪我一起看球、打球。”

“你什么时候打过球？难不成你们家也重男轻女?!”卿帆怒气冲冲地质问道。

“喜欢女孩，女孩子贴心，安静。看到时哪个小蝌蚪游到前面得了第一名。”

“你……”卿帆笑了，扯过被子，“睡觉!”

卿帆靠在尹哲胸口，感受到他胸腔传递过来的跳动，突然意识到人的心跳何尝不是一刻不停向前走的钟，无论这一天碰到什么样的人，遭遇怎样的一天，无一例外都会结束，再不回来。

关于男女的谎言

刚才与卿帆的一番通话，并没有让姚进轻松，反而更加怅然若失。婚姻同样改变了过去那个随心所欲的卿帆，如在以前，她可能会对自己来香港验男女耿耿于怀，责骂自己毫无原则，会劝自己不管男女都要生，孩子是自己的，和任何人无关。而现在，她也一样寄希望于明天有一个皆大欢喜的结局。这种期待，本身就是一种软弱。

秦昆端了一碗馄饨进来，姚进摇了摇头："先放着吧，我现在不想吃。"

"你什么东西都不吃，孩子在你肚子里会营养不良。"秦昆看着她，"现在也不大吐了，怎么食欲还是这么差，你就把馄饨当药，也得吞下去几个。"

"如果是个女儿，你会不会在意她营养不良？是个女儿，你爸妈肯定要我流了，我吃了不是白吃。"

"还没有出来结果，你怎么这样悲观。"

"悲观？"姚进的心急速下沉，原来在他心中，女儿就是悲观的结局，那么他前面所说的全是口是心非，"女儿就是悲观的结局，你原来是哄我的，你和爸妈思想一样，秦昆，你说过，不管是男是女，那都是我们的孩子。"

"你现在怎么这样敏感，什么事情都能让你伤心。等结果出来，我们再一起商量，爸妈的思想不是我们能左右的，你一天到晚为着一个未知的结果忧心忡忡，心境太不开阔！"秦昆明显有些不耐烦，自从姚进怀孕，日子就打破了平静，他以为，虽然和她之间谈不上了解和爱，但是以她传统温顺的性格起码能享受生活的宁静，而不是争吵和动荡。既然和她注定成陌路，和谁结婚不是一样，姚进出现在他绝望的那段时期，她就是他摆脱痛苦的稻草，他厌倦了曾经非常热衷的充满变数的爱情和不确定的人生，那个喜欢每天都有新花样的女人出国了，和另一个在旅游中认识的陌生男人一起出去，四年的疯狂抵不过一场邂逅，选择一个精彩的女人注定生活充满狗血。他带着些许报复，还有对过往生活彻底决裂的决心走进婚姻。他没有丝毫为人夫、为人父的快乐，他感受最多的就是日子的无聊和细碎，和由各种细碎滋生的狂躁。现在的单位和以往的工作环境完全不同，顶着北大的光环，以他的才能和专业，用过去五分的努力就能得到现在十分的结果，他在国有单位前途无量。他一直是个恃才而傲的人，所以能和他交上朋友并且交心的人几乎没有，这是回到这里和在北京唯一的共同点。

姚进看着秦昆沉闷的脸色没有继续说下去，他一向是以更沉默来面对她更进一步的质问，这只会使她更不愉快。她宁可是酣畅淋漓的争吵，将所有的不愉快发泄出来，就像她和黑子那样，吵架的时候不加修饰，亲热的时候毫不掩饰，你看得清楚我，我也能看清楚你。黑子在她脑海里突然冒出来的时候越来越多，连她自己都觉得奇怪。她以为忘掉一段不愉快的过去，就是重新开始经历另一段生活，其实，在这么短的时间内，只有足够的幸福能够掩埋过去，如果不够幸福，过去的片段就会在心情低落的时候上映。

让姚进忐忑不安的电话一直到下午四点多钟才打来，她经历了大半天的煎熬，接电话的时候心跳如鼓，接完电话却突然平静，人有要虚脱的感觉。她躺在床上，眼泪爬满了一脸。

电话里波澜不惊的声音不亚于是一记炸雷，虽然早有心理准备，但是到底还是抱着侥幸在期待："姚女士，您的样本中未检测出 Y 染色体 DNA 物质。"这句话，就等于宣判，肚子里还在萌芽的宝宝是个女儿。

秦昆看着她："香港打来的？"

"嗯。"

"女儿好，我们给她准备粉红色的床，买粉红色的小裙子。"秦昆过来揽住她的肩膀。

"你说的是真的吗？"姚进不可置信地看着他。

"当然。"秦昆心里并没有重男轻女的想法，他认为拥有这种思想就是封建余孽，连姚进那种忧结成愁的表现，也是一种庸俗的愚昧。

“那爸妈那边怎么说。”秦昆的话让她在一片黑暗中突然看到了光明，如果秦昆坚持，公公婆婆就不会肆意而为。

“你不用管，我来说。”秦昆说，“以后别总是一副怨妇的样子就行了。”

虽然心中仍存不安，但是秦昆的态度让姚进踏实了不少，当她将头靠着他的肩膀，看着高铁窗外来不及看清就一晃而过的风景，她已经和来时的心境大不一样了。这是第一次她真实感觉到他们之间已经密不可分的关系，之前堵在心中的猜疑逐渐稀释，她是极容易满足的，她望着他的时候，甚至有些感恩。

当她和秦昆风尘仆仆推开家门，婆婆迎面来的第一句话就是：“有结果了没?”

“有结果了，男孩。”秦昆抢在前面回答道，把一脸窘态，正欲回答的姚进吓了一跳。她的公公婆婆同时站了起来，带着如释重负的笑容：“好，好……小进，你辛苦了，快，过来休息。”

姚进一头云里雾里，她没有想到秦昆说的自有办法，原来就是撒这样的谎。

“跑那么远，辛苦了。”婆婆高兴地给她让出座位，给她倒上一杯热茶。

“我……还好。”姚进欲语还休，她看着秦昆，他朝她眨眨眼。她的心情愈加沉重，她知道以后的几个月，她的内心必将折磨得片刻得不到安宁。她无法想象真相揭开的那一刹那的场景。

晚上，秦昆给她的解释是，等到孩子生下来，就说检测失误，谁也没有办法再把她塞回去。让大家都有几个月安宁的生活，这是上全之策，干吗现在和他们对着干呢？弄得鸡飞狗跳不说，肚子里的孩子还有性命之忧。她抚摸着尚还平坦的小腹，一种决然的母爱油然而起，一切在她面前，就不值一提了。

于是，她下定决心了。

黑子家政公司

这是一个老住宅楼，没有电梯，搬家工人佝偻着身子，头埋在胸口，有要低到双腿间的趋势，背上是堆得如山高的杂物，这些东西的摆放是需要技巧的。就像有些地方的自助餐享用规则，不管多少，只允许装一个盘子的分量，总有高手能码出普通人三个盘子的分量。雨初提着些小东西慢慢跟在他们身后，看着他们脸色赤红，脖子上青筋突出，纵是冬天，脸上也有汗成行流下，她想起了读书时学过的一篇课文——伏尔加河上的纤夫。这个城市各种阶层的人，都要以各种状态生存，她心中有同情，也有一种理所应当的淡然。任务完成后，他们三个在屋内站成一排，用衣服擦着脸上的汗，听到有一个人电话给人汇报，说货全部搬完了。她在想，搬上七楼来这么辛苦，要不要单独给点小费。转念一想又放弃了这个想法，她已经为他们的劳动付出了酬劳，这是交易规则。

她将钱递给其中一位，那人从屁股后面掏出来一张名片："以后搬家找我们，我们收费最便宜，做家务、搞卫生，我们公司都有人。我们老板人很好。"

雨初接过，随意一瞟——黑子家政服务。她找这家搬家公司，还是同事直接联系的，因为她刚用过，价格相对便宜。黑子这两个字让她一怔，她曾经很多次和卿帆一起去这个同名的人家里蹭饭，那时候女主人的名字叫姚进，她们一起度过了许多个温暖的周末，她眼眶一酸，转眼间，在谈笑中各奔东西，他们都去哪儿了，只留着她独自一人还在原地。

她客气地说："黑子？是你们老板的名字吗？"

"嗯，我们都叫他黑子。"

她看着他们轻快地下楼，刚才的疲惫经过短短的休息之后在他们身上一扫而光。她拿着手中的名片发了片刻呆，这个一居室是花了两千多元租的，小区历史悠久，房间陈设简单，她只看中了一个好处——是价钱可以接受的一居室。这几年，因为有吴楠，她没有过租房的烦恼，重新步入租房一族，她发现自己最不能容忍就是鱼龙混杂的男女同居。她将名片放进自己的名片夹，这是唯一一张非工作关系的名片，只因为上面有着故人的名字。每个人的爱情冷暖自知，她参不透姚进和黑子之间的离合，却记住了黑子包容的笑脸，那种令人不加设防，毫不拘谨的温暖。她再次意识到自己的孤独，连黑子——属于闺蜜生命中的过客给她的片刻温暖都惦念着。贪图温暖，却不思回归。她有时也会反观这种矛盾，她宁可选择在繁华中落寂，也不愿在平凡中终老。平凡生活里是日日重复的状态下，朝终点不断接近的生活。她喜欢日子充盈进步，在优雅中老去。她比谁都明白，纵是回家，重新开始的工作爱情会消磨掉家给她的温暖，到时，她又去往何处……她的两个好朋友此时在做什么，她们再不需要这样的搬家，如果说姚进的选择是她能理解的，那么卿帆的结局却是她早已预料过了的。返乡创业，多么伟大的词语，却最终将一个有才华的女人湮没在了烟熏火燎的生活中。很久她都躺在沙发上没有动，这些思想片断如同浮云一样浮起来，游离散乱。她回过神来，看着满地狼藉，开始慢慢收拾。

第二天早上，雨初一到公司就感觉到一种不一样的氛围，很快就在同事们的小声议论中得到了证实，雨初的上司辞职了。雨初的公司在业内的名气很大程度是靠几个关系一直很铁的大企业支撑着。每个关系户都有专门的项目团队跟踪，用同事的话说，是像自家大爷一样侍候着。从新品投放到风吹草动的危机公关，动不动就是通宵达旦的加班，商场上没有永远的朋友。纵是这般的小心翼翼，从去年开始，最大的客户开始削弱了给她们公司的投放权，接着第二家开始，客户有易主之疑……接着，公司最为器重的项目总监陆续走了三个。现在这个项目总监的离去从几个月前的风言风语到事实铁成，公司内部“山雨欲来”，所有人都从微妙的气氛中嗅到了一股莫名的危机。

很快，雨初便得到了老总的召见，除了公司例会，她和老总直线交流的机会很少，她虽是客户经理，却多半是做着打杂的事，约见的客户也是对方具体事情对接的人。所以，当老总讲了一堆鼓舞人心的话，再递给她一沓名单，让她开拓新项目的时候，她内心突增的压力压住了她可能升职的喜悦，她其实并不擅长与人打交道，外表镇定自若的背后是她对自己深深的不信任。她大学时学的广告设计，上班最开始第一份职业是文案，一步一步走下去成了现在这个样子。其实，她清楚地知道她并不是一个勇于挑战的女人，她不过是逼着自己随波逐流罢了，她努力充实着自己，让自己变得更优秀，这些已成为她每天活着必须要做的事情，当她看懂了自己的心，她才明白，这种努力的习惯竟然也是盲目的，它只是一种习惯而已。

等她单独约到一个食品企业的副总经理时，已是两周以后的事情，她把电话提纲写在随身携带的记事本上，每一次电话结束都能让她如释重负，原来人的神经真如弹簧，压力也成了她的一种新的习惯。

这个四十多岁的副总经理姓范，脸上时隐时现的笑容和不紧不慢的谈吐，让他看起来很有修养，雨初逐渐放松下来。她和他并没有过多的讲公司的事情，她们彼此都知道双方公司的实力，这样的见面是先要自己取得对方的认可。她给他在电脑上放 PPT 的时候，他挨得很近，她能闻到他身上的烟草味儿。有几次，他从她手中接过鼠标，他的手恰好碰到了她的手，甚至就要覆盖到她的手背，她来不及领会其中带来的触感，受惊似的移开，可是人家镇静自若，似乎就是无意，无半分尴尬。她如果有反应过度，反而显得她太敏感。她在他面前如同一只明明受到了惊吓，却要保持视死如归姿势的兔子，而他一直保持着彬彬有礼的微笑和职业的谈吐，雨初觉得自己溃不成军。

她被客人这样不动声色地“骚扰”了，一直流传在世面上的关于公关女人的种种，她嗤之以鼻，认为不过是哗众取宠的夸大其词，但是这次，她才知道这些都不是空穴来风，不过是她一直没有碰到罢了。虽然接近她的原则和底线，却还没有跨越，她只能在不断的自我调整和反省中继续向前。

下一站去往哪里

卿帆对尹哲努努嘴，楼梯上响起“咚咚”的脚步声，他俩对看了一下，说曹操曹操就到了。他们正在讨论，尹妈就踩着楼梯大驾光临。这一天，收谷机的样机出来了，心情一好，多买了几个菜，卿帆对正在厨房里切菜的尹哲说，你妈要知道是你在做饭吃，她宁可我们在吃盒饭。你做饭，只会让她对我更加不满，如果真想让她高兴，就应该在她来的时候，你和我互换一下角色，反正她每次过来都是来给我们送些干菜粮食，等她走了，我们再换回来，我不在乎为了家庭和睦，弄虚作假几分钟。尹哲笑她心眼太多，家庭生活就得真实，不能弄虚作假，坚持做自己才不会累，掖着藏着的事情结果是早晚得穿帮。哪一天和他们住在一起，天天逮着你做饭吃，你怎么办？

两个人争执不下，现在尹妈过来了，卿帆想象着尹妈可能出现的表情，心中竟莫名闪现出一丝快意，检验谁才是真理的时刻到了。

尹妈的脚步声和她的声音一样具有辨识度，她的脚步很重，震得整个楼梯都在晃动。当她看到躬着背在菜板上一丝不苟切菜的尹哲，她擦了擦眼睛，停在了那里。卿帆说了句：“妈，您来了！”

“尹哲，你这猫着腰，还像个什么男人！”尹妈终于发出一声怒喝。

“妈，做饭吃的男人多的是，下次回家，我给您也整几个硬菜。”尹哲见自己妈情绪这样激动，倒是超出了他的预期。

“尹哲，我养了你二十几岁，没喝过你倒的一杯水，没吃过你盛的一碗饭！”尹妈因为激动，声音有些哽咽，“你结婚了，你压不住你的女人，反过来被她压得死死的啊！”

“妈……不是这么回事，我也不是经常做。”尹哲站直身子看着他妈，她的表情写满了失望，眼眶发红，她的脸依然是肿的，眼神看起来有别于往日单刀直入的样子，因为生气而有了愁苦之态，尹哲心中不忍，“您的感冒还没有好吗？要不我陪您去看看？”

卿帆没有想到尹妈这样在意，她心中的那丝快感早已不见踪影，她有些惊慌失措，慌忙拿过一个洗菜盆，找了一兜白菜做出洗菜的样子。她的心中飞过很多种解释，到最后还是不甘，在她们家，卿爸也有做饭的时候，是尹妈自己坚持男尊女卑这么变态的思想，我看店赚钱的时候，怎么不说：“女人应该在家里好好待着”。这样想的时候，她就直起了腰杆，这种矛盾是必须要解决的，尹哲说得对，一个家庭要做到真正和睦，就是要接受每一个人在生活中的真实面目。她从厨房里出来，对尹妈说：“妈，您不要生气，我虽然不爱做饭，但是我在工作上面比很多女人都付出得更多，是不是可以弥补一下我这方面的不足？”

“我一样的看店，我比你爸做得只有多，没得少，我不一样的还要做饭！再说，也没有看你们赚大钱啊！你们要真赚了大钱，你们请人做，我没有意见，现在，我是要告诉你，我儿子不是给你做饭的！”

卿帆被她连珠炮式的攻击噎得无语，她的心中瞬间梗了一根鱼刺，是一根真正的大鱼刺，无法靠一口饭、一杯水下咽的那种。她看着尹妈浮肿的脸，心中五味交杂，有愤怒，有同情，还有可悲。她努力让自己的语气变得平静：“我和尹哲结婚，是一起过生活，而不是谁压倒谁，谁服侍谁，他做饭，我买菜洗碗，我也不是没有干活，等着他做好了端到我手上。我尊重您，是因为您是尹哲的妈。但是不代表我全部都得顺从您。如果您有一个女儿，您养了她二十几年，她嫁人了，不代表她就是嫁给别人家去做饭的……”

“卿帆……”尹哲打断了她的话，他为难地看着卿帆。尹妈脸色非常难看，脸快要滴出水来。卿帆也蒙了，她没有想到，怎么和婆婆关系演变成了这种不可收拾的模样。她酸涩地说：“对不起……”

“我没有女儿，我也从来不稀罕人家的女儿……”

每个人都是散发着独特磁场的生物，一个人说的话，做的动作，都会散发着一种磁场，既有散发，就得有接受的地方。可惜，她的发射，被她全部弹了回来，携带着她回击的信息，一片混乱，一阵疼痛，所以，她和她就不是在一个频道上。她的真理那么愚蠢，在她的世界又那么坚不可摧，几乎没有丝毫瓦解的可能，于是，对手会气噎，因为无法讲明，便有了撕烂她嘴的冲动。

她知道尹妈也已经“疯狂”了，现在她不再是她儿媳，而是一个令她愤怒、让她破口大骂的人。卿帆现在才明白，每次和她吵架过后，那种不记仇的表现其实都是刻意压制了的，其实心中的不满一次一次积累之后，才会有这样猛烈的爆发。

她将尹妈的话都抛在了身后，丢下一句：“尹哲，我让你妈这么生气，你再另寻一个吧！寻一个她满意的，我没有意见。”

她飞奔下楼，泪水不知不觉流了下来，老黄听到了楼上的动静，看到卿帆从楼上下来，最后两个台阶一脚踏空，摔倒在地，他准备迎上前去，见卿帆很快爬了起来，不知道说什么好，他压低声音说道：“小卿，你不要和你妈生气。”

卿帆没有理他，径直朝外走去，只有一个念头，走！离开这儿！为什么要过得这么憋屈，谁愿意做她媳妇谁做去！她刚才踏空的那一下崴到了脚，脚踝扭得生痛，走了一段路就开始一颠一跛。刚才一鼓作气走了一段路，可是去哪儿呢？

她以为尹哲会追上来。等她回头望的时候，哪有他的影子。这使得她更加认定，他不会偏向她。他让她真实地做自己，也就是毫无责任感的口舌之快，他根本就没有调解的能力，除了让她装聋作哑的忍让，他没有一点办法。

下一站去哪儿呢？家是不能回的，她不想让父母担心。在父母心中，她一直是比男孩还要勇敢的卿帆，从小到大，她有自己的主意，她默默为自己很多次的错误买单，而不是求救于他们。这是父母最放心她的地方。她说要结婚，他们就让她和尹哲裸婚了，因为他们认为他们家的卿帆早已是一棵能独立经历风雨的大树。

她想起了姚进，她要去看她。此刻，她还想起，她给尹妈妈买了一双鞋，忘记给她了。早知道这样，不如将尺寸买小点给自己的妈。

维护自己一无是处的生活

卿帆看着姚进清瘦的脸庞，怀孕的人都是养得丰满圆润，可她看起来只有憔悴，脸上找不到一丝喜感，反倒是乌云密布的样子，她紧张地问："孩子，你没要?"

"要了。四个多月了。"

"你这哪像四个多月身孕的样子。"卿帆疑虑顿生。姚进穿着宽大的棉袄，坐在咖啡店宽大的黑沙发上，衬着一张苍白的脸，有一种油画般的感觉。"怀孕的女人，就算是你这个鬼样子，也是美的。"

姚进没有让卿帆去她家，而是选择在咖啡店与她见面。两个人见面，没有久别重逢的惊喜，她们都读出了彼此各怀心事的笑脸，两个人的倾诉就在这样的气氛中展开，随着话题的不断进行，有一个主题越来越清晰——结婚了，如果和男方父母住在一起，婆婆简直就占了生活的半壁江山。偏偏在这样的小城市，从外闯荡选择回家了，基本上是要和父母住在一起的，就算侥幸不住一起，也不能幸免纠缠在一起。因为在小城市，儿子作为他们最大的投资，都是要回收成本的，媳妇也是他们的回报之一，方式就是不断参与他们的生活，让儿子媳妇按照自己的想法走下去。

"那些从外回家创业或者守业的男人，就是给失败找一个台阶。要不然，在北京做得很好，谁会想到回家?"

姚进这句话有一语惊醒梦中人之感，她说的不仅是秦昆，也包括尹哲。想到尹哲从她出来后连电话都没有一个，更有心灰意冷的感觉。她闷闷地说："走过的路没有后悔的，什么样的后果都得去承担。"

"我们还是草率了些，可是已经进来了，就不能想着出去，现在又有了孩子，更加不敢有其他想法。只想着等孩子出生再说。"姚进一副无奈的表情。

“我没明白，精明如你，怎么把路走成了这样。你生完孩子，他们家会安排你工作上班？是个女孩，我可以打包票，他们家会马上要你生二胎，你这几年，就在生孩子中度过吧。”卿帆觉得她面临的问题更严重于自己，她认真地看着姚进：“进，从现在起，什么人都不靠，只能靠自己。我能劝你的，就是不能放弃自己，趁怀孕，赶紧学点东西，不能真的沦落成家庭主妇，除了孩子妈的名，你什么都别落下，他们家不会认可你的价值的。”

“帆，我们到底为什么要结婚？”

“为什么？到了该结婚的年纪，没有那么多时间让我们判断是非真假。”卿帆劝慰她的同时，其实也在宽慰自己，“什么事情都是充满了变数，今天，我们不知道明天会发生什么。我们能做的，就是让自己一直有工作和赚钱的能力。”

说完这些，卿帆内心真的坚毅了一些，不能把时间浪费在这种自怜自艾之上。谁又能拥有百分之百完美的人生，谁又能获得百分之百来自别人的肯定。既然没有，那么自己就属于正常的人生。

“香港验血会不会有失误的时候？”

“你是不是特别希望我说有可能，你心里会好受一些，你不要有这种侥幸，找时间把真相告诉他妈。要不然希望越大，失望就越大，我都不敢想象孩子落地时，她的心理落差。”卿帆悲哀地发现了姚进骨子里的软弱，她还对孩子性别抱有渺茫的希望。就因为要迎合别人愚昧的想法，怀了女儿就该罪孽深重？如果有这种想法，这个女人自己也是可悲的。如果是她，她会告诉家里真相，然后力排众议，大不了就离婚，一个人带着孩子过日子。离婚？这两个字又让她一激灵，到现在为止，最让她在意的倒不是刁难的婆婆，而是对她离家出走能不闻不问的尹哲。

“尹哲家重男轻女吗？”姚进认为卿帆迟早也会走到这一步。虽然社会进步了，但是私下重男轻女在很大一部分家庭都存在，她住院的时候就领会到了。而她们在围城之外时，把宣传口号解读得太认真了。

“有没有都没有关系，我生我的。”卿帆没有丝毫犹豫，“再说，我们还没有这个计划。”

“那你们干柴烈火，就没有意外？”

“尹哲不管天晴下雨，都是小雨衣，万无一失。”卿帆笑道。

“不可能吧，男人都不爱这样，说感觉会差很多。”姚进有些不相信，压低声音，因为涉及隐私，左顾右盼，又觉得好笑，脸上总算有了些笑容，“秦昆最反感这个。”

“我问过他这个问题，他说，一个男人对老婆最起码的保护，就是不能让她意外怀孕。”

“从这点可以看出，他是一个好男人。”姚进客观地说：“如果不是他妈，你和他其实没有什么矛盾，他终归是爱你的。而秦昆，我总觉得是水中看月，躺在一张床上，你都会觉得离他很远。我总觉得他的心没有在我身上。”

姚进没有告诉卿帆，关于秦昆前女友的事情。纵是如此亲密的闺蜜，也有她想维护的地方，她不想让她们看到自己婚姻的一无是处。而卿帆同样也没有告诉姚进自己这次是负气外出。其间，她接到了一个电话，是骆海清的。上次一别，自从卿帆婉拒了她的邀请后，他和她之间不疼不痒地联系着，毕竟不在同一个战场，能说的工作话题就少。纵是这样，他们之间却并无生疏之感。

她问道：“最近，你和雨初联系了吗？”

“没有，我知道你在想什么，不好意思，你要失望了。”骆海清在电话那头停顿了一下，“其实我很想如你所愿，但是我做不到。”

“你们之间就一点戏没有了吗？”

“卿帆，我们之间不需要无话找话说，没事，我就挂了。这是我认识你以来，你做得最俗气的一件事。”电话果真就挂了，非常干脆。她拿着手机愣住了，这根本不像谦谦有礼的骆海清，这倒像是尹氏风格。

直到卿帆将姚进送到小区楼下，返回城区自己把酒店开好，她才接到尹哲的电话，声音沉重：“卿帆，妈住院了，情况很不好。”

生龙活虎的婆婆倒下了

卿帆在见到尹妈的一刹那，在此之前对她的任何想法都戛然而止，脑袋一下子就蒙了，以为置身梦中。那么生龙活虎的一个人，那么气势凌厉的人，现在躺在床上，整个脸浮肿起来，在灯光下泛着暗青的光，整个人虚弱不堪，不过一个白天的时间，她身上旺盛的精力就被抽离得一干二净，躺在床上的身体在被子的重重包裹下，显得娇小了很多，心电监护仪在夜里“嘀嗒”得令人心慌，几根管子从被子里露出来，卿帆能看得懂其中的一个是导尿管，连着的是尿袋，她顺着管子看过去，尿袋里只有浅浅的一汪深褐色。其实一个月前就见到她脸肿，她就早有预感，只是在她的轻描淡写下，没有坚持让她去医院。她看了看尹哲，他一言不发站在床边，注视着他的妈妈，她知道他一定是深深自责的。这是一间三人房，另两个床位的人翻来覆去，其中一个发出悠长的叹息：“唉！”

卿帆有些不习惯，这是一个她完全陌生的环境，病房里虽然开着暖气，她却感到凉意四袭。她环顾一下四周，公公不在，估计是回去了。

“妈不是被我气的吧？”站在医院走廊上，卿帆问出了一路上都在担心的问题。

“她在你跑下楼后就昏倒了。”尹哲看着她惊慌失措的样子，揽过她的肩，“跟你没有关系，是我把她想得太强大，在我对她的认识里，她是不会生病的。”

“生命是最不可预测的，也是最不能心存侥幸的。”卿帆叹息道。

“你回去睡觉。”尹哲说。

“都四点了，不睡了，陪你。这段时间你不要管店子了，留在这里照顾妈。”

他用拇指和食指套着她的手腕说：“我对你也忽视了，你瘦了……谢谢你的宽容，你不要怨恨妈妈。其实你冲下楼，她很着急，我看得出她是想让我追你。”

“这种时候，我想生气也生不上来。现在就是等她养好精神，再开始我们的战争。”卿帆故作轻松地说。俩人相依着坐在病房走廊的长椅上，都是心事重重。许久的沉默之后才发现天已经微亮了。

天一亮，尹哲和卿帆进了医生办公室，医生拿过来一沓化验单给他俩看，住院时做的急诊化验数据已经全部出来了。

“病人确定是肾功能不全，已经错过最佳治疗时期”，医生有些惋惜地说，“如果早一点过来，是很有希望痊愈的。现在已经发展到了第三期，肾脏受到了严重损害，而且心脏功能也有损坏，再往下发展一步就是第四期——尿毒症了。”

“尿毒症了，会怎样？”卿帆虽然不太懂这些专业理论，但是这三个字的震慑力她还是知道的，她想，这其实也是尹妈过于忽视自我的结果，因为拖延产生的后果是她从未预想过的，所以有些人对自己的生命，自以为是的苛刻和自我牺牲，其实就是一种愚蠢。卿帆感到一阵烦闷，尹妈的医疗费用对于这个家庭来说绝对是笔沉重的负担。

“如果到那一步，就只能靠透析和药物维持生命。现在就看她对治疗方案是不是敏感，如果情况乐观，她的肾脏功能还有可逆恢复的希望。但是概率比较低，绝大部分人都是经过这个阶段，到了第四期……”

卿帆和尹哲回到病房，尹妈已经从嗜睡状态中清醒，她看到了他俩，“我病得很重吗？交了多少钱了？”尹妈声音沙哑而虚弱，像变了一个人。

“交了两万。”尹哲老实回答，他知道以他妈的精明，绝对不能瞒着。

尹妈脸色更加阴暗，她皱着眉说：“如果是什么治不好的病，就不要治了，买点好吃的就算了，人财两空的事，我们就不要做了。”

“不管多重的病，只要还有得治，多少钱都得治，您就不要瞎想了。”尹哲说。

“听你的意思，我这病是很厉害了啊！你们有事不能瞒着我啊，如果是癌症，就早点告诉我，不要骗我。”尹妈抬高声音，警觉地说。

“不是癌症，是肾功能受到损害，病是有点重，但是有得治。”卿帆接过话，“现在最省钱的方法，就是您要配合医生，早点治好病，早点出院。”

和以前一样，吵架了过后再见面，一个人先开口说话，过去的篇章就轻描淡写地略过去了，这种习惯倒是避免了再次见面的尴尬。

“尹哲，你先出去一下，我和卿帆有话说。”

卿帆疑惑地看着尹哲，她和她之间有悄悄话？待尹哲出去，尹妈又向卿帆招了招手，示意她走近，卿帆凑近她。

她低声说：“扶我起来上个厕所，我一直没上厕所的。”

她的嘴里散发出一股类似于氨气的味道，卿帆温柔地说：“妈，您现在不需要自己上厕所了，医生给您插了导尿管。”

“什么？”尹妈生气地说，“你去跟医生说，我不需要这东西，我自己能上。我昨天上午还背了一袋东西去车站搭货，哪里就这么娇贵了。”

卿帆注意到床旁边的尿袋里，尿量没有增加多少，她说：“好，我去问问医生。”

“现在就去，插着这东西，我一分钟都受不了。”尹妈喘着粗气，挣扎着要坐起来，因为虚弱，又迅速地往床上倒下去，心电监护仪马上发出嘀嘀的报警声，卿帆抢上前扶着她的身体，突然重心不稳，差点摔倒。

不待卿帆出门询问，医生已经推门而入，尹哲也跟着进来。

“怎么回事？你要绝对卧床休息，不能乱动。”医生警告道。当问清楚原委，他说道：“昨天是因为你昏迷才用导尿管，拔掉也可以，那你就用便盆在床上上厕所，这几天不能下床。要注意卫生，这种情况很容易感染，要经常帮她擦洗。”

医生是看着卿帆说的，这种事情肯定是女人干比较好，卿帆点点头，说道：“好！”

这样，原来说好是卿帆回去守店，因为这层关系，卿帆又主动留了下来。尹哲的脸上表情复杂，他对卿帆说：“机器样品出来了，我们会成功的。你昨晚一夜未睡，妈睡的时候，你就在她床边眯一会儿。晚上我来替你。”

这个时候，卿帆才发现，尹爸到哪去了？

“早上我给他打过电话，他有一车货要发，发完货了再过来。”

卿帆心里还是不可理解，老婆病得这么严重，他要发了货再过来。她突然觉得，尹哲有时的“冷血”应该是有遗传的，那种不可思议的冷静应该就是来源于他的老爸。

一直到上午十点，卿帆才见到尹爸姗姗来迟，绷紧了的脸部线条，使得他本来就严肃的脸更加像结了冰。他看到自己老婆已经醒了，说道："早要你去看，你要省钱，结果，钱没省，还拖出大病了。你啊！一辈子就是不会算计。"

"正是因为我会算计，你有这样的日子过，我们才能开这个店，要不当初我们下岗就饿死了……我们那时每月工资几十元，我每个月都能存下二十元。"尹妈虽然气短，气势却有所恢复。

虽然公公说出了卿帆想说的话，但是他这样的态度却让她始料未及，开门见山就是埋怨，哪里有半分关切。这样的情形，让卿帆对尹妈又添了些同情，一个没有享受过丈夫关爱的女人，内心想法的偏激就是这种生活催发的。

"下午到一车货，本来小张答应挪几万让我周转一下，这要知道你得病，谁还会借给我们。"

卿帆就在这几句对话中，窥见了她平时并不知道的事情。公公对待婆婆感情不如想象的好，而且他们店子的经济情况很一般，甚至有些糟糕。

被丢掉的钱和安全感

南方的隆冬湿冷得彻骨。卿帆往返在医院和店面之间，身子里面灌满了寒风，使她觉得沉重得迈不开步伐。远远的，就看见尹哲和老黄，和另外两个人在门面上比画着，争执着，尹哲正努力解释着什么，而老黄在旁面红耳赤地帮着腔，她走近听了几个轮回，知道这几个人是红星机械厂的，机器已经做出来了，而尹哲却没有如约把款打过去提货，放在厂里已经快一个月，厂里要尹哲赶紧提货。卿帆已经隐约知道了事情的原委，机器款肯定被尹哲交到医院去了，而且极有可能公婆店子的那笔货款也是他从这钱里面挪的。今天这一幕，是她预料中必然会到来的。尹哲一直未告诉她这些事，是因为他并不想让她知道，现在他正试图让那两个人先行离开，并承诺他在这周内一定会想到办法。

其中一个年长些的要他写份字据，回到厂里好有交代，因为马上就要到年关了，厂里周转实在是困难，等着回款发工资。就在尹哲要拿出纸笔的时候，卿帆在一旁说道："不用写了，多少钱，我转给你们。"

事情峰回路转，那两个人连声道谢。尹哲把她拉到一旁："卿帆，我会想办法的。"

"如果你能想到办法，你会让事情变成这样？"卿帆看着他，这个男人坚定的眼神终于有了些游离，他是心虚的。

"我已经破了一次例，不想再破第二次。"他知道，这次拿出来的是卿帆所有的积蓄，那是她的底气和安全感。

"计划总是赶不上变化。"这段时间，他消瘦了很多，而且她发现他曾经茂盛的头发，真的稀疏了不少，发际线两侧竟有了微秃的感觉，她有些心酸，看着他的眼睛说："我们要有福同享，有难同当。"

她其实早就做好了这样的准备，她会拿出所有的积蓄，在她清楚地知道了这个家的家底之后。只是不明白自己出于什么心理，似乎要等到尹哲山穷水尽时才会伸出援手，她明知道他一定会焦头烂额，他会拆东补西，可是她偏偏装作平静，从不过问尹妈不断递加的医药费从何而来。她是想让他更加深刻地体会到这种感受，再大的气概和决心在现实面前，有时就是自己提前讲过的一个笑话，她希望尹哲在这种残酷的体验下，修炼成一种更成熟的状态。

待厂里人一走，老黄就对尹哲说："小尹，你不要急，我丢了的那钱，我赔给你们，我给自己还留了些养老钱的。"

卿帆听得一头雾水，原来，在尹妈晕倒的那天中午，本来尹哲和老黄一起去厂里看样品，然后交付定金。因为事发突然，尹哲将三万元现金交给老黄独自前去，他一再交代打车过去，可是他还是坐的公车，结果在车上，钱被小偷偷走了。

卿帆有些火大，这种时候，任何支出都需要盘算，突然以这种方式凭空"消失"几万元！她带着怒火的语气没有丝毫掩饰："为什么不汇款，谁还带着现金过去?"

"当时觉得带着现金去更有诚意一些。"尹哲没有想到老黄当着卿帆的面提出这件事，老黄不知道这事尹哲并没有跟卿帆说。

事情发生了这么些天了，她才知道这事，卿帆知道尹哲的用意。她脑海突然闪现一些想法，她将他拉到外面，"老黄带的钱是在公交车上被人提走的?"

"嗯。我们就包在一个塑料袋里，他应该是放在他自己的布包里提过去的。"

"据我对他的了解，他是那种把钱放在袜子里才会放心的人，你觉得他有可能不小心把钱丢了吗？他应该把包死死地抱在胸口，寸步不离。这里到厂里虽然有十几站地，但是并不是繁华路线，应该没有那么多的人流量，他怎么会让小偷钻了空子?"卿帆分析着，越发觉得事情可疑。

"你怀疑老黄？不应该，老黄不像是那种人啊。"尹哲不相信，却又觉得卿帆说得也有些道理，他从未往这方面去想过。

"尹哲，我以为经历会改变你，无论你经历了什么，你还是你，过分相信自己感觉。"卿帆对于他的这种粗线条有种说不出的失望。

她转回店里，问老黄："尹哲叫你打车，你怎么不打?"

“我想替你们省点钱，你们不容易，这段时间我是看到了。”老黄语气诚恳。

卿帆盯着老黄的眼睛，这一刻她厌烦了他看起来老实巴交的样子，她认为这是他的表象。当他与隔壁伙计聊天的时候，当他吃饭不顾场合打着饱嗝的时候，他骨子里是嚣张的，他不是这种顺从的样子。

“你当时坐车的时候人多吗？”

“不是很多……”

“有没有站着的？”

“……”老黄沉默了一会儿，“小卿，我也不知道到底是车上掉的，还是路上掉的。”从公交车站下来再到厂里，确实有一段路要步行。

“老黄，你再好好想想，如果是公车上被偷的，我可以去找公交公司调取监控。”卿帆故意说，“我们下午就可以去。”

“小卿，你是不相信我啊！”老黄猛然抬起头看着卿帆，眼眶都有些红，“我有钱存了定期，我会还给你们，等钱到期了，我就还给你们。”

“老黄，这事不能怪你，我说了，不要你承担责任。”尹哲在旁有些看不过去了。

“这事老黄要承担责任。既然来这里做事，就不能只讲人情，也要奖惩分明。”她态度严肃地驳回了尹哲的话。

卿帆狠狠地看了尹哲一眼，老黄正是因为了解尹哲的性格，所以才会说出这些乖巧话，真要承担，何必要等到定存期满。她再去看老黄的时候，老黄正拿着衣袖拭着眼睛，一团被磨成油灰色的棉絮从脱了线的衣袖挤出来，随着他的动作晃晃悠悠，接着肩膀也开始耸动起来……

她突然心就软了，而且无比难受，如果钱真是被人偷了，她竟然把一个老人逼哭了。她没有再说话，将现场留给了尹哲，自己上楼到卧室，她知道自己背后的眼神，一定有着责怪。她发现自己的眼泪不知道什么时候也流了下来。她在北京无数的自己奋斗的夜里没有哭过；在照顾尹妈，给她擦澡、倒便盆的时候没有哭过；在感觉到很累，觉得睁着眼都能睡觉的时候也没有哭过，她的眼泪却会在并不应该委屈掉泪的时候突然而至。

卿帆忽然想到了姚进与黑子，当初的姚进不也是以自己全部的心血去成全一个创业的男人，结果还不是嫁作他人妇。她有些惊觉，自己好像走的和姚进是同样的一条路。

她真不管尹哲，让他自己去破釜沉舟，就当她从来没有来过他身边。可是，她又做不到视而不见，她想起了尹哲躲在厕所里去找别人借钱的场景。一个人借钱的难易程度，是否也决定了他的人脉和能力，她将自己相熟的朋友在心中一一数过，发现能开口有把握借到钱的，不用费尽周折去解释的人同样寥寥无几。她突发奇想，如果向骆海清开口借钱呢?

于是，她给骆海清发了一条短信：如果我开口找你借钱，你是不是会觉得这是我做过最庸俗的事情，而不再做我的朋友。

短信很快就回了：我会觉得这是你说过的最啰嗦的话，金额，账号，如非建行，请将开户行名称发过来。

她不得不承认，骆海清给了她和尹哲完全不一样的感觉——在金钱方面的安全感。账号当然不会发，但是她心却安了不少。

她发回一个笑脸，写道：测试。

那边很久回过来一条：无聊。

月牙儿，新月如钩

姚进的肚子一日一日隆了起来，大部分时光她都围在炉火旁安静地学织婴儿的毛衣和毛线鞋，也有一些时候，她会在这一针一线中享受到一种宁静，想到这些衣服的主人——肚子里小生命正一日日成长，心里就会充满了幸福。

更多的时候，一种堆砌在谎言之上的太平，虚无的，被提前消耗的喜悦和希望，让她疲惫不堪。婆婆对自己的嘘寒问暖让她几次都差点说出实情，她抱着赎罪的心理希望日子一天就能滑到预产期。有一次，她趁着婆婆高兴，说道："反正可以生两个，其实第一胎是个女儿反而好一些，可以带着弟弟玩。"

"我们秦家三代单传，你说怪不怪，我生了秦昆后就再也没有怀过孕。树不独枝，花无独朵，人却有独苗之说。所以，我怕你也和我一样，万一第一胎生了女儿再也没得生了。"婆婆难得的说上几句体己话，"其实我们女人是最倒霉的，生儿生女原本不能怨我们，可是老祖宗几千年来就是这样的传统，没有儿子，女人在夫家的任务就没有完成。"

婆婆的这番话让她恍然大悟，原来她担心自己和她一样，没有生二胎的机会，女人的苦衷她也是懂的。这让姚进燃起了些希望，她试探着说："英国皇室生的女儿和儿子一样可以按序继承。其实，儿女不是一样啊，女儿还更贴心一点。"

"那是国外！你们年轻人现在还体会不到，老了就知道区别了。你们结婚了，怎么就该我们给你们买房子，而不是你爸妈。你爸妈来我们家是客，我们以后去你们家，那是主人。这就是区别。"婆婆对姚进的话很不以为然。

婆婆的那些体己话都是随口说说罢了，她中的毒已经深入骨髓，自己哪来实力与几千年遗留下来的思想争辩，但凡重男轻女的家庭，哪个不是将这些刻在了大脑的纹路里，比那石头雕的更加坚不可摧，石头尚能风化呢。不仅如此，婆婆的话又让她平添出另一种担心。她初去北京时所有的动力就是好好努力，把父母接到北京享福。不过，她既没有很好的运气，也没有过人的能力，养活自己尚且勉强，那些壮志凌云的决心早已经不敢回头多想。而现在，婆婆的言语中已经透露出，在她的计划里是从未将父母的养老和自己联系在一起的，她们是主人，她们家的人是客人，客人岂有长住之理。父母现在还没有年迈到需要她朝养夕供，但那一天终究会到来，她是家里唯一的女儿，而她能为她的父母做什么？如果当初她是一个儿子，哪怕家境再普通平凡，他们起码可以心安理得地傍着自己住。她深深叹了一口气，再也没有了和婆婆继续聊天的欲望，这确实是目前社会大部分家庭不争的事实，她怎么抗争？

秦家给秦昆小两口买了套房子，是一个二百多平方米的复式跃层。小区环境在当地数一数二，价钱也是名列前茅。姚进一直到现在，也不知道秦家家境到底如何，但是就看这买房的手笔，起码还是有些殷实的家底的。可是这么大的房子，竟然没有自己父母的一席之地，姚进喜悦之余，又无比惆怅。

有一天她在电话中问卿帆，“如果有一天你父母年纪大了，你要把她们接到身边来养老吗？”

“需要我照顾了，当然得和我一起住。”

“你有没有想过尹家有意见。”姚进提醒道，卿帆把这事想得过于乐观。

“当然，我和尹哲组建家庭，我们是完全平等的，我妈既没有收彩礼，我们也没有让他父母出一分钱，我们分工不同，几乎是一样的付出。所以，我父母必须得跟我住。”

“那你婆婆没有意见吗？”

“经济地位决定家庭地位，就算她们有意见，也是没法的，毕竟是我和尹哲共同创造的家。”卿帆的声音自信满满，她仍旧不忘时时提醒姚进：“这个世界什么人都不能依附，只有自己。足够爱自己，给自己准备足够的钱，就有足够的底气保持自己的个性，因为我们随时都要有面对最坏结果的准备。”

姚进在婚前的那可怜的几万元私房钱，根本给不了她任何底气。她下定了决心似的："嗯，等我生完孩子了，我还是要去上班。"

其实，姚进觉得这样的决心也不过是星星之火。她知道生完孩子之后，起码两年之内，她是没有机会去工作的。而两年之后，就像卿帆说的，她应该是在备孕第二胎了，所以，她的职业生涯，只是某些时候的感慨罢了。有一次，她问秦昆，你喜欢女人在家相夫教子，还是喜欢女人在外奔波？

"我喜欢靠谱的女人和宁静的生活。"秦昆的话，姚进理解为，他喜欢女人的事业就是家，让家是一个永远宁静的停泊港。虽然秦昆前任的存在，仍像一根刺一样梗在她心里，但是这根刺经过无数次的吞咽，已经软化了，谁又没有过去呢？她和黑子经历的那些事情，不是像一部电影胶片一样时不时就自动放映了？秦昆从未问过她的过去，就像结婚前他们彼此约定了那样，不问过往。所以，当秦昆又开始在书房逗留到深夜，当他和她之间的关系寡淡得像一杯波澜不惊的白开水时，她都会抑制住自己心中的疑问或者要求，给他足够的自由。

在她心中有一个难以启齿的疑问，男人在妻子怀胎十月期间是怎样解决自己的需求的，当她主动向秦昆示爱的时候，并且有些难为情地说，书上说，三个月以后就是安全的。

秦昆像看怪物一样的看着她，你很想吗？

秦昆的表情让她觉得是自取其辱，她说，我不想，我是怕你熬不住。

我不是禽兽，我没觉得这种日子是熬，我觉得很自由。

她发现，他对她从未有过激情，他在床上的不温不火让她又想起了黑子的真情流露。没有谁在爱情中是不一样的，他只是不够爱自己罢了。

离过年还差半个月的时候，秦昆突然告诉家里，过完年后，他要出公差半个月，他在单位做的并不是需要经常外出的职位，怎么会需要出差，姚进心中有些不快，她的身体越发沉重，整个孕期，每一次产检，基本都是婆婆陪同得多，他就那么心安理得的，让婆婆替代他完成作为准父亲的所有责任。虽然他在她身边并没有做什么，但是有这么一个人晃来晃去，生活总是要丰富一些，而且她在家里，怀揣着那么一个弥天大谎，他就是她的底气。

她上床的时候问秦昆："能不能不去？可不可以叫别人去？还是过完

年就去，我那时都快要生了，万一生了怎么办。”

“我倒是想不去，你见我是喜欢外出的人吗?”

姚进无话可说，纵是在家乡，秦昆也没有什么朋友，他很少有晚归的时候。他说过，他喜欢宁静的生活。

“出去透透气也好，我在家里都快发霉生芽了。”姚进用撒娇的口气来掩饰自己刚才的嗔怪。

他将她的手放在自己掌心里握着，抚摸着她的肚子：“等宝宝出来，我们可以一起去旅行。”

秦昆难得有这样充满父爱的时候，“我给她取了一个名字，叫月牙儿，新月如钩，皎洁美好。”

月牙儿，一个好听的名字。

玩游戏的最高境界是适可而止

这是雨初和范总的第四次见面，除了第一次，她认为有着打“擦边球”的骚扰嫌疑，他一直按兵不动，弄得雨初在两次小心翼翼的见面之后，认为第一次有可能是自己的神经过敏。所以，这次见面就轻松了很多。这次，是直奔签订合同的主题而来。老总对于雨初的表现非常满意，诧异于文静柔弱的她也有自己的独特的公关方式。

雨初开门见山：“范总，电子版本的合同，我发给您秘书了。不知道您有什么意见没？”

“她会直接给你意见。这个星期，我会签了。”范总脸上的笑意很淡，却有一种琢磨不透的距离感。

雨初从包里拿出一个礼品盒，推到他面前。“这是我们老总亲自挑选，要我带过来给您的，一个小礼物，谢谢您的关照。”

“是什么？”范总端起咖啡杯，嘴角有丝嘲弄。

雨初看到眼里，突然有些慌，她没有想到他会直接问，是怕礼物太轻吗？这是一块价值不菲的名表，难道他真认为是一件小礼物。

“好像是块表。”雨初小心地回答。

他的笑容就温和地蔓延至了全脸。他说：“我有表，戴了一些年了。”他举了举自己的手腕，示意了一下。雨初心中没有了底：“那您就收着，送给朋友。”

“好，送给你，你可以送给你的男朋友。”

“我没有男朋友。”雨初下意识地回答。

“噢？那我送给你，你去送给你想送的人。”

“范总，这不太合适。”

“收下。”语气平缓，却不容拒绝，雨初只好忐忑地接过去，心想这事该怎么和老总解释，他会不会觉得自己无用，连个礼物都送不出去。

“这事情，你可以告诉你老总，我已经收下了。至于我送给谁，那是我的事了，你说呢？”范总的语气温柔，让雨初再无话可说，只在心中暗叹，步步为营估计就是指这些老江湖了，连她的此刻所想都被他一望到底。

后面的谈话，雨初明显感觉到范总的放松和健谈，他难得地讲了他过去的岁月，他和雨初同样年纪的时候，他所经历的风雨。果真是每个成功男人都有自己背后的故事，内容各有各的丰富，都是跌宕起伏，令人唏嘘。雨初是用心去听的，她想到的是自己，她没有那么清楚的抱负，她所有的努力只是为了成全自己的优秀，为了在某个不被策划的瞬间，碰到自己心仪的人，有着“你若盛开，清风徐来”的优雅绽放。她为了配合他的谈兴，也讲了她自己，那些她自认为浅薄、不值一谈的经历，她说她有一颗不知天高地厚的心。

“你有没有想过去外面的世界看一看？”

“我想过，但是只是想而已，不知道以什么样的方式出去，也不知道出去能干什么。”雨初在他面前不想遮掩自己的不足，因为稍显幼稚的真诚往往是对付这类人的法宝。

“因为不知道，所以要寻找。如果你有这想法，我可以支持你，从钱到各方面的支持都没有问题。”范总的表情很认真，不像是在开玩笑。

雨初有些受宠若惊，她本意是想拒绝，开口问的却是：“真的吗？”

“我喜欢你，我很少能够这么平静地去和一个女人聊天，这种感觉我很珍惜。”他的眼神有种深情，“你去国外学习你想学习的东西，你可以变得更加优秀……我知道你所担心的，我早过了精力旺盛的年纪，我能去外面看你的次数很少，你还是可以交你的男朋友，等到你想要结婚的时候，你想见我，也未必能见到了。大家都是成年人，都知道游戏的最高境界是适可而止。”

短短的几句话从计划到实施，他说得明明白白，他甚至考虑到了她的顾虑。雨初从受惊到逐渐平静，他连邀请她做情人，都说得如同方案般清晰和缜密，令人动心。她没有受到羞辱的愤怒，相反，她真诚地说道：“我很感谢你对我说的这番话，因为这让我有些信心，起码让我觉得并不是没有人喜欢。但是，我恐怕让你失望了。太突然了，在我的人生里从来没有规划过这种游戏。”

“不要紧，你可以不用着急回答我，等你哪天愿意了，随时来找我。”范总不愠不怒，有结束聊天的意思，“回去吧，不要瞎想，你暂时的拒绝不会影响到我与你们公司的合作。”

这次见面就这样结束了，雨初觉得这次面对的才是她能看清楚的人，她反而能够从容面对了。

她拿过手中的礼品盒，心中浮现出一个人的影子，只有他，才是她心中想送的人。喜欢一个人，是在心里说千百遍不要想、不要再去喜欢，可是他仍然住在你心中，挥之不去的无奈。

雨初打开家门，一股陈年不净的味道扑鼻而来，搬家后还未做个彻底的清扫，每次开门这股味道就会迎面而来，再看看灶台和抽油烟机，更是被油垢重重覆盖，随时一按就是深深一个带着指纹的凹陷。她想起她有一张黑子家政的名片，刚好明天周末，请他们公司派人清理一下。

电话拨通后，男人的声音似曾相识，让雨初愣住了。她问道：“黑子家政吗？”

“你好，黑子家政很高兴为您服务。”男人的回答中气十足。

“你是黑子吗？”雨初已基本确认，他应该就是她们认识的黑子。

“是……”

“你认识姚进吗？”雨初不知道他听到这个名字以后会是什么反应。

“你是何雨初！”电话那头的声音非但不冷漠，反而非常激动和热情，“你在哪？你们在哪里？”

雨初和他约好见面，黑子说，一起吃晚饭。她忘记了，她打电话给他的最初目的是需要一个家政。她去见闺蜜的前男友，带着即将见到老朋友的快乐和兴奋，有一种温暖重拾的喜悦。她又有些惭愧，觉得这样做有些对不起姚进，转念一想，这事和她没有关系，她可以完全不知情。

又见黑子

黑子更瘦，更黑了，精神却比以前蓬勃。雨初和他的见面，和想象的一样自然。雨初眼眶一热，看到他热情的笑容依旧如故，也看到了过去那段三人行的岁月。黑子选的地方是湘菜馆，他还是那样善解人意，有着邻家哥哥的轻松。

“结婚了吧?”黑子问。

“没有，分了。你孩子是不是都出生了?”雨初问道。

“我没有女朋友。”黑子听到雨初分手的消息有些意外，那时她的生活是姚进最羡慕的，稳定而安逸，没有房租的烦恼，也没有搬迁的痛苦。

“那你 QQ 头像上和你合影的女孩，你们就分了?”雨初到底还是为姚进打抱不平了。

“那是我表妹，是我姑姑家的女儿。”黑子苦笑道。

雨初很意外，因为如果不是黑子以这样的方式昭告天下，其实姚进是没有打算和他分手的，她不过是想激将他而已。她不解地问：“你这样做又是什么意思?”

“因为那段时间，我完全看不到希望，我给不了她想要的生活，我选择让她决然地离开。”黑子的脸上有一种大义凛然的神情，“如果我有一天，能给她一种安稳的生活，我会把她找回来，如果时间还来得及。”

他应该是还抱着将姚进追回的希望，要不然他那么迫切地想见雨初。姚进早已嫁作他人妇，她在看到黑子的那张大头贴起就将他拉入了黑名单，所以，对于这条突然出现的线索，他是欣喜若狂的。

“来不及了，她等不到你了，她随便找了一个人就嫁了。”雨初说完这句话，看着他的表情。他想在她面前掩饰他的绝望，却因为演技欠佳，被雨初一眼窥见，而更加令她心生同情。

“她过得幸福吗?”

“想听真话吗?我认为她一点也不幸福。”雨初唏嘘于这种爱情，她没有告诉黑子，姚进即将做妈妈的事，她觉得消息不能来得太多。

黑子的笑容有些别扭，后面的聊天，雨初感觉到他的心不在焉，他和她不一样，她是真为叙旧而来，而他更大的目的是为了另一个人的消息。黑子与姚进分手后不久，就放弃了经营公司，他已经无法再向前一步，连生活费都是借来的，公司关张后急于上班养活自己，去了入职门槛低的保险公司做一名业务员，由于业绩不好而匆匆离职，接着去了一个家政公司，因为拥有 A 本驾照而求得了货车司机一职。

“那段时间是真正的饥不择食，现在想，那时我竟然会去应聘货车司机的职位，就是因为司机的薪水在家政公司是最高的。”

“你以前学什么专业的?”

“专科学的是计算机专业。在学校混了三年，出来还是混。”黑子自我解嘲地说，“五花八门，到底还是一事无成。”

“那你怎么又开了家政服务公司。”

“老板是我老乡，和我年纪差不多，我进去的时候，他才开张。后来，见我死心不改，干脆，我俩合伙了。”黑子叹息道，“我们配合挺好，发展也还平稳……做这行，主要是价格和服务，不像和学校打交道，底子薄的，会被项目周期拖死。如果我早碰到他，我和姚进应该是可以结婚的……”

雨初看到他的眼眶发红，她故意低下头吃饭，不再去看他的眼睛。他俩的谈话逐渐轻松，在这样各怀心事的间隙，雨初想到了吴楠，不知道他是不是和那个说话温软的女人结婚了，如果有一天，在街角碰到他们，她会和他们说什么呢。北京那么大，可惜她从未碰到过他。

黑子说，不管怎样，雨初都是他的妹妹，什么时候碰到事情，一个电话，他肯定会来。雨初全身一暖，她知道，他说的不是客气话，喜欢一个人的时候，往往是连她身边的人一起喜欢的。黑子最想说的一句话放到了告别的时候:“雨初，麻烦你把姚进的号码给我，放心，我不会骚扰她现在的生活。”

雨初回去的路上一直在想，她是羡慕姚进的，其实她一直觉得姚进太普通，虽然外貌还说得过去，可是半点过人的才华都没有，纵使如此，却也有黑子这样的，虽普通却也积极上进的男人死心塌地喜欢着，世界上的男女原是配对好了的，谁说普通的人生就不会有百转千回的爱情，想到范总的表白，她此刻不怒反而有些自喜，起码那样成功的男人还是喜欢自己的。很快，她为自己竟会产生这样的喜悦而有些愤怒，她觉得自己开始堕落了，当她碰到了有骄傲资本的男人，她自己一心一意编织的骄傲防线就溃不成堤。

思维正在无边无际的时候，手机响了，当她看清楚电话号码时，她一下子就从散漫状态中惊醒，电话号码的主人是自己刚才正在想念的，号码是她想删除却一直未删除成功的。她平稳了一下情绪，用平静的声音说道："你好。"

"何雨初，你们公司承不承办论坛?"骆海清开门见山，不是叙旧，为公司而来。

雨初有点小失落："承办。"

亚透公司为了分公司在新市场落下脚，将一年一度的金融论坛定在了长沙，为时四天，真正的会议时间是两天半，其余为报道和宴会招待时间。论坛主题是"新金融形势下的思维创新"，而且联合了一个新上市公司的"路演"活动，所以这次论坛，亚透公司非常重视。如果雨初公司有兴趣，那么就得派人提前一月驻场，提前布局媒体推广和线下活动。

亚透公司在金融界的名气和地位，雨初非常清楚，也明白这单这么容易就落在自己身上，实属骆海清的照顾。如果这单能定，她离项目经理的位置又向前跨进了一步。她说："谢谢！怎么感谢你?"

"我们之间不需要说谢谢，请你们公司做好接头准备，提供方案。"

"什么时候?"

"明年四月份。"

"好的，我跟公司汇报一下……你在那边还习惯吗?"雨初到底忍不住对他的关心。

"你们这边的辣椒很过瘾，我长了一脸的痘。"电话的笑声，让雨初也跟着莞尔一笑。他是一个连笑声都那么干净的男人，她很想见到他长痘的脸，那一定有另外一番可爱。她忘记自己曾经跟她的闺蜜们说过，最讨厌男人长痘，好像脸没洗干净一样。

再过一周，她就要离开北京，回家过年了。

我可以当你的暖水袋

大风卷着细细的风沙，从宽阔的街面呼啸着扫荡进店里，从四面八方涌了进来。店面没有炉火架，简直过不下去。北方人不熟悉南方的炉火架，那是一种以开放式四方桌子为支架、四周用棉被严严围住的烤火工具，棉被拖延至地，被或圆或方的桌面子压着，在上面办公或者吃饭。桌子下面正中央放着烤炉，烤火人撩起棉被，围着桌子取暖。不过美中不足的是，暖的只是前面，背后面的地方是烤火盲区，哪怕是前面烤得如火如荼，后面寒意四起也是没有办法兼顾的事情。

她没有用电烤炉，选择了煤球，那种燃烧的煤味，让她觉得源源不断的一氧化碳直接灌进了肺里，她觉得这样选择对于生命健康而言并不划算，但是一块二一度的工业用电价格与两毛钱一个的煤球相比，价格差距摆在那里，她想象着尹妈知道用电烤炉取火之后的表情，便做出了选择。自从尹妈生病以来，她就开始对她的习惯妥协。虽然她知道，尹妈在未来很长一段时间内都考察不了她的生活和工作。所以，她又觉得自己其实是对这种生活妥协了，不过是打着尹妈的幌子，为推翻了自己过去的习惯而寻找的借口，从什么时候开始，她也开始变得斤斤计较了起来。接近年关，乡下对碾米机的需求依然存在，店子里的生意难得地保持在盈利状态，在没有品牌、没有老客户资源的情况下，每一个客户都是用语言的技巧争回来的，每成交一笔单子，都可以喝下半桶水。尹哲语言精简是绝对不适合这类客户，所以店子里面的销售，基本都落在卿帆身上。老黄对机器有着天生的领悟能力，他跟着尹哲出去调试几次机器后，便能独立完成作业了。自上次丢钱事情之后，他变得更加沉默，倒是客人对这个师傅都很认可，人耐心，技术也很到位，后来竟有客户指名要他前去。卿帆有时刻意与他闲聊几次，他却比以前更加拘谨。沉默了的不仅是老黄，还有尹哲，更加惜字如金。五十台收谷机放在特租的仓库里，沉甸甸地压在他胸口，样机摆在门口，有人看，却无人购买。人们的心思都在过年这件大事上，所以跑市场不是最佳时机。尹哲的厨艺突飞猛进，基本是每一顿饭的主厨，包括洗碗之类的善后工作，尹妈的病又让他煲汤的手艺日益精进，她的病需要清淡饮食、精心制作，尹爸的门面两个人变成了一个人，根本没有精力去顾及其他。所以，做饭的事情也落在了尹哲身上，想不到一系列的事情成就了一个男大厨的诞生。她看不透尹哲平静的外表下真实的心事，却在他低头切菜的瞬间，发现了他耳后的几根白发。

卿帆从后面轻轻抱着他，她是心疼的，每日与他在一起，却在某个时刻突然发现了他的变化，她知道他不轻松，但是所有的劝慰都是枉然，唯一能为他做的，就是安静地陪在他身旁，一同经历所有好的、坏的事情，让它们最终有个水落石出的结局。

她说："过惯了北方的冬天，再回到了南方，是真冷啊！不过，最寒冷的冬天往往蕴藏着更丰富的春天。"

尹哲不知道是否听明白她的言下之意，他把双肩张开，让她把手插在他的腋窝下，说道："妈妈那边，我晚上不用去了，她说自己一个人没问题，医生也说过年就可以出院，在家吃药调养了。晚上，我可以当你的暖水袋了。"

这是整个冬天她觉得最温暖的场景，她在冬天就是全身冰冷的冷血动物，他任由她将自己冰冷的脚放在他身体的任何部位，会紧握着她的手将它放在自己的胸口，她发现尹哲是个超级有忍耐力的人，他对于突如其来的刺激往往毫无反应，有时她会将刚洗过冷水的手猛然伸到他的脖子下，他能做到面不改色，她曾试过让尹哲故意将手的温度弄得和她的温度接近，之所以要故意制造这种温度，因为尹哲和她相反，是一个身体具有自动调节功能的恒温动物，一件薄毛衣，一件外套，任凭风吹雨打，手心依然温暖。她要求他将手放在自己的肚皮上，因为她整个身体只有肚皮是最温暖，当尹哲放下去的那一刹那，她一声惊叫，随即拂开，自叹不如，随即就如同八爪鱼一样攀缘在他怀里，恨不得把他身体的所有热量源源不断地吸过来。

"如果我有化骨神功就好了，把你的热量直接导入。"对于尹哲的身体特质，她是嫉妒的。

“你不需要化骨神功，我能马上让你热起来。”尹哲一脸笑意。

“什么办法?”卿帆还没反应过来。

接下来的动作，卿帆大呼上当，她大声说：“你不能这样耍流氓！你这是赤裸裸的诈骗。”

虽然他们已经不如刚认识那阵那样一点就着，有时更会连续好些天因为生活的忙乱而毫无心思。但是，他一旦采取进攻就会充满激情的，绝不会因为他身上正经历的事情而影响他的情绪。那个时候，卿帆明明很累，但她还是会被他带动着，一起沉沦到底。

尹妈最危险的几天，卧床大小便、擦洗身体的事情几乎都是卿帆，身体力行。尹爸白天照顾着门面的生意，照顾了几个晚上，就直呼吃不消，抱怨自己也有高血压，一熬夜就头晕。尹妈又坚决拒绝尹哲的参与，所以卿帆也加入到晚上值班的队伍中来。所幸，尹妈病情有所好转，可以自己下床去上厕所，那么后面的陪夜基本就是尹哲的事情了。虽然卿帆对尹爸颇有微词，但是在这种特殊时期，她将所有的委屈都埋在心底。尹哲对于他爸的秉性应该比她更清楚，如果自己再去找他理论和发泄，整个家庭情况就会更糟糕，用自己的隐忍去维持平静和平衡，哪怕只是暂时的，也是对尹哲关心最有效的表达方式。

连她自己都觉得诧异，她竟然把这种生活也过成了一种习惯，她不得不感叹自己所拥有的，对生活超强的适应能力，既然改变不了，那么就顺从地随遇而安，原来她还擅长在最糟糕的状态下做出最舒服的姿态。

生活就是对一个人、对一个家庭因某些事情的发生充满了失望和失落，有时甚至是绝望，让人只想抽身逃离，可偏偏又会因为另一件事，甚至是某个人微不足道的动作而改变了想法。对于卿帆而言，也许就是尹哲寒冬里一个温暖的怀抱，让她莫名燃起希望，满血复活，情绪就在这种复杂中如同钟一样摇摆，日子也就这样一页页翻过。

女儿和媳妇的区别

卿帆提着保温饭桶刚进病区，她就听到了尹妈的声音，最先恢复的就是她的大嗓门，离她的病房隔着好几个房间的距离，她的谈笑声穿墙越壁而来。她舒了一口气，看来尹妈的病情正在朝好的方向转变，在“尿毒症”的雷区面前及时停步了，虽然这种病要好好调养，不能操劳，而且需要长期药物维持，定期复查，免不得和医院长期打交道，但是这已经是最好的结果了。

走到门口的时候，她的声音更加清晰：“生儿子要准备房子车子，我娶媳妇没要彩礼，既没准备房，也没准备车，连‘金三样’都省去了，有本事的男人不用花钱，女人都是自己上门的……”

这是她老生常谈的资本了，在家时跟邻居说，现在又跟病房里的人说，任何时候她都不会错过这种夸耀。卿帆很想掉头就走，站在门外平息了几分钟情绪才最终推开了那扇门。尹妈的声音戛然而止，另两个病人躺在床上，各自的陪床坐在床边，只有她端坐在床上，如同演讲的架势。浮肿已经消了，却因为药物中含有激素显得比病前更加虎背熊腰，人整个都要膨胀开来，眉眼全挤在了一块。卿帆这一刻看着她的脸，觉得着实可憎。这个女人，怎么一转背就把自己的好处全忘记了，把自己对物质要求的淡然贬低成了廉价的倒贴。

她不禁怀疑，当她给尹妈擦着背、累得满头大汗的时候，当她将尿盆费力地塞到她身下，再将它抽出来的时候，她的感动难道是假的，她看着尹妈的时候，那温柔感恩的眼神难道也是装出来的？难道随病情恢复的，还有她苛刻的性情？

她将保温桶递到她手上，是尹哲给她做的“冬瓜炖排骨”。尹妈的笑容很灿烂，她的话音再次响起：“我福气好，我没有女儿，可是我这媳妇比女儿还亲，我这病要不是她，早到阎王殿前去报到了。”

“妈，没那么夸张，给您治病的是医生。”卿帆语气冰冷地回应。尹妈经常说这句话，卿帆一直以为是感化她的结果，现在听来却刺耳得很，假惺惺的。

尹妈没有听出不妥，她边哧哧喝汤，边不忘说话：“你爸爸几天没来这里了……”

“妈，你觉得爸爸对您好不？”卿帆是故意的，想打压一下她膨胀的自我感觉。

“老夫老妻的了，怎么比你们小年轻。”尹妈避重就轻，对于丈夫的表现非常包容，并没有觉得有什么不妥，她在爱情和其他方面的阈值低到尘土里，对儿媳的要求却如此严厉。就在前天，她去了一趟公公店子，刚好公公外出送货，旁边店铺的人满脸同情地拉住她说家常，你婆婆那么能干一个女人，怎么说要没了就要没了。

卿帆纠正道，瞎说，没那么严重。

“怎么没那么严重，你公公自己说的，说治不好了，死路一条了。”邻居感到惊讶。卿帆看着那张唯恐天下不乱、甚至有些失望的脸说：“我妈一天天好起来了，说不定过完年，她就急着来上班呢，她反正是闲不住的。”

她很为婆婆抱不平，同床共枕这么多年的老夫妻，该是有多狠心才会说出这种话。她没打算告诉她这些，可是现在话就在嘴边，有喷薄而出之势。她要把这种赤裸而残忍的事实告诉她，让她明白谁的付出才是廉价的，看她还有多少澎湃的热情去炫耀自己的好福气。

她说道：“妈，我去了你们店里……你们旁边的人蛮关心你的……”看着她虽然得意却面目全非的脸，她还是于心不忍，把到了嘴边的话又咽了回去。

“我们那一块的人没有了我，就不热闹了。老的少的都喜欢我。”尹妈的饭量很好，医生说，她的恢复和她的乐观配合不无关系，很多人得了这病就是自怨自艾，惶惶不可终日，只有她不把这病当回事。她跟医生说，我这人连死都不怕，还会怕病？

卿帆知道她说这些话都是发自肺腑，在医生允许她下床适量活动时，卿帆给她带来了那双新布鞋，当她问清楚这双鞋的价钱之后，难得没有咂舌感叹，而是说，这么贵的鞋，要是我治不好死了，就给我当寿鞋。现在这不死不活的，穿了浪费了。死亡在她嘴里这么轻描淡写，所以她如果告诉她公公传播出去的话，她估计也不过是哈哈大笑，因为她根本就是无知得无心无肺。所以，她放弃了回击，与她战斗，只会百战百败。

卿帆伸手接住她喝光汤的保温桶，尹妈碰到了她冰冷的手，她咂舌说道："哎呀，你这手冷得像冰块。"她打量着卿帆，"你这一段时间瘦了呀，就是没吃好的原因，营养不良。等我出院了，专门给你做饭吃去。"

这话听起来暖心，卿帆告诫自己千万不能被她一时的关心迷住了心窍，这些不过是她随口说说的话，事实是，无论这话是真是假，还是让她心中的火焰弱了些。

恰好隔壁床的陪护给病人端尿盆，尹妈看了会儿，问道："你是女儿吗？"

那女儿回答说："嗯，我是女儿，哪有您的好福气啊，我嫂子自从我妈得了病，就来看过一次。不像您媳妇端茶倒水，给您倒尿盆，这要不是一起住了几天了，我还以为她是您女儿呢，哪有媳妇能做到这样的。"

尹妈脸上又浮起了那熟悉的神情："是啊！不是我吹，我这媳妇是万里挑一，一万个里面难找一个出来，以前在北京大公司里面上过班，又能赚钱，又懂事。"

就在卿帆想红着脸谦虚一下的时候，她的话锋一转："你猜我是怎么看出你是女儿的？"

"怎么看出来的？我和我妈长得像？"那女儿笑着问道。

"因为你端尿盆没戴手套，在自己肚子里呆过的人还是不一样，不嫌弃，除了在自己肚子里滚过的，怎么样还是有些嫌弃的，要不然，怎么说捡根稻草都要到肚子上捂捂呢。"尹妈分析得头头是道。

卿帆没想到尹妈连这个细节都注意到了，她倒尿盆时是戴了手套的，她承认是有那么一丁点嫌弃的想法在里面，可是这样做也是因为更卫生，能避免交叉感染。卿帆看她表情自然，毫无指桑骂槐的尴尬。她拿起保温桶，匆匆离去，几乎是落荒而逃。

回到家，尹哲见她冰冷着一张脸，一言不发，问道："我妈今天说话又忘记关风门啦？"这句话是卿帆对他抱怨时说过的，说尹妈嘴快，像风一样的就吹出去了。

“尹哲，如果有一天你有钱了。要当着你妈的面，把你欠我的彩礼交到我妈的手上。还有，你必须得给我买一枚明晃晃的大戒指，戴着能晃瞎眼的那种。”

“为什么？”

“还要问为什么吗，这在妈眼中才是结婚的正常程序，像我们这种裸婚才是不正常的，不值得尊重的，反而是要被奚落的，我也不是廉价倒贴……不要忘记，我们两个并没有领证，也就是在法律角度来说，我们还不是夫妻。”

一口气说完这些，两个人都愣住了，结婚以来，从未提过这事，这是第一次。卿帆后悔这次是自己嘴快没关风门，她一再告诫自己要控制情绪，却还是在他面前爆发了。

刚才，她说得淋漓痛快，是因为那一刻，她把尹哲当作了尹妈，她满心不安地看着尹哲的时候，她有了一个新发现，原来尹哲长得和他妈有一些像，以前怎么没有发觉呢，这眉眼，这高大的身架，她有些郁闷，为什么他偏偏是她的儿子呢。

“好，我记住了。”尹哲回答很干脆，“彩礼，明晃晃的大钻戒，没问题。”

好在尹哲没被这些话激出任何异样情绪，在这种时期听到这类话，不是该敏感、该情绪低落吗？

“尹哲，你不在意我的话吗？我是被气糊涂了，不是本意。”

“我知道你这段时间特别关照我的情绪，小心翼翼的，弄得我也小心翼翼的。我没有那么敏感，像你今天这样，才是对的。穷，要穷得坦荡，困难，谁不会碰到？如果你总是这样压抑，就说明我是需要同情的弱者，可是我最不需要的就是同情。”尹哲笑道。

卿帆感叹，任何物种的特性都是有迹可循，尹哲的大神经和粗线条完全是继承了尹妈的衣钵啊！

“卿帆，其实你不要因为妈的嘴去生气了。儿子和媳妇是她唯一值得夸耀的资本，她的方式代表着她的水平，她说出那些话的时候，她是一心一意夸儿子，没有想到过，那是在贬低她的媳妇。”

她发现根本不用倾诉，尹哲比谁都了解他妈，要不然没有亲临现场，怎么就能这样准确地将事情对号入座。见到卿帆瞪大的眼睛，他说道：

“你听到的事，我也不小心听到过，所以你不要把我想成了顺风耳。”

“那你为什么不纠正她？”

“我要用事实推翻她的言论，我要当着她的面给你买明晃晃的钻戒，”尹哲认真地说：“这是我最想实现的一件事情，如果预算够，咱们十个手指，每个手指戴一个。”

给点阳光就灿烂，谁说只有尹妈一个人呢。卿帆发现这在一个家里就是一种传染病，要不然，太阳怎么又从她乌云密布的心上升了起来。

与另一个女人的旅行

姚进注意到，秦昆的旅行包是新买的，对于这次旅行，他很上心。他用了两个晚上陆续将他的箱子填满，有件内衣，他从衣柜里拿进箱子，过一会，又从箱子里拿回柜子，最后还是将它放进了箱子，她坐在床上看着他的一举一动，他浑然没有在意到背后那双注视他的眼睛正充满疑虑。他对这次出差的重视让她莫名心慌，她有一种发自本能的不好预感，她不断安慰自己，跟他结婚以来，他并不是一个爱撒谎的人。

秦昆离开后，她扳着手指算着他的归期，她脑海中会突然浮现出一个女人千娇百媚的样子，不过是看了她的一些照片，她的模样就刻在了脑海里，她的眉眼，她照相的姿势，清晰得令人烦恼不已，偏偏又挥之不去，她一方面觉得是在自寻烦恼，一方面又觉得她担心的事情正在哪个地方火热上演。卿帆说得没有错，她是太闲了，闲得所有的时间都在想别人。

这一天上午，她收到了一条短信，当她看清楚内容之后，一天的时间都是云里雾里的，这一天里她都没有去想秦昆和她想象中的那个女人。

姚进，我是黑子。不知道你过得可好？以前在你手上借过的钱，现在有能力还你了。麻烦你给个账号。

黑子两个字刺激她的眼睛，也刺痛了她的心。旧爱就是一个潜伏在婚姻里的毒瘤，不知道什么时候，就发作了。当她还在为秦昆和他前女友的爱作莫须有的担心时，她的旧爱却以这样的开场白又重新出现在她的生活里，她以为她会恨他，或者他会恨她，过去的一切如同影像一样埋在心里发黄终老，然后老死不相往来。

她是惶恐的，曾经那么熟悉的人，哪怕只是一句短信都能轻易掳获她的情绪。她到晚上才给他回过去，什么都没有说，就是一个账号。他找到了她，要还钱给她。她给他撕下来的脸皮，他现在还要重新捡回去，那么，既是成全他，也是成全自己。

不到十分钟，银行的短信提示就过来了，整整十万元，这个数字远远超过了她的预期，她没有想到黑子会真的汇款，而且是这样一笔从未在他和她身上出现过的巨款。她帮过黑子到底多少钱，她根本统计不清楚，她在心里琢磨，一万元都要东拼西凑的他，是怎么一下子拿出十万元来的。他是和那个大头贴女孩结婚了吗？他又是怎么打听到自己的电话号码，她揣测着黑子现在生活的种种可能，心中波涛汹涌。

如果黑子能听她的，重新开始找一份稳定工作，他们又怎么会分手。也许，她现在怀着的就是黑子的孩子。他的父母，她是见过的，他们对待她的亲切和秦昆家的完全不一样，是能走进心里去的那种，他们一定不会逼着自己去香港验男女……她晚上辗转反侧，想了很久，再告诉自己，她和黑子已是过去完成时，无论有多少的遗憾，他们穿越不回过去的时光了，肚子里面正因为妈妈翻来覆去而不断闹腾的小家伙，才是她的新生活。

于是，她给他回了一条短信：把你账号发过来给我。你能这样，给我的过去画了一个圆满的句号，谢谢你。

这条信息过去，黑子再无消息过来，这个事情却如一块石头一样漾开了湖面，然后回归平静，但是石头却沉到了湖底，和过去那些沉淀在一起，变成了往事的一部分。

秦昆回来的那天，正好十五天，这也是一个人靠谱的一种表现，姚进看到他的时候，不安的心终于归位。他给姚进买了一条珍珠项链，式样很别致，难得地让珍珠褪去了那份庸俗，有一种小女人的妩媚。姚进打量着它，坠子是由细细的小珍珠编成的花，简单而精致，泛着柔柔的银色光芒，可以看出，秦昆挑它时费了一些功夫，而且他的审美绝不庸俗，姚进非常喜欢它。她满心欢喜地将它放进梳妆台，见秦昆的行李箱立在衣柜旁，便替他收拾起来，箱子里面井然有序，叠得整整齐齐的，完全没有出差过后的狼藉，她都分不清哪些是洁净的，哪些是待洗的，秦昆在洗澡，她想索性等他出来一起清理。她将箱子重新关上，突然脑中灵光一现，又重新打开，在箱子里一顿摸索，除了衣物别无其他，就在她准备关上的时候，她看到了箱盖的那一面，那是一层塑质的内胆，她看到了一叠整齐的发票，拿出来的时候，还混着一张机票，机票上写着广州至河内，河内？

她脑海里搜索着这个地方，猛然想到这是越南的首都，她留意了一下出发的时间，是在离家后第三天，而秦昆告诉家里出差去的地方是广州，她的心猛然一沉，再看那些发票和单据，全是她不熟悉的字母，虽然不敢确定就是越南语，但绝对不会是中文……很快，她便发现了他的护照，还有签证，确定是越南无误了，如同第一次在电脑上发现秦昆的秘密，这种眩晕的感觉如此熟悉，他撒谎了，她在那一刻就已经证实了自己的预感——因为蹲着，她站起来的那一刻差点晕倒，她呆坐在床上，除了胸口的窒息，连继续思维下去的勇气都没有。

秦昆这个澡洗得特别漫长，等他出来，姚进如同等了一个世纪。看到他带着一身清香进来，姚进尽量稳住自己的语气："你去了广东？"

"嗯。"秦昆看着她，发现了她的异常，姚进看到他的胡子也新剃了。

"还去哪儿了？"姚进的声音已然开始带着哭腔的颤抖。

"去了一趟越南。你翻我的东西了？"秦昆的眼神突然闪现出一丝恼羞成怒的厌恶，"你是不是看了我的行李箱。"

"我不过是想帮你整理下衣服，把你换下来的衣服拿出来洗。然后，我发现了你的机票，我希望你能给我一个解释。"

"好，我的解释就是，我确实在广东开了两天会，然后我可以休年假，我觉得有些闷，想出去走走，就是这样。"秦昆并没有说谎的慌张，他很淡定。

"你起码得提前告诉我！秦昆，我是你老婆，不是一个隐形人。"她在他面前的温婉是她对婚姻的妥协，她以为这是他想要的样子，可是现在他却说他过得闷，也就是说，她的努力其实没有她想象的那样有价值。他说过的他喜欢平静的生活，其实都不是真话，他到底是什么人，姚进看着此刻的他，觉得陌生得很。

"如果我告诉你，我能顺利出去吗？"秦昆反过来将的一军，竟令她语言差点短路。

"我问你一句话，你得真实告诉我，你是一个人，还是几个人？"

秦昆有一瞬间的犹豫，这个稍瞬即逝的表情被姚进捕捉到了。

"跟着团去的，你说有多少人？"

姚进意识到这样问下去，纵是得到了她认定的答案又如何，她这样逼问他，不过就是希望他撒谎，如果他真的坦诚得连撒谎都不屑了，她的退路又在哪里？她一直就知道，他不够爱自己的，一张越南的机票只是更加证实了这一点。除了挫败和迷茫，她竟是看不到半点希望。肚子里的孩子应是感受到了她的情绪，连着做了几个大动作。

当她不声不息将枕头哭湿，一直到抑制不住抽搐的时候，她知道秦昆是醒着的，他的胳膊伸过来搂着她，她听到他说，对不起，声音很小，几不可闻。

这三个字，她宁可她没有听见，偏偏她听到了。

在我成功之前，你已失去信心

这一年的春天似乎来得特别迟，天气反复冷热交替，一直到四月份才开始稳住春天的温度，这一稳，却直接略去了春天，成了夏天的样子。街两边的树木却是早已绿意盎然，旧绿新意交杂在一起，远远望去，新萌出簇簇的花。花儿在三月就开始在城市每个干道或不被人知的角落或招摇或静静地开放。

尹妈感叹道，春天，春天，就是让人发癫。上午棉袄，下午短袖，医生叮嘱我不要感冒了，这样的天气，不感冒才怪。尹妈已经顺利出院，药物治疗，定期复查，还带着医生叮嘱的一系列注意事项回了家。她出院之后，竟闭口不提让卿帆做饭的事情，反而主动说，要每天给卿帆他们做饭，尹哲起初不让，后来想着，她是闲不住的，怕她又跑回店子里干活，所以就应允下来，医生说过，适当的锻炼是好的，只要不过度劳累就行。中午她做完饭，中餐到晚餐这段时间没地方休息，干脆让他俩回家去吃。这样，他们中午在店里吃，晚上便回尹妈家，有时还会留宿在那儿。尹妈时有惊人之语，比如她看不惯卿帆晚上只吃半碗饭，说她像小猫的饭量，怎么能生出孩子，又惋惜卿帆碗里剩下的米粒，叹谁知盘中餐，粒粒皆辛苦。卿帆不服，看他们一家人的碗真是如水洗般的干净，包括尹哲也是，认识这么久，她才发现他这个优良特质……尹妈好像长了一个眼睛在卿帆身上，眼看到哪，嘴讲到哪，卿帆认为这是她长期面对两个寡言的男人压抑的结果，所幸她经过这段时间的免疫，尹妈的那些话甩过来，如同隔靴搔痒，已经产生不了任何波澜。情绪不好的时候，她也会顶几句，有时碰上尹哲试图制止的眼神，她明白他是害怕她俩硝烟再起，她说："你不要紧张，我自有分寸，你不让我说话，妈妈反而会觉得无聊透顶，你是想我们一家人的嘴都'废用性功能萎缩'吗？"

这天在饭桌上，尹爸抱怨一个人看店太累，尹哲说，要不再请个搬运工？

尹爸的语气马上就严肃起来："搬运工，我又不是国家单位，我辛苦赚的钱都给他开工资了，还有，他把我们店子搬走了都不知道，自己的生意能指望别人?"

他其实是暗有所指，他对尹哲请了老黄在店内早就有意见，在他的世界里，国家单位是可信的，如果是自己做生意，那就只能当个体，因为除了自己家的人，谁都不可信。卿帆听着很气，她却没有和他去理论的心情，他的固执丝毫不输尹妈，她怕惹火上身，她幸灾乐祸般地看着尹哲，他正埋头吃饭，对他爸的话没有回应。

"我上个星期才做的体检，我也有高血压，高血脂……我还要自己做中餐。"尹爸一脸苦闷。

"那就洗货关门。"

"关门了，哪里来的收入?"尹妈抢着回答，"我五十岁拿退休金，一个月一千五，不够医药费，你爸六十岁退休，还有六年，说得轻巧。"

"那爸你是什么想法?"尹哲问他爸，卿帆看出来了，在他父母之间，他明显是心疼妈妈的。

"我的意思是要你妈去店里打打招呼，给我做做饭，不要她搬货。"

尹哲皱着眉头，他看着婆媳两个女人，卿帆埋头吃饭不做评论，尹妈说："你中午一个人随便做点什么吃，孩子他们可是三个人吃饭。"

"他们不知道自己做吗?"尹爸扫了卿帆一眼，意图显而易见。

"好，让妈给你去做饭，千万记住，不能让她干重活。"

于是，一番讨论之后，厨师的职位重新回到了尹哲的身上。事后，卿帆问尹哲："爸爸为什么一点都不心疼妈妈?"

"其实从我记事起，我就知道他们俩的感情。"尹哲把她的手放在胸口，"我绝不会像我爸那样对待自己的女人。"

为了增加视觉效果，尹哲将收谷机塞满了整个店子，包括店前所有能占领的空地方，这段时间陆续卖出去了几台，却离火爆的场面相差甚远。尹哲带着资料，开始第二轮的跑市场之路，于是，卿帆独自一人便没有再回过尹哲家。她守店，老黄负责调机器，四月旺季的到来，店子的生意有向好之势，如果只是想在这个城市过上像尹哲爸妈那样的小市民生活，这个店子的盈利能力也能支撑一个普通人家的日常开销了。但是，这绝不是创业的初衷。所以当众多的收谷机站成一片，两天不擦，便布满灰尘，看着如同一群打了败仗的伤兵立在那里，她是着急的。每进来一个顾客，她便不惜余力去介绍，每个顾客都用好奇的眼光打量着它，但是钱在他们口袋里，却鲜有人会为它的新奇去买单。

尹哲跑市场回来带回来一个结论，这种收谷机的市场不在山区和丘陵地区，因为山区的地都不成片，只有在平原，只有大片稻田所在的地方，才最可能先接受这种省人工的机械。如果花大力气在山区推广，结果反而费力不讨好，只能走带动路线，一旦一个地方火了起来，就会燃成一片。他兴奋地说，他在路上又有了一个新的灵感，他要做收谷机的升级版，可以直接通过一根带吸力的软管，将稻谷直接装车，像花生、玉米之类的，都可以从田头直接上到车上去。

“你们说这得节省多少人工啊?”当他把想法讲给老黄听，老黄拍案叫绝，这个一定有市场!

他们两个一拍即合，卿帆却没有了当初的满心希望，一波未平一波又起，尹哲的创意一波一波地来袭，却未看到太大的收益，她淡然地笑笑，“如果能把这五十台收谷机全部卖出去，我就会和你们一样激动，我记得，老黄发明这台机器的地方，就是在山区。当初，你就是在山区发现希望的。”

晚上，尹哲对卿帆说：“我还要再出去。”

“我觉得我们应该踏实地把店面生意做好，陆续引进一些新品种，把现在的产品线做全。而不是去折腾一些未知的东西。”卿帆认为尹哲最近的步子走得有些飘，感觉不踏实。

“我明天就走，这次我不是针对农民，点对点的力量太小，我是去跑经销商，每个地方找一个经销商。”

“这么快?”卿帆皱皱眉，又有多少天得独自度过。

“不出去，这剩下的四十几台就会砸到手上，本都回不来。”尹哲说的正是卿帆所担心的问题。

她所有的积蓄全部拿出来支持他的这个产品，现在还能给他的，就是她这个人，还有从她嘴里说出来的那些好听励志的话。但是，这次她没有说，她说的是：“我从来不认为所有的成功必须百折千回，历尽艰辛，那是励志书上的。就怕有些事情迂回百折，也不会成功。我更怕失败会成为一种习惯，如果一而再，再而三的失败，也许就说明这个思路和方法就有问题。”

尹哲沉默了半天，回应了三个字：“知道了。”

卿帆说：“尽人事，听天命。我们俩都做过最坏的打算，最坏的结果也不过是，一，我们放弃自己做产品，而是继续寻找产品；二，我们放弃这种生活，重新找回工作再开始。”

“对于我来说，最坏的结果，就是在我还没有成功之前，你已失去信心。除了这个，什么都不是坏结果。”

卿帆没有再接着说下去，这种回答本身就没有实质的意义，轻飘飘说一声我有信心，毫无力度，说出去就散了。信心从来不是说出来的，而是验证出来的。

春风十里不如你

雨初从机场出站口出来，一眼就看到了骆海清，随意地站在如潮的接机人群中，他总是相当具有辨识度，一段时间未见，又恢复到刚认识他时那样，看到他的笑脸，她依然心情澎湃，迎上他的眼神，马上像被烫到了一样挪开。她在他面前依然拘谨得像一个未谙世事的小女孩，她只有在他专注开车的时候，能将目光自如地停留在他脸上，他的下巴泛着淡淡的青色，是刮胡须留下的痕迹，她一直觉得这片青色是男人最性感的地方，她突然有种想伸手触摸一下的冲动。以前吴楠胡须软软的，黄黄的几根，剃须刀一刮白净得毫无痕迹，他的性格也和他的胡须一样软绵。许是直接从办公室过来，他身上穿着一套西服，看起来既严肃又有型，就像是从杂志上走下来的男人。

他将她送到准备举办论坛的五星级酒店，雨初是单独提前驻场，这次她是主动请缨独自前往，项目组其他布展人员要半个月后到，因为这是她独自谈下的项目，老总让她拥有了绝对的自主权。酒店没在闹市区，而是在郊区一个以温泉度假闻名的景区，这样的地方是适合开论坛的，学习之余还可以观光休闲，对于那些参会单位来说，参加这类会议是乐此不疲的，这更像是一种身份的象征。从机场到酒店，在路上花掉了差不多两个小时，但是，对于雨初来说，不知不觉竟到了。路上，两个人聊的都是工作上的事情，也只有这种直奔主题的交流，雨初才觉得交谈流畅。

景区风光独好，对于像雨初这样的常年与会议打交道的公关人来说，每个城市的风景区都长得一般模样，或青山环绕，或楼亭香阁，但是这个风景区还是在雷同中有着自己独特的风味，在酒店大堂的旁边，落差十几米高的瀑布直流而下，下面就是雾气渺渺的露天温泉，而室内的温泉种类听说达到一百多种。

雨初下车，马上就有门童接过行李。雨初对他说：“你不用送上楼了。”

骆海清笑着点头：“好，晚饭我给你安排好了，晚上我还有些事情，就不陪你吃饭了。明天我来接你，白天，你在我们的办公室工作。”

雨初走进房内，桌上花瓶内一簇玫瑰花正开得绚烂，一股香味扑鼻而来，她凑过去深吸了一口气，香气袭人，是玫瑰味的香水，她愣住了，现在的仿真花可以逼真到连叶子的纹理都一模一样，尤其是花瓣上似有若无的浅浅水珠，像刚采摘下来一样新鲜。

安顿下来之后，她想着给卿帆、姚进打电话，通知她们，她回来了，一个月的时间内，欢迎前来骚扰，姐妹们又有理由团聚了。

她先给卿帆打电话，她竟然是压低了声音在说话：“我婆婆住院了，现在医院呢。”

“又住院了？不是才出院不久吗？”

“说来话长，有时间再跟你细聊。”

雨初可以想象出卿帆的日子，虽然每次她的语气都很爽朗乐观，但是，守着一个小店获得生计，还有一个患了肾病的婆婆，她的难处是显而易见的，她从不看好卿帆和尹哲的夫妻组合，只有卿帆才会相信一个没有任何积累的男人会在这样的社会白手起家。卿帆的决定颠覆了她以往对这个女人的认识。她一直认为她是理性的、聪明的，可是旁人都能一眼洞穿的结局，偏偏她却参不透。

她给姚进打电话，她的声音倒是没有掩饰的疲惫：“你快生了吧？”

“还有一个月呢。”声音绵软无力，今天电话好歹是接通了。

姚进在婚姻中像变了一个人倒出乎她的意料，姚进虽然各方面都很普通，但是她能找到一个北大毕业的公务员，一个经济条件还不错的婆家，就说明她眼光有独到之处，当初她和黑子的相处场景，她是亲眼见识过，一个女人当家作主的泼辣劲。可是，现在如同小媳妇般的唯唯诺诺。她的两个朋友迅速走入婚姻的状态，让她又为自己的未嫁而庆幸，虽然马上进入三十大关，她却拥有选择的权利。

“那你加油，一个月之内，她能出来。我可以去现场助威。”雨初想着，也许真能赶上她生孩子，“你很累吗？”

“嗯，有一些。”孕期到了最后关头，姚进的腿却开始浮肿起来，血压也有所升高，医生说，要警惕妊娠高血压，尽量卧床休息。她便整日躺在床上，想着自己无尽的心事，一日挨一日地等着孩子的出生。

“雨初，我的电话是不是你告诉黑子的?”

“是，他答应过我，不打扰你的，怎么他又和你联系了?”

“他是来还钱的，他将以前用我的钱加倍还了我。”姚进的声音像苏醒了一样，变得清朗。

于是，雨初将黑子的现状和大头贴的真相一并告诉了她，说道：“你应该感到高兴，这辈子有这么一个爱你的人，你当初的付出不是全没有结果。”

雨初半晌没有听到她的回应，才意识到她不知什么时候竟把电话挂断了，雨初想，估计又是婆婆突然驾到，措手不及地挂了电话。

雨初很久没有睡意，打开手机刷朋友圈。作为公关人，她是最早注册微信的那批人，上面的通讯录好友一直寥寥无几，最近微信突然开始爆发性风靡，她的上面已经有不少朋友，认识的，不认识的一长串。她一时兴起，拍下那朵玫瑰花，在自己的朋友圈里发下自己的第一条微信：春水初生，春林初盛。花好，期待月圆。

很快，她便收到了回复。不是别人，竟是范总：春风十里，不如你。花好月也圆。

她一怔，他还玩这个，他也在这一批要求她通过验证的朋友里面。她查阅他的资料，没有任何有价值的信息。她将骆海清的手机号在通讯录里搜索了一下，他有微信，名字是雷震子，个人图像是一张股票的 K 线图。她笑了笑，请求添加他。

第二天来接她去上班的不是骆海清，而是公司里的司机，他解释说，骆总要接待一个重要客户，所以就没有亲自前来，请她谅解。她注意到了司机的措辞，他称呼骆海清为骆总，言语间非常恭敬。一路上，她问了些公司的情况，才知道骆海清是这家公司的总经理，难怪他可以直接点名让她们公司来承接这次活动。她故意恭维道：“你们骆总这么年轻，事业有成……”

“他呀，是一个工作狂。害得我们公司的单身汉都陪着他加班，没时间约会……不过，新公司才成立，也是没有办法。”司机果然自动将话题引到了这方面。

“他自己不需要约会的吗？还是已经结婚不需要了？”

“没见过他的女朋友，我们都不知道。”估计觉得自己的话说得有些多，又道，“领导的私生活，不能乱猜。”

他越是接近她心目中完美男人的形象，她对他沉寂了的心就又有了一种跃跃欲试。不管怎样，她可以以一种全新的状态与他朝夕相处一个月，哪怕是就这样看着他，也是愉悦的。

深夜情歌为谁唱

雨初的办公桌就设在骆海清的总经理办公室里面，为了方便交流，他就坐在她对面，公司里面的人看她的眼神，让她觉察出了一股桃色事件的味道。一向我行我素的骆总身边突然多了一个美女，还以办公的名义同处一室。如此亲密，定有来头，所以每次雨初从办公区穿过，都能感觉无数双眼睛盯着她。她是享受这个过程的，这种微妙的感觉让她满心欢喜。

她就在他对面，抬头就可以看到他工作的样子，一个埋头认真工作的男人是最有魅力的，用在骆海清身上尤其如此。这是她第一次见到他工作的样子，思路清晰而一丝不苟，她和他不断地讨论和修正着媒体名单、方案的实施细节，竟由不得她有半点心猿意马，她在他眼中，就是一个工作伙伴。她只有在工作间隙的时候，偷偷地看他几眼，暗叹这个男人每个角度、一举一动都让她喜欢。每当一天结束，她就觉得可惜。如果说以前她对骆海清的感觉是一种直觉，而现在她是越接触越喜欢，她是真真实实地陷入了一场史无前例的暗恋。他曾经谢绝过她的热情，所以她还得在他面前表现出作为朋友该有的尺度，话说得不浓不稠，不疏不密，这样以前的那些插曲才在他们相处的过程中毫无痕迹。

只有这一天中午，他坐在办公椅上，指着办公室的沙发，对她说："休息一会儿吧。"

"你休息吧，不用管我，我没有午休的习惯。"

"我看事情也准备得差不多了，给你放一天假？"雨初正要谢绝，他又接着说，"你可以去找卿帆聚聚。"

"我想去，她连接电话的时间都没有。"雨初说道。

"她现在很忙？"

"她婆婆得了重病，既要照顾生意，又要照顾婆婆，生活可想而知。"

卿帆虽是她俩共同的朋友，想来这两个人联系应该也不多。

“她和……她们生意做得怎么样?”

“不太清楚，也没有好消息传来。”

骆海清没有再说话，一直沉默不语。雨初见他站起身半坐在沙发上，她以为他睡着了，却见他睁着眼睛，若有所思的样子，一直保持这种姿势差不多一个小时，才重新投入到工作中。过了下班点的时候，骆海清送雨初走出办公区，发现办公室里还有一批人在，说道：“下班了，都可以回家了，我不做加班规定。”

“骆总，要不晚上你请大家去吃顿饭，唱唱歌吧!”这是从北京一起跟过来的行政经理叫道。

“这是大家的意思吗?”骆海清摊开手，组建这个新公司，一切从零到有，尤其是客户资料的收集和拜访，这段时间确实都累了。

“是!绝对是!”办公室的气氛热烈起来，这里面，大部分都是二十多岁的年轻人，是骆海清亲自招聘，现在个个都如同打了鸡血。骆海清对雨初说：“要不，你跟着一起去。”

“好。”雨初在他身边人淡如菊。

吃饭的时候，雨初坐在骆海清的身边，他体贴地给她盛饭舀汤，雨初在旁边嚷道：“多啦，多啦，我吃不了那么多。”

“多吃点，你是想要飞起来吗?”

大家互相对望了一下，看来这个绯闻女友的身份基本坐实。此刻雨初的脸就如初夏的荷花，她的心就要飞了起来，平常的一句话却有一种说不出的亲昵，而骆海清浑然不觉这句话漾起的一池春水。一桌人又叫了几瓶啤酒，硬拉着骆海清喝了几杯，本来年纪都差不多，很快就忘记这上下级的身份。

“骆总，喝一杯。”桌上有人给他递过来一杯酒。

“你还要开车，不要喝了吧!”雨初阻止道。

骆海清喝了一大口：“没事，尽兴一下，我们打车回去。”

这一句“我们”，又让雨初心中一动，他说的是我们。她们公司也会有这种聚会，同事之间却没有这种融洽，她看着他现在的样子就像一个正参加毕业宴的大男孩。一场饭局下来，大家兴致都很好，骆海清也有了一些微醉的样子。这样的状态唱歌最好，雨初坐在沙发上静静地听他们唱着那些或高昂或忧伤的情歌，年轻人在一起的时光总是热闹而惬意的，有几个已经在包房的舞池里舞动起来，这是她不擅长的，她学不会那种活力四射的张扬，她闭上了眼睛静静享受。一直到一个低沉的男中音惊艳四座，她才睁开眼寻找，是她熟悉并喜欢的旋律——《Take Me To Your Heart》，见站在舞池中间的正是骆海清。

有人起哄，“关原声，关原声！”

骆海清把麦筒从自己嘴边移去，声音静止，一群人叫道：“哇！”

她看着他深情款款的样子，沉沦在他声音里，唱这首情歌的时候，不知道他心里想的是谁，这样的男人会是什么样的女人最后虏获他的心，她的心里泛起一股酸意，又为自己普通的才情和出身而黯然神伤，如果她也从小游历于各国之间，她是不是也会拥有一种天生的淡然。谁说只有初恋才会有这种处处留心的小女人心情，当碰到一个值得爱慕的人，那种感觉就会从青春的库存里倏然一下飞出来。她留意到一曲完后，骆海清不声不响地向门外走去，等了很久未曾回来。她装着去洗手间，就在吸烟区她看到了他面对着窗外，正把电话放至自己耳边，许是没有接通，很快又放了下来，等她从洗手间出来，他还在原地方又重复了一遍这个动作。他是给谁打电话，是因为没有接通，还是犹豫着根本没有拨出去呢，她的心突然被刺了一下，他要打过去的电话一定是他很在意的人，这不像是他平常的样子，那么这应该是个女人。

回去的时候已近凌晨，骆海清送雨初坐出租车到酒店。两个人并排坐在后座，很近，近得她能闻到他身上的淡淡的酒味。路上她的电话响了，她去口袋拿手机时，不小心掠过他的手背，一股电流迅速流遍全身，她赶紧接通电话去掩饰自己的慌张。

“你怎么这么晚还没有睡？”雨初接通电话。

“没得睡，我在医院。骚扰你。知道现在这个时间没睡的人，估计只有你了。”隔得太近，这时的街道又太安静，听筒里的声音清晰得传了出来，连骆海清都听出是谁了。

“我和骆海清刚唱完歌，他送我回酒店。”

“噢？好事将成？”卿帆的声音是一贯戏谑，“好啦，就是骚扰一下，你们继续。”

电话就断了，雨初摇了摇头：“这女人。”

“卿帆?”

“还能有谁呢，在医院照顾婆婆，以为自己是救世主。”雨初说道。

“他们感情怎么样?”骆海清的问题，让雨初觉得好笑，他也会有这样八卦的时候。

“不知道，闪婚这件事本身就不太靠谱，他们其实不过就是办了仪式，结婚证都没有领呢。”

雨初觉得这是属于卿帆的隐私，暗自怪自己嘴快，好在骆海清全不在意的样子，也没有在这个话题上继续下去。到酒店时，她先下，他在车内挥了挥手，算是与她告别。雨初怅然若失，夜深无故事，纵使良辰美景，佳人如画。

就不怕有人会乘虚而入

卿帆本意是想找雨初聊天，以打发这漫漫的长夜。尹妈的鼾声像把锤子一样敲在她脑袋上，她明明已经累极了，却是睡不着。她一直认为自己是一个睡眠极佳的人，少有半夜梦醒的时候。现在不是梦醒，而是入睡困难，千军万马在脑海里奔腾，白天输液的气味还未来得及在病房内消散，一股挥之不去的药水味像浸到了空气里，她索性从狭小的陪护床上起来，走出病房。病房外的天空黑得并不深沉，白天这里车水马龙一如菜市场，晚上，偶有几个人行色匆匆地走过，却是难得的安静，她抬头，竟然还看见了几颗星星，若隐若现地挂在天际，她觉得昏昏沉沉的脑袋清醒了不少，星星总是让人想到希望……

这一天，是尹妈复查的日子，各项指标均不太好，直接被医生一纸住院通知“扣留”到医院。卿帆赶到医院的时候，看到了尹妈的脸又重新浮肿了起来，虽然精神比第一次住院时要好，医生说，生理指标却比第一次住院要差得多，而且需要马上透析一次。医生看着卿帆和尹爸，表情严肃地说：“这病确实会有反复，但是如果注意休息，一般都会比较平稳，情况应该没这么快恶化，病人最近有没有感冒或者劳累过度？”

在得到了尹爸否定她感冒的回答之后，卿帆小心地问道：“做饭吃，算不算？”

“还做了什么？”医生的眼神很犀利。

卿帆看了看尹爸，他低声说：“这几天要她发了几趟货……她自己说没有问题，我也是没有办法，我一个人实在搞不来。”

卿帆忍不住就爆发了：“要您请搬运工您不请，您是省钱，是吗？妈住一次医院的钱，能请多少搬运工？您到底关不关心妈死活，到底会不会算账啊！”

尹爸平时也没有被人当面这样“训斥”过，他脸色铁青，将住院单往她手上一塞，转身就朝病房外走去，尹妈在病房观察室吸氧，尹哲还在外地跑市场，他就这样拂袖而去，把这现场丢给了她，她气不打一处来。住院单上面写的预交金额一万，她和尹哲卡上所有的钱加起来不会超过三万，最近进了一批货，本来是想这几天卖货凑齐三万去进货，而现在，所有的计划都要为尹妈的住院让步，她摸了摸自己的额头，真有焦头烂额之感。她想给尹哲打电话，又觉得他在外跑市场，来回折腾不过是浪费车费，自己暂且先顶着。

她在透析室见到尹妈时，她像做了错事的孩子：“帆啊！这次是妈不对，妈不该逞强。”

“是不是爸爸让您去发货的，您怎么什么事都这么顺从他。”卿帆又气又急，“您平时的威风劲怎么到他面前一点都没有了。”

卿帆看着尹妈的血液源源不断的进去，经过一个仪器再进入体内，她的肾功能已经严重受损，离尿毒症只有一步之遥。医生说，如果肾脏受损再进一步发展，没有好转，就只能靠透析替代肾的功能。如果这次控制得好，也许能摆脱透析获得生存。医生用到了“生存”两个字，让卿帆黯然。尹妈缩衣节食的算计了大半辈子，余生要把大把的钱丢进医院，而且还让买根葱都要讨价还价的她，全价买单。

“我不是怕他，我是不想和他吵架。我怕两口子总吵架对孩子不好，时间一长，我也就习惯了。我要不是因为尹哲，我早不和他过了。”尹妈叹了一口气，“一个女人，嫁汉嫁汉，穿衣吃饭，嫁一个人就是一辈子的事啊！还是你命好，我们家尹哲多心疼你呀，宁可自己做饭，也不让你动手……”

“尹哲爸爸太不会心疼人了，平时在店里，力气活，他都不如我干得多，他到处跟人说，我这病没救的时候，我就看出他的绝情了。我们找他那边亲戚借了些钱，明知道我治病要花钱，还要我想办法把他们的钱先还了……生病了，最能看出一个人的好坏。小帆，你做了我家媳妇，是我家尹哲眼光好，是我命好。”尹妈的声音已然带着哭腔，再强的女人也有脆弱的时刻，原来她不是不知道身边人对她的忽略，她只是故意视而不见，因为她知道，在意了又怎样，除了不停的争吵又有何益，她用自己独有的排遣方式，起码给了儿子一个完整和平静的家。

“妈，您少讲点话，闭上眼睛睡觉吧。”卿帆还真不知道怎样去安慰她，日久见人心，尹妈能对她说这些，应该算对她敞开心扉了。

“帆啊，我早就打听了的，得了肾病，到了要透析的地步，也是没有什么好治的了。给妈买点好吃的，不要再浪费钱了。”

尹妈的话让她眼眶一酸，看着她如皮球一样肿胀的脸蛋和发青的脸色，说道：“您别瞎想了，会好起来的。”

话一出口，她就觉得这种惯常的安慰实在绵软无力，她又说道：“您只有安心养病，才是对尹哲最大的贡献，您明知道尹哲倾家荡产也会去救您，您得爱惜自己，不要让病情反复，不断入院。您这么精明，难道就不能明白这些道理。”

尹妈闭上了眼睛，没有再说话，卿帆注意到她眼角有些湿润。她自己的心是沉重的，这样的一个家庭，未卜的前程，她的每一天都过得不从容。白天去店里，晚上陪护病人，事情繁杂得让她没有时间去思考其他，她的人生哲学就是在迷雾重重的情况下，什么也不要想，好一天，坏一天，反正是一天总要结束，生活总有水落石出的时候。只是除了累，她觉得自己一无所获。在北京的时候，也有累得怀疑人生的时候，但是那时充实，不似现在感觉越来越空洞。

她晚上给尹妈煲了碗猪肝汤端过去，连她这几天都是吃的医院食堂里的饭菜。尹妈拿着勺子在里面搅了一圈，问道：“这是你做的，还是从外面端的?”

“自己做的，味道怎么样?”

“现在这个时候，我还能挑什么。”回答已经不言而喻。这话在卿帆心中未起任何波澜，她在想，长期的磨砺，她已然对尹妈独特的语言艺术产生了免疫。不过，她只喝了几口汤就放下了，这和她平常的表现大相径庭。

尹妈问道：“尹哲什么时候能回来?”

“不知道。”卿帆没有告诉尹哲，让他在外面安静地出差，希望能有所收获，和以前不一样，她期待的不再是尹哲嘘寒问暖，她期待的是好的战报。

今晚轮到卿帆陪夜，她和尹爸一人轮一晚，晚上十点前，病房内的呼叫铃还此起彼伏。过了十点，病房就静了下来，但是卿帆将尹妈安顿好后，头如上了紧箍咒般地阵阵疼痛，有着感冒的先兆症状。此刻，她从医院内走出来，瞭望了一会儿星星，发现自己不知何时已走到大街上，自己到底在想着什么无边无际的心事，走了这么远都不自知。街道两边路灯都惨淡淡的，她突然觉得自己像深夜的游魂，这样想着，突然就惊出了一身冷汗，赶紧准备转回医院，突如其来的手机铃声倒吓了她一大跳，她一直快步跑到看到医院的住院大楼才敢接通电话，电话固执地响了很多遍，她好奇是谁三更半夜让电话铃声响得这么执着，也感谢这电话铃声给她添了不少胆量。

骆海清，他一直和她用最简短的短信联系着，今天怎么有了电话不接誓不休的味道："喂？"

"卿帆，你在干什么，为什么这个点还不睡？"

卿帆觉得好笑："你给我打电话，我怎么睡？雨初和你在一起？"

"我刚送她回酒店，我和她是工作关系，你不要再有这种撮合的坏主意。"骆海清语气严肃。

"嗯……阿嚏……"卿帆打了一个喷嚏，果然是感冒来袭。

"你到底在干什么？"

"深夜在外面游荡，感觉像个游魂，没吓到别人，吓着我自己了。"

"你……他不好好珍惜你，就不怕有人会乘虚而入吗？"骆海清有些气急。

"……"卿帆笑道："放心，现在这儿很安全，不会有人乘虚而入的。"

电话那头突然就没有了声音，卿帆叫道："喂？"

骆海清没好气地说，"我在……我们让雨初公司承办的金融论坛，你过来参加吧！"

"我去干吗呢？我早已不在这个行业了，一日之差，相隔千里，何况快一年了。"卿帆很有些失落。

"卿帆，无论从事什么行业，这种学习对你来说，都是有意义的。况且，雨初在此，你们不应该趁此机会聚聚吗？"

骆海清说的话不无道理，闭门守店和闭门造车是一样的道理，现在事业进展缓慢，和自己的眼界和思维方式不无关系。

她说："好！我去！"

他又拉着她说了些话，卿帆好奇这大半夜的，他怎么变得啰嗦起来。

“你现在到了吗?”

“嗯，到了。”她确实已经走到了住院部。

他这才跟她道了晚安，卿帆心里突然暖暖的，他在担心她，一直陪她说话到楼下。尹哲就不会有这样的时候，她再一次想到尹哲的 110 理论，她一直没有在他面前撒谎和倾诉的习惯，她在尹哲面前就是一个不折不扣的女汉子啊!

卖掉店子去治病

这是卿帆第一次看到尹哲对他爸爸发火，那是一种忍无可忍情况下无法控制的爆发，她听到父子俩在房内的争吵，尹爸的声音盖过了尹哲的声音，他本就性格暴躁，现在更因咆哮而声音嘶哑，尹哲的声音因为克制而低沉："您从来没有对妈好过，您别以为我不说，您就这样欺负她！您这么不爱惜她，当初娶她干什么？"

尹爸绝望地叫道："你竟然对我大呼小叫，你看看你自己哪个地方长得像我？"

如同一记闷雷突然响起，卿帆被震晕了，细细思量，尹哲的身材和眉眼确实寻找不到尹爸的蛛丝马迹，难道尹哲不是尹爸亲生？

"不可理喻！你竟然怀疑妈妈！这就是你这么多年对她这种态度的理由，你为什么不去做亲子鉴定！"

"你以为我不想，我是不敢，万一我养了几十年的儿子是别人的，我还能活吗？"

声音戛然而止，尹哲从房间里走出来，面色凝重。而尹爸的脸则阴沉得可以滴出水来。她对尹哲说："你回来了？"因为听到他们吵架，她又解释道："我来给妈拿件衣服。"

尹哲回来的时候是晚上，他本来想给卿帆一个意外，发现卿帆去了医院，才知道他妈再次入院的事情。他坐在她身边，牵起她的手："好，我陪你一起去医院。"

"不用，我已经习惯了，那小床可挤不下两个人。"卿帆笑道。

就是这个笑，让尹哲愁闷的心投射进了一丝阳光。他看着她明显瘦了一圈的脸，"那我去医院，你回家休息。"

"你回去洗个澡，好好睡一晚再说。"卿帆从屋内给尹妈找出衣服。

尹爸从卿帆手中接过衣服，说道："我去！你们都不用去了！这么啰唆……"

两人相视一看，尹爸已经夺门而出，卿帆看着他瘦小的身影，固执而落寞，每一颗心都不是天生的坚冰，一定是有着不为人知的故事。

晚上，卿帆问尹哲："万一，你真的不是你爸的儿子，你会怎么办？"

"能怎么办，都这么多年，一直叫他做爸。而且，我相信妈妈，那是不可能的事情。"尹哲回答的倒是淡然。

聊了一通家里的事后，卿帆才问他，这趟跑市场的收获，看他的状态，倒不像有好消息的样子，本来还想等他主动提及，却是按捺不住。

"去了十三个市，找了二十三个经销商，放二十台样机。"

"哇！那不错啊！"她高兴地说，这样的生活状态太需要一点好消息来刺激。

"都没收钱。都是样机，新品种都有质疑，没人愿意出现金。"

"什么？收一半也会好一些，收了钱，他们才会没有压力。"这样的风险太大，免费的样机，很难收得到机器款不说，而且免费的东西，很难让人有推广的动力，不过就是顺便放着，寄希望于哪一天会有顾客偶然问到。以前她以为尹哲的性格是果断的，现在在她看来更像是武断。他有着一种无畏的向前的精神，却也有一种无知的天真。

估计尹哲也意识到这是一出险棋，他说："卿帆，我们只能赌一下。放在我们这里都没有希望，放出去，就还有希望。"

他见卿帆拿着一本《经济学》在看，不由好奇问道："怎么开始看这么严肃的书？"

"下个星期参加一个经济论坛，不想丢人，补补课。"

他看着她专注的样子，放弃了向她索取的念头。从尹妈生病起，他们的生活就有些混乱不堪，以至于他们之间能进行一场肌肤相亲都成了一种奢侈。

第二天上午，尹哲和卿帆一起去看他妈，病房里正好来了几个看望她的人，看她们聊得正热络，他们便先出去，在走廊外等着。不一会儿，房内便传出了尹妈高亢的声音。

两个人慌忙进去，见尹妈正坐在床上说道："你们来看我，我高兴。我在养病，你们跟我们老尹说就行了，讨债讨到医院里来就过分了点，我只要活着，我肯定是要把债还给你们的，我现在又没死!”

看到尹哲他们进来，又说道：“我死了，还有我儿，我的媳妇，你们怕什么？怕我赖账，哪一年的利息，我没有及时给你们结清?”

其中一个面熟的，尹哲见过她几次，叫她张阿姨。她对尹哲说：“你看你妈这脾气，我们去了你爸门面，他拿不出钱来，我们也是急着用钱，要不然谁不知道你们家现在的难处，这不也是没有办法吗?”

原来是来讨债的，这三个人都是尹妈以前一个单位的，尹妈下岗开店后找她们借了些钱，但是每一年的利息都是如约付清的。

“我儿子今年结婚，她女儿要买房子……”另一个向尹哲解释。

“说得这么好听，就是来要钱的。怕我治病把钱用完了，迟早有一天没钱还你们，对吧?”尹妈很生气，“我说怎么这么好心来看我。”

“你说是讨债的就是讨债的！我们当初借钱给你的时候也是说好了，我们自己有事可以随时拿回来，我们提一嘴，你看你这态度，现在欠钱的真成了大爷了。”

“阿姨，你们不要生气，谢谢你们来看我妈，她总共欠你们多少钱?”

正说着，护士推门进来：“发生了什么事？这里是医院，不是菜市场，谁放这么多人进来的？叫别的病人怎么休息?”

于是，几个人又走到了医院楼下。尹哲说：“你们放心，我妈欠你们的四十万元钱，我一定会还。”

“我知道你会还，关键是什么时候还，我们都是等着钱用，你妈不生病，我们也得把钱拿回来了，不过是事情赶到一起去了。”张阿姨说道。

“你们多久要钱?”

“越快越好，最迟不超过半个月，你妈说钱都在货里，我们都相信。他们两个做了那么多年生意，也不是没有家底的人。”

“好!”尹哲爽快答应道。

得到了他的答复，几个人就走了，走了几步又追上他俩。一人放了一个红包在他手上，这是我们给你妈的一点意思，希望她早日康复。尹哲推脱不要。张姨说，我们都是几十年的感情了，绝不是落井下石的那种人。于是，尹哲便收下了。

卿帆一直没有机会说话，等她们走了，她才说：“又想要钱，又想要面，也是够难为她们的。不过，也真是人情冷暖。”

“欠债还钱，很正常。”尹哲倒是看得开。

“你回答的倒是爽快，我们拿什么钱还给她们?”卿帆想的是，这是什么日子，真是一地鸡毛。

尹哲他们刚进病房，就听到尹妈的声音从医生办公室里传出来，“医生，给我开出院证明，我下午就出院!”

医生劝道：“你现在这种情况还不能出院，会前功尽弃。如果你真要出院，也要你们家属过来签字，写上拒绝治疗，我们就安排你出院……”

尹哲和卿帆一人架着她一个胳膊，把她强行架回病房。卿帆说：“妈，我们不是说得好好的吗?”

“我不想治了，我去搞点土方子回家是一样的。”尹妈固执地说，“做大人的不能太自私，你们还要生小孩过日子的。”

病痛可以改变一个人的性格，那个走路一阵风的尹妈，此时看起来是那样的软弱，她对卿帆的口气也逐渐地柔软，话里话外都有着刻意讨好的痕迹。这样的尹妈语言没有了攻击性和破坏力，却也让卿帆觉得不适应，以前的她就是一台电视，拧哪个台放哪个台，一目了然。现在，这些都失灵了，连她都有了沉默的心事。好不容易将尹妈说服，两个人去了她的日杂店，尹爸刚送货回来，一脸的汗水在脸上的皱褶里，闪闪发亮。

“爸，你手上还有多少钱？今天张姨他们到住院部去要钱了。”

“哪里来的钱，钱都在货里。”

“有多少钱的货?”

“那怎么知道，七八十万的货总归是有的吧，反正都在仓库和门面上。”也就是说，尹爸他们连自己有多少货品都说不清楚，看着“满坑满谷”的锅碗瓢盆，尹哲皱着眉头说：“这怎么清?”

卿帆说：“我来清。”

卿帆用了三天的时间去登记那些锅碗瓢盆的种类和数量，有些货要搬出来才能清理，所以请了两个搬运工，这次尹爸对于请搬运工的事情倒没有反对，或者说想反对，却没有底气，毕竟现在他是拿不出钱来还债的，能指望的人只有尹哲。

整个店子被清了底朝天，她发现，如果把货全部洗掉，能够还掉那些欠款，却根本没有他们说的，最少还有七十万的货在里面。因为他们没有系统盘算过，所有的新货旧货全堆在一起，很多货物清理出来的时候，尹爸都会惊呼：哎呀，这里还有一件，我以为没有，又进了。

当她告诉尹哲这个结果时，两个人面面相觑，纵是再多的怀疑，事实就是，这个店子再开下去，只会越开越亏。货越积越多，经营思路老化，又不善于发掘新的品种，每次进货不过是跟在别人屁股后面赶货，赶了一大堆，又卖不出去，可是新花样又上市了……他们算账的时候，是没有考虑到库存成本的，所以账面上是赚的，实际上，早已经开始亏损了。尹妈没病之前，一直以为他们经济运转良好，谁知早已是千疮百孔，危机重重。

尹爸愁容满面，看起来像老了好几岁。他对于这样的结果始料未及，他说："这就是你妈当的家，她还好意思说她当家是把好手，就是一个败家娘们!"

"现在说这些有什么用，关键是怎么还上钱。"卿帆看不惯关键时刻只知道将责任推给别人的人。她看着尹哲，希望从他那里看到答案。

钱，在她的人生里从来没有这样频繁地当过主角，这一刻，她有一种喘不过气来的感觉。山重水复疑无路，柳暗花明又一村。这样的意境绝对不是指钱，除非买彩票中大奖，没钱就是死胡同，到哪里去寻找豁然开朗的光明。

大赦天下的模样

卿帆的视野里出现了骆海清和雨初的身影，他们并排站着，很有一些珠联璧合的味道。两个人直接从办公室里过来，骆海清穿的白色衬衣套着灰色背心，而雨初则是一套粉色系的职业装，当她穿过检票口朝他们走去，她有一种很微妙的感觉，觉得自己正从乡村走往城市，从一个世界走向了另一个世界。她坐上火车的一刻，她觉得自己从未有过的轻松，哪怕是短暂出行，她终于有了喘息的机会，她把这当作对自己大大的福利，至于那些欲理还乱的事情，暂且统统抛到脑后。

“怎么瘦了那么多。”骆海清关切地说，“你都在干些什么，成天在外游荡吗?”

“确实，都成锥子脸了。”雨初觉得她确实消瘦了一圈，穿了件白色的外套，更显得人高挑，粉黛未施的脸也有憔悴之色，见骆海清与她开口说话的状态，很是矜熟，毕竟还是相识在前，那份随意与自己不同。

“晚上，你们想吃什么?”骆海清问两个人。

雨初看了看卿帆：“看你了，今天为你接风洗尘。”

“吃面吧，速度快。我只想好好睡一觉。”连续的睡眠缺失，突然闲下来，就会感到倦意来袭。

“吃面?!”两个人同时看向她。

“怎么？这儿不远，就有一家百年面馆非常有名，你们不知道?”

骆海清便驱车到了面馆，离车站不过十分钟车程，不是装修高档的店，一间普通不过的面馆。一进店堂，生意非常火爆，人声鼎沸，简陋的木椅木凳挤挤当当几排，只剩下墙角处还有一个空桌，黑色的桌面泛着油光，残汤剩羹无人收拾。雨初先打起了退堂鼓：“这也太乱了，酒店有自助，我们就去吃自助好了。”

“味道很好，你吃了就知道。”卿帆说服她。

“就这儿吧！”骆海清径直走向前台点餐，服务员给他一个竹牌子，让他去座位上等。他看着油腻腻的牌子，上面什么也没有写，便问道：“这是干吗用的？”

“这是这儿的特色，无名竹牌，每个客人一块牌，每块牌子无字，形状都是一样。”卿帆拿过牌子，替服务员回答道，“上面本来有毛笔写了号码的，时间久了就模糊了，后来就不见了，听说这牌子是真有一百多年了。”

“没字，送餐的人怎么知道是哪桌？”这竹牌并无特别之处，这么多块雷同竹牌又是怎么分辨清楚，雨初也好奇地问道。

“所以，才有味道啊！”

面和菜很快就上来了，凉菜、炒菜、面条丝毫不差，服务员也不多话，菜齐拿牌。这儿人声嘈杂，说句话要提高几倍音量，所以三个人只管埋头吃面。卿帆连面带汤吃完，只剩下浅浅的一些汤留在碗底，然后将筷子放下。却看到他俩斯文的吃相，尤其是雨初挑起一些面，慢条斯理地吃进去，一碗面只吃了一半都不到。她说：“舒服，我吃完啦！”

骆海清看到她的碗，笑道：“可见你是真爱吃，吃得真够干净的。”

卿帆看自己的碗也笑了，这是尹妈的功劳啊，纵是这样干净，人家还不满意呢，还要将汤喝尽才会作罢。她会说，营养全在汤里，不吃干净就是浪费粮食。想到尹妈，她心里有些沉重。告诫自己出来就要放下那些烦恼，可是越要放下越是如影相随。

“卿帆，尹哲是没给过你饱饭吃吧！”雨初也感叹道，“以前在北京，也没有发现你有这吃相啊！”

“你声音太小听不见，你大点声！”卿帆大声说。

“你小点力气说话，我还没吃完呢，口水星子会飞到我碗里来。”骆海清大声说，这句话还引来了旁桌人的侧目。

雨初错愕，他竟然这样直白地对一个女人说话，卿帆丝毫不在意，还一脸傻乐的样子。如果是她，估计早窘到桌子底下去了。

骆海清将她俩送到酒店便回去了，留下了两姐妹，因为很久未有这样相聚的时刻，她俩都有些小兴奋。两个人感叹，如果姚进在就完美了。说到姚进，雨初把怎样见到黑子，黑子又是怎样对姚进一往情深讲述了一遍。卿帆不免唏嘘，陪伴一个创业男人的压力原不是想象的那样简单和轻松，没有坚守到成功，就算有这样一份深情却又如何，终究是嫁作他人妇。但是，黑子还钱给姚进，洗清了软饭男的嫌疑，却是让她感到了莫大的欣慰，现在看来，他走的那条路不一定是对的，但当时陪伴的两个人却是实在爱着的，只是路不对，走着走着两个人也散了。这个想法，让此刻的她又是惆怅的。她边聊天，边给尹哲发了一条短信："平安抵达，和雨初在一起，安好，早睡。"

这次短信倒是回得快："好，晚安。"

典型的尹哲风格，远距离的他，毫无热度，他的热情和爱仅限咫尺之间，倒是骆海清给过她夜半的温暖，想到他，她同雨初说："我今天从出站口出来的时候看到你们俩站在一起，觉得很和谐。"

雨初有些无奈地说："我的心思，你是知道的。现在不是我的事，是他，我看不透他，道是无情却有情的样子，不知道是不是我自己想得太多。"

纵是亲密如卿帆，她也不想卸下她的伪装，她平日最看不起的那类女人，恰好是她现在的状态，辗转反侧，求之不得，一个女人对一个男人单相思至此，这终究不是件体面的事情。

"像你这样，我见了都想据为己有，真正是我见犹怜啊！放心吧，骆海清迟早要拜倒在你的石榴裙下。"卿帆见雨初洗完澡换上了粉色的吊带小睡衣，脸色艳如桃花，她的小女人精致真是武装到了生活的每个细节。

她自己穿了件背心和大裤衩躺在床上，看着她坐在梳妆台前精心做着临睡前的保养，忍不住说："你这样真的很好，其实女人单身的日子才是最美的生活，想多晚睡就多晚睡，想什么时候敷面膜就什么时候敷面膜，想横着睡就横着睡，想竖着睡就竖着睡……再也没有比单身更美好的事情了。"

雨初听出了弦外之音，问道："你和尹哲是不是出什么问题了？"

"好像也没有问题啊！"

"那你现在一副大赦天下、好像从牢房里放出来的样子。"

"一言难尽，我都不知道从哪里开始讲起，才能把我们家那堆事情说得清楚。所以，我还是不讲了，免得浪费宝贵的时间。"

"我说了，你迟早会后悔的。趁年轻，赶紧找条后路吧！幸好你们没有领证，到时你再回北京，找个北京人嫁了，谁知道你是头婚还是二婚。"

她很久没有听到她的下文，扭头一看，她已经将自己摆成一个大字睡着了。

处心积虑的性感

雨初还正在睡梦中，就被卿帆给推醒了，她睡眼惺忪地看着卿帆一溜烟起床的背影：“几点了？”

“七点了，会议八点三十就开始了。”

“急什么？今天只是报道。通知你早点来，让你多轻松一天。”

雨初公司的项目组在一周前就入驻了现场，她将项目的需求与骆海清公司对接之后，后面的具体执行就交给了项目组，那是她以前的角色，这几次角色的成功转型，她离项目总监之位应该只有一步之遥。骆海清特地许假，安排她俩可以自由活动，晚上再参加集体晚宴。雨初提议：“吃完饭，我们去泡温泉。这里的温泉非常有名，中药、美容温泉和鱼疗应有尽有，不去就虚度此行了。”

这样惬意休闲的时光让卿帆有种偷来的感觉，她惦念店子里的生意，连续几天生意平平，那个说好过几天就来买收米机的客人，会不会碰好今天就过来了，那客户嘴碎得很，一台收米机从早晨谈到黄昏，这次再来肯定是携款而来，不知道尹哲那种风格是不是会让他望而却步……离张姨她们最后的期限越来越近，钱的事情毫无着落，这次她是狠下心来绝不参与，她怕这种参与，最后会成为一种习惯和依赖……她甩了甩脑海里那些杂碎，试图把它们赶出去。卿帆对雨初说：“我们去游泳吧！好久没有在水里面一试身手了！”

“我只会蛙泳……”雨初有些胆怯，还是在大学时候学过一段时间蛙泳。

“在水里还分什么蛙泳、蝶泳……会狗刨就行啦！”

因是临时起意，两个人去设在游泳池旁的泳装部买泳衣。雨初在那儿精挑细选，从款式、花色处处在意，卿帆却只在意价钱，“给我来一款最经济的，”再补充一句，“式样简单点就行。”

等到卿帆换好衣服出来，雨初还在泳装部柜台那儿，她跑过去一看，“你慢慢选啊！我先游去了！”看她在两件泳衣中拿不定主意，便说道，“这件黑底花色的衬皮肤，式样更显身材。”

雨初终于下定了决心，其实卿帆就没仔细看，她是帮雨初解决选择困难症的问题。她笑道：“我在你面前，我就是一男人啊！干脆你嫁给我算了。”

游泳池非常空旷冷清，除了卿帆她俩，别无他人。卿帆自小在洞庭湖边长大，在水里自如得就像鱼儿一样。卿帆扎进水里游了好长一段才换口气，一种久违了的身心舒畅，所有的想法在此刻都彻底被抛弃，她游着游着，仿佛游回了少年时光。一条不宽却清澈见底的河，河两岸种着垂柳，风吹过，就像姑娘头上扬起的小辫……黄昏时刻，湖面会被夕阳染得金光荡漾，整个夏天，她和一群孩子都在那里度过，那是一段真正无忧无虑的时光，她已经不知道游了多少个来回，似乎还能听得到妈妈的吆喝：“卿帆，回来吃饭！卿帆！”

“卿帆！”果然是有人在叫她，是雨初细细弱弱的嗓音，身边还站着骆海清。她从泳池里出来，一头雾水，她正游得起兴，问：“怎么啦？”

她首先看到的是雨初那件碎花泳装，恰到好处地展示了她瓷娃娃一般的肤色，娇小而凹凸有致的身材，尤其是前胸的 V 领设计，一下子将人眼球吸引了过去，让人遐想翩翩。卿帆心想，雨初也是与时俱进，这样前卫的款式也能穿出来了，果然是场面见多了，胆识就不一样。其实，雨初是不自在的，她努力的挺胸收腹，表现自如。她知道这类泳装最能展示她的优点，她想的是万一骆海清过来了呢，这种纯属偶然的性感是不是也能为她加分不少。她觉得自己很像初进贾府的林妹妹，在他面前，真的是时时留意。她在更衣室把衣服试穿到每个角度都令自己满意，然后走出去，下水浸泡了一会儿，因为吸水后的内垫会让前胸线条显得更加丰盈……然后，骆海清就进来了，世上处处有“万一”。她从游泳池上来的时候，看到他是注视着自己的，不觉心神荡漾，正要开口问他怎么来了。他却焦急地问：“卿帆呢？”

她朝泳池里努努嘴，此刻的卿帆正惬意在泳池里从自由泳变换成仰泳，她叫道：“卿帆，卿帆！”连叫几声，卿帆才从那边游了过来上了岸。

雨初注意到卿帆虽然拿的是一件在她眼中的大妈泳衣，是那种最保守和普通的连体黑色泳装，穿在卿帆身上，高挑丰满的身材还是一览无遗，再保守，她也是一件泳装。她虽然瘦，可是该胖的地方一点也不含糊，反而因为她的腰肢纤细，髋骨比较大，更显得曲线异常分明。她刚才从泳池里上来的那一刻，整个人看起来有一种欲说还休的性感，就像一条上岸的美人鱼。这样，她觉得自己的处心积虑反而功亏一篑，心里暗暗有些不快。她之所以这么在意，是因为她不想在骆海清面前被比下去，哪怕这个人是她的好友。

卿帆全然没有留意到雨初表情的变化，她只是好奇雨初纹丝未动的头发："你不会还没下水吧?"如果会蛙泳，头发总得湿。

这句话让雨初猛然一下脸发烫，她怕她会顺带取笑自己花时间挑选泳装的事情，忙说："我不太会游泳，就在浅水区玩了一会儿。"

骆海清说："明天论坛就开始了，我们公司发生了一个紧急情况，有一个有演讲任务的经理突然急性阑尾炎入院了，我们先回公司，看这个事情怎么处理。"

卿帆问道："我也跟着你们一起去?"

骆海清看了她一眼："嗯。"

雨初问道："她的内容，我看过，是公司推广很重要的一部分，是不是还有其他人选可以代替她，确实要启动紧急预案。"

骆海清说："回办公室再说。"

回到办公室，骆海清打开电脑，对卿帆说："你看看。"

屏幕上是那个缺席经理的演讲PPT，亚透公司的这份演讲稿，看起来是阐述议题，实则是推广公司业务，最关键的地方是怎么把议题融合到亚透公司的业务上，这是亚透举办这次论坛最核心的目的。虽然行内对这种事情是心知肚明，技巧却在于主办方，怎样做到不露痕迹的"润物细无声"，植入性广告的味道越淡越好。

"怎么样?"骆海清问道。

"不错，主题清晰，图文并茂，一看就知道花了功夫。"卿帆由衷地说。

"我在这里近一个月，谢经理每天的工作重点都在演讲稿的准备上，所以她的准备十分充分。"雨初是亲眼见到这个团队为这次论坛付出的努力。

“我的意思是指，如果让你替补，你觉得怎么样？”

“我？”卿帆感到很诧异，“为什么你不自己上，我对你们公司业务不了解，我对金融并不是特别专业，况且我离开这个行业已经一年了。”卿帆诚实地说。

“我有自己的演讲，我不可能一个人讲两个主题。”

“你们公司没有其他人选吗？或者从你们总部调过来。”雨初也觉得这个决定很悬乎，毕竟是一场专业的主题论坛，如果露怯影响的就是整个亚透公司的声誉。会场上，不仅有金融行业的代表人物，而且还有雨初请来的各大媒体出席。

“来不及了，而且他们不如你合适。你是标王卿帆，我见识过你的实力，我觉得最适合你的地方就在演讲台。”骆海清鼓励道，“我们晚上加班，我会给你突击培训，你只管照着 PPT 的思路去发挥，四十五分钟而已，没有设置会后提问的环节。”

“你就这么相信我不会给你砸场子？”卿帆有些心动。

“你没有问题！”

一种从未有过的挑战让卿帆的双眼看起来炯炯有神，她说：“好！”

这一刻，她觉得自己重新回到了熟悉的战场，这种“久别重逢”的感觉让她充满了斗志，她的脑海里只充斥着一个想法，就是不能辜负朋友的相托，做好一个漂亮的替补队员。

有一种缘分叫命中注定

一绺头发从耳后掉了下来，滑到她的脸庞上，她随手往耳后一拢，露出一张白皙而专注的侧脸，她正埋头看着面前厚厚的稿子，进入一种忘我的境界。专注的女人是最美的，骆海清将她的动作收入眼底，心中一动。她身上没有女人惯有的香水味，却有一种独有的能撩动人心的东西，他很享受这种感觉，这样的场景是他想过很多遍的。就是这样一个朴素并且已经嫁人的女人，却常常冷不丁地出现在他的脑海里，他努力告诫自己，这是别人的女人，然而她的脸反而愈加清晰，挥之不去。他从第一次在讲标现场见到她，他就没法像对待一个过客与她擦肩而过，因为在他接触过的众多异性中，独有她的笑脸，就能让他怦然心动，他开始相信，有一种缘分叫命中注定。

时针指向了凌晨，骆海清觉得时间过得飞快，他提醒卿帆说："怎么样?"

卿帆才抬起头说："有七八分把握了。"

"再看下去，也没有成效了，脑子里面也该进浆糊了，我送你回酒店。"见卿帆还有些犹豫，劝道："睡眠不好，影响发挥，我送你回酒店。"

卿帆说："我自己打车回去就行了，你明天也有任务，早些休息。"

"我不放心。"骆海清把东西收拾好，准备出发。

"放心吧，我是一个女汉子。"

"不要跟我说你是女汉子，你是女人，不是汉子，走!"口气不容反驳。

卿帆笑笑，随了他。骆海清将车从地下车库开出来，转过头看看，不过两分钟时间，她已经歪着头靠在玻璃上睡着了，他将车停在路边，将自己的衣服盖在她身上，目光停驻在她身上，明明是一个货真价实的女人，非要标榜自己是一个汉子，他不觉笑了笑。

一直将车开进酒店停车场，骆海清将她叫醒的时候，她才睁开眼，她迷糊的样子像极了一个小动物，如果不是因为担心在车内睡觉会着凉，他真是不忍心叫醒她。她跟着他走进酒店，一直走到房门口，卿帆才发现他也跟着来了："你怎么也跟着来了。"

"是啊，我忘记了。我怎么不知不觉跟着你上来了。"骆海清也觉惊讶。

"对了，我还要去楼层服务部要卡，雨初已经睡了，我不想敲醒她。"

"我去，你在这儿等着。"

很快，值班服务员就拿了卡过来，卿帆对他眨眨眼，做出一个口型："晚安。"她蹑手蹑脚地走进房间，壁灯开着，雨初并未睡着，她说："你回来了。"

卿帆感动地说："你一直在等我？没有我，你还睡不着。"

雨初在走廊里似乎听到骆海清的声音，便问道："这么晚未回，我怕你被别人色诱。我怎么听到了骆海清的声音？"

"谁色诱我？骆海清？明知道他是你的一盘菜，我就是有贼心，也没有贼胆啊！放心吧，我一个已婚妇女，我和他是战友，是同志。"卿帆笑道，她看不到黑暗中雨初若有所思的脸，他每次送她只是到大堂门口，而他却将她送到了房门口，这样的区别仅仅是因为他们更熟悉？

"这么晚了，你精神倒是好得很。"雨初看着她脱衣服，她身上有种自己没有的，很随意就能流露的感觉……是性感吗？以前她从未这样留意过自己的好朋友，而现在她把她当作一个情敌在暗自比较，她也在说服自己，不能以这种狭隘的心态去面对自己的朋友，偏偏那种酸溜溜的感觉就是无法抑制地涌了上来。

"刚在他车上睡了一觉，有些解乏了。我洗洗就睡了，明天还要赶鸭子上架呢。"

卿帆在他车上睡着了，那样不设防的轻松，是她在他面前完全没有过的，她对卿帆新产生的这种感觉，冲击着她的大脑。卿帆躺在床上的时候，才发现手机上有条新发短信，内容还停留在屏幕上："老婆，我想你了。"她脸上泛起胜利的微笑，小样，看谁扛得过谁。

第二天论坛如期举行，整个大厅座无虚席，出席媒体不仅大牌，而且齐整，想拉来的一个也没有落下，雨初为了这次展会确实使出了全身解数，尤其是媒体这一块，从邀请名单到后续新闻稿件的发布，全是精心布置，唯恐有差池。第一个上台的演讲者就是骆海清，他代表主办方和公司发言，他演讲的自如和精彩与预期的一样，雨初看到台上的他与往日相比，更有一种王者风度，她几乎是目不转睛地看着他，只有这个时刻，她才能放肆地将目光从他的头发扫到他的下巴，全部细细打量，不用被他洞察人心的眼神惊扰。这个场景，卿帆早已熟悉，她已经听不到骆海清的内容，她沉浸在自己的回忆中，将思路理了一遍又一遍，确保万无一失，她发现自己是紧张的，这不是一个好的现象。等到主持人说出她名字的时候，她的腿有些发软，和以前很多次讲标一样，她深吸一口气，为自己打气："卿帆，加油！"

"我叫卿帆，很荣幸有机会与大家分享本次议题《扑朔迷离：撩开互联网金融面纱》……"正规正矩的开场白之后，一切按照PPT演讲稿顺序进行。演讲进行到这一步，一切都还顺利，这次议题观点新鲜，也是现在正如火如荼的现象，所以还是吸引了大家的注意。就在卿帆终于轻松了一些，演讲进行到一半，就其中一个观点进行引申的时候，卿帆记得这个时候应该是要举个例子，可是她在这一刻从大脑里却搜不出案例信息，明明已经就在嗓子眼了，就是抓不到。时间已经在停顿中过去了一秒，二秒……全场特别地安静，她脑海里突然一片空白，她的目光划过全场，所有的人的眼睛都在看着她，有的脸上已经有了嘲讽的表情，她看到了坐在第一排骆海清的脸，他朝她微笑，并对她竖起一个大拇指，电光火石之间，她突然想到了第一次见到他在讲标现场，他空空如也的PPT，当时让她耳目一新……于是，她强自镇定下来，环视全场，绽开了一个微笑，说道："在我刚才沉默的一分钟，我相信在场的每一个人的想法都不一样，都在想究竟发生了什么事情，有些老师可能已经准备离座……但是沉默背后是一段积蓄力量，就如同金融萧条时期，那些暗流涌动的业务，每一个时代都会有它的机会，没有哪个行业是例外的……"她这次尴尬承接自然，谁也没有看出她是临阵卡了壳，她的急中生智让她脑洞顿开，被她忘记的案例突然飞了回来，接着自己都感觉无比顺畅起来……这一刻，她在这个讲台上重新找回了久违的自我，这才是她熟悉的自己。

连雨初都没有看出来，以为真是她的故弄玄虚。这是雨初第一次看到工作中的卿帆，有着一种天生的为讲台而生的气场，镭射灯下，她略施粉黛的脸看起来精致而充满活力，不同于一般的演讲者很容易局限于条框之内，以自我为中心，为演说而说。她是互动的，她那些务实的话很容易就进了人的心里，她环视了一下台下的人群，那些人都是有着深厚专业知识和行业地位的人，她了解他们的共同的特征——同行相轻，现在却难得地做出聆听的姿势，有些人甚至面带微笑。只有骆海清知道，卿帆是卡壳了，当她把目光投向他的时候，那里面有焦急和求救的信息……她是如此的冰雪聪明，所以，当雨初注意他的时候，他正微笑着看着卿帆，她一愣，感觉似曾相识，很像自己看着他的样子，她的心莫名发酸，有些气馁……转念又想，卿帆早已尘埃落定，不过卿帆似乎与尹哲进入了一个微妙的时期，她如果离开尹哲了呢……骆海清应该不会连二婚女人都接受吧，相信在他的世界里，比卿帆优秀的女人应该比比皆是，转瞬之间，已是各种分析从脑海里掠过。

掌声响了起来，卿帆的演讲结束了，雨初卖力鼓掌，似乎这样才能驱赶刚才因嫉妒而产生的不安，她明显感觉到自己的挣扎。卿帆从台上下来，坐在她的身边，台下有不少目光追随她落座。

亚透总部对雨初公司表现很满意，中国区的执行总裁还特地过来与雨初握了一下手，说道："想不到何小姐人美，事情也做得漂亮，以后有机会常合作！"

雨初道："您过奖了，主要是骆总指导有方，还有亚透本身的知名度，我们只是执行，锦上添花而已。"

一席话说得很熨帖，让那个老总一阵豪爽地大笑，他看到了雨初身边的卿帆，赞许地点点头："你就是卿帆？真是我们公司的一匹黑马啊！从来没有听到小骆讲过你，没想到给我们一个这么大的惊喜！"

卿帆和雨初都听得有点发蒙，但是卿帆马上反应了过来，骆海清让她以分公司新聘人员身份出现的，要不然怎么解释她去上台演讲的事情。

骆海清朝这边走来，等他走到跟前，那个老总又特地交代他道："把她的简历发到总部人事部，抄送我一份。"

骆海清等他一走，对卿帆说："知道这意味着什么吗？"

"基本这种级别，起码进军中层没问题，以你的努力和实力，大有发展。"骆海清高兴地说。

这是享誉全球的亚透，进入亚透意味着荣誉加身，是很多人削尖了脑袋要挤进来的单位，卿帆有一种高考录取般开心，她差点忘记她和尹哲那个店子和那个风雨飘摇的家。但是，也就是一刹那，她就回到了现实。

“会议一结束，我就要回去了。我还要回去卖农机呢。”

话一出口，雨初就松了一口气。而骆海清刚才还在想，他和卿帆相处差不多一整天，横跨白天深夜，他一直没有发现卿帆和尹哲之间有电话往来，再联想到她的半夜游荡，这是不是可以表示，他们之间关系可能和他猜想的一样，并不是那么好。卿帆说这句话时轻松的语气，让他又得重新评估一次现状，她还是要回去的，她是尹哲的老婆。

秦昆出轨铁证

晚上的谢幕宴之后，论坛就画上了一个圆满的句号，紧张之后的轻松来得更尽兴。谢幕宴间，推杯换盏，觥筹交错，一派繁华。为什么总是需要这样的场景来谢幕，在酒席上热络的称兄道弟，转身之后形同陌路，谁也不记得他们曾互相拍过对方的肩。卿帆如同局外人一样看着这一切，越是繁华热闹的背后越隐藏着人心的阴暗和孤独，她想到了她和尹哲的店子。那是一种完全不同的人生体验，她的客户也喝酒，八元一瓶的小白酒，喝完以后木讷的人就会变得健谈，她几乎不用费太多的心机，就能洞察那经历了几十年风雨的脸，而现在这些人的脸，谁又能看懂。她转过脸看了一下雨初，她端坐着小口吃着饭，目不斜视，她吃饭的样子就是一本礼仪指南，她不是没有发觉雨初的改变，她也知道这种改变因谁而来，所以心里隐隐泛起一种担心，那双眼睛看着自己的样子，明明有着情敌间才有的敌意……此时的骆海清一直在不同的酒桌前周旋。卿帆看着他，不免有些担心，那手中的白酒可是货真价实的。不时，也有不认识的人来到她和雨初这一桌，她俩起身象征性地抿一下面前的红酒，客气一番也就过去了。偏偏这时又走来一个证券公司的副总，喷着满嘴的酒气，叫嚷着说："来，两个美女，相识是缘，我们干一杯！"

两个人礼节性地站了起来，抿了一嘴。那人一口气将一杯白酒干完，看着她俩的杯子，不高兴了，说："不行，喝完，喝完！"

雨初说道："老总，您海量，我们酒力不行。"

"不给面子是吧？"男人有了醉意，强势逼人，有不达目的不罢休之势。

"我们如果不给面子，就不会站起来喝酒了。"雨初最反感这种一喝酒就胡搅蛮缠的男人。

“不喝是吧，不喝就是没有合作诚意。”他把她们当作是亚透公司的人，而且把矛头直对雨初，把卿帆晾在了一边，让雨初进退两难，僵持在那。

“这位老总，来，我这妹妹酒精过敏，我和你干一杯。”卿帆把话接过来，然后又替他满上一杯，自己重新拿过一个高脚小盅，给自己也满上一杯，笑道：“红颜色的我不要，直接白的。我干了，您随意。”

“我怎么能随意？”男人抬头又闷了一杯，把杯底晾给她看。

“咳……”卿帆被白酒的猛烈呛得咳嗽，她拿着纸巾捂着嘴，连声说：“见笑了，见笑！”转眼之间，一大口酒就吐到纸巾上。

男人见她不胜酒力的样子，觉得很开心：“好！好！”

于是离桌而去，而骆海清朝这边走来，看到卿帆这样子，关切地问道：“怎么回事？”

雨初愤愤地说：“怎么到哪都能碰到这种胡搅蛮缠的人。”

“不能喝就不能喝，你们跟他没有任何关系，不需要给他任何面子。”骆海清表示不解，“何必还较真。”

“他以为我们是亚透的。”卿帆举起手中湿漉漉的纸巾，“放心，我有点酒量。”

“你这种小把戏，最好不要拿出来碰运气。”骆海清不悦。

“那你怎么端着杯子到处敬酒，你酒量很好？”卿帆反驳他道。

“我是男人，我最多就是喝醉，然后人事不省，睡一觉。”骆海清深深看她一眼，“你是女人，要记得保护自己。”

“没事，我也是洞庭湖上经历过风浪的，我从来没有醉过。放心吧，你去忙你的。”

待骆海清走开，雨初说道：“你如果喝酒，你们家尹哲管不管你？”

“我还没有碰到这样的机会，来试探他的反应。”这是大实话，他们的工作环境不会有这样的时候。

“不知道他看到骆海清这么关心你，会不会有想法？”雨初笑着说。

“雨初，我和骆海清是好朋友。”卿帆知道雨初的小心思，“就像我们之间一样。只不过，他碰巧是个男人罢了。”

“其实，这和我没关系，你不用对我解释这些。”雨初淡淡地说，“毕竟我也不是他什么人。”她就是没来由地生气，刚才明明是一个男人对女人的真情流露。

终于等到曲终人散，三个人一起从酒店出来，卿帆说：“明天一早，我就走了。”

“我也要走了。”本来雨初还想去另一个城市看望姚进，毕竟只有两个小时车程，却听卿帆说，姚进出门的诸多不便，去了反而令她不安，于是决定直接回京。

“我送你们。”骆海清说。

“你送雨初吧！”卿帆说道，“我不需要送。”

见骆海清还要坚持，便又说道：“尹哲明天过来接我。”

雨初留意骆海清的表情，毫无异常，她心安了一些，但愿是自己过于在意他的反应而导致的神经过敏。

恰逢周末的晚上，来风景区旅游的人一下子就多了起来，晚上竟有了人流攒动的感觉。骆海清他们刚从酒店出来，迎面就走上来一个十岁左右的卖花童，提着一篮子玫瑰花，要他买枝花，哥哥，你看姐姐这么漂亮，买束花送给姐姐吧。

骆海清逗他，这里有两个姐姐，我买给谁？

卖花童停下来，果真看了看卿帆，又看了看雨初，眼光扫了几个来回，卿帆被他煞有其事的样子逗得哈哈大笑，雨初还真有点紧张，不知道花童会怎么选。花童将目光落在她身上，用手指着雨初，兴奋而肯定地说：“是这个姐姐，这个姐姐是哥哥女朋友！”

“小弟弟，你太厉害了！”卿帆拍手笑道，“你怎么看出来的。”

“这个姐姐很害羞，只有恋爱中的人才最害羞。”

小男孩一张稚气未脱的脸，却说出一口老成的话，又逗笑了卿帆：“小弟弟，你厉害！要哥哥给姐姐买花。”

雨初道：“卿帆……你别乱讲！”嘴上有些恼怒，心里却着实有些开心。

骆海清便从花篮里拿出两朵花，一人手上给送了一朵，说道：“这两天，辛苦你们了！”

卿帆接过花，顺便感叹了一声：“这可是我人生收到的第一朵玫瑰花，谢谢！”

小男孩收到钱，却不急于走，对骆海清说：“哥哥，你还没有告诉我，我回答得对不对。你两个姐姐都送了，你有两个女朋友?”

骆海清被他纠缠得好笑，指了指不远处正相偎着一对年轻男女，说道：“小朋友，看到没，那个哥哥肯定会给姐姐买好多朵花。”

小男孩果然就奔了过去，卿帆的眼光一直跟着他，笑道：“好可爱的小孩子！现在的小孩可是真精啊!”

小男孩已经到了那对情侣身边，将花篮凑到他们身旁，男人看着女人说了几句话便把手伸向了篮子。卿帆就在那一刻，看到了他的侧面，秦昆！像秦昆！她一把拉住雨初，对雨初说：“你看看，那个男人像谁?”

雨初见卿帆反应激烈，顺着她的手看过去，她也一惊，虽与秦昆只有一面之缘，但是她还是认出了他，说：“有点像秦昆，那女人是谁?”

“不知道。”卿帆感觉怒火直冲，自己的老婆在家待产，他在外寻花问柳，“死男人!”

她对他俩说：“你们在这等一下，我去探个究竟。”

她径直走了过去，秦昆果然是买了一棒花交至女人手上，卿帆装着不经意地从他们身边走过，女人正低头嗅着花，她瞟了一眼，女人一头大卷齐腰，一件绿衬衣外套着一件白色的开衫，一条白色阔腿裤，下面一双厚底的松糕鞋，那气质浑然天成，有一股特别的文艺气质。她心想，难道这就是传说中的狐妹?一个曾在老乡圈里流传的名字。她狠狠剜了秦昆一眼，他替那个女人拿着包，正专注地看着她，在姚进面前摆出一副大男人的臭架子，倒在这里给别的女人提包献殷勤，她在心里狠狠骂着。突然想到了什么似的，拿出手机，躲在一边，装着自拍的样子，将这一切都拍了下来。

两个人送走骆海清后，走到酒店前台，想查询秦昆在这里有没有住店记录，前台本来有所犹豫，说客户信息都是保密的。卿帆套近乎说，我们就是刚租用你们酒店场地办论坛的，那个人是我们朋友，刚才我们在路上碰到了，很像是他。人多，他一眨眼就不见了，打他电话又无法接通，看是不是住在这儿，她说话一向周密，前因后果说得人家也没再怀疑，再加上雨初在这儿住了一段时间了，也混了个脸熟，于是就帮她们查了。

“您的朋友是住在我们酒店，在5308房间。”

卿帆与雨初互相对望了一下：“竟然和我们在一个楼层。”

一直到晚上十一点多，两个人才等到他回来，不是一个人，而是相依的两个身影走来，女人已经换了衣服，开门进去。

秦昆出轨事实已经确定无疑，卿帆躲在自己门后，举着手机拍下了这一幕，这是证据。她说："雨初，我改变主意了，我明天去看姚进。"

"你要告诉她？她可是要临产了。"

"如果我们为她好，我们有权告诉她真相。孩子还没有出世，她有选择的权利。"卿帆说道。她心里也很茫然，到底怎样做才是对的。

谁的新欢，又不是谁的旧爱

姚进看着对面坐着的这个男人，她以为在梦境中。他赶来，只是因为她的一条短信。

在秦昆越南之行回来后的那个晚上，那种煎熬简直让她发疯，她不仅恨秦昆，也恨黑子。如果不是他所谓的伟大，他既然放弃了她，为什么不将“再不相爱”的谎言进行到底，偏偏又弄出一往情深的模样。她给他发了一条短信：你当年的伟大，成全了我的不幸福。谁的新欢，又不是谁的旧爱？以后有女朋友了，再难也要坚持。

秦昆对姚进的态度一如既往，既没有因为“越南之行”的嫌疑而刻意讨好姚进，也没有更加生疏，但是在姚进心中却是划出一条真正的银河，对这样的生活，她是混沌而又麻木的，越来越临近的预产期，让她并不想在这个家庭去兴风作浪。她没有想到的是，黑子在这个时候来找她了，她发了这条短信后，黑子给她陆续发了一些短信，她都没有回。今天，他却来了。他老了一些，虽然有能力还她钱了，但是她看得出来，他过得并不轻松，短短的头发根根直立，散在里面的白发依稀可见，他握着茶杯的手，因为瘦而关节突出，就是这双手，他们曾经紧紧相握，在黑暗的夜里，在那些无助的时候握在一起。而现在，他们隔着一张桌子，姚进的手交叉放在胸前，因为心中不安而反复用拇指揉搓着自己的食指，姚进在这里坐了一个小时，才决定最终与他见面。

“姚进，你的脸色怎么这样差，你过得一点都不好。”黑子痛苦地说：“我那时认为，我付出我所能给你的全部，可是你不快乐。我认为只有钱，才能让你快乐。所以，我认为我们之间最根本的问题，是我让你看不到希望，所以我才会放弃。”

“既然，你已经放弃了，我过得好与不好，与你有什么关系？我不需要你怜悯，你今天来看我，毫无意义。你见到我不幸福，又能怎样？”姚进冷着一张脸，心中却是百感交集，她看到他身上那件灰色衬衣，还是她替他买的，那时他身上所有的衣服都是她买的，不需要他到现场，她只要眼睛一瞄，就知道这件衣服，他能不能穿。她努力克制着自己澎湃的情绪，她真想扑在熟悉的怀里痛痛快快哭上一场啊！如同那一天，她在电话中听到这些事情，泪也是无法收拾，如果她不挂了电话，就会在雨初面前崩溃。那些刻骨铭心的往事瞬间复活，栩栩如生。她看着他消瘦而写满风尘的脸，心如刀绞，她的疼惜真实存在，她依然爱着他吗？

黑子拿出自己的手机，敲出一串数字，递到她面前，“这是你以前在北京的号码，对吧？”重新又敲出另一串数字，“这是你现在的号码，你在我的手机里没有名字，那些数字就刻在我心里。”

自顾自地看着手机：“我一遍遍在屏幕上敲出你的号码，却从来没有拨出去过，然后我再慢慢把数字一个个删掉，做完这些动作，有时是一个小时，有时是一个晚上……我换过几次公用电话给你打电话，听你叫了一声喂，就挂了，直到有一天，你的电话停机了，我就想到你真的走了。”

姚进听着这些，胸口一阵阵疼痛。

“我敲出的那些数字，那是唯一还与你有关的东西。你对我的好，我一直都知道。我打了你一巴掌，你相不相信，我替你还了很多次了。我怎么能这样对你，姚进，对不起！跟我走吧！虽然我们不能大富不贵，但是我能给你一个安定的家。我不会在乎你中途去了哪，我只会当作我们俩走散，然后我又把你找到了。姚进……”他用乞求的目光看着她，“如果他爱你，我绝不打扰你。可是，他让你不幸福，我不能坐视不管。”

“你怎么管？”姚进视线已经一片模糊，有一种痛得窒息、呼吸困难的感觉。

“姚进，你受委屈了，跟我走吧，我们回家吧！我们可以不回北京，我们去你家，你是独生女，你不是一直想在父母身边给他们养老吗？”

“姚进，我不在乎我们中途发生了什么故事，我会当作我们走失了，然后重逢。我只会感恩，我要收回我丢失的东西！”黑子激动地说。

姚进站了起来，一身棉服下的肚子高高隆起，如一座山一样隔在他俩中间，她大声吼道：“你看，我们还能回去吗！你看！我们早就回不去了！”姚进泪如雨下，呜咽不已。

黑子呆若木鸡，绝望迅速击垮了他，默默地说“你们要生孩子了！”

姚进从座位上离开，一路任泪成河。出租车上，她收到黑子的短信：

“我听说，一个女人只会为所爱的人去生孩子，如果你生下他，就是告诉我，你放不下他。那么，我不会再打扰。如果只有你一个人，你在哪里，哪里就是我们的家。”

姚进摸着她的肚子，孩子又动了一下，她马上就要出来了，我怎么能够扼杀她的出生。她的爷爷奶奶不欢迎她的到来，如果我还不要她，那自己是多么可恨。经历千山万水，她来找我当妈妈，我纵使舍弃了全世界，我也不能舍弃她。

姚进还未来得及回家，就接到了卿帆的电话，她们来看她，已经到车站了。于是，她又回到了老地方，黑子已经走了，桌上那杯未喝完的咖啡还未来得及收拾，她还是坐在刚才那个老地方，想着就在这，刚才，他的手还握着这个杯子呢，他也是真的走了，再也不会回来了！

卿帆她们到了的时候，看到姚进呆若木鸡的样子，几乎是冲了过去：“发生了什么事情?”

于是在姚进断断续续的诉说中，她们知道了原委。卿帆突然下定了决心，她说：“有一件事情，我必须让你知道真相。这次，我们俩在一个风景区见到了秦昆。”

“是不是温泉度假区？他告诉我说，要参加一个金融会议。”周五的时候，秦昆主动跟她说，要去参加一个金融会议，连会议的地点都跟她说了，事后，她在网上百度了那个地方，确实有一个金融论坛在那里召开，秦昆在财政系统，参加这样一个会议是顺理成章，所以她纵使有怀疑，也没有去深想。她突然想到，她俩跟她说过的会议，莫非就是和秦昆同一个。现在看卿帆她们的表情，她隐隐有种不祥的感觉。

“姚进，秦昆不是一个人，是两个人。”

这次是一种尖锐的、突然的、无可抵挡的锐痛，正从胸口方向突然向她冲击，她头一阵眩晕，她强自镇静说：“你们还发现了什么?”

卿帆和雨初相视一看，卿帆将手机递了过去，秦昆和女人相依着从走廊那头走过来，廊间灯光暗淡，但是她却能清楚地看到女人凹凸有致的身体依偎着他，是照片中的那个女人，她看不清秦昆的表情，但是那种依偎散发的感觉，不像偷欢的男女，更像多年情侣，这是她和秦昆之间无法达到的。她突然就没有了动弹的勇气，刹那间，她心灰意冷，感觉自己就像一条被风浪突然甩到岸上的鱼，来不及多挣扎，就有了一种任人宰割的妥协。她心里的痛，就像一壶被煮成粥了的饺子，无法倾倒而出。

她木然地说："我知道她是谁，她是秦昆的前女友，我早见过她。"

"你什么时候见过她？"卿帆很惊讶。

"在他的电脑里。"姚进的口气有些虚弱，连续两次情感的冲击之后，她趋于一种麻木状态。

姚进的样子，让卿帆心疼和懊恼，原来她也并非毫无知觉。秦昆和狐妹的故事，卿帆是略知一二的，当时在火车站见到秦昆时，她就预感狐妹会是姚进生活中的一颗定时炸弹，那样的一对情侣，如果不是够眩目，又怎么会在圈中流传。可是秦昆形单影只之后，选择了姚进。她和狐妹比起来，远没有她那样丰富，一个在风花雪月中走过的男人，怎么会和姚进走进平静的婚姻生活。

"黑子让我跟他走。"姚进说，"黑子在前一刻就坐在这里。"

这句话让卿帆和雨初颇感意外，旧情复燃的不仅只是秦昆啊！雨初说："那你也没有什么想不通的了，毕竟你也有一个刻骨铭心爱着你的男人。只是，下一步，你们怎么走？"

"他可以接受我，但是我不能接受她。"姚进抚摸了一下自己的肚子，"我不可能不要她。而且，就算没有她，我和他也回不去了。"

"我已在这一站历经风雨，你还在上一站苦苦等候，一站之间的距离，就是一辈子的距离。我理解这种感觉。"雨初感叹道。

"你可以和秦昆开诚布公谈一谈。既然事已至此。"卿帆思量着说。

"他不爱我，我没有谈判的筹码。"姚进可以想象到秦昆的态度。

"那……如果他要和前女友在一起，那么你就要理智一点。你公公婆婆一直以为你肚子里面是个男孩，孩子生下来，需要一个爱她的爸爸，一个有爱的家庭。而不是你一个人的一腔热情，你不能给她一个完整的家……"卿帆说道。她也在想，这事如果发生在自己身上，自己会怎么处理。如果分手已成定局，会不会舍弃腹中即将临盆的骨肉，决然面对新生活。要不然孩子出来，事情会更加复杂。

"你们不要劝我了，我知道怎么样对我是最有利的。等到有一天，你们有了孩子，你们就会知道，哪怕她爹是个畜牲，做妈的都会生下她。"

雨初见姚进脸色惨白，不免担心，对姚进说："我们送你回去吧！"

姚进站起身来，突感身下一热，一股水涌了出来，她惊慌失措地带着哭腔说："我破水了……"

她是一个母亲了

卿帆她俩坐在手术室门外休息区，紧紧盯着手术室的大门，姚进已经进去快一个小时了，她们刻意离那群因为兴奋而喋喋不休的人隔了一段距离。前天，姚进破水紧急入院，马上有了不规则宫缩，孕期三十六周加两天，属于早产。但是离三十七周足月也只有五天，所以医生建议不进行干预，等待自然分娩。

卿帆安慰道："只有五天就足月了。"

"四十周瓜熟蒂落，孩子在肚子里多待一天都是不一样的。"秦妈语气里的埋怨不显山不露水的，却让卿帆她们听出了别的意思，她俩帮忙拿着各类物件，小心翼翼地陪在姚进身边，因为有秦家人在，走也不是，不走也不是。秦妈第一次在姚进身边看到她俩，嘴上说着客气的话，眼神却带着钩子，卿帆知道，她是怪罪她们的。姚进如果不是与她们外出见面，又怎么会突然提前破水。经过几个小时的相处，秦妈的笑容才看起来真实了一些，和她们说上几句话，晚上执意客气安排她俩在医院旁边的酒店住下，说着："你们是我们家进进的朋友，能过来看她，我们就很感激了。"

秦妈和尹妈完全不同的两种类型，秦妈说话慢条斯理，言语措辞都很讲究，是她们那个年代受过良好教育的那批人。卿帆觉得姚进碰上这么一个婆婆，不知是福是祸，只有与婆婆对决过的女人，在这方面才会拥有超强的敏感。她比尹妈要难对付得多。尹妈笑就是笑，骂就是骂，她自认为的心机能让人一眼看穿，而秦妈是一个连笑容都有好多种含义的女人。她打量着她，白色衬衣外面系着一条被扭成蝴蝶式样的真丝围巾，外着一件黑色的束腰风衣，式样简单，质地考究，看着人的时候有一种不怒自威的感觉。她看着，心里一阵发酸，不知道尹妈这辈子有没有这样穿过，同是一个年代的人，尹妈看起来就苍老得多。几天未回，也不知道家里、店里有什么新情况，尹哲不知道怎样跟张阿姨交差，离开得越久，这些想法就越泛滥，她都有些坐立不安了。在出发前，她有让自己刻意离开的感觉，她要让自己相信，没有卿帆，尹哲还是她心目中的尹哲，她回想起自己的初衷，嘱咐自己一定要沉住气，不能轻易出手。

姚进是在宫口开到六厘米时被送进待产室的，初产妇需要开到十厘米才会被送进产房。这属于产程加速期，有些产妇甚至几分钟就能开全。可是姚进在本应该一鼓作气的阶段停滞不前了。医生说产妇精神不济，宫缩乏力，宝宝是一个枕后位，这种胎位给顺产带来了相当的难度。秦昆在一旁说："干脆就做手术吧！"

秦昆自从赶回来就一直很沉默，显得心事重重。卿帆她们当作出差偶尔相伴路过此地，并没有表现出丝毫已知晓他出轨的样子。他在姚进身边望着她，看着秦妈抚摸着姚进的肚子，偶尔问上几句。卿帆一直觉得这个场面比较怪，直到秦昆开口的那一刻，她才恍然明白原因。相对于其他产妇的热闹，姚进一家实在过于安静。别的产妇或捶床或撒娇，老公紧张得鞍前马后，还有婆婆一干人谈笑风生。而这里，秦昆没有即将为人父的激动和不安，姚进也是沉默的，哪怕是宫缩来袭，仅从嘴里发出几声呻吟，比起其他产妇呼天喊地的声音，她实在太过平静，卿帆看着姚进头上密密麻麻的汗珠，她了解她压抑着的痛苦，无论是身体还是精神，姚进都在经历着前所未有的煎熬。最终，姚进被推进了手术室。很快，秦家的亲戚来了一些，大家谈笑风生的，画面终于热闹了起来。

卿帆听到秦妈的声音："还不知道是男是女呢，现在男孩女孩都是宝。"

卿帆以为自己听错了，明明就是因为秦家重男轻女才有姚进的香港之行，可是刚才的话，却是那么的通情达理，她看到了秦妈的笑脸，带着一种胜券在握的笑，不觉倒抽了一口冷气。她观察着秦昆，他也远离人群，在窗户前已经踱了几个来回了，他现在才透露出来的紧张让卿帆松了口气。

"你在看什么？"雨初看到卿帆东张西望，不觉好奇地问。

"我在观察姚进婆婆和秦昆。"卿帆的目光一直追随着秦昆，她希望从蛛丝马迹中发现秦昆对这个婚姻的立场，以此来判断姚进究竟有几分胜算让他回归家庭。

这两天的经历，对雨初现在依然单身的状态着实是一种安慰。两个人在一起过日子还不如一个人幸福，那为什么还要走进围城呢，所以对另一半的选择一定要宁缺毋滥。

手术室的门终于开了，全身武装的医生抱着孩子出现在了门口，一群人围了上去，卿帆她们也跑了过去："医生，男孩女孩?"

"恭喜恭喜！是个妹妹。"

"哦……妹妹也好，妹妹是福气！这孩子长得真像爸爸，和秦昆一个样子……"

"医生，你们是不是搞错了，是刚才进去的姚进的孩子吗?"秦妈的声音都在颤抖，她显然是在克制自己的情绪，她的表情别人可能会注意不到，但是却被卿帆尽收眼底。

"对，姚进的!"医生已经抱着孩子下楼去了，"安排个陪护下去，接宝宝回病房。"

一群人都跟着下了楼，秦妈的嘴抿得很紧，偏偏还要挤出一些笑容，看起来比哭还难看。卿帆对雨初小声说："我先下去看看，你在这里守着。"

如果不是雨初守在那里，真没有人等着还在手术室里的孩子她妈，这种在网上描述的现象原不是偶然。在医生抱着孩子进去称体重、换衣服的时候，人群安静了下来，秦妈现在连敷衍的表情都做不出了，板着一张脸，还没有从打击中回过神来，秦昆倒是一脸掩饰不住的喜悦，一直盯着婴儿室的大门。

护士给孩子换了衣服，裹着一床包布，抱出来了。卿帆凑过去一看，小家伙脸蛋红扑扑的，心上马上涌起一种欢喜。脸上有些地方堆着白腻如奶油的东西，她好奇地问道："这是什么?"

"胎脂，出来早的孩子脸上都会有点。"医生解释道，"来，把孩子抱到病房，侧着睡，等下我们会有护士过来指导母乳喂养。"

秦昆便将那个刚出生的小家伙接到怀里，姿势非常别扭，卿帆看到他笑了，笑容竟有些羞涩，他盯着那张小脸，很是专注，抱回病房的姿势也是小心翼翼。卿帆放心了一些，起码对于这个小生命，秦昆是爱她的，纵使爷爷奶奶再不开心，毕竟父母的爱才是最重要的。

卿帆赶上去和雨初一起迎接姚进从手术室出来，她半睁着眼睛，麻药未醒，意识模糊，脸上有种失血的苍白，她还是朝她的两个好朋友绽开了一个微笑，她是一个母亲了，无论前路怎样坎坷，她会选择坚强。

自从碰到我，你的生活开始杂草丛生

卿帆怀着一颗忐忑的心回到店子，离张阿姨最后的期限已过，她担心店子是不是会被围攻。到店子里的时候，闹事的没有，顾客也不见人影。只有尹爸一个人待在店子里，不觉好奇问道："您今天怎么有时间到我们这儿来？他们呢？"

尹爸表情有些不自在："尹哲没告诉你？我们的店子转让了。"

"卖了？这么快？卖给谁了？"卿帆很是震惊，这么大的事尹哲竟然对她只字未提，而且几天就卖掉了一个店子，这种速度也是不能想象的。

"你问尹哲吧，这事是他经手的。"尹爸精神不太好，这事对于一向自负的他也是一个打击。

"尹哲人呢？"

"去医院给你妈送饭去了。"

卿帆也没有吃午饭，她看见锅里还特地留出了一碗饭和一碗菜，菜是新鲜的，没有夹动过的痕迹，她也顾不上许多，便把饭给吃了。吃罢饭在楼上呆了一会儿，想着在外待了好几天，回来好好洗个澡。厕所的门年久失修，勉强能合上，反正家里人不多，平时洗澡也是在晚上，也就没有想着特地去修补，这样的生活环境，事情又繁杂，基础设施越用越将就。她对着楼下叫了一声："爸爸，我在楼上洗澡，您帮我看下店子。"

"唔。"尹爸楼下瓮声瓮气地回答。

这就算是打过招呼了，卿帆这才开始放心洗澡。她心里面像塞了一团棉花，尹哲卖掉了他爸妈的店子，竟然没有同她商量，她一方面欣慰，一方面又觉得有一点不被重视的生气。这么快的速度，估计也是贱卖，能这么快接手的只有同行，而且是对她家很熟悉的同行，她自顾自分析着种种可能……突然门一下子被推开了，她出于一种本能，"啊"一声尖叫，一下子扑在门上，将其关上。外面的人傻了，她内心迅速羞怒交加，就在关门的瞬间，她已经看清是谁了。她喝道："老黄！你没有听到洗澡的声音吗?！你是什么意思啊!"

"小帆，我不知道你回来了！我实在要上厕所了……我什么也没有看见啊!"老黄战战兢兢的，本来就内急，现在更是急得在原地打圈。厕所里面很小，里面雾气缭绕的，再加上他老眼昏花，而且卿帆的应激出手相当之快，他确实没有看到。

可是卿帆不这样认为，她认为推门的一瞬间，自己是完全暴露在他面前了的，纵使没有看分明，也是被看了一半去了。她来不及把自己擦干就急匆匆穿了衣服出去，哪还有什么洗澡的心情。她刚开门，老黄迫不及待的夺门进去，门都来不及关严实，"哗哗"的声音就响了起来。她忽然觉得这种环境，不仅是恶劣，而且是非常窝囊，连最起码的尊严都丧失了。她把自己关在房内，端坐了很久，越想越气，明明嘱咐了尹爸，可是还是让老黄上了楼，于是，她就没有了一丁点下楼的心情。想到前两天站在讲台上的自己，想起与骆海清的加班突击，还有临行前他跟她说的话："我这里随时欢迎你过来，好好想想你自己，不能浪费了自己。不能辜负自己。"

我难道想拥有的就是这乱七八糟的生活，还是以成功男人背后的女人的姿态去成全尹哲未知的人生。我自己呢，我想要的职业生涯又是什么?我为什么要辜负自己，浪费这静好的岁月……当初义无反顾地从北京回来，放弃升职的机会，是觉得厌倦了职场，陪着爱着的人回家创业会有自由的人生。可是陪着尹哲创业的这一年多，又有哪一天能比北京更轻松，禁锢在这方寸之地，自以为是的个性就是义无反顾地无知……原来，从来不知道自己想要的是什么，卿帆不断地反思着自己，感觉到自己的心动荡不已，她的自我分析条条都指往逃离。

一直到尹哲推门而进，她还保持着原来的姿势，头发是自然晾干的。她看到他，默不作声，尹哲上前去搂着她的肩膀，高兴地说："你终于回来了。"

卿帆动了动胳膊，将他甩开，没好气地说道："我不回来，你岂不是更好。"

尹哲重新搂着她："我一点都不好。你是不是在生气，有些事情没告诉你。是我觉得如果一个人能承担的痛苦，为什么要两个人一起承担。你替我承担得够多了。”

他将她的手放在自己的脸上，络腮胡在粗糙不平的脸上正茂盛生长，她说道：“我以前怎么没发现你的脸，原来杂草丛生。”

尹哲说：“你是不是还发现，你自从碰到我，你的生活也开始杂草丛生。”

“算你还有些自知之明。”看着尹哲粗粝的脸，这是第二次令她惊讶的瞬间，外表的变化是要累积到一定程度，身边的人才会有所惊觉。一年多的岁月硬是改变了一个男人的模样，他成了一个有点秃顶，满脸大胡子的男人。如果不是嫁给了他，而是在街头偶遇，她应该是认不出他来了。洗澡时所受的委屈到了嘴边又咽了回去，多年独立的生活让她学会了快速地消化不良情绪，何况这种事说出去只会让所有人尴尬，看见老黄冲进厕所的样子，她相信他确实是内急。

“样机有动静没？”

尹哲说道：“有，河北鹿泉的经销商订了两台。”

有人订货就比她想象的要好，她又问道：“有一个和我谈好要米机的人，货出走了没？”那个客户她谈得应是有八成把握了的。

“是不是一个瘦老头，随身拿着一把尺，到处量的那个？”

“对！”卿帆觉得好笑，“就是那个。”

“来了又走了，非得和你谈，说等你回来了再谈。有老客户介绍来的，也说要找你，问你是不是我妹妹。”尹哲说，“再过几年，也许人家就会说，你会不会是我女儿了。”

“你光长了一副老脸有什么用。”卿帆摸了一把他的胡子，明明剑拔弩张的气氛，却总是让他寥寥几句话化为无形。

“我不光脸老，我哪里都老了，不信，你摸摸……”尹哲坏笑道。

“流氓！”卿帆白了他一眼，“怎么什么都阻挡不了你的邪念啊！来点正经的，爸妈的店子卖了多少钱？”

“五十万，被对面张家买走了，全盘端。”尹哲说，“他和我爸妈是老对手了，我爸妈关张，对于他们是快事一桩。”

果然和她预料的一样，但是这个价钱比她想象得要好，“对面那家人做生意风格和爸妈一路，怎么这么快就下这么大的决心。”

“他们儿子接班了，怕我们洗货洗出后遗症，市场上只要出了那个价，价钱就难再涨上去。又担心转给别人，白白多了一个竞争对手，因为我们是连客户名单一起转。”

卿帆嘘了一口气，原来如此，这已经是最好的结局了。

“以后爸就在店子里给我们帮忙，可以吗?”

“你不需要先斩后奏，爸已经在店子里了，不是吗?”卿帆是不欢迎他的，思路想法完全不同的两个人怎么共事，而且尹爸实在是令人喜欢不起来。“你是不是考虑他突然失业，心理无法适应，所以把这里给他当诊疗室，要记得当初他是不看好我们的生意的。”

“他这种性格，突然无所事事，又暂时没有经济来源……我担心他会更加敏感多疑。”

“你可以提前赡养爸妈，反正你足够强大。”她心里烦闷，“我可以理解你的安排，但是你得做好准备，在生意上，我是不会迁就他的。”

“等我足够强大，他们依靠我们，才不会这样敏感。现在这个时期，只有让他们保持在继续劳动的感觉。”尹哲说道。

当初就是这种不容置疑的语气，让她跟定了他，而现在同样是这样的语气，她听出的却是不知天高地厚的信口开河，这惯常的坚定语气，不过是他说话的习惯，并不是他信心的积累，他凭什么判定，她和他的店子能养活，包括老黄一起，总共五个人。

晚餐是尹哲做的，卿帆在旁当下手，心中想到本来三个人的饭，又多了个背着手在下面转悠的尹爸，一家人所有的开支都需要这几十平方米的小店去创造，她想着明天怎么主动跟米机的客户打电话，无论生意大小，最怕的就是夜长梦多。

晚饭的时候，老黄捧着个饭碗如同饿虎扑食，连着吃了三大碗饭，尹爸看着直皱眉头，好在老黄专心吃饭，看不到他那阴沉的脸色，吃罢饭，习惯性地打了一个大大的饱嗝，逃也似的下了楼。尹爸说：“你们这是请的什么人？中午给他留了一大碗，晚上吃三碗，山都要被他吃垮，这要在过去，谁敢请他去做长工?”

“爸，吃饭多，说明力气用得多，相比肯用力气的人，几碗饭能算什么。”尹哲说道。

“中午的饭是给他留的吗？被我吃掉了。”卿帆才知道那碗饭是给老黄留的，把他的饭吃了，他却只字未提。此刻，卿帆有些不忍，想着他虽然形象龌龊，却从不怜惜自己的力气，再苦再累，也从未有过抱怨。她不喜欢他，却并不代表她想去苛待他。对于尹爸说的话，她更加反感，想到每日要与这样的他朝夕相对，她就觉得头顶像有座大山，随时有山体滑坡的可能。

晚上，尹哲拿着菜刀对着厕所的门一阵猛敲。

“这么晚，你干什么?”卿帆跑过去。

“修门。”他蹲着将门与框不吻合的地方用刀削去一块。

“修门？老黄跟你说了？这种事，他怎么好意思跟你说。这老黄也是真够奇葩的。”

“他能做你爸爸，你不要乱想。”尹哲将门试着关上，门与框仍然不契合。

“你都不乱想，我还有什么乱想的?”卿帆说道，“我都怀疑你这人会不会吃醋?”

“吃谁的醋？那个姓骆的?”尹哲漫不经心地说，卿帆脑袋却“轰”的一下，她着急地说：“我们只是朋友，你可不要乱想。”

“有一天早上，你彻夜未归。你从一辆出租车上下来，车上还有一个男人，是骆海清对不对?”尹哲再次试着关门，这下能关上了，只是门边缘被砍成了一个空洞，他皱着眉头通过那个洞朝厕所里看了看，“能看到屁股，我们还是找个条件好的地方搬家吧!”

他一把搂过呆在那里的卿帆：“我那天急着见你，三点多钟坐着运货的物流车回来的，和一车冰箱挤在一起。”

“尹哲……我如果告诉你，我只是想舒服的睡一晚，所以自己一个人睡在了宾馆里，你信不信。”卿帆突然觉得尹哲陌生得很，这个人心里能藏下多少东西啊!

“我信你，所以我从来不提，是你问我会不会吃醋。”尹哲直视着她的眼睛，“那么我告诉你，我都快被酸死了。”

一地衣服，一地杂碎

那个要米机的意向客户终于出现在店子里的时候，卿帆松了一口气，她还以为夜长梦多，给他跑了。在她眼里，每一个客户就是利润，就是支出，必须源源不断，才能运营下去，一旦断链，就会危险，家里毫无家底可言，再也经不起任何风吹草动，只有不断地增加店里的收入，才有可能良性发展。所以，她就到了每单必究的地步。

老头身材干瘦，手中依然握着一个卷尺，像随身携带的“武器”，他照例对着那台米机前后左右量了一圈，卿帆虽觉得他过于啰嗦，却还是亦步亦趋地跟在他身后，回答每一个他其实早已经问过的问题。尹爸抽着烟也跟在后面，她不但要盯着客户，还要防着尹爸的语不达意，她宁可他坐在一旁抽烟。他的烟瘾很大，每天起码一包半的烟，为人小气，来了看机器的客户，从不主动递上烟，除非看人家从口袋里交了钱，才会给他们递上一根烟，如果碰上来人多的情况，他是绝对不会递烟的。

卿帆说：“你要递烟，就在钱还在别人口袋里时递上去，钱都出来了，你再递烟有什么意义?”

“好多只是来看热闹的，我怎么知道他口袋里带没带钱?”尹爸言之凿凿，“要像你这样不知道人家买不买，又管烟，又管饭的，怎么做的生意?”

卿帆见他啰嗦，直接撂下一句狠话：“爸，我再不会做生意，我也不会做亏。”

于是，尹爸就不再说话。卿帆发现尹爸的特点就是你强他就弱，绝对不能表现出一副柔弱顺从的样子，尹妈就是教训。几个回合之后，她也就摸清了这一套，反击一定要快、狠、准。现在，卿帆和客户做着最后的交涉，问到出米率和碎米率的问题，卿帆说：“不放心，我们就签合同，如果同样的大米，出米率低于其他品牌同配置碾米机，我向您承诺可原价退机。”卿帆的话让用户吃了定心丸，他终于准备出钱，站在一旁的尹爸突然激动地说：“不能签！这合同是不能随便签的，签合同是要负法律责任的……”

“爸！这事您不要管。”卿帆赶紧制止他。

“合同都不敢签，那你们家质量就是没保证。”老头又犹豫了。

“哪家卖东西的，都不会做出这种承诺。看好了就买，我们负责坏了给你修，售后服务给你做好。”尹爸自我感觉态度良好。

“那我去别家问问，看会不会做出这种承诺，第一次打交道，嘴上承诺有什么用，现在骗子遍地是，买东西的时候嘴巴抹了糖，钱出了口袋，人都找不到。”老头有点生气了。

“爸，您不要管我们的事情！”卿帆急了，又对老头态度坚决地说：“我给您签合同，把您所有的顾虑都白纸黑字签清楚。”

“我说不能签，就不能签！这店子是我儿子的！”尹爸觉得面子被卿帆直接驳了下来，脾气上来了，“哪有他这样买东西的，机器都要被他看融化了，量坏了。”

“哪个地方被我盯融化了？哪个地方又被我量坏了，我买两三万的东西，还不许我看，是怕我看出鬼吧！”这句话彻底激怒了老头，“我不买了，你们卖的东西，看都看化了，我买的是机器，又不是冰激凌。”

“您不要生气！这是我的店子，您只听我的就行了。”卿帆将他拉至一边，转移话题道，“您看这个机器的碎米筛要不要给您加宽一点？”

老头还有些愤愤不平，但终究是已经考察过三趟，而且卿帆态度一直非常耐心，问道：“他是你爸爸？”

“嗯，是我公公。”

“就他这服务态度，姑娘你这店子不要开了。”老头说道，“如果不是看中了你的耐心，我肯定不会买你们这个牌子的，就买这米机，我考察了快一年了……”

终于签了合同付了钱，等中午陪老头吃完饭，再安排上车，已是半个下午过去了。尹哲和老黄出去调试机器，她便给尹爸端了一个快餐，等忙完发现饭还放在桌上未动。

“您不饿吗？”卿帆觉得不解，看着他线条强直的脸，便又说道：“要不要我给您热一下？”

“我不饿，不敢麻烦你。”尹爸冷冷地说，“我是个什么东西。”

“爸，我是为了销售，您不能带情绪。如果不签合同，他就走了，我们一分钱就赚不到。”

“像你这样做生意，怎么行的通，客户说什么就是什么，像我们卖的碗上车清数，路上碰坏的，我们都不会管。你们还年轻，现在的人坏得很，你签了合同，他就是拿到了把柄，到时牵着你们鼻子走。”尹爸脸上标志性的表情就是板脸皱眉，卿帆怀疑他是不是天生缺少笑神经。

“这和签合同没关系，签不签对于我们都是一样，你都得对人家负责，真有质量问题就得退机，但是对于他来说，就是保障。以后，所有犹豫的客人，我们都要签合同，这是我们区别于别家的硬指标。”

“要是真搞不赢别的牌子，那拖回来谁还要？退一台，你们卖十台都抵不上！”

“如果对自己卖的东西，这么没信心，你的客户又怎么相信你？”卿帆不觉怀疑，每个人的大脑结构是一样的，为什么想法会有这么大的区别，越辩论越生气，她确定自己无论用什么样的办法，都无法走进他的内心，于是，她放弃了和他的交流，不吃就不吃吧，有些人硬是要用自己的身体去惩罚别人，再也没有比这更愚蠢的做法。

尹妈迎来了第二次出院，但是在一段时间内，她都需要透析，医生说，她的肾功能严重受损，能不能摆脱透析要看病情的恢复。尹妈对卿帆说：“我除了给你们做饭，天塌下来，我也不会管了。我只能安心养病了，人啊，要服天要服命！”那个走起路来都要抖三抖的尹妈，经过一连串的打击，也学会了服软，尤其是她一直引以为傲的店子突然关闭，让她坚硬的底线溃不成军。

“给我们做饭也不要着急，等恢复一段时间再说。”

“你爸说，尹哲不在家，你就吃盒饭……我给你做饭，吃得好点。”

卿帆暗自感叹，尹爸连这种状都告啊！她解释道：“主要是有时来了客户，我没有精力上去做饭。”言下之意就是让尹妈明白，尹爸也是宁可跟着吃盒饭，也不愿意做饭的主。

“让你爸在下面看店子，你随便做点菜，一个菜也行。”

“唔。”卿帆顺着她意答应着，其实她想说，让他看店，一家人等着吃鸭蛋。

尹妈是闲不住的，出院一周就去了尹哲店子，下午提前和尹爸一起回家，尹哲和卿帆再回去一起吃饭。后来，尹妈又觉得两边开火不划算，而且老黄的晚饭也没有着落，于是就提议，干脆下午就待在店子里，吃完饭再回。尹爸在吃饭的时候说："这也挺好，你下午就在门面上睡觉。"

"睡哪儿?"尹妈问道。

"就睡在尹哲他们床上，自己的妈怕什么。"尹爸觉得自己安排合理，既省钱又省事。

"妈，这样吧，我再买张床，"尹哲看了看卿帆，他觉得她是不情愿的，卿帆越笑得夸张，就越代表她此刻心理的反抗越强烈。

"还花这冤枉钱干吗，我们晚上又不睡在你这里。"

"我不习惯别人睡我的床。"

"那养了你几十年，倒把你养成别人家的了。"尹爸火爆脾气又上来了。

"我不是这意思，我是觉得妈单独睡一张床会好些。"尹哲解释道。

"算了，我不睡，天天睡着骨头疼。"尹妈打着圆场。卿帆看着她，生病后她倒是变得善解人意起来，这样的她反倒让卿帆心软，她说道："就让妈睡在我们房里吧，我来安排。"

她想买床新床单，白天晚上轮换。等她买了被单回来，尹哲把床也买回来了，本来不大的屋子摆了两张床，紧紧挨着，仅能容一人通过。布衣柜也需要挪地方，挪动的时候散了架，衣服散了一地。

散落一地的，还有卿帆的心情，她当时想到了八个字：一地衣服，一地杂碎。

最可怕的是裸露的人心

最近这段时间，尹哲很少待在店里，他和红星机械厂的往来又重新密切。仓库里的收谷机除了给各地发过去的样机，后面又陆陆续续走掉了几台。但这绝不是一个火爆产品该有的迹象，虽然卿帆满腹疑问，但是，她对尹哲的动向从不过问。碰到生意平淡的时候，尹爸就如同一个雕塑一般端坐在门口，卿帆想到他以前态度激烈地批评过她的迎宾方式。每当有人从门口走过，尹爸的目光必将人送至老远。一家人所有的希望都在店子里，每一个客户都是弥足珍贵。所以，但凡来的客户，卿帆都是亲自去谈，小心翼翼地防着他，他对此也有所察觉，跟在后面说上几句无关痛痒的话。卿帆在电脑上装了进销存系统，尹爸虽有一手好字，跃跃欲试，但无用武之地。他看到卿帆用电脑开单，很是新奇："这个好，这个好……到底还是见了世面的人。"

卿帆觉得一家人守着店子的状态令人压抑，尹爸俨然就是一个考官，每个客户的谈判都像在考官眼皮底下的考试，两人总有意见相左的时候，卿帆每每以强势的态度压住对方，而刚好那个人当天又没有成交，尹爸就像抓住了把柄似的。她说："爸，不是所有来店面的人，今天都是揣了钱过来的，人家需要考察。"

尹爸就会嘟囔："谈到别人家去了，还嘴硬，我刚都看到他去别人家了。"

"您买东西只去一家啊！人都需要货比三家。"

尹爸又重新坐回到他的"观望台"上，那种"望眼欲穿"又让人觉得有种可怜。尹爸是个瘦子，却偏偏喜欢穿一条肥大的裤子，裤子穿在腿上就有荡秋千的感觉，有时上货的时候碰巧只有他在，他便会充当搬运工的角色，将裤腿挽起，露出细细瘦瘦的腿，因为过度用力，脸部涨得通红，青筋都突了出来。卿帆看着不忍，便说：“叫个机动叉车吧，一台机器叉一次 20 元，犯不着把人搞这么累。”

尹妈在楼上呆得无聊，重出江湖，看到这种场景，就会说：“20 元是一天的菜钱，能省就省，力气不用放在身上又不能换钱的。”

卿帆便不再坚持，自己老婆都不心疼，自己热乎个什么劲。况且，尹爸脸上的成就感也是显而易见的，他在店子里待着就有了更充足的理由。

这天，卿帆带客户去仓库看完东西后，去楼上上厕所，尹妈房里传来说话的声音，她还以为她在自言自语，后来又听到尹哲的声音，原来尹哲回来了。尹妈的声音压低了些，尹妈自以为的悄悄话，只要用心去听，一定距离内就能听得到，何况厕所与卧室仅有一墙之隔。

“虽然跟着你爸，存私房钱是不对。可是你爸对人的心，也是让人心寒。妈存的十二万私房钱，是妈做生意时偷偷攒下的，本来想等我死了才能拿出来，可是妈得了这病，万一哪天突然不清楚了，都来不及告诉你。”

“妈，我不需要，而且，你这病，好好养着就会有希望。”

“这钱，你也不要让小帆知道了。经过这段时间的相处，妈发现小帆这孩子心眼还不错，很聪明，又能干，就怕你降不住她。你爸说得对，人都是我们家的了，钱还舍不得拿出来，她以前上班的钱就应该是我们家的。”

“妈，您忘记了，我做收谷机，您住院的钱，都是小帆的钱。小帆婚前的钱就是她自己的，有钱我会还给她。”尹哲说得斩钉截铁。

“你就是傻！她的钱不就是你的钱，以后孩子一生，还什么还。”

“我们的事，妈您就别操心了。张阿姨她们来催账，您怎么都没有把这钱拿出来，您也真沉得住气啊！”

“你妈要是突然拿出来十几万，你爸会怎么想，他正怪我把店子管亏了。而且，我也想看看小帆手上是不是还有私房钱留着呢，免得给了娘家……”

“妈，您别总是对卿帆见外！她对您的付出，您也是知道的……”

卿帆听着，人就像石头一样僵在那里，这种剧情是她始料未及的，天气已经热了，她却感到一种彻骨的寒意。掏心掏肺的对待尹妈，她却在掏心掏肺算计自己，她自认为能洞彻人心，一直认为尹妈是一个毫无城府的傻女人，原来最傻的那个女人是自己。她宁可自己耳朵出了故障，没听进去这些话。她想起尹爸当着自己面的百般挑剔，背后更不知道是怎样的讨厌自己，纵有尹哲百般维护又怎样，该有的伤心一分也没有减少，这样一思量，便觉得心灰意冷。自己下楼后，在微信上发了一条：最可怕的是裸露的人心。

这是她发的第一条微信，图案选的是一颗破碎的心。她用微信，还是上次听雨初问起，问她的微信号，她一片茫然，才知道自己已经落伍了。雨初每日在朋友圈中展示着各种精彩，那是一种离卿帆相去甚远的生活，她只能远远观望着。此刻再看到那些图文并茂的生活，她觉得每一个人的生活都比她过得精彩。这时店子里走进来一个看机器的人，卿帆有别于往日的热情相迎，对尹爸说："您不是一直想接待客人的吗？您去接待吧！刚好，我也学习一下。"

尹爸有些狐疑地看了她一眼，然后去接待客户，卿帆发现，那些说辞竟是一大半学了她的，连个别用词习惯都沿袭了她的特点，到他嘴里有种刻意模仿的生硬。她在旁听着觉得好笑，但是一直到那客户从店子里走出去，她都没有在后面补充，或者将客户接过去自己谈。尹爸看起来懊恼不已，想跟卿帆说点什么，看着她冷峻的神情欲言又止，卿帆视若无睹，只管坐在那看她的金融学理论。

晚上的时候，尹哲对卿帆说，你对爸能不能柔和一点。爸说，他不过来上班了。他要去开个水果店。

卿帆边看书边说道："好啊！没有技巧的销售，更加适合他，如果他一定需要做点事情，开水果店也是不错的选择。"

"本来也没错，可是如果他去开水果店，我就得把卖店子剩下的十万元还给他。我是准备把那十万元拿去做滤油机，我与老黄还在红星机械厂核算过每台成本只要两千元，这种机器，只要有榨菜籽油的地方就能用得着，不需要沉淀，榨出来的毛油往滤油机一倒，油就清亮了。这个我认为一经推出，应该很有市场。它比收谷机更好推广一些，可以直接上门演示，效果直接，以点带面……"

"你应该还有妈给你的十二万私房钱吧！你可以把十万元拿出来还给他。"卿帆不紧不慢地说。

"卿帆……"尹哲显然没有想到，那样一段话被她听走了。

"不好意思，那时我在上厕所，你也知道，妈妈的声音一向能够穿墙越壁。”

“你了解妈的，她的口头表达能力一向不好。而且，我没有告诉你，是尽可能地让你过得单纯一点。”

“我一直把他们和我们分得很清，我一直努力地让他们的态度对我们都不会有什么影响，但是，我还是没有做到最好。”

“对不起……”尹哲紧紧抱着她，她说话的语气不是激动，不是愤怒，而是从未有过的悲凉。

“尹哲，你是不是从未考虑过，我们有一天会重新回归上班一族。我怕我再待在这里，有一天，我们两个需要重新面对上班生活的时候，会无所适从，哪怕是回到原点的资本都没有了。我们对生活，必须要有应急方案。店子虽然是盈利的，努力的时候有可能超过上班的水平，可是我们没有周末，没有爱好，没有同事，没有任何提高的机会，我们就在这方寸空间终老吗?”话一出口，她自己先怔住了，她再次震惊于历史的惊人相似，当年的姚进也是这般劝过黑子，结果姚进离开，然后她们就分手了，她望着尹哲，心中有了离别的疼痛，她不想去探寻疼痛从何而来，她怕弄清楚后，自己会改变主意。

“卿帆……”尹哲有些慌张，今天晚上的卿帆让他有一种不好的预感："我把我的计划讲给你听，我上次出去一趟最大的收获是发现自己的眼界太狭隘。我这几天一直在想做农机电子商务平台的事。我分析了整个农机市场，能在网上做好的农机企业几乎没有。天时、地利、人和，做一件事，这三个要素缺一不可。有时候，方向是对的，时机不对也是没有用的。就像我创业做快餐的时候，以我那样的标准去做，它依然不会成功。因为人们的消费理念不是靠几次宣讲，媒体上几篇文章报道就能改变的。它需要的是未来某一天，一次全国范围饮食安全的大爆发……而现在，农机的网上时代应该就要到来了。淘宝这样的网站，农机在上面都没有分类，以后有机会，我们要建一个专业的农机销售平台……我先依附于阿里巴巴这样的网站，做他们的会员探探底……”

卿帆觉得他说得不无道理，可她却没有了拥护的激情。尹哲如同演讲一样，他这样善谈的时候，也只有这样的时刻，她看着有些心疼，她知道他想让她看到希望。虽有不舍，但她还是下定了决心："尹哲，我准备去亚透上班。周末，你来看我，或者我来看你。"

尹哲只是将她抱得更紧，将头埋在她的脖子里，一直不说话。

“我是你的爱人，不是你的工作伴侣。我应该，也有自己的梦想。”卿帆硬着心肠说：“这里离长沙坐高铁不过半个小时，就当我们是在北京上班，而我平时住公司宿舍。”

如果要在以前，他一定会“厚颜无耻”地说，不许走！现在他一言不发，他不再是那个用命令口吻要她跟他走的尹哲，经历改变的不仅是他的外表，还有他们之间最初相处的感觉。尹哲终于松开了她，他看着她亮晶晶的眼睛，说道：“我答应过你，如果我一直给不了你好的生活，我让你走。”

“也许，我很快就会回来。”卿帆在心里说，我不是谁的救世主。我喜欢的尹哲，纵使没有卿帆，也能海阔天空。倘若不是，她爱的只是她自己以为的尹哲，所以，她需要时间来鉴别。她怕这个过程，会把所有爱的感觉都淹没，她的那些话会成为长了毒针的刺，去刺伤一个正在成长的男人。她需要给他足够的时间去证明自己，去独自面对成功和失败。

因为，她相信，经历共同创业的过程绝不是爱情的唯一表达方式，如果这个过程已经开始有了质疑和伤害，暂时的逃离也是一种用心良苦的选择。

我有喜欢的人了

雨初收到了一个包裹，当她看到包裹上的字迹，她兴奋得手都有点微微发抖，是骆海清发来的。他寄来的是一瓶香水，与卿帆送她的那款一模一样。她心中雀跃不已，他对自己是有心的，他竟然能辨识出她用的哪款香水。在雨初回去之前，她偷偷将那块表放在他的桌上，她也有过刹那忐忑，反复思量，这种赠送实属应当，权当论坛业务给他的感谢。想不到，他很快就礼尚往来。她还惊喜地发现随件而来的还有一封信，她有些舍不得读，想回家了再去看，怕办公室这样的环境辜负了这般心情，却还是按捺不住，拆了开来，不是电脑打印稿，是他自己用钢笔写的：谢谢你的礼物！雨初，我有喜欢的人了。

雨初的嗓子发干，所有的血液都似往心脏方向汇合，那个地方沉甸甸的。一种曾经经历过的感觉再次来袭，吴楠对她说，我们分手吧！那一刹那，她有过那种感觉。她看了很多遍，她有些恍惚，虽然早有感觉，却不如这次这样直接。等到这种感觉平息了一下，一个想法突然闪现出来，骆海清之所以准确地知道她所用的香水，是因为它原本就是骆海清送给卿帆的。要不然，什么样的男人能闻香识出处，而且这种香水并不是市面上大规模出售的那种，她曾经留意过很多商场都未有同款出售。于是，她的心又揪了起来。她鼓起勇气给骆海清打了一个电话，直接开门见山："谢谢你送我的香水，你是不是也给卿帆送过同款？"

"是的。"骆海清的回答也很干脆。

"你喜欢的人，是不是卿帆？"

"我可以不回答吗？"骆海清笑着说，"是我自己的单相思。"

雨初挂了电话，一种非常强烈的挫败感淹没了她所有的感觉。这个答案给她的刺激比刚才更强烈，他的欲盖弥彰更让她笃定，那个女人一定就是卿帆。她本来以为，他不爱她，他起码也没有爱上别人，还会偶尔出现他对自己也有情意的臆想，那也是一种远远观望的快乐。现在，他有喜欢的人了。那个人不是别人，而是卿帆。如果不是她，她根本就不会拥有一段这样的感情体验。是卿帆从一开始就骗她，说香水是她同事送的，让她与他相识，让她一次又一次放弃自己的骄傲，而她偏能做出一个好闺蜜的模样，一次次鼓励自己去争取，而她就用一个女人不自量力的失败去成全自己的胜利，去迂回证明一个男人对自己的爱情。

“何雨初，你就是一个笑话。”雨初对自己说。

当她在朋友圈看到卿帆微信上的话——最可怕的是裸露的人心。她回复道：是的，尤其是自认为亲密的人，那种被欺骗和利用的感觉一旦被证实，真是一种残忍的体验。

卿帆回复：知我者，雨初也。

雨初看到骆海清在卿帆微信下的回复：没有谁的心是裸露的，心都是埋藏在胸腔里的。以为窥探了别人的心，其实只是冰山一角。所以，不要害怕。

他既没有给自己点过赞，也未有过回复，这种权利只有卿帆才有。这应是一番费了心思度量过的话。也许他和自己一样，微信中的一张图片、一段话，往往经历了删了改、改了删，反复斟酌才会出炉，可是他偏偏视若无睹，她是一个结了婚的女人，他却这般费尽心机，他越是对她一往情深，放低身价，她就越痛苦。她身上燃烧的嫉妒和愤怒，已经越燃越烈。她给骆海清发微信，写道：我知道你喜欢的是她，你是不是忘记了，她是举行过婚礼的女人？你俩都是我的朋友，我不想看到你们玩火自焚。

她猛然想起，自己曾告诉过他，卿帆并没有和尹哲领证，卿帆既可以和尹哲在法律的约束之外试婚，又可以用毫不露痕迹的方式携带着骆海清这个优秀的备胎，一旦婚姻不如意，她随时换个地方生活，谁又会知道她的过去……她已经断定卿帆是个心机深沉的女人。当她看到卿帆给她发过来的消息：“我决定去亚透上班了。”雨初在心里恨道：这么快，果然是处心积虑的女人打造的步步为营的人生啊。

雨初在纸上写好一段话，它们满是质疑和愤怒，是以结束她们几年友谊的决裂态度去完成的。正当她准备在手机上敲下发给卿帆时，骆海清的消息紧跟其来：“我喜欢她，是我自己的事情，和她无关，请替我保密。”

在她看到骆海清的信息时，她放弃了将这段话发出的想法，这只会让自己更像一个兴师问罪的失败者。以其人之道还治其人之身，做一个比她隐藏更深的“心机婊”，陪她玩一场“地久天长”的友谊，岂不是更有意思，于是，她给卿帆回过去一条：你早该出来了，愿你前程似锦。

不管卿帆怎么样，她要做到让自己的事业前程似锦。她是踌躇满志的，底气缘于实力，连续几个项目完成后，周会上雨初被正式任命为项目总监。虽然整个公关广告行业前景不如从前，雄霸公关行业前四地位十年之久的公司似有风雨飘摇之势，对于她来说，也是职业生涯一个新的里程碑。所以，她主动邀请范总见面，只有他总是不吝于在她的微信上做出各类点评，而她在点评中发现他有一颗和他外表迥然不同、属于年轻人才有的蠢蠢欲动的心。她觉得和他熟络了，以前那种局促难安逐渐不见，甚至因为知晓他的心事和他惯常的包容，而有了随意凌驾于他的感觉，这种感觉很好，是明知道别人对自己有好感，才会拥有的若即若离的快乐。

这次是他请她，带她去的是他常去的音乐旋转餐厅。聊到中途，他对雨初说：“这次见你，小丫头，你长大了。”

他打量着她，她在他面前已经彻底放松和自如了。那种不经意出现的小女儿娇嗔，让他心旷神怡。她终有一天不可避免会成为老江湖，在她身上不会再有那种让人觉得初出茅庐的窘态。他心情有些复杂地看着她，“也不知道到底是好事，还是坏事。”

“我不仅长大了，我还沧桑了。”雨初说道。

“都说中年是条河，阅尽千帆，看惯潮涨潮落，很难心随潮动了。人到中年，会觉得年轻时稍不留意就心情澎湃的心理阈值可遇而不可求，能有点让心风吹草动的人和事，我就会觉得可贵。”范总说道，“你还没到沧桑年纪，可千万不要做出阅尽千帆的模样。”

雨初觉得自己在他面前，所有的心事不能遁形而逃，他说的话是值得回味的。

“以后，你不要叫我范总，我叫范向东。我喜欢你叫我向东，或者东哥。”

“东哥。”雨初听话地叫道。

“虽然我不能给你我白纸一样的青春。但是，我可以让你做我的唯一。”范向东笑道：“我没有那么多时间让我如同年轻人一样拥有欲擒故纵的过程，我这个年纪，喜欢直接。”

这样的情话在一个中年有成的男人嘴里讲出来，也有一种别样的动听。她明了他的心思，却不清楚他的底线，她担心果断的回绝，不仅业务没有那样得心应手，而且会失去一个喜欢着自己的人，她对这种有距离没有压迫感的暧昧并不讨厌。

“东哥，我可以问你一个私人问题吗？你有老婆，又怎么可以让我做唯一。”

“我什么时候告诉过你，我有老婆？”范向东搅着面前的咖啡，表情云淡风轻。

“难道你没有老婆？”雨初难以置信，这种情况让她有些慌张了。

“曾经有过。”

话题就在雨初的沉默下中止，答案远远出乎她意料之外，他竟然是单身。

“但是，我暂时没有再婚的打算。”面对独身的他，她心情复杂，没有了婚姻的借口，也许以后要与他保持正常的距离了，毕竟她没有与他谈场恋爱的打算。

她将满桌的精致点心、站在灯光下等待召应的侍者、摇曳生姿的氛围一一拍下，传到朋友圈，懂行的人都能看出那不是普通的咖啡厅，她在乎的从来不是那些看热闹围观，不断点赞的人，她在乎的只有一个人，那个人的眼睛在上面浏览过一次就可以了，她要让他明白，她是一个值得阅读的女人，因为卿帆，她反而越加对他有了挑战的兴趣。

范向东对于此微信的回复是：“小丫头，在微信上‘犹抱琵琶半遮面’地展示自己，乐于把自己一天中最光亮的片刻展现出来的人，有一颗自我感觉良好或者落寞的心，大部分其实正处于失意中，微信中那些场景和措辞，怎么让自己及身边的一切看起来更美好，常要浪费掉他们不少脑细胞，大部分时候，他们在乎的只是某些人目光是否流连，而不是全部。丫头，我要告诉你的是，每次回复你，我也是费尽心思，超过了我写工作报告的精力，这是不是也能让我在你心目中的地位与日俱增？”

这是范向东留言最多，措辞最为犀利的一次，但是它一箭穿透了雨初的心，像被人直接撕了面皮扔在了地上，这是一个多么可怕的男人，他如同内窥镜一般，让她的内心世界纤毫毕现。

比不上一个保姆的价值

姚进的网络生活是在有了月牙儿后开始恢复的，朋友圈中各类心灵鸡汤、精彩生活如同她的止痛剂，打发了很多她不知如何度过的时光。秦昆和狐妹的事情在她心中忍而不提，在她脑海里发酵到了极致，时间一长，它们似乎凝固了，成了老酸奶一样泻倒不出，气味却腐臭了，充斥在她与秦昆相处的每个瞬间。

本来她是想等到自己精神有所恢复后与他谈一次，后来又因自己妈妈过来照顾月子，不想让她担心，而只能将这种谈话延期，等过了月子，她再次做好准备的时候，又发觉从女儿出生到月子结束，狐妹像突然从他们生活中消失，他每日按时回家，第一件事情就是去看女儿，有时会在摇篮前久久注视着，爱女心切的样子确实发自内心。事实证明秦昆是对的，秦爸秦妈在经过否定、愤怒之后，却也接受现实喜欢上了这个新生的生命。那眉眼、那小嘴，秦妈说像极了秦昆小时候。在经受了巨大的心理煎熬之后，这块大石头终于放了下来，虽然他们总是在话语中透露出遗憾，但已比预料的好太多，所以，沉住气也是解决问题的一种方式，比如出轨这件事，没有哪个女人能耗得过时间，尤其是看起来那样骄傲的女人。虽然那种面对出轨爱人的忍气吞声，对她是一种痛苦的凌迟。

她不想让月牙儿还在襁褓里就听着父母的吵闹声长大，所以几次她看着秦昆，质问都卡在嗓子里。渐渐地，她现在想起那些场景连心痛的感觉都变得麻木了，她认为自己只是在被动地等待一场宣判。她只有在看着月牙儿的时候，才会从麻木中复苏，找到一种活着的质感，于是，她在微信上也成了一个晒娃达人，这是她唯一感觉在她身上能被晒出去的幸福。也有一些人点赞，有一些单身姑娘羡慕不已，叫她幸福的辣妈，她在这些中收获到了一种虚拟的虚荣，那是种被别人以为幸福着的幸福。

姚进妈妈回家前晚，语重心长地跟她说："我跟着你在这里过了一个月，看你愁眉苦脸的样子，就知道你有心事。你婆婆是个厉害人，你和秦昆还年轻，还有很多路要走，有些事情要糊涂一点，不要想不开，有些坎，忍忍就过了。既然孩子都已经生了，一切为了孩子好。"

姚进看见妈妈转过背拭眼泪，那是对独生女儿的心疼，也是一种过来人对婚姻的洞彻，她何尝看不出婆婆对自己的苛刻，秦昆对自己的淡然。她拉过妈妈满是老茧粗糙的手，哽咽地说："妈，是我没用。"

"人生下来就是干活的，妈干活惯了，没觉得累。"

姚进妈妈在郊区种有几亩菜地，每天四五点就起床挑菜去卖，可能因为长年的辛劳，虽比秦昆妈妈小两岁，却像家里请的阿姨一样。有一次，秦妈在阳台上晒衣服，楼下的问她："秦主任，你家请的阿姨多少钱一个月？"

"哦，那是我亲家。"秦妈的声音一下子低了下来。

"哦。"楼下的邻居有些尴尬，"那她是一个过日子的好手，我在菜市场碰到她，讨价还价的，把卖菜的说得没话讲。"

秦妈慌忙从阳台上退了回来，连衣服都没有晒完。这是秦家最没面子的一件事情。当初，结婚请帖都发出去了，曾经的准儿媳竟然出国不结婚了。如果不是因为秦昆发生的突然状况，她又怎么会同意这么一桩婚事。为了照顾秦昆的情绪，为了封住悠悠众口，她不得不同意了这场婚事。那个差点成为儿媳的女孩子，不但人长得漂亮，学历高，家境更是好，是一个在北方城市拥有五星级酒店和农庄的董事长唯一的千金，和现在的儿媳完全不在一个层次上面。但是条件好的女孩儿，仗着家底就会有为所欲为的任性。所以，当她看到姚进顺从老实的样子，她就同意了，时间一长，却又觉得自己家亏了。

姚进坐在沙发上给月牙儿喂奶，看见了这一幕，很是愤慨。整个月子里，姚进妈妈负责姚进及一家人的伙食，半夜起来给孩子喂奶、洗尿布等活计，她就像一个不知疲惫的陀螺，几乎没有片刻休息。姚进知道，她是以自己的勤劳给女儿婆家留下好印象，也许未来哪一天，她还得与秦家的人朝夕相处，毕竟她只有姚进这么一个女儿……姚进看出她的心思之后更加心疼，现在看秦妈的态度又让人绝望，这些事情让她心情雪上加霜，整个月子都过得度日如年。

秦妈感叹："亲家母，你辛苦了！到底是做事做惯了的，没觉得累，我这一天天给孩子换尿布，腰酸背疼。"就因为这句话，姚妈又把给孩子换尿布的活揽了过来，因为天气渐热，怕尿不湿捂着孩子，一直用的纱布尿片。那纱布颜色雪白，孩子拉上粑粑之后迅速浸染，要费很大工夫才会恢复本色。姚妈就说："这颜色尿布不好，我们姚进小时候用旧内衣改的尿布，又吸水又好洗，亲家，要不把你们家的旧衣服清理一些出来，我做些尿布。"

"那是以前不科学的带法，有颜色的衣服，宝宝用了不好，就是要用白色的，再说，我们家的条件也不比你们家条件，用不着这样寒酸，我们家的旧衣服都扔了或者捐了。"

"我家再怎么穷酸，女儿也是被我们捧在手心里长大的……"姚妈见她话里讥讽，心中不舒服，就极小声地说了一句，好在秦妈抱着月牙儿进了屋，估计没有听到。所以，姚进刚坐完月子，就要她早点回去，她实在不想自己妈妈在这个家里像个免费的保姆，还被人瞧不起。她说："放心，我会照顾好自己和月牙儿。妈，您那时不也是一边干活，一边心肝宝贝一样把我疼大了吗？"

姚妈走后，所有的事情都落在了姚进身上，婆婆在旁协助带下孩子。姚进本来就奶水不足，月牙儿光只知道含着奶头，吸吮的力气非常小，一吃半个小时，一拔出来就饿得哇哇叫。秦妈在一旁埋怨道："枉为女人，连奶都不会喂，我早就说过要你和你妈不要给她喂牛奶，喂习惯了，就不吃母乳了。肯定是晚上偷懒不想喂奶，喝牛奶管得久啊！却不想害着我们宝宝了！"

姚进听到这种责备，并没有十分介意，因为说明在她心里，起码是心疼月牙儿的。秦昆给她买了一个吸奶器，直接吸到奶瓶用奶嘴喂。使用吸奶器，吸得生痛不说，每天晚上起来三次的频率让她整个人都是昏昏沉沉的，心中有种无形的压力让她到点就醒，有时她真想给小月牙儿混一顿牛奶吃，可是她知道婆婆心中是不情愿的，婆婆每天盯着吸奶器外面的奶瓶，如同审视着一头正在产奶的乳牛，产量稍有降低，就会怪罪："不多吃怎么会有奶？真是怪，现在的女人连奶都没有了吗？"

每次遭受婆婆的挖苦，姚进就会去看秦昆一眼，这些话对于他来说就是真正的空气，他向来没有在母亲面前维护她的习惯。因为担心姚进半夜起来哺乳的动静会影响他上班，婆婆建议让他与她们分房睡，秦昆就听话地睡到另一个房间。有时秦昆房间的灯关得早，她就会一脸高兴地对姚进说："秦昆今天表现好，睡得早。人就是要睡得好，身体才会好。"

姚进心中就掠过一些悲凉，自己辛苦地带孩子、做家务从未入过她的眼睛，秦昆除了逗弄孩子，从不负责孩子的吃喝拉撒，碰到给月牙儿换屙了臭臭的尿布，他也是赶紧保持距离。现在婆婆因为自己儿子睡得早就沾沾自喜，而自己顶着两个大熊猫眼，不但觉得理所应当，还百般挑剌，如果这就叫表现好，她可以表现得比秦昆更好，现在给她一块床板，她就能睡着。她苦笑道："妈，以前您生秦昆，爸爸帮过您没?"

"我要他帮什么，带孩子本来就是女人的事情，哪个大男人干这些婆婆妈妈的事，秦昆是他奶奶一手带大的，晚上他奶奶带着睡，怕我休息不好，就吃奶的时候送过去。"

姚进勉强笑道："您福气真好。"

可能看出了姚进情绪的不对，婆婆又接着说道："你和我不一样啊，我那时的奶水能管两个孩子饱，你这晚上要吸奶，我想帮你带也带不了。"

这天晚上，秦昆看着手机，竟在沙发上睡着了。婆婆一脸愠色："小进，你进进出出没有看到啊，帮他在身上搭件毯子啊！就这样歪着睡着了，肯定是上班累着了，秦昆可是我们家唯一的希望啊。"

姚进当时正给月牙儿换尿片，她的心当时就堵塞住了，婆婆这句话有众多语病，她是月牙儿的妈，她不是秦昆的妈，她不可能把秦昆当作月牙儿那样去疼着。秦昆是唯一的希望，那月牙儿又是什么。她抱着月牙儿走进客厅："等月牙儿一岁断奶了，我就去上班!"

秦妈说道："你上班了，谁带孩子?"

"我们可以请个保姆帮忙带孩子，如果我总不出去上班，等再想去上班的时候又因为耽误时间太长，而不好找工作了。"姚进嘴上这样说，心里想的就是，既然你认为上班这么累，就让我去上班好了。

"现在的保姆价高不说，还不负责得很。你上班的钱，抵得过保姆的钱不? 要学会算账……"可能是看出来姚进是带着情绪的，又接着说，"你在北京上班那么多年也没有看过你赚到钱，你到这里上班又能赚多少钱?"

姚进恍然大悟，在婆婆心里，她的价值还比不上一个保姆。她的职业生涯在她眼里一文不值。

“你不要想上班的事，秦家不差你这几个钱，月牙儿一岁，你们就得准备生二胎了。”婆婆说道，“你还是福气好，碰到了我们秦昆。”

“我是剖宫产，起码也得三年才能怀孕。”姚进是想起卿帆的预言，字字见血。

“你们都多大了，还等三年，有些人剖腹产生的孩子，还不是一年一个。”婆婆说，“上次，也不知道是你们骗了我，还是高科技骗了我？这一次，我自己亲手抓。”

这样的生活连一丝光亮都看不到，向前一步仍旧是黑暗，她在黑暗中连反抗的方向都没有。以前那个泼辣的姚进去哪儿了呢，被生活直接枪毙，不能复活了吗？

有一种温暖不能贪恋

虽然卿帆的决定激发了尹妈如同鞭炮一样的碎碎念，凝固了尹爸如同冰山一样的表情，他们认定卿帆必定是有去无返了，在家里最困难的时候逃跑了，卿帆没有给自己片刻的喘息时间，直接就进入了工作。她很快发现对于一个行业，一年多站在门外的观望，已是差之千里的区别。难怪有人说，坚持做一件事是一辈子的事情。她感觉到自己专业的匮乏让她压力剧增，客户不断衍生的金融业务让她眼花缭乱，知己知彼方能百战百胜，在这样的市场环境之下，知彼更加重要，只有把对方的业务了解得如同自家菜篮里的东西，才有脱颖而出的可能。而不过在一年多前，她在公司仗着销售技巧就能弥补专业知识的不足，因为产品基本是固定的，而现在基本每个客户就是一套产品，个性化定制时代的来临更需要从业人员有着超强的专业素养，不进则退，三天便成门外汉，金融行业尤其如此。

亚透是个外资企业，同事之间交流习惯中英杂交的语言，刚开始几个星期，有着一定英文基础的她尚需连猜带蒙。她在骆海清办公室听到他一口近乎母语标准的英文给总部在做汇报，但是，他却是办公室里，除了她外，使用中英杂交语言频率最少的人。她跟着他去过几个银行设省城的分行，他不但了解人家的产品如自家的东西，还能提出一些中肯的改变意见，引申国外行情的时候，数据可以精确到个位数，就像他的大脑里装了一块芯片。她才知道上次与他交手能够取胜，只能是运气太好。

银行总部大楼通常装修得气派非凡，最爱的装饰就是大面积通透的玻璃，在阳光下如同白银铸造熠熠生辉，她转头看着自己的侧影，白色衬衣和灰色 A 字裙，黑色丝袜配上黑色高跟鞋，被尹哲嘲笑着锅盖的短发又变成了马尾，她是恍惚的，这些场景似曾相识，她不知道此刻是在梦境，还是过去的那些日子是假的。她看着身边的骆海清，说道：“你有没有过一种时刻，你会突然觉得置身梦中，分不清是梦里梦外?”

“我现在就以为自己在做梦，我和你成了同事。”骆海清一脸笑容沐浴在阳光下，头发黑而茂盛，她想起了喜欢光头的尹哲，来亚透一个多月了，还没有回过一次家，每个周末都是关在宿舍啃书，速成充电。

“这和你看店做生意，哪个更累?”

“差不多。”其实，只要是努力的人就不会轻松。在卿帆心中，创业和上班的累不尽相同，在店子里的累是绵长无聊的守候，办公室的累是谈判时精力集中的爆发，创业个体户的压力来自于每日必须保持收大于支，办公室的压力是来自于怎样完善自己，不至于被淘汰，她这样的人，到哪里都不会过上轻松的生活，她最擅长的就是虐待自己。

“明天周末，要不去周边爬爬山去?”骆海清建议道。

“明天，我想明天回家看看。”卿帆朝前走着，看不到她背后那怅然若失的眼神。想到回家，心里就会有些惆怅，那种牵挂无时无刻不在提醒她，在另一个城市她还有一个家。现在她对那边的情况一无所知。尹哲沿袭了他一贯的风格，视线之外基本就是失联状态。那日，是他将她送至车站，说道：“你回与不回，都随你的意。你不要等着我去看你，我要去看你，只有一种可能，我会拿着欠你的钱，去找你。到那时，一手交钱，一手交人。”

“尹哲，我的离开只是短暂的分开，我不是因为你借了我的钱和你面临困难时而选择了临阵脱逃，我是需要用时间去证明一些东西。这段时间，我们彼此都需要空间和距离。”

卿帆说这些话的时候，尹哲正在帮她把行李提上车，他转过身看着她。“我没有你那么多叽叽歪歪的理论，好好听话，等着我去接你就行!”他拍拍她的肩膀，“快上车!”他果然是说到做到的，少有电话和短信问候，在夜深人静的时候，好几次，半夜梦醒，以为躺在他的怀里，等到完全清醒发现身边空空如也，心中多少有些失落。

卿帆想着这些的时候，一时失神，突然身旁被人猛然一拉，她扑进了一个温厚的怀抱，她惊慌失措地抬起头来，看到骆海清一脸严肃的表情，路边一辆车从他们身边超车呼啸而过，几乎与他们擦身而过，好险!骆海清生气地说：“你走路都是这样想心事的吗?!”

“在搞什么鬼，想得后面来了车都不知道，刚才有多危险，你知道吗?”骆海清口气严肃，松开她。她摸了摸自己的胳膊，说道：“用那么大力气干什么，都把我拽痛了。”

“哪里？我看看！”骆海清情急地拖过她的胳膊，忽然又觉得不妥，放了下来，闷闷地说声：“不好意思。”

他开车将卿帆送回宿舍，卿帆来报道时，他要给她单独租间公寓。卿帆执意要住宿舍，他也就顺了她的意。一路上，两个人都无话，快到的时候，卿帆见他闷闷不乐的样子，问道：“生气了？”

“嗯。有点。”

“我以后不这样了。”

“好。”

“那你笑一下。”

骆海清便挤出一丝夸张的笑容，卿帆哈哈大笑起来，在这种放肆的大笑中，她心中掠过一些不安，她与他之间刚才的场景很像一对拌嘴的小夫妻，不知道什么时候开始，她已无法说服自己，他们之间真是一种纯粹的友谊，明明有一种感觉在他们之间浮动，她告诫自己，有一种温暖不能贪恋。

卿帆回到店子的时候，她没有看到尹哲和老黄，只看到尹爸和尹妈都坐在店子里，猛然看到她突然出现，都很意外：“你回来了？”

看他们的表情，似乎再也没有打算她会回去一样。尹妈问道：“吃饭了没？”

她看到尹妈的样子，想到了第一次见她的样子，她也是这样一脸讨好的表情。尹妈看起来气色好一些。只有尹爸的脸上依然是冰山未化的模样，当时对于卿帆的决定，他是最反对的，直接说：“胡闹！”

她说：“我什么都做得不够好，您不用开水果店了，这店子交给您了。”

她记得尹爸当时尴尬的样子，她觉得挺解恨的。现在再见到他的表情，不用问也知道店子里面业绩的情况。来了一个客人，看到卿帆，很熟络的样子：“老板娘，我今天过来买碾米机的，去年过年前，我就跟你谈好了的。”

客人很是面熟，她稍加回忆，便准确的叫出了他的姓氏和他所在的乡镇，那人因为卿帆对他的熟悉而非常高兴，虽然她接待的客人很多，但是每一个有意向的客户都如同电脑一样印在了脑海里。客人交钱很是爽快，自己开着车过来的，直接将货装上车就走了。尹爸上货回来，汗流浃背，正是一年中最热的七月，偏他还穿着一件白色衬衣，里面的白色背心贴在脊梁上清晰可见。

尹妈兴高采烈地说：“今天总算开张了，帆啊，这可是你走了后卖的第一台大机器。”

“有什么了不起的!”尹爸呵斥尹妈，但是脸上的冰块似有了融化的痕迹。

“你还说地球离了谁都得转，你看小帆一回来，就卖了台大家伙。”

卿帆心情并不轻松，一个月卖一台机器是必亏无疑，店子里面收谷机继续留守的仍有几台，她用手摸了摸，没有灰尘，漆面被擦得锃光发亮，看来尹爸在这方面一直坚持得比较好，只是尹哲面对这样的现状，压力是可想而知。她问道：“尹哲呢?”

“出去了，很少见他在店子里，也不知道在忙什么。这孩子，就是苞谷地里的猴子，看着碗里想着锅里，没定性。”尹妈失望地叹了口气。

卿帆倒是没想到尹妈能够一语中的。尹妈说：“帆啊，要不你回来吧，家里没有你管着尹哲真不行。”

尹妈说这句话的时候，她看到尹爸也用一种从未有过的眼神看着她，她捕捉到的信息是，老头子嘴硬心已软，他也是希望她回去的。

一直到晚上，尹妈做好饭，尹哲也没有回来。在尹妈他们临走前，她递给尹妈一个信封：“妈。您收着，这是我这个月的工资。”

尹妈好像受到了惊吓，掂量了一下：“一个月？多少?”

“这里面是一万五，我自己还要留些零花钱。”这是卿帆绝大部分的月收入，交到尹妈手上，是为了让她心安，她绝不是他们想象的那样，属于不负责任地离家出走。

“给我干吗？你自己存着啊。”卿帆看她假意推辞的样子，说道：“我嫁到你家了，钱自然就是你家的，您拿着就不用东想西想，好生养病。以后，我每个月都给您。”

她知道这钱迟早会到尹哲手上，看着两口子掩饰不住的兴奋，对她说话都有了感激涕零的味道，好一顿无话找话的千叮万嘱之后才离开。所谓经济基础决定上层建筑，就是如此啊!

苞谷地里的猴子

床上的被子被尹哲叠得一丝不苟，床单没有一点皱褶。一道之隔的尹妈专属床位反而显得潦草得很，被单一片未整理的凌乱。尹哲到晚上十一点才回来，身上带着一股菜油味，她看到他的时候差点认不出来，除了一口牙是白色的，整个人就像非洲友人。他看到卿帆的那一刻，惊喜地把她抱了起来，“啵”的一口。他说：“我想死你了！”

她闻到一股浓烈的汗味，这在尹哲身上很少出现，看着他将外面条纹T恤脱掉，赫然另一件白色的T恤贴在身上，她定睛一看，不觉莞尔一笑：“原来是肉身T恤，黑白差距也太大了。”

尹哲裸露着结实的上半身，精神是深夜不该有的神采奕奕：“我这段时间都在乡下。”见卿帆正打量着他，贼笑道：“小娘子，不要急，我马上就能洗白白，床上等着我。”

似乎所有的困境都抵挡不了尹哲旺盛的精力，只有她精力不济的时候，没见过他倦怠的时刻，什么都影响不了他蠢蠢欲动的心，他好像是永远的备战状态，在床上他就是个斗士。很多次她没有想法的时候，都可以被他的热情点燃，陪着他轰轰烈烈地燃烧一把。今天依然是这样，小别重逢更让这场奋斗愈加激烈。卿帆认为这是男女躯体之间的礼仪，她和他之间从一开始以这种形式进入了彼此的生活，所以，她曾一度质疑这到底是爱情，还是一种肉搏的后遗症。现在，她疏于再想这个问题，只有漫长的时间才会给出准确的答案，她躺在他怀里的安稳，她看到他消瘦的脸的怜惜，都有一种真实的感觉在蔓延，她是喜欢他的，纵使他是一只喜欢瞎折腾的猴子，纵使他做不到她心目中的强者，纵使他的父母让她失望不已，他身上都有一种令人难以放弃的东西。

相似的经历可能会造就相似的爱情，她和尹哲经历的很多事情，在姚进和黑子之间也曾发生，但是与他们不同的是，尹哲从未有过黑子那样的敏感，都说穷小子身上都会有超强的自尊，可是在尹哲身上却无半点可觅，这恰是卿帆最迷惑而又最欣赏的地方。风暴平息之后，她枕着他的胳膊："尹哲，妈妈今天对你用了一个形容词，苞谷地里的猴子。"

"她前几天说我是小猫钓鱼。"尹哲笑道，"我发现她还有点文化。"

尹哲把胳膊从她的脖子底下抽出来："你先睡，我要整理点图片和资料，把我们产品放到网上，把网店做起来。"

"农机不比日常消费品，在网上卖农机未必有前景，你看我爸妈连网都不会上，怎么通过网上卖东西，何况还是较大金额的农机。"

"很多人都这样想的时候，极小一部分人才有机会，所以农机在网上就没有做得很好的企业。你爸妈不会，可是你会啊，农村里面也有一些像我们这样年轻的创业者，他们会啊！我下乡发现好多农村人都在用电脑在网上购物，有些村还建立了淘宝村，所以，这是我的机会。"尹哲信心满满的样子。

"那你先试试，反正投资不大。"卿帆不无忧虑地说，"店子如果这样做下去，必亏无疑。你还在折腾你的产品吗？我有一个建议，店子的收入毕竟还是主要来源，你还是要更重视一些。"

"嗯，我准备招人，招店长和网络营销人员。"

"现在这种状态招人合适吗？不是更增加了开支吗？"卿帆觉得在这种状态下招人是不合适的。

"有投入，才有收获。"尹哲没有觉得这有什么不妥。

卿帆没有辩驳下去，从选择离开的那一刻开始，她就告诉过自己，就是为了给他绝对的自主权，她只是建议。没有结果，谁也不知孰是孰非。

"你的滤油机怎么样了？"卿帆想起出发之前，他正在琢磨做滤油机。

"滤油机出来了，这几天都在下乡演示。来了几个乡的油坊老板，像看杂耍一样热闹，这次产品出来的时间非常好，正是榨菜籽油的季节。你想不到，一个像洗衣机甩干桶一样简单的东西，就能解决滤油的难题。"他一脸兴奋。

"如果你再次失败了，你打算怎么办？"卿帆认为尹哲从来不需要的是激励，而是压制他的热情。

"如果再次失败，那就再寻找机会。你是不是忧心，我如果又失败了，你要怎样安慰我。放心，在我的心里，失败是一种正常结果，有成就必有败。难道创业的穷小子就一定要在脸上写上几个大字——苦大仇深，就一定要敏感自尊？拼尽全力过的失败和成功一样，都值得自己尊重，自己不能看轻自己。”

卿帆被他一番话说得愣住了，什么时候他一口气能说上这么一长串了。她笑着说：“你想多了，你自带鼓风机，最擅长的就是给自己打气，你这段励志宣言蛮精彩。”

“不好意思，这不是我的励志宣言，这是我的思维习惯。”

待尹哲下楼，卿帆很快就睡着了，一觉醒来已是凌晨三点，尹哲竟然还在楼下。楼下蚊香缭绕，他的一双脚齐膝泡在桶里，拿了条毛巾不断拍打着前来侵袭的蚊子。一到夏天，蚊子泛滥成灾，连蚊香都会成为一种摆设。卿帆站在他的背后，他正在修改着产品图片。

“怎么还不睡？”

“你怎么起来了？白天我要下乡搞演示，晚上才有时间。”

“我一直搞不懂一些事情，一些普通人以牺牲自己身体去获取成功，一些公仆延误自己病情去服务人民，就会得到铺天盖地的正面报道。打个比方吧，一个四十岁的公仆因为工作而延误病情，让他在四十二岁就去世了，那么他为社会奉献了两年。如果他按时看病，用了两年的时间把自己的病治好了，假设他只活到七十岁，他能奉献二十八年，这和两年相比，哪个更划算？”卿帆说道。

“你现在说这个话题，不觉得太清醒了吗？”尹哲抬头看她。卿帆看见他的眼圈已是典型的“熊猫眼”，有些生气地说：“我不跟你废话了，你关不关机？你难道打算熬通宵。”

“好。睡觉。”尹哲很快关机，说道，“最近这段时间，我一直在想一个问题。”

“什么问题？”

“我们要不要生个小孩玩玩。听说女人生了孩子后，就会变得很糊涂三年，关键是，她就不会到处跑了。”

生个小孩玩玩？他正处于四面楚歌，却还有心情想到要个孩子。孩子，一个陌生的，带着天然温情的词语，三十岁的卿帆突然被这句话弄得心神恍惚，是啊，这个年龄确实是需要有个孩子了！她想起，从她第一次到他家，尹妈就把要孩子挂在嘴上，那时觉得孩子就是墙上的一幅年画，再怎么可爱也是别人家的事情。现在，怎么一提就恍惚了呢，难道是体内母爱蠢蠢欲动了？

第二天，尹妈中午做了几个硬菜，摆了一桌。卿帆知道这是特地为她做的，便也特地吃了两碗饭，让她开心，对她说："妈，很久没有吃过这么好吃的东西了。"

尹妈自己只吃了一些青菜，因为这种病，她都不敢吃浓味和高蛋白的东西。看着剩下了那么多，觉得心疼，重重叹了口气："剩这么多，浪费好可惜。帆啊，你再吃点。"

如果在以前，她可以统收了，现在她不敢，上次去透析，医生说如果她坚持得好，那些未完全坏死的肾就会恢复功能，这样她就可以逐步摆脱透析，因为她毕竟还没有到尿毒症这一关。

"我要吃进去，就是剩在了肚子里，比剩在桌子上更可怕。剩在肚子里，变成了糟粕，变成了脂肪，变成了疾病。"卿帆解释道，她希望尹妈学会算账。

"嗯，青菜我倒了，天气热了，不能吃剩的。"

一场突然而至的疾病到底还是改变了她，生病之前，这样的场景其实常出现，她肯定会说，你这是什么道理，我从不生病，我最好的福气就是吃得多，从不浪费。谁又知道，一个标榜从不生病的人，生起病来却是这样来势汹汹。

卿帆对正在收拾碗筷的尹妈说："我来洗吧！"

"不用了，妈也不笨。赚得多，就累得多，你在外面辛苦了。"尹妈说，"我做这么点事是应该的，总不能光吃饭不干活。"

卿帆不再坚持，几十年生活形成的思维习惯不是她能扭转的。她下楼的时候，听到尹妈的声音从后面传过来："你爸说，现在家里这种情况，你出去做事也是一种明智的选择。"

卿帆苦笑了一下，说道："嗯。"

生活就是这样的现实，尹妈已经有一段时间没跟自己提生孩子的事情了，这是一种微妙的感觉，在钱面前，他们忽略自己已经三十岁的事实。她觉得，自己仍然在漂泊。

周末的晚上，她坐的当天最晚一趟汽车。尹哲将她送到车上，直视着她的眼睛，认真地说："我怕你等不及我能证明自己的那一天。你在外面不准胡思乱想，不准朝三暮四。"

"你是暗指自己吧！你对事业就是朝三暮四的。"

"不久，你会看到，我虽然是玉米地里的猴子，但是绝对是一只有计划的猴子。"

"好吧！猴子保重！"卿帆上车，朝他挥挥手。

车子开动的时候，她习惯性去寻找尹哲的身影，他已经走远了。他离开的时候从不拖拉，也不会回头。卿帆看着他的身影跳跃在人海中，一直到车子转弯，他的身影再也不见。

我这么好，你嫁的却是别人

当卿帆看到骆海清微笑的表情，她的心一沉，她已经知道结果了，只有需要安慰人的时候，脸上的笑容才需要这样夸张。他说："没关系，这是我们团队的事情，不是谁一个人的事。"

这是卿帆第三次投标失利，第一次和第二次都发生在上任公司，发生在任职中途，那么多投标只输了一场，所以输的那两场就被淹没在胜利之中。这一次，是在亚透公司第一次，那么就是百分之百的失败。她代表亚透去讲标，却在七个竞标对手中，以三分之差屈居第二名。第二名和第七名是没有区别的。因为这是亚透湖南分公司在本地的第一次竞标，所以总部尤为看重，自以为做得有七分胜算，却还是功亏一篑。

银行的信息公布在下班前夕，骆海清说："走吧！今天咱们不加班，我请你吃饭！"

饭桌上，卿帆自顾自埋头吃饭，骆海清也不主动找话题，任由她沉默了很久，才跟她说："你今天话好像很少？"

"我妈说，食不言，寝不语。"她将筷子一放，"吃饱了！可以说话了！"

卿帆看着他关切的眼神，说道："你不用浪费脑细胞去想些安慰的说辞了，失败是一种正常结果，我不需要安慰。"

这是尹哲的话，因为当时令她印象深刻，她直接套用。最难过的事情，莫过于辜负了一片苦心。她担心的只是，这样的结果可能会令总部对骆海清有微词："也许，你去讲标，结果会不一样。是我让你难做了。"

因为这是亚透湖南分公司成立以来的第一次投标，每处关节的疏通，每个细节都是经过了反复推敲，自认为是拥有了七分把握的，所以在投标人选的选择中，是骆海清执意要卿帆去。她明白他的苦心，他想让她就着这次竞标机会令上层对她印象深刻。

“你应该知道，这跟讲标一点关系没有，很多时候讲标只是一种形式。”骆海清说，“我们应该找到更深层次的原因。”

“在刚才，我仔细分析了一下，我们分数输在价格、本地客户数这两个地方。毕竟这是我们新辟的市场，整个中国区都是新辟不久，何况，外资企业的这种所谓高端服务，其实还是有高处不胜寒的风险。我们的行情数据来源全是合法的，每年都给各大交易所付服务费，这导致我们自己的服务成本也增高，而本土企业则打着擦边球，他们的数据成本几乎为零。”卿帆分析道。

骆海清赞许地看着她：“确实是这种现状，如果我们推出的产品，直接将他们的业务和我们的产品捆绑在一起，协助他们去找到客户。先得到他们的客户认可，你说他们会不会选择我们?”

“一定会，而且这才是竞争的最高境界。”卿帆赞同这种思路，任何失败一定是有原因的。

两个人一直讨论到餐厅打烊，卿帆觉得和他向来“沟通无极限”，哪怕对于失败的分析和应对，都像是同一个大脑里出来的。她和尹哲之间在工作意见上，从未有过如此高度的统一。两个人从开始的失落状态，谈到后来竟都有了些跃跃欲试的兴奋。

卿帆说：“我们上辈子也一定是同事。”

“我忘记告诉你，我第一次见你，就觉得好像在哪见过。不过，你的上辈子应该是一个裹着小脚的老太婆，哪还有出来工作的机会！我们这样心有灵犀，也许是别的关系。”骆海清似有所指。

卿帆说：“那我们应该是兄妹。”

骆海清笑而不语。两个人从餐厅走出来，外面不知何时竟然下起了大雨，离停车场还有一段距离，两个人就站在餐厅的屋檐下，等待雨停下来。雨势很大，除了彼此和对面隐约的灯光，看不清更远的距离，卿帆盯着地面，说道：“你有没有感觉到水面像煮粥一样，鼓着一个又一个的泡泡。”

“好一锅开到极致的粥。”骆海清笑道，“你的想象力怎么这样生活化，为什么不说荡起美丽的涟漪。”

“就这样水面的冲击度，是涟漪的力度吗?”卿帆突然就想起了雨初，

“不过，如果雨初在，她一定会和你说的一样。”

频繁在朋友圈露脸的雨初，这段时间非常沉寂，在微信上与她聊天，也是隔了许久才有寥寥回音。难道她已经和别人恋爱了，可是她对骆海清的在意，上次仍表现得淋漓尽致。见他没有回应，她又说道：“雨初不好吗？我感觉她是最适合你的女孩，有段时间感觉你们都要修成正果了……”

“我这个人好不好？”骆海清反问了一句。

“很好，非常好。”

“那你愿意嫁给我吗？”灯光下骆海清的脸，一本正经，不像是在开玩笑。

“我已经嫁人了。”卿帆心跳猛然加速，回答已经不再淡定。

“所以啊，这不是好与不好的问题。我这么好，你嫁的却是别人。”

骆海清的话让卿帆松了一口气，她说道：“这不一样，我认识你的时候，已经碰到了他。”

“我认识她的时候，我已经碰到了另一个她。”

卿帆一脸欣喜的样子：“噢，原来你已经有她了，埋藏得够深啊！”

“卿帆，这是我第二次发现你的庸俗不堪。”

他看了看天空，雨已经小了。他脱掉外套直接往卿帆脖子上一套，说道：“走！”自己先走了出去，卿帆顶着他的衣服，跟在身后。两个人到了车上，才发现雨太急，路上积水太深，骆海清皱着眉头说道：“要不就在车上休息会儿？等路面清晰些再走？”

卿帆说道：“嗯，安全第一。”

骆海清提议：“我车上有电脑，要不看一场车载电影？”

听着雨声，在车里看电影，和骆海清在一起的每一件事情，每一个场景，看似随意，却令人舒服。电影是一部外国爱情文艺片，很符合当时的气氛，可是卿帆看着看着，双眼就迷蒙了起来，等她一觉醒来，他的车已经停在楼下了。骆海清说：“我这车是不是有魔力，我发现你只要坐在这车上就会睡着。”

卿帆说：“不是车，是人，你在身边有催眠作用。”

骆海清便笑：“如果有可能，我倒愿意当你的催眠枕头。”

骆海清像是无意却有意的话，卿帆只能继续装作毫无知觉。她推门下车，雨也已经停了，夜里的空气清新得可以拧出水来。她对他说：“早点睡，晚安。”

“明天见。”骆海清的笑容非常坦荡，让卿帆怀疑现在的敏感是不是她自己想多了。

等到上床的时候，她才看到手机上有尹哲发来的一条短信：老婆，我想你了！这样的短信内容出现的频率并不高，他发这样的短信，一般情况下，说明他真是想她了。

她看着这寥寥数字，突然眼眶一酸。骆海清的那些话，她不是无动于衷的，有某个瞬间，她会觉得他才是她一直在等待的那个人。可是，尹哲霸道地住在她的心底，当她的心稍有动荡，他那明晃晃的光头就在她心里像灯泡一样的，突然一亮，把黑暗的某个角落正在发酵的情绪一扫而光。无论是因为她的善良也罢，责任也罢，还是有真爱也罢，她是放不下他的。她常问自己，她是爱他的吗？骆海清身上不用思索都可以列下来众多优点，而她将大脑想得短路，能勉强安放在他身上的优点非常稀少，一如他这个人本身，也是非常稀少的。

他就是她命中注定的劫数。

我就是你的备胎

卿帆看出了骆海清的异常，他没有下楼用中餐，一天都没有出办公室，神情疲惫。今天周五，卿帆还可以赶末班车回家，走到楼下想着又不放心，重新折回他的办公室，问道："你怎么啦？挨批评了？"

他看到她的那一刻有种掩饰不住的惊喜："你不是准备回去的吗？"

"不放心你，回来看看。"

"我生病了。"他的声音确实中气不足。

她将手放到他的额头上，一片滚烫，应该是昨天晚上淋雨上车，然后又在车上逗留引起的感冒。她有些自责地说："你不该把衣服脱给我的。每次都要穿你的衣服。走，我陪你去医院。"

"不用，这种感冒不需要去医院。"骆海清说道。

"真不用去？"

"不去。"他坚持着，"不过，可能得麻烦你送我回家，照顾我一下。"

卿帆开着骆海清的车去药店买了感冒药、体温计、降温贴、面条、大米，又去超市买了生姜、红糖，最后再回他的住所，骆海清见她有条不紊地进行这些程序，不觉赞道："果然是有生活阅历、有主见的人啊。"

"我在北京，生病的时候就是这样处理的。好在，我这人皮实，自己照顾自己的机会很少。"

"那给别人照顾的机会多吗？"

"从我少小离家，还真没有谁照顾过我。再说没生病，需要什么照顾？"

骆海清缓缓举起大拇指："实实在在女汉子。"

进入小区的时候，卿帆看到有辆越野车停在路边换胎，说道："都要到家了，胎还出问题了。幸好有备胎。"

骆海清说："嗯，哪天你的生活要是爆胎了，记住我就是你的备胎。"

卿帆猛然一脚刹车，说道："你不要开这样的玩笑，开车不能受刺激。"

骆海清租的一套公寓，在本地最有名的川紫河旁，推窗就可以看到江景。有水、有景，似乎是他选择住宅的必备条件，屋内装修简约而现代，卿帆由衷地说道："你还真是会享受。我家屋后有条河，皂花飘香、杨柳依依，以前没觉得什么，现在想来却是奢侈的享受，那是真正的全江景房啊！"

"我口渴，头晕，我是病人。"骆海清的口气倒像个要赖的小孩，"等下我们再谈江景房。"

骆海清从腋下拿出体温计递给卿帆，她念道："38.5，你如果不去医院，就得听我的。"

卿帆很快便完成了烧水、熬粥、下面条的工作，他接过她端过来的面条，吃了一口，眼睛瞪得老大："这是面条？"

"对，面条。"卿帆也很奇怪，筷子上的面条根根分明，难道烧糊涂了？

"怎么不来点码儿？你们湖南人吃面不都是有码儿的吗？"

"生病了，吃清淡些。"

"这也太清了，除了水就是面。"

"对，我直接加水煮的。不准剩下，全吃完。生病了，要保持战斗力。"

骆海清听话地将一碗面全部吃完，连面汤都一口不剩。他说道："真好吃！我可以判断你的厨艺等于零。"

他问道："你晚上吃什么？"

"鸡蛋加面。"卿帆接过他的碗，"你吃完了，轮到我了。"

"为什么不给我加鸡蛋，我是病人。"骆海清生病的时候，像变了一个人，有一种恃病撒娇的味道。

"上次，我们一起去面馆吃饭，你说，你最不爱吃的就是鸡蛋码子。"

骆海清心头一暖，她在他面前一直是大大咧咧的样子，原来她对他也是可以细致入微的。卿帆说："等下我给你熬碗红糖生姜茶，你喝下去，出一身汗，醒来就会神清气爽，生龙活虎。"

骆海清说："我就这样一直病着才好。我从来不知道生病了，有人侍候着这么舒服。"

他喝下了一大碗滚烫的生姜红糖水，听话地盖着被子躺在床上，身上是滚烫的，心里也热乎乎的。他说："太热了！我出汗了。"

"出汗了，就一定会退烧。"卿帆胸有成竹地说。

"你不要总想着加班，要适当锻炼，要有抵抗力，疾病才不会乘虚而入。"卿帆看着他脑门上顶着一张降温帖，觉得滑稽，笑道，"其实我们都应该注意自己的身体。"

"是的，乘虚而入。"骆海清说，"我现在有精力谈江景房了。如果他对你不够好，我有没有机会乘虚而入。"

卿帆觉得脸突然就潮热了起来，她想起在那天晚上，他也说过乘虚而入四个字，原来他是这个意思。骆海清见她满脸绯红，像极了恋爱中的女孩，心神荡漾索性一鼓作气："我不想欺骗我自己了，我想给自己一次机会。"

"骆海清，我再说一次，我已经嫁人了。"卿帆认为也不能再欺骗自己，她很喜欢和他在一起的感觉，她一直跟自己说，她只是遭遇了一场可遇而不可求的友谊。她贪恋他的温暖，所以她才总是装作无动于衷。

"而且，你那么理性，看事情很透彻，你应当明白你对我有的只是好奇或者谈不上爱情的好感。"卿帆故作冷静地说道。

"你先不要说，我要一口气说完，就当我是一次竞标。请你不要怀疑这段话的真实性，也请你不要自作聪明的去替我分析。"骆海清看着她的眼睛，他觉得她一定能读懂此刻盛满的真诚，"我第一次见到她，就不想和她只有擦肩而过的缘分，我给女人送的第一瓶香水就是送给了她，虽然我与她仅有一面之缘。我和她的朋友参加了她的婚礼，去关注她的信息，因为我不想失去与她的联系，我想做不成恋人，做朋友也是一种福气。为了证实自己只是对她有好感，而不是爱情，我差点与她的闺蜜谈上恋爱。后来，我主动请缨去湖南分公司，只是因为离她更近，想着有一天能成为她的同事，可以天天看到她。我假借出差顺便的名义去看她后，送她回住的地方，告诉她，我要去赶飞机，其实，我又回了我住的地方，因为她那个城市只有一趟晚上返京的班机，我像一个从未谈过恋爱的男人一样，为她偶尔露出的在意和依赖而沾沾自喜……我曾经鄙视自己，为什么对一个已婚的女人念念不忘，为什么总是让她的影像突然从我的脑子里冒出来，但是我对自己无能为力。我一向擅长分析，但是我实在分析不出，这是什么感情。我想，这不是爱又是什么?”

这段情话一气呵成，卿帆心中波涛汹涌，她没有想到过他对自己这样的用心良苦，她良久没有回话。她在想着离开尹哲后的种种场景，每次想到要离开他，心中便会有隐隐的绞痛。

“我知道我这些想法，应该埋在黑夜里。可是，我想勇敢一回。如果你过得不幸福，我想请你，来我怀里。如果是我感觉错了，你过得幸福，就当我这番话从来没有说。”

“可是……”卿帆心中一阵一阵的悸动，理不清丝毫头绪。

“你跟别人生活了两年，如果我们活得够长，我们可以生活六十年，那这两年又算什么?”骆海清把她正要说出去的反驳堵了回去，这是属于他们之间的默契。

漫长的沉默之后，卿帆认真地说：“我放不下他，他现在这种状态，我更加不能离开他。虽然我能数得出他一箩筐的缺点。和他在一起，很多时候是难过的，失望的，但是也会有充满希望的时刻……只要前方还能看到一丝光亮，我就无法离开他……我自己都分不清，对于他，到底是爱，还是一种习惯。”卿帆发自内心地说道，对于一段速成的婚姻，她确实有些迷茫。

他笑道：“那我算是竞标失败了？其实从你每次都能在我身边睡着，我就知道了，我的胜算不大。放心，我最舍不得的事情，就是让你为难。”

“我们只是喜欢和对方在一起的感觉罢了，我们可以做一辈子的好朋友，无拘无束，无爱无嗔。”卿帆不愿意去伤害他，她知道他不需要自己过多的言语，就能明白她的内心。

见他闭上了眼睛，她上前去摸了下他的额头，烧果然退了一些。他突然一把拉住她的手，说道：“我不是热，我是冷。你能不能拥抱我一下。”

卿帆看着他，鼻子一酸。她想到和尹哲“一抱定终身”那一晚，尹哲也说，拥抱一下吧！如果认识骆海清在前，她也许会勇敢地拥抱一下。她努力控制不让自己的眼泪滑下来，她说：“你们家还有没有被子，我替你拿吧。”

骆海清说：“逗你的，都快把你吓哭了。”

卿帆说："那我回去了？"

骆海清起床："那我送你。"

她站在门外，他站在门内，朝着她笑："我还忘记告诉你一件事，我一直想亲你，就像现在就特想。你不要生气，我是怕过了今晚，我再也没有勇气说出这样的话。"

"晚上有什么事情给我打电话。"她说完这句话，突然想起尹哲说，有什么事情打 110，她又补充道："先打 120，再打我电话。"

骆海清笑道："我感觉好多了。明天早上，不用麻烦你帮我买早餐，吃你的白米粥，明天中午，我请你吃饭。"

卿帆从骆海清的住所出来，一阵风吹过，她变得格外清醒。此刻，她最想听到的就是尹哲的声音，她有一种负罪感，为自己为别的男人跳动的心。说她没有动心是假的，她差点就沉溺在骆海清深情的眸子里。

尹哲的声音所处的环境非常嘈杂，听起来很兴奋，他说："我在厂里。太吵了，我不跟你多说了。"

电话匆匆就断了，因为连续有几场投标要准备，她这段时间都留在了这里，他丝毫不介意自己快两个月没有回去了，卿帆感觉有些复杂，她甚至有一种冲动，折回去与骆海清聊天。但是，她却是朝着宿舍的方向前进，对于尹哲的不解风情，她是早有领会。上车前，她看了一下天空，在城市的上空难得有几颗星星，虽不明亮，却也可见。

明天，又是崭新的一天。

黑夜如此漫长，我等不及天亮

雨初公司最近传闻的事情在今天的例会上变成了事实，就如以前在公司，总有人出来撇清的谣言，到最后往往都成了事实。奇怪的是，这种事情从来追究不到源头，公司正式宣布将裁员百分之三十，留下的全部减薪百分之三十，调整周期两个月，大家猜测这仅仅只是开始。不仅雨初所在公司，包括她们服务的众多公司业绩的下滑也是不争的事实，她服务的几个外地房地产公司项目，那些公司表面上一派繁荣昌盛，其实内部空虚。公关行业向来是最先敏锐嗅到衰败气息的，客户宣传投放费用的大幅度缩减，伴随着的是一个公司正在陷入的困境。

雨初是不安的，这段时间去挖掘客户收获颇微，包括转移到她手中的老客户，要不缩小了合作范围，要不直接易主。在公司好不容易取得的地位，摇摇欲坠。她亲眼见证一个公司由繁荣走向危机，就像一座大楼，不见它掉了一块瓦，裂了一条缝，损了一片漆……突然有一天，就成了一堆残垣断壁。这一天，老总告诉她，范向东的公司在央视黄金时段上了广告。

“什么时候的事?”雨初很是震惊，这个广告计划不是她们公司做的，这说明范向东一直给她的就是蝇头小利。虽然婉拒了他的追求，但是他们之间关系并没有恶化之势。

“你平时要关注新闻联播就一定会知道。”老总语重心长地说。雨初听出他的意思是怪自己消息过于闭塞，这种不动声色的责备，让她更加心神不宁。她在微信上给范向东发了一条微信：东哥，有时间见面没?

不似以前，总能在很短时间内收到他的回复，这次却久久未见动静，这让她连给他打电话的勇气都没有了。回到家中，一种熟悉的寂寞将她紧紧包围，有一种令人窒息的伤感，她将房间内所有的灯光都打开，又觉得更加烦躁，重新将灯光一盏盏按灭，一个人站在阳台上。看着小区内的万家灯火，突然就想起了吴楠的家，那个给了她无数温暖的家，不知道他是否和那个女孩结了婚，她想他一定是快乐的，除了她自己，她在意的人应该都是快乐的。她曾“祝福”他过得永远不快乐，她也曾“祝福”卿帆，可是你想另外一个人过得不快乐只是自己的臆想，人家过得好与坏跟你的希望一点关系没有。卿帆去亚透都几个月了，和骆海清一切安好，在朝夕相处的“单相思”下，他们俩也没有传出更进一步的消息。她和骆海清在微信有时也会聊上几句，却不敢再越雷池半步。她想“以其人之道还治其人之身”，只是一种自我安慰的空想，她根本没有机会去实施，卿帆对于自己的叛变毫无知觉，连她在电话和微信回复中刻意表现出来的平淡和疏离，都表现得非常迟钝。她就觉得自己是在唱独角戏，是她一直过高地估计自己。

她想起她们三个一起度过的周末和假期，那种在她们中间任意安放的友谊，究竟去了哪儿，她竟然已经泪眼婆娑。她给姚进打过几次电话，她们之间不知何时开始语穷，姚进向来说话都是中规中矩，无一例外就是问问月牙儿的情况，秦昆和她的关系，姚进没有倾诉的意思，她也就不会主动询问，以免自己还有猎奇人家夫妻隐私的嫌疑。看她在朋友圈不断晒孩子，晒各种与孩子的合影，想来已经自愈了，在给月牙儿寄过一次衣服之后，与她的联系就逐渐稀少了，就在她自怜到不能控制的时候，范向东的电话将她从这种泛滥的情绪中拯救出来。

“东哥……”雨初的声音有着哭泣的痕迹。

“你在哪儿？要不要出来？”

“出来。我要和你见面。”雨初这次毫不扭捏。

半个小时后，范向东已经在小区楼下。他看到她娉娉婷婷走过来，走近时，眼睛都是肿的，问道：“发生了什么事？”

雨初见到他，反而觉得更加委屈。他关切的表情给了她勇气。她坐进他车内，范向东抬了下手腕看着时间，已是晚上八点多，问道：“是去外面谈，还是在车内简单谈谈？”

“你们公司在央视做了广告，而我却毫不知情，我们老总把我骂了一顿。”在他面前，既然无处遁藏，就干脆单刀直入。

“就为这事，值得你把眼睛哭成桃子吗？”范向东笑道，“果然是个孩子。”

“我们公司新设了广告部，这类硬广告的投放直接由这个部门负责了。”范向东淡淡地说道，“如果你们老总为这事为难你，你可以来我们公司。你可以尝试一下做甲方的生活。”

雨初没有想到朝思暮想的事情就凭他一句话就可以成为现实，她讨厌这种成天跟在别人屁股后面的工作，她一直想去一个大企业完成一次华丽转身，可是大企业的这种部门让人望尘莫及。她说道：“你说的是真的吗？”

“我对你没有说过假话。”

雨初心中马上重新充满了希望，但是她看了看范向东，世上没有免费的午餐，这道理她懂。她如果去了他们公司，迟早是要上他的船的，没有谁会无缘无故对谁好，她神色又黯淡下来，陷入矛盾之中。

“其实，我还有事情想请教你。”雨初突然很想听听他的分析，越来越觉得他和骆海清有些本质上的相似。

“是不是失恋了？据我对你的了解，工作上的事情不至于浪费你这么多眼泪。”

雨初没有想在他面前保持高傲，她在他面前一直是透明的。她将自己和骆海清、卿帆三个人的事情毫无保留地说给他听，末了还是小心翼翼地问道：“你会不会介意我跟你讲这些？”

“我没有想到，我有一天会和一个女人在车上聊天超过一个小时，还是聊着我早就不熟悉的爱情。”范向东动了动腿，“这种事情，我真不习惯，这种事情是年轻人做的，我还真不习惯我还有这样年轻的时候。”

两人一前一后，他坐在驾驶室位置，将靠背尽量拉后。雨初在后座，可以看到他的脸。雨初说：“我想问你，他为什么不喜欢我？是因为我不如她优秀？”

“你是因为他不喜欢你而痛苦，还是因为他喜欢上了你的闺蜜而痛苦。我分析后者占的成分更多。你认为自己比她更美貌，气质更超群，为什么会偏偏输给她？”

“他越优秀，我越失落。因为他越优秀，我就会越嫉妒那个能得到他心的女人。”雨初毫不隐瞒。

“所有失恋的女人都会把失意转移到另一个女人身上，这其实和另一个女人没有关系，他就是不喜欢你，才会去喜欢上别人。还有，就算是世界上完美得没有缺点的男人或女人，都会有被人抛弃的时候。我还告诉你，我就是被我前妻抛弃了的男人。”范向东的笑容荡漾在脸上，看不出任何受伤的痕迹。

雨初此刻就有了一种同病相怜的味道，她无意去揭开他的伤疤。她说：“谢谢你。”

“我可以回去了？”范向东将座椅恢复到驾驶状态。见她坐在车上未动，说道：“怎么的？想跟着我走？”

“嗯。跟你回家，我今晚不想一个人睡在空荡荡的房子里。”雨初说道，此情此景，这话来自她心。

“这又是我给你的第一次，我从来没有在家中留宿过女人。”

“我不信，你会没有女人。”

“有，但是我们会去酒店。”

雨初稍加迟疑之后，选择了逗留。她知道今晚一定会发生什么，她太向往一份温暖，她知道明天太阳出来的时候，她就会后悔，她的人生轨迹会因此改变。但是，黑暗如此漫长，她等不到太阳升起的那一刻。

雨初躺在范向东怀里的时候，她是有着深刻的堕落感的，也就是只有那么一会儿，这种感觉就淡了。改变是悄然发生的，累积到一定时间就会发生质的变化，所以当她做出这个决定的时候，她已经默认了这样的自己。她记起他曾经答应过她的话。他说，可以资助她出国。而且，不会影响她结婚。

她认为，她只不过走了一条和卿帆一样的路。

老天不会亏待每一个努力的孩子

卿帆这次看到尹哲的时候，是她从未想到过的场景。他的头与一个女孩的头就快要挨在一起，虽然是面对着同一个电脑屏幕，许是太投入，一直到她走近，两个人才抬头看着她。女孩见了她，有些迟疑，但还是站了起来："你好，要点什么？"

那一刻，她马上就涌起了一股酸溜溜的感觉，直盯着尹哲："尹哲，你好啊，你确实很忙，他们呢？"

尹哲看到她的时候，一如往常地惊喜，他一把拉过她的手："蜡笔，这是卿帆，我老婆。"

这个叫蜡笔的女孩一愣，随即马上泛起一股甜甜的笑容："老板娘好！经常听尹总说起您，果然气质超群，我就说，我们店里怎么会有您这样的顾客光临。"

卿帆的笑容变得有些僵硬，这个女孩在撒谎。尹哲笑道："哈哈，拍马屁拍错了地方。我好像没有跟你说过她吧！"

卿帆这下彻底脸部僵硬，她径直朝楼上走去。厨房里有个忙碌的身影，竟不是尹妈，而是一张陌生的女人面孔，她听到动静朝卿帆看了一下，有些茫然，却并不询问。房间里的尹妈的床拆掉了，看来尹妈已经没有住在这里，刚才也没有看到老黄和尹爸，看来这两个多月，发生了不少变化。她见自己上来这么久，而尹哲还在楼下逗留，这在以前是绝无仅有的事情，她不禁气恼地叫道："尹哲，你上来！"

她看到尹哲时，不禁脱口而出："她是谁？你们两个头挨这么近，是在拍大头照吗？这么久不见上来，是没拍完接着再拍吗？"

尹哲愣了一下，随即哈哈大笑，一把抱住她，亲了她一口："你吃醋了！我不知道你醋味这么浓啊！你这么久不回，我要吃醋，早被淹死了。"

“你们在干什么？”

“我在教她怎么使用网站后台，仅此而已，至于有没有拍大头照的嫌疑，那我就不知道了，反正我心里是没有这个想法的。”

一个细节让卿帆发现了自己对尹哲的在意，刚才她明明是在吃醋啊！在她和他的世界里，从未出现过别的女人，突然看见这个场景，对一个新招的小姑娘，而且明显是两人在看电脑的场景吃醋，她发现原来自己在这方面的阈值这么低。她说：“为什么总是我来看你，你不来看我？我也不回来了，我就留在那里了。”

“你敢！”

“我有什么不敢，就你有个性吗？”

“好，是你要我去的呀！下次，我直接去接人。”尹哲笑着说：“我给你汇报最近的工作。”

“你先听我带些经验给你，这是我的实践真知，你要出学费。”这趟回来，她想给尹哲讨论一个思路，针对店面销售，必须个性化定制和顾问式销售。她和骆海清的这个思路，已经帮他们连续中了几标，亚透在湖南的市场地位基本确立。农机的销售人员普遍文化层次不高，基本上就是“你要什么，我给你介绍什么”的方式，卿帆认为在农村客户中推行顾问式服务，可以完胜那些老观念经营的店面，根据他们的投资需求、预算、竞争环境来制定适合他们的产品选购方案，摸清楚家里现有的农用机械，可升级就升级，可改装就改装，避免重复投资，来了人不是简单的推销，而是先想到帮客户省钱、用最合适的投资去赚钱。对于农村人，每一分钱都是弥足珍贵，是用汗水浇灌出来的。

“制胜先要读心。”卿帆说道，“你认为呢？”

尹哲点头道：“销售，你是行家。等我招聘人员到齐了，你给他们做次培训。”

“下面叫蜡笔的女孩是你招的，外面做饭的是你招的，你怎么一下子招了这么多人？”

“网上销售还有两个没到位，蜡笔主要管店面。”

卿帆打量着他，在她心中，他应该又到了“山穷水尽”的地步，对于尹哲做产品的事情，她是逐渐失去信心了的，只希望他能够把店子一心一意经营好，她在外地这段时间，是从不过问他的发展的。尹哲笑道：“此一时，彼一时，老天不会亏待每一个努力的孩子。”

对于尹哲来说，从做快餐起，失败就与他如影相随，失败是一个漫长的过程，而成功似乎是一夜之间到达的。尹哲的滤油机订单超过了他的预期，红星机械厂日夜生产还是供不应求，一个空白产品的爆发性需求，是惊人的，甚至远远超过了当初的预期。时机到了，星星之火就可燎原，先是第一批收谷机的经销商，再接着很多并没有打过交道的经销商闻讯而来，这个厂里已经很久没有出现这样热火朝天的景象。红星机械厂七十二岁的老厂长亲自出马，邀请尹哲入股他们公司。几经谈判，最后尹哲以百分之二十八的股份入股了这个有着二十年历史摇摇欲坠的老厂。这样的结果是卿帆没有想到的，一个穷小子的逆袭之仗完成得这样漂亮，简直就是“空手套白狼。”

她有些不可置信地说：“这是真的吗?”

“千真万确。”尹哲说，“我说过，老黄会是我的福星。这个产品的技术含量并不高，但是老黄却是第一个将它想出来的。”

“老黄人呢?”卿帆问道。

“在厂里，几十岁的人了，干起活来不输任何一个年轻人。希望能给人精神面貌带来天翻地覆的改变，你看到老黄估计都会不认识他了。”

尹哲又不无担心地说：“你也知道的，这款产品设计很简单，中国人向来不缺少的就是模仿，能想出产品的人少，但是抄袭产品的速度却是惊人的，很快就会有规模更大、实力更强，更完善的产品出现，我害怕一款单一而且技术要求简单的产品带来的火爆，对于一个厂来说，只是昙花一现。”

卿帆也赞同这个观点：“只有不断地改进和超越，才能有长久的生命力。”

尹哲说：“做了农机，才能看到农业的困境和希望，现在农村里都是一些老油匠，年轻人回乡发展的少，宁可在城市的高楼上飘荡，也不愿意在农村的土地上脚踏实地。以个体为单位的油坊和碾米坊经过一段时间发展，终会被米厂和油厂取代，就像以前乡下一个村都有几个轧花机，可是如今你再回农村看，一台都难得找到了。所以，这都是短期的，如果用长远的目光来看，农场主性质的大面积播种和大型自动机械才是大势所趋……”

卿帆被尹哲的热情深深感染，这样的结果，令她欣慰。

晚上，两个人去尹妈那儿。尹妈甚是兴奋，准备了一桌子菜。卿帆发现她瘦了一些，以前浮肿的痕迹已经慢慢退却，她对卿帆说："帆啊！我上周去医院复查，医生说指标降了很多，我可以不用去透析了。"

尹爸苛刻的性格在质检岗位如鱼得水，终年紧绷的脸也有了线条弯曲的时候，他难得的对卿帆笑了一下："回来了。"

运气到了拐角的地方，一切都在朝好的方面发展，一家子的情绪都挺好。尹妈将一个大鸡腿放到卿帆的碗里，说道："好好补身子，等我好了，我就给你们带小孩。尹哲说，你们从来没有采取过措施，怎么结婚这么久了，还不见你的肚子有动静呢。"

卿帆一愣，且不说当着公公的面说这些，话里面藏着的意思是，她已经向尹哲"不耻下问"了，这样私房的事情，她怎么问得出口呢。生活稍微好转，尹妈岂止是给点阳光就灿烂，她是给点阳光就能做烧烤，她是真恢复了。她见两个人都没有回答，不甘心地看着卿帆，追问道："怎么回事呢？你去过医院了没？"

"妈，我们两个难得见上一次面，怎么好怀？"

"尹哲不是说你上个月就辞职回来了吗？怎么会难得见上一面。"

卿帆看着尹哲，他朝她眨了一下眼睛，她明白过来了，尹哲骗了他妈，估计尹妈曾经给尹哲施压，催促她回家造人。就在几个月前，她还在奇怪过尹妈怎么不提小孩的事情了呢。

"哦，是的，正在努力。"卿帆顺势说道。

"我那时和你爸只要一粘在一起，就怀一个。尹哲才六个月，我就怀了老二……如果不是计划生育怕丢饭碗，我们生一个足球队。"尹妈一脸得意，听得卿帆心生怀疑，他们俩不是一直关系不好吗？这可真是解释不清啊！

"帆啊！我觉得你有必要去医院检查一下，这可不正常。现在医学发达，发现问题早治疗，你也老大不小了。"

"不用催了，我们去过医院了。"尹哲终于开口了，"不是她的问题，是我有问题。"

"啊?!"尹爸和尹妈同时张大了嘴，一脸的震惊："你是什么毛病？"

"弱精。"尹哲头也没抬，只顾吃饭。

"这是什么毛病？"尹妈颤抖着声音说，"没孩子生？"

“不是，就是小蝌蚪弱了点，需要休息和调养才有动力，是不能有精神压力的，你们尤其不能催。”尹哲一脸淡定。

饭桌上果然就安静了下来，此刻最不能淡定的就是卿帆，她被这一家人雷到了。

等到晚上回家躺在床上，卿帆才问尹哲：“你怎么能这样黑自己？”

“那能怎么办？你愿意现在生孩子吗？”尹哲牵过她的手，“我不会勉强你的。”

卿帆拖过被子准备睡觉，尹哲凑了过去：“我们是不是还有什么事情没有完成啊？”

“什么事情？”卿帆故意装糊涂。

“你再糊涂，我就要变本加厉，一次就不够了。”尹哲一脸诡异的笑。

“行，来吧！”卿帆作豪迈状：“记住，把你的小雨伞丢了啊！”

“真的假的啊！”

“你再装糊涂，就不止一个，可能和妈一样，生个足球队算了。”

“地有多大产，我就有多大胆，谁怕谁啊！”

一屋春光。卿帆的心在这一刻踏实了下来。她庆幸自己的决定，幸亏没有把自己想得那么重要，用自己的思维去阻碍他，给爱着的人足够的空间，他不是离了你，就无法继续。

无知者无畏

卿帆一走进村子，就想起了尹哲对她说过的那番话。她家的村庄当初是县里的首富乡，以种棉花而闻名。这里曾经是烟波浩渺的洞庭湖，后来几近干涸，最后围湖造田时成了她的家乡。乡村公路两旁是高大的杨树，密密麻麻伸展着如同巴掌的叶子，稍不留神，它们便能手牵手并立着，远远望过去，就像一路向前铺展的桥洞。

这里曾经很热闹，在这条路还不是水泥路，它还是一条土路时，自行车、农用的拖拉机来来往往，背着书包的小孩雀跃前进……而现在这条笔直的水泥路旁悄无声息，非常安静，几个老人从大路边走过，好奇地打量着卿帆，那些老人可能都是熟识的，但是面容苍老让她不敢相认，只是友好地朝她们点点头。以前大路两边是格局几乎一样的房子，一色的红砖青瓦，户门大开，堂屋敞亮，睡房被堂屋隔成东西，厨房在院子里面自成一体，家家种着常绿的水杉，在围墙里伸出头来。卿帆她们放学的时候，炊烟在各家的屋顶袅袅升起，慢慢与天空融为一体，在排列对称的屋顶上被集体号召，几乎在同一时间点出现。也不知道是什么时候开始的事情，从前风格类似得如同标本的房屋逐渐消失，一幢幢各式风格的楼房拔地而起，五花八门，再无雷同。很多的房子落了锁，成了一个空房。却再也不复以前的热闹，路两边那整齐的柴火垛，那炊烟，那混着石磨声飞过墙头的大笑声都远去了。她有些伤感，尹哲说的话一点不假，现在的农村剩下的老人和孩子居多。不过，萧条的村庄背后潜伏着属于她们这一代人的商机。

卿帆难得回次家，许是以前在北京一年一次的频率，让卿家早已习惯。所以当卿帆站在家门口时，卿妈正在牌桌上奋战，刚和了一盘，正高兴得哈哈大笑。坐在下首的是一个七十多岁的老人，是他放了一“炮”，正自懊恼："我手明明举的是四条，怎么放到桌上就变成了一个幺鸡。"

桌子上坐着的人都比较年长，一个个眯着眼睛，眼神迷离。看到家中来客，自觉地散了场。卿妈看到卿帆，擦了擦眼睛，以为自己看花了眼："卿帆？你怎么回来了？"又看了看身后，只见她一人，问道："怎么一个人，尹哲呢？吵架啦？"

卿帆没好气地说："回一趟家，只能是吵架避难啊？"又看着正收拾牌桌的卿妈，笑道："您怎么混成这样了？这一桌子加起来都几百岁了，你好意思赢他们的钱啊。"

"你是不知道，能有几百岁的凑齐一桌牌就不错了。"卿妈道："我送走一个又一个，上个星期有一个，下午还和我打了牌的，我赢了他几元钱。他说第二天要来报仇的，报个啥呀，一觉一睡，到阎王爷那儿报道去了。还不是第二天发现的，是我隔了三天发现不对劲，派人去他家看，才知道的呢。"

卿帆震惊，这是在报纸上才能看到的事儿，她说："他家的人呢？"

"哪个家里还有年轻的，都出去打工了，都是我们这些人在屋里混日子，等我和你爸老了，怕也和他一样，臭在家里都没有人知道。所以，我就跟你爸说，要死我先死，他可不能走在前面。"

卿帆在她轻描淡写的话里却读出了一种辛酸，父母今年就要六十岁，她对她们关心实在太少，从未想过她们即将来临的晚年生活，现在身体健康尚好，如果有一天需要人照顾，没有子女在身边就是一个大问题。农村里的老人，本来就会有一种传统思想，住在女儿家那是寄人篱下，何况于尹哲那样的极品家长，就算能够勉强共处一室，可能会成为四个人的战场。她想到自己曾经为这个问题，跟姚进信誓旦旦说过的话，现在想来，终究只是逞口舌之快罢了。

卿妈说："人家都说嫁一个女儿，带回来一个儿子。我的女儿是有去无回，别说一个，半个影子都没有看到。尹哲这孩子真不亲热人，隔壁王婶家的女婿管丈母娘叫妈，叫得比自己肚子养的还亲热……我就没有接到过他一个电话，不打电话也就算了，你这次来，也不见他跟着一起来。"

"妈，他就那种性格，他跟我之间都不打电话的。"卿帆安慰道。

"你们天天在一起，打什么电话。当时，你怎么就跟了他这么一个木头人，你说他木吧，搞了一辆那样的迎亲车，差点把我吓出心脏病。我现在想起来，心还在跳。”

卿帆被她说得笑了起来：“现在想起来，还觉得刺激吧！”

卿妈叹了一口气：“也怪我当初逼婚逼得很，你眼睛怎么就不上点油看清楚呢。”

卿帆说：“油上多了，糊住了。”

到晚饭的时候，卿爸从外面回来了，他在外面找人下了一下午棋。卿妈嗔道：“还知道回来吃饭啊。我看你那魂都丢在那棋盘上了。”

卿爸的眼光落在女儿身上，说道：“瘦了啊！尹家的伙食开得不如我们家好吧！”

卿帆心里泛过一股暖流，跟自己的爸妈在一起，就是这样轻松毫无压力。一家人正在吃饭，突然大门口闪过一个人影，叫道：“妈!”

竟是尹哲，卿妈说道：“我说了，这两个人是吵架了，前脚回娘家，后脚就赶过来了。”

卿帆却十分意外：“你怎么来了?”

尹哲说：“考察这边的市场，路过这里，过来住一晚。你怎么回来了?”

卿妈听出蹊跷来了：“你们两个，搞些什么鬼。”

对于自己的情况，卿帆习惯在他们面前报喜不报忧，隐去了尹家发生的所有变故，还有自己去外地的事实。她说：“尹哲在外面考察市场，我在家里守店子，今天是碰巧赶在一起。”

“考察什么呢?”卿爸问道，在他印象中，他这个女婿出息平平，性格木讷，条件差点，人却老实可靠。他觉得女儿跟着他这样的人过实在日子也不错。

“爸，你们现在这里主要种什么?”

“现在种棉花不值钱了，改种小麦、玉米和油菜籽。我和你妈种了七亩地，撑不坏，饿不死的。现在种地也没有以前那样辛苦了，都是收割机作业，也不用自己晒，还在田埂上，那些贩子就把菜籽给收走了。”

尹哲和卿帆对看了一下，难怪投资榨油坊的人越来越少，农村榨油坊基本靠替农民收取菜籽加工费而获取利益，现在大量菜籽被收走，那可加工的就越来越少，也就代表着市场越缩越小，尹哲问道：“那你们吃的食用油怎么解决?”

“我们没有全部卖掉，还留了一些。有些人家就全部卖了，自己去超市买油吃。”卿爸叹道：“还不是因为超市里的油便宜，可这些油又哪里有自己家地里种的香呢。”

“超市里的油，有些也很难保证质量。”尹哲表情沉重。

“别看现在生活水平提高了，但是还有很多只图便宜的人。”卿妈补充道。

“爸，您种过水稻没?”

“种过，我一辈子的职业都是农民。”

“好，我有事请教。”

饭后，两个男人在一起，两个女人在一起各谈各的。卿妈看着卿帆：“尹哲好像比以前话多些了呀，只是头发少了。你们不要想得太多了。我和你爸一辈子在地里刨食，撑不死，也饿不到。人要知足常乐，不能压力太大了。”

卿帆点头。卿妈看着她的肚子说：“你年纪也不小了，也要生个孩子了。再不生，你婆家该对你有意见了。”

卿帆塞给她一张卡：“妈，这卡上的钱，你和爸养老用。”

卿妈没有接：“怎么？你发财了？两个人房子都还没有一套，留着买房吧!”

“放心，这是我的婚前财产，您有钱壮胆，这钱可任意花费。”卿帆觉得，钱虽然俗气，对于没有退休金撑底的父母来说，总是能增添些安全感。

这张卡是上次尹哲给她的，他说，连本带息先还一半，另一半再还的时候，就是去接卿帆回家的时候了。

卿妈坚决推辞，尹哲听到动静走了过来，说道：“卿帆说得没错，这钱您留着用，这是卿帆的婚前财产，跟我没有一毛钱关系的。”

卿妈见尹哲这样说，脸一红，以为他说的气话，忙说：“我不要，人都是你家的了，钱也是你家的。做父母的，只希望你们自己过得好，拿着这钱给自己买套好房子。”

尹哲从口袋里拿出一把钥匙放在桌上：“爸！妈！这是我新买房子的大门钥匙，里面有一间房是为你们留着的，随时欢迎你们过来，以后你们就跟着卿帆和我安度晚年吧!”

一席话让卿爸卿妈笑得合不拢嘴，他们这个女婿实在。卿妈说："好！等我去你们那儿的时候，要放挂鞭炮，让全村的人都知道。"

卿帆不可置信地看着他："什么时候买的房，我怎么不知道？"

"给你惊喜。"

晚上躺在床上的时候，卿帆说："尹哲，你城府蛮深啊！我们还没有领证，你把房子买了，那房子可不就是你一个人的了。"

尹哲拍了拍她的脑袋："你啊，明明不在乎这个，却偏偏要装作算计的样子。"

卿帆认真地说："我还真在乎这个。"

"那我告诉你，钥匙是我新租的办公室的。"

"什么?! 你给的假钥匙？尹哲你这叫赤裸裸的欺骗。"卿帆气不打一处来，一拳锤在他胸口。

"不是欺骗，只是提前预支一下而已，我难得过来看他们一趟，见面交钥匙的感觉，要比电话里讲实在得多。再说，我就是这样计划的，我看好了一套房，带精装直接入住的，就等着你回来办手续，不过我只付首付，月供手续你自己办，你这次回公司就将收入证明开好。"

"算了，你用自己的名字买吧。"能有这些话，卿帆心情已经很舒畅了。她说："给我父母留间房，爸妈那里能通过？两对亲家住在一起，想想都觉得头痛。"

"这个就交给我，你要相信一句话，车到山前必有路。"尹哲坚定地说："以后我们家，不管买什么，只要能写上名字的地方，都用你的名字。"

如果在以前，卿帆可能会认为是他的无知者无畏，现在她却相信，他一定能做到。他说过，一个人能让另一个人信服不是靠嘴争取来的，而是行动后结果的累积。

是藩篱，是执念

卿帆去人力资源部开收入证明的时候，刚好碰到骆海清从办公室里出来，他看了她一眼欲言又止的样子，走了几步，回过头对她说："等会到我办公室来一趟。"

卿帆拿着开好的证明去他办公室，他说道："准备报考CFA吧，有这个做底，再加上你的表现，你在亚透可以平步青云。"

卿帆知道这是注册金融师的考试，分为三级，全部采用英文，它不同于卿帆当初入行时考到的证券人员从业证书之类的东西，这证属于极少数人才能企盼的东西，拿到这证，基本就是薪酬保证的绿卡，她知道骆海清已过最高级三级。她笑着说："我考虑一下，跟优秀的人在一起，才有可能变得更优秀。"

骆海清说道："总部最近人事调整，想将你调回北京，有几个非常重要的案子需要跟进，他们很满意我们提出的想法和方式。"

"你是不是又把功劳全部归在我的头上。"卿帆了解他的想法，说道："你把我推得这么高，万一哪天超过你了怎么办？"

"我更愿意做伯乐。"

上一次，在升职前选择了回家。这一次，放弃了的机会又摆在面前，上天确实不会辜负每一个努力的孩子，她自嘲地一笑："回北京，我得考虑一下。"

"总部让我回北京。"骆海清说，"过完年和下一任交接业务就走，估计在四月份，他们说没得商量，我必须得走。"

"嗯。"卿帆说，"没什么事，我先过去了。"

骆海清盯着她手中的纸上鲜红的印章，问道："这是你刚去人力资源开的？什么东西？"

"准备买房子，让她们给开个收入证明。"卿帆如实相告。

"房子买在哪?"

卿帆看着他，他的神色略显紧张，虽然那晚之后，他们关系依然如故，从他嘴里再也听不到任何隐喻的语言，他甚至小心地与她保持着距离，卿帆却敏感地觉察到，他们之间暗流涌动的感觉依然存在。

"尹哲那里……骆海清，找个人在你身边照顾你吧!"卿帆艰难地说道。

骆海清笑着说："好！听你的!"

卿帆看着这个笑容，无比感动和心疼，他是真心喜欢她。只是再温暖的相伴，也终有告别的时刻。她说："对了，雨初明天回家经过这里，你要不要一起见见她?"

"她也是我朋友，肯定是要见的。我明天去机场接她。"

"不用去机场，这次是高铁。"卿帆笑道："北京至长沙的高铁通了。现在，交通如此发达，再远的距离，也不过是朝夕之间，对于想见面的朋友，距离从来不是问题。"

"最远的距离，从来不是路途上的，是想见面而不能见的距离，哪怕只有咫尺，也不能跨越。"骆海清这番话说得有种离别的悲伤。

卿帆看着他，竟不知道怎么作答，互相对视片刻，她才说："那不是距离，那是藩篱，是执念。好在，我们之间是不会有的。"

第二天，卿帆和骆海清从高铁站接到雨初，她穿了一件黑色的棉袄，显得肤色更加白皙，只是脸蛋的轮廓却比以前圆润了不少，卿帆拍着她的肩膀说："雨初，看来日子过得不错，胖了啊！双下巴都长出来啦!"

当着骆海清的面，卿帆就这样直接地损她，雨初有些恼怒："谢谢夸奖，不过这是夸我，还是贬我呢？你自己也是女人，你难道不知道女人最不喜欢听到的就是这句话。"

卿帆一愣，这不是她和雨初之间的常态，从论坛一别之后，雨初的话语和态度之间，总是像现在这样，隐隐带着攻击，她们之间，明明有什么地方不对劲。其实，她刚才是故意的，她只不过想用以前她们之间惯有的插科打诨的方式，来证明她们之间依然是亲密无间的，是她自己想多了。现在看来，她不是想多了，而是她们中间真的出现了问题。在她愣神的刹那，骆海清和雨初已经并排走到前面去了，她看着两个人的背影，她应该早知道原因就在骆海清身上，只是雨初又是怎么知道的呢。

骆海清见她落了队，转过头来等她，卿帆说："你们两个在前面走，我跟着就是了。"话一说出去，她就后悔了，这句话定会让骆海清不高兴。为什么在自己明知道骆海清不喜欢雨初的情况下，还总爱把他往雨初身上推呢，是真心想把他们凑成一对，还是在雨初很多次努力的过程中，她自己收获到一种不应该出现的、被喜欢和肯定的得意。她突然就找到了雨初疏离自己的答案，从一开始，就应该告诉雨初是骆海清送的香水，再将他推到她面前，她心中突然就充满了羞愧和歉意。

骆海清听到她这样说，就真的转头继续朝前走去，和雨初边走边聊。卿帆松了一口气，刹那间觉得自己心理有了阴暗的倾向。

吃饭的地点是骆海清选的，是雨初喜欢的西餐厅。雨初轻轻切着牛排，在灯光下浅笑的样子，与这环境融为一体。她终于修炼出一股浑然天成的优雅气质，逐渐褪去了刻意雕琢的痕迹，与圆润的脸蛋一起丰润起来的还有她的身材，虽然胖了些，反而比以前更多了一分女人味。整个人风格大变，以前她喜欢碎花、荷叶、蕾丝边，现在她穿着一件紧身低胸的米色T恤版上衣，却有了一种更简约的风味，这和她以前的小女人风格截然不同。

卿帆由衷地赞美道："雨初，你现在当之不愧女神级。其实，你还是胖点好看。"

"你还惦记着我胖这件事情呢，放心吧，我不会生气的。你就别放在心上，给我解释了。"雨初轻轻抿了一口红酒，笑道。

一句话让卿帆脸有些发烫。骆海清说："卿帆说得没错，确实丰满些好看，而且你现在穿衣风格，似得到高人指点。"

"你们两个一唱一和，天衣无缝。"雨初笑道，"牛排、美酒、夜光杯，谢谢你骆海清，我以为今晚我们会去吃面条。"

卿帆和骆海清对视了一下，雨初突然将一杯酒全部干完，再给自己满上，她说："我死了，过去的雨初死了。"

卿帆一把拉住她："快过年了，你不要乱说。"

雨初甩掉她的手："你也好不了多少，以前的卿帆也死了。"

她将新满的酒一口气饮完，骆海清一把抓住她的手腕："雨初，你是会品酒的女人，你这是灌酒。"

几杯酒下肚，雨初已经脸若桃花，她盯着他：“你是不是想告诉我，我这样去喝葡萄酒是暴殄天物？”

雨初看了看卿帆，对着骆海清说道：“知道什么是绿茶婊吗？有人说我是，我觉得卿帆才是。”

卿帆笑道：“我已经孤陋寡闻了，我回去查查。”

“对，就是你现在这个样子。”雨初昂起头笑得很天真的样子，“我曾经因为嫉妒自己好朋友而自责，而不安。我那时，还是一个有良知的好姑娘……”

卿帆知道她没有醉，她只是想去喝醉，说出也许在她心里早说过千百遍的话。

每个女人面对爱情都不是豁达的，哪怕对方是自己曾经最好的姐妹。把对自己有好感的男人介绍给自己的闺蜜，这样的蠢事，一生仅此一次。

女人之间的友谊

骆海清将雨初送至酒店，她在骆海清准备转身的那一刹那，一把拖住他："我想和你单独聊聊，没有卿帆，只有我们俩。"

雨初一脸酡红，将门关上。这个房间是她自己定的，是一个大的圆床套房，骆海清坐在房内的沙发椅上，透过一扇玻璃从里面看过去，一张巨大的圆床占据在房子中央，紫色的纱缦从房顶绕着床边落地，纵是房内无风，都有一种缥缥缈缈的感觉，看起来异常温馨和暧昧。

暖气开得很足，雨初将外面的棉袄脱掉，接着将那件米色长衫也脱了，里面是一件背心式胸衣，胸前一片雪白呼之欲出。骆海清不动声色地看着她，雨初脸上的红色要燃烧起来，她惺眼朦胧地走近他，坐在他身上："你不热吗？热就把棉袄脱了？"

"我不热。你也不至于这么热吧？"

"我热得很，如果你愿意，这件我都可以脱掉。"雨初故作豪放地一笑，骆海清却察觉出她的紧张。他说道："你不会是想要勾引我吧？"

"是又怎样？"

骆海清盯着她，这大半年的她确实有脱胎换骨的变化，不知道她到底遭遇了什么，吃饭的时候，他就注意到，她全身上下都是价值不菲的名牌，包括她的那款手提包。上个星期，他妈妈在微信中向他炫的就是这款，身为退休外交人员的骆妈"伙同"他的小姨，在香港投资了一个奢侈品的折扣店。对于这些，他多少是有些了解。他知道卿帆，对所谓的奢侈品毫无追求，对于她的衣着品牌，卿帆是不会敏感的，但是她应该察觉到了雨初话语的"刺感"。

骆海清说道："你不怕明天你一觉醒来，你会恨自己。"

"我不会，我告诉你，这种时刻是我蓄谋已久的，是我梦寐以求的，你也不讨厌我，对吧？如果不是卿帆，你也会喜欢上我的，对不对?”她紧紧抱住他，“你以前说过，我们可以试试，如果我不害怕。”

她将埋在他胸口的脸抬起：“亲我一下。”见骆海清表情复杂，任由她抱着，却无动静，便摸着他的脸笑道，“求你，我求你还不行吗?”

“雨初，你喝多了，别这样。”骆海清欲将她推离怀抱。她的唇很快贴了上去，她终于感受到了他温热的嘴唇，她将脸紧紧挨着他的脸，可是他始终无动于衷，她觉察到了，痛苦地说：“你对我一点感觉都没有?”

“其实对于男人，不需要感觉。”骆海清面带痛惜地说，“雨初，要不我们好好聊聊?”

“聊什么？如果你不爱我，从你嘴里说的每一句话对我都是一种打击。我只想和你亲密无间。”

“不，真正令人动情的爱，是明明很喜欢，却绝不纠缠。就像我对卿帆。我虽然喜欢卿帆，却连她的手都没有触摸过。我也相信，我终有一天会碰到一个我喜欢她、她也刚好喜欢我的人，会有一个女人的出现，让她在我心里，退回到我好朋友的位置。”

骆海清果断将她从自己的怀里推了出去，站起身说：“雨初，找一个彼此相爱的人，好好生活，不要这样作践自己。”

“你去喜欢卿帆这样结了婚的女人，为她放低自己的身价，难道就不是作践自己，像你们说的偷偷地喜欢，远远地看着，你就觉得你们很高尚吗？你就觉得对尹哲来说是公平的吗？你们才是最卑鄙的人!”雨初情绪失控，“你们才是最虚伪的人!”

骆海清愣了一下，对她说道：“你说得也许是对的。所以，我要离开长沙，而她也要离开亚透，回到尹哲身边。我不知道你怎么想她，但是，她是我最珍惜的人。所以，你可以恨我骂我，不能因为我，你就指责她。我喜不喜欢你，都是我的事情，和她没有关系。”

“好一番令人感动的告白，我最讨厌的就是这种腔调，你越这样说，我就越讨厌你们。”她再次上前紧紧抱着他，“我不管那么多，我们就只一次，从此相忘于江湖。”

“如果是以前的雨初，也许我还会有情难自控的时候，可是，你现在这个样子，我不敢。我害怕你纠缠不清，我最害怕这种状态下的女人，我不能因一时欢娱，而惹祸上身。”骆海清狠着心说，“因为你陌生得让我不能相认。”

雨初愣在原地，如被雷击，已经失控混乱的思维和全身的火就被这句话猛然浇灭了。她成了一个不知廉耻的女人，他竟然嫌弃她！骆海清将她脱掉的衣服披在她肩膀上，说道：“我走了。”

门被轻轻地合上了，他的脚步声越走越远，雨初便清醒了一半，她坐在床上如同一座雕像，自己刚才都做了什么，怎么变成了这样？那个矜持自重、骄傲的雨初什么时候没有了？她的眼泪崩堤而出，刚才不断地放纵着自己的底线，好像就在等着骆海清这样一席话将自己打进地狱。任由自己放纵到极致的结果就是，她撕毁了形象，她与他终于完成了形同陌路的分裂。

卿帆是知道雨初的心思的，所以她执意回到宿舍，其实她的背包里还有日常换洗的衣服，准备陪她一起住酒店的，现在她们已没有挤在一张床上的情意了，卿帆觉得很是伤感。在路上她不断回想着，这几年与她相处的镜头，她想着在北京的聚会上第一次看到她，她穿着一袭碎花裙，乖巧地坐在那里，与一桌子大呼小叫的老乡格格不入。当时桌上有人问，我们来看看，我们这些来北京的孩子里面哪些是城里来的，哪些是乡里来的？

说来也巧，当时十一个人真的只有她一个来自城里，两个来自城郊，其他全来自农村。其中有一个男生说：“难怪雨初的名字取得洋气，人也长得洋气。”

在八十年代，雨初这样的名字确实还比较少见，多是婷、玲、娜之类的，光听名字就挺清雅脱俗的。雨初那时在广告公司做文案，说话也是文绉绉的，下午去紫竹公园的时候，她一直跟在卿帆身后，于是她们就这样成了好朋友。虽然不是那种从小玩到大的友谊，却在异乡真实的慰藉过对方，她曾经是她心目中最温暖的名字……泪不知何时已经流了出来。她突然很想见到姚进，每次看到她在朋友圈中晒娃，她就心疼她，只有她才知道，这恰恰说明姚进除了孩子，没有什么是可晒的。想到最近看到的报道，里面提到晒娃的诸般风险，她想应该告诉一下姚进，却又犹豫，是不是连她这点虚荣都要剥夺。

她给姚进发了条短信：“在干什么，我突然好想你。”

姚进短信许久未回，卿帆理解她在秦家生活的不容易，想着不过两年光景，结婚的，未婚的，生活已是翻天覆地的变化，尤其是对于她和姚进，就是历经了一次重组。

姚进的短信姗姗来迟，她说：“我也是。”

短短几个字，却让卿帆感动不已，这就是好朋友的最高境界。

第二天一早，卿帆给雨初打电话，手机提示已关机，她赶到她住的酒店，前台说她早已退房。她问骆海清，昨晚他们之间发生了什么事。

骆海清说：“什么事情也没有发生，放心吧，她肯定提前回家了。”

看着卿帆很沮丧的样子。骆海清说：“总是有朋友在你生命中来来去去，懂你的终究会留下，不懂你的，又何必伤感。”

“你不懂女人之间的友谊。”卿帆说，“因为太难突破女人之间微妙的自我较量而成为真正的朋友，所以才会珍贵。”

“再过几天就放假了，想着过年，开心点。”

马上又是新的一年到来，她在三十岁的起点又向前滑行了一步。二十岁的时候看不起三十岁女人，觉得那是开始衰老的年纪，却忘记自己终有一天也会到达，而且不会很慢，而是转眼就到了。现在回想这段历程，模糊了多少人和事。再深的遗憾和疼痛，都会交给时间。

只要留意过时间的人，都会发出这样的感叹：真正的十年弹指一挥间啊！

以高傲的姿势结束婚姻

姚进结束一段感情的方式，通常是迅速的，不会绵长，因为她不会和别的女人那样，吵闹不休后走向散场，她一旦出击，就会非常果断，因为只有她自己知道，风平浪静的背后早已经波涛汹涌，最终的决定其实早在心中百转千回地辗压过了。

刚过完春节，秦昆跟姚进说："我过完年，要出去一趟。"

当听到这句话，她最终下定了决心。同样的时间段，同样的主题，她问道："一个人，还是两个人？还是一个团？"

秦昆说："我知道你在怀疑什么？是不是一定逼着我承认了，你心里才会舒服些？"

"你承不承认，我都知道事实，我只不过是为了我们月牙儿，容忍到现在。"月牙儿已经出落得很是乖巧可爱她已经无意识地叫出"妈妈"两个字，她绽放的笑容，眉眼之间的感觉很像秦昆。秦昆是喜爱她的，随着她逐渐长大，她向他伸出手来索要他的抱抱，模糊不清地叫出"爸爸"时，他的心就会变得很柔软，他也想过好好珍惜现在拥有的生活。可是，每当狐妹猛然出现的时候，他就没有了抵抗能力，她手中像有一个能牵引他的魔棒。从认识她开始，他就是为她而生，他可能只恨过她一回，那就是她在结婚前夕，突然反悔。那时，他给自己发过誓，再也不会受她牵制。她给他的甜蜜和刺激有多少，他的心就有多痛，只有像救命稻草一样抓住了一段新的感情，才有了一些缓解。

他以为，他和狐妹之间的那些深刻的往事会逐渐淡化，分手时，他说他再也不想看到她，以后，各走各的人生。可是，没想到时间的修复能力那么强，能修复刻骨铭心的伤害，能将爱埋在心里雪藏起来，释放时仍然这样汹涌。她联系他的时候，他没有丝毫犹豫地就飞奔而去，就像很多次他们吵架后，他急不可待地求合一样，他竟是已经习惯了这种折磨。

姚进见他不说话，便说道："你们这样相爱，我可以成全你们。"

不是没有蛛丝马迹显示他们的藕断丝连，只是姚进不想去追究，因为她觉得自己还没有做好离开的准备，一个单身妈妈带着一个小孩，她能不能独自承担起这种生活，还有等孩子长大了，问起自己的爸爸，她又该怎样回答她。她在心中已经演习过很多遍了，没有人能理解她这种独角戏般的生活到底有多痛苦。她给了秦昆安静的一年，但是他依然学不会珍惜。

"既然话都说到这个份上了，你尽可以放心，我不会和你离婚的。"秦昆没想到姚进面对这件事情如此淡定。

"为什么?"

"因为她不会嫁给我，她如果想嫁给我，早就嫁了。像我这样结了婚，还有了孩子的男人是入不了她的法眼的……"秦昆如实相告。

"她就这么好，你就这么贱吗? 她对你呼之即来，挥之即去? 她不想结婚，却勾引一个有妇之夫上床，充其量不过是一个免费的妓女！她凭什么这样看高自己?"姚进愤懑地说道。

"这么烈的词语从你嘴里出来，倒是让我刮目相看。"

"你最好看明白了，这才是我。你看不起庸俗，我就是只会用这种词语的俗人。"姚进冷笑着说。

"我们俩没你想得那么龌龊。你凭什么说我们上床了?"秦昆疑惑地看着她。

"在温泉度假山庄，在5308号房。世界上的事都是要想人不知除非己莫为。"姚进记得那一幕对自己的刺激，一遍遍的回刍才能换来今天的麻木。

秦昆有一种隐私被揭穿的愤怒，他问道："你跟踪我?"

"我那时快要临产了，我怎么跟踪你? 你不知道，我有多不想知道这些，如果我不是受了这样的刺激，月牙儿又怎么会提前出来? 这一年多来，我所受的煎熬又有谁知道呢?"她嫁给他的时候，是准备全身心爱着他，爱着这个家的。

秦昆低着头，保持着很久的沉默。

姚进突然说道："秦昆，我不是收破烂的。所以，我们离婚吧！"

"什么?!"秦昆没想到这两个字会从她的嘴里说出来，她一直是温顺安静的，连太激烈的言语都不曾有过，就直接说出离婚，他认为她可能是一时气极说的话。看她态度却很平静。他一时揣摸不出她真正的意图，他认为她是想通过这样的威胁，中止他和狐妹的一年之约。

姚进说道："有一种女人就是专门靠作践男人来体现自己的人生价值。如果你们两情相悦，我倒是可以理解，还有一丁点儿对我们这两年多婚姻的遗憾，是以为自己不够优秀抓不住你的心，而现在，我告诉你，我觉得自己比她优秀得多。我为我喜欢过你这样眼光的男人而难过。"

这是她在婚姻中唯一一次以高傲的姿态亮相，非常果断决绝。看着她冰冷的眼睛，秦昆像第一次认识她，他心中反而掠过一些不舍。他说："其实，我们可以过得很幸福，我可以不出去，我在家陪你和月牙儿。"

"晚了，等到一个人心死了再去捂已经捂不热了，孩子我带走。如果我们还有夫妻情分，你不要和我争夺她，她是我忍辱负重十个月才得来的，你们就当她从来没有来过吧！和你结婚两年多，这是我唯一感谢你的地方。"姚进痛觉神经再麻木，说出这番话也是伤感的。

"姚进，如果我和她干干净净断了呢。"秦昆看着面前替自己生儿育女的女人，她的诸般好处突然全部出现在他面前。那是一种和狐妹完全不一样的安稳。

"那是你的事情。你从来没有试图了解过我，临走了就不要再试图去了解一个你根本没有爱过的女人。"

"但是，我已经习惯你在我面前晃来晃去了。"秦昆伤感地说，"每天一下班就能看到你和月牙儿，我的心里其实特别踏实，那是一种虽然平淡却属于家的温暖。"

姚进差点就要动摇，她被这句话戳中了泪点。她没有再说下去，这是她第一次提出离婚。不过令她没有想到的是，在她就要重新燃起希望时，秦昆却消失了。手机信号全无。这是他一年一度的年假，全用来奉献给了别的女人。秦妈已经搬去了新家，将这旧宅留给了他们俩。秦爸秦妈是理所应当地居住新房，因为房产证当时就是写的秦爸的名字，秦妈说，等到孙子出生的时候，她们再换回来。

也许他们买房的时候，就有这样的高瞻远瞩，知道她和秦昆终有这一天，或者，她们是希望通过这种方式，让她为秦家生个男孙。

在那几个夜晚，她跟卿帆聊天："秦昆消失了，我差点就相信了他。"

卿帆回道："如果他不爱你，就什么都有可能。一个女人如果要花很多时间去怀疑自己的丈夫，然后又用很多精力去证明自己的猜想，确定事实后，再花时间去挽回他，那么这个女人在婚姻中的所有时间都被这些事情填满了，就在质疑和争夺的过程中老去，这样的事情肯定是没有幸福可言的，没有哪个女人天生就是侦探，她的这项本事都是拜人所赐，如果你不幸碰到了，如果你不想你的时间全用来做这个，你就勇敢地走出去。"

很长的一段话，姚进看了很久。她问道："我真的怀疑自己能不能养活月牙儿，这就是我迟迟没有离开的原因。"

"姚进，人得先为自己而活着，你如果像寄生虫一样的寄居在他家，而又得不到最起码的尊重，月牙儿长大后会怎么看自己的妈妈。再说，只要你有一双手，就不会饿死。"

她最大的顾虑其实就是月牙儿，她如果顶着一个离婚女人的头环带着她生活，独自照顾她尚且吃力，又怎么去工作养活她。可是，很多这样的女人都是这样过来了，她们都好好地活着，比生活在大片阴影的婚姻中快乐得多。

是的，只要有一双手，就不会饿死。姚进想，自己一定没有问题，带着月牙儿勇敢走出去，也许还能碰到合适的那个人。得之，她幸；不然，她命。

青年创业大赛

尹哲是周五晚上到了长沙之后才给卿帆打电话，他没有想到的是，电话过去的时候，她竟然回了家。卿帆说道："想给我惊喜？你不是不来看我的吗？我们之间好像没有这样恩爱吧！"

"谁看你？我是来接你回家的。"尹哲很有些遗憾的口气，"其实，我想要告诉你，明天我要参加一个创业比赛，我要请你助阵。最早的班车，你应该都来不及，我抽签抽的第二号，那就待在家里等我的好消息吧！"

尹哲参加创业大赛的项目是《万亩良田生态行》，灵感来源于他不断深入的农村体验，他发现农村里的大量耕地都没有得到有效利用，有些甚至是荒芜了，再往前走上十年，等老一代农民干不动了，农村有可能就会出现断层，最终农村的发展会同西方国家农场主一样，是一部分人靠着自动机械去完成作业，传统的农作会逐渐淘汰。而且，随着农村土地问题同时出现的，还有一些颇具规模却因为经营不善濒临倒闭的养殖场。刚好国家同意依法流转土地政策出台，他就想扎根农业，规模化种植一万亩，然后整合那些濒临倒闭或已经倒闭的养殖场资源。他调研了当地颇为有名的坪水流域土地资源，觉得这个项目是既符合发展趋势，又是切实可行的，所以这次他就参加比赛，希望吸引来愿意投资的伯乐。没想到的是，他的项目在市里的排名是第一名，这次他要代表市里在省城竞选入京的名额，一旦入京就算没有进入前三名，吸引资金的可能性就大大增加了。如果进入前三名，本身获得的创业扶持资金就已经不菲。

等卿帆赶到会场的时候，她正好听到他的声音："标准化常规种植水稻八千亩，兼种高粱、黄豆、荞麦、芝麻、红薯等五小杂粮一千亩……稻鱼、稻鸭共做技术种养一千亩；养殖场牲畜排泄物制成有机肥，应用于稻田，形成有机生态链……"尹哲浑厚的声音回响在会场，这个项目吸引住了专家评审团和社会群审团。

“为什么只种一千亩生态水稻，而不是一万亩全种生态水稻?”专家问道。

“一个人既要乌托邦似的精神家园，也要遵守客观现实。他才能脚踏实地去实现自己的理想。因为我相信我的投资者一定是一个和我一样有着农业情结的人，我要让他既可以高谈阔论理想，又让他因为他的独具慧眼而获取效益。我们的大地其实已经伤痕累累，真要种出纯生态的粮食，这片土地起码得休整五年！我们现在惯用农药化肥，谁还看到田地里用锄头锄草的身影，除草剂喷洒一遍就能将草给杀死，草是大自然里生命最旺盛的。而这种农药已经渗入到了我们的土地，可是中国这么多的老百姓要吃饭，需要粮食。真正读懂这一行，我们就不会任意去指责哪一方……”尹哲一脸凝重地说。

“为什么要将地点选在坪水流域，这有什么用意?”另一名专家发问。

“因为那里的水是活水，溪水可以直接饮用，土壤质量还基本保持原生态的特点，而且紧靠国家 4A 级景区脚下。”

“我一旦有想法开始创业，我周围的人就会打击我，说这也有风险，那也是风险，我在质疑声中都不知道怎么开始，如果别人都质疑你，你会怎么办?”问话的是一个群审团准备创业的年轻人。

“一个年轻尤其没钱再加想法多的人，可能会被认为是玉米地里的猴子。一个有钱的曾经成功过的人想法多，会被认为是雄才伟略。我把我的想法当作完成一台机器，我一段时间完成一个零件，一段时间又完成一个零件，在没有组装之前，它就是一堆零件。当我把它组装完成，很多人都才看懂，我原来是想造一台机器。也许我辛辛苦苦做的东西，它就是一堆废铁，就永远没有成为机器的机会。每个人都要耐得住被质疑的寂寞，还有面对被否定的失败。我觉得这方面我没有问题，就算今天没有任何人看好我的项目，我也会自己朝着这方面努力。我不种一万亩，我可以种五百亩。”

“我想问你，你认为成功是什么?”

“最简单的成功就是做了自己喜欢的事情，还能有能力把它做好，身心愉悦，这是小我的成功。还有一类，就是从事的是自己当作终身理想的工作，不但超越自己价值的实现，还能促进这个社会的改变，做出一些力所能及的贡献，这是大我的成功。很多像我这样的年轻人都在抱怨，这个时代对我们的不公平，可是，每个时代都有机会，我们这一代的机会就在农村!”

掌声雷动，尹哲以他标志性的光头站在舞台上，言词沉着，语调幽默，纵使演讲这样的话题，他依然有本事让台下笑声四起。这是她熟悉的尹哲，卿帆欣慰地笑了，这个当初“一见失身”的男人，原来是这样的光芒四射。这是她第一次听到这个项目，被他周全的调研和分析折服，这是一个符合农业发展大势所趋，每个方面都能得到高分的项目。尹哲下台的时候，卿帆看着他笑：“尹哲，你现在老谋深算了呀!”

“你怎么来了?”尹哲看到卿帆很是惊讶。

“我昨天晚上包车来了。”

“那你晚上怎么不来?”

“说好的惊喜，不能落空。”卿帆调皮地笑道。

这一天经历的全是梦想飞扬的人，创业主题演讲进行到下午五点才结束，到晚上的时候，两个人都有些兴奋得睡不着。尹哲说：“卿帆，等你回去了，我们就要一个小娃娃吧!”卿帆依偎着他，非常配合：“好！等我怀孕了，这十个月就当给我放假了，我从上班到现在，一直都没有轻松过。不过，这十个月，我就去学古筝，给我们的孩子进行胎教。”

尹哲忙摇头：“不行，孩子一出来就会泪眼汪汪的。”卿帆哭笑不得：“你听没有听过古筝？那么高雅的音乐熏陶，你懂不懂?”

尹哲振振有词：“那曲调太文艺了。我不想生一个文艺青年。再说古筝太大了，家小，没地方放。”卿帆无奈地说：“那我选个小的，口琴吧，口琴小。”

尹哲头摇得更厉害：“不行，不行，那孩子生下来腮帮子就鼓得像青蛙。”

“那我去学小提琴吧！以前在北京业余学了段时间，还有些基础，刚好把它拾起来。”

“别东想西想了，就十个月，一眨眼就过去了，你忍忍吧！你别搞这些危险动作了，你拉小提琴，脖子歪了怎么办?”

“哪个讲的拉小提琴就成歪脖子了？那些小提琴家脖子都是歪的吗?”卿帆分不清他到底是逗她，还是故意在气她。

“不是胎教吗？你天天歪着一个脖子，他一生出来就会学你的，不是歪脖子吗？我怕，要杜绝一切安全隐患。”尹哲一脸严肃。

卿帆被他的歪理弄得怒了：“那就二胡，二胡小，有地方放，还不会歪脖子，也不会成青蛙。”

尹哲赶紧摆手：“不行啊，我怕生出来一个瞎子。”

卿帆已经说不出话来了……

尹哲见卿帆生气了，不觉大笑道：“还当真了，等你怀孕了，你想学什么就学什么，你就算去拉大锯，我都支持你。”

卿帆没有再理他，临睡前习惯性地看了一下朋友圈，她发现尹哲竟然也发了他的第一条微信：我终于在我最爱的女人面前证明了我自己，我不是一个空想家，我一直在行动。明天，我要向她求婚，领证去！

卿帆会心一笑，心中充满了期待，风雨都过去了，终于迎来了一片艳阳天！

我欠你一个拥抱

卿帆醒来后就看到了骆海清的短信："卿帆，我准备出发了。你的离职申请我已经签好字，放在你的办公室桌上。保重！后会有期！"

尹哲已经起床，上午会公布评选结果，确定进京复赛名单。大赛还有一上午的流程。卿帆说："下午我在宿舍等你，我要去送一个朋友。"

"骆海清吧？他终于知难而退了？"尹哲不动声色地说。

"我和他是纯正的革命友情。"卿帆语气提高，却有些底气不足，他原来什么都知道，一直以来给她愚钝的感觉，其实缘于对她无比的信任。

"你纯正，他未必。男人的感觉，我们男人才懂。"

尹哲回过头见卿帆愣在那里，笑道："去吧！能和我一样的品味和爱好的人，也是难得。"

卿帆给骆海清发条短消息："等我，我欠你一个拥抱。我现在出发去高铁站。"

等她赶到高铁站时，他正在进站口的地方等着她，笑容灿烂，一如第一次见到他的那种感觉，这种感觉很奇妙，似乎这两年和他一起经历的一切在这一刹那都被真空了，只看到那一日，他向她伸出的手，你好，我是亚透中国区骆海清。她走近他，轻轻抱住他，说道："谢谢你！一路顺风。"

她在心里说，有一种喜欢叫作喜欢和你在一起，希望你过得很快乐。

骆海清在她耳边说："再见，卿帆。"

爱有很多种，争取过，努力过，还是没有和你在一起，依然祝福你过得幸福。

她知道，他这是在与自己告别了。她松开他，与他挥手告别，他一定看得到她眼中所有的祝福，她坚信，就是将彼此雪藏很多年，她们都是对方心中温暖的一抹影子。

送走骆海清，卿帆接到一个电话，是湘雅医院打过来的："卿女士，我们是湘雅医院病理科，您有一份体检报告单还在我科室，请您有时间过来取一趟。"

卿帆这才想起自己有一个体检结果一直未拿，想不到医院竟然这样负责，她身体一向健康，极少与医院打交道，去医院是因为这一段时间来，内裤上隐有血迹，而且会不间断出现。她查阅了大量资料，自我判断应该是妇科炎症，过段时间就会停止，现在它丝毫没有停止的迹象，而且这种迹象越来越频繁。一直以来，她非常注意个人卫生，却依然无法逃脱。她才知道民间流传的"十女九病"的说法并不是太夸张，妇科病是伴随女人一生的隐患。她意识到，作为一个三十出头的女人竟然没有过妇科检查的经历，真是对自己的不负责任。

她躺在妇科检查台上时，第一次经历这样的场景，双腿不由自主地颤抖，接诊的医生是一个面色和善的中年女人，她感受到卿帆的紧张，不由觉得好笑："放轻松一些。"

卿帆战战兢兢地问道："医生，我的宫颈怎么样？"

"还好，偏中度糜烂。"感觉到卿帆的紧张，医生和气地说道："可能是炎症引起的出血，结过婚的女人很多都会有宫颈糜烂，而糜烂就会导致出血。"

"做过 TCT 没？"

"没有。"卿帆知道这是癌前筛查的代名词，纵是有人说，不能对着自己的症状去看疾病介绍，她也不可能会往这方面去想，那些小概率的事情向来与自己无缘，再者癌症一般都是有家族遗传的。

医生等她从体检台上下来，交给她一个贴着名字的标签："交到三楼病检科，周一取结果。"

卿帆那天提着一大包药晃荡回去，把拿报告的事忘到了九霄云外，一直到刚才这个电话，她才想了起来，不过到此刻，她也没有意识到有什么不妥，以为只是因为自己的遗忘，医院督促拿回而已。她直奔三楼，很快就取到了自己的报告单，单子上写着：HSIL（高度鳞状上皮内病变），卿帆看到这几个词语，有一种非常不好的感觉。她忐忑不安的把病检单拿到上次那个医生面前。

“有没有生孩子?”

“没有。”卿帆的心提到嗓子眼，预感到不妙：“医生，是不是癌症?”

“现在还不好说，报告单上显示，存在癌前病变是一定的，但是分期还得看阴道镜和活检的情况……”医生表情带着遗憾。

不好说的意思就意味那就有可能是癌，癌前病变是一定有的……分期……医生后来再说出来的一系列专业术语，听得她如同雷击，突然得让她难以接受。中奖的机会，以这种方式发生在自己身上，那些从别人嘴中听到的故事，突然轮到自己变成了女主角，在不知道自己的身体也会遇到威胁的时候，一切的道理，都是属于旁观者的冷静，有点“为赋新辞强说愁”的意味。当那种事突然降临到自己身上，除了不可置信，还是不可置信。她的脑子如同被水洗过，一片模糊和空白。外面的世界对于她来说都被隐去了，医院的走廊、从她身旁走过的形形色色的人群、川流不息的车辆统统看不见了，她努力想思考些什么，却发现除了质疑自己是不是在梦境中，她没有任何思考能力。从医院到宿舍有整整十多里路，她竟然记不清自己是要坐车，竟然一步一步走了回来。躺在床上，看着病历单，她才确信检验结果是真的，思维才正常落回大脑。她脑中算计着，活检进行得越快越好，看自己到底到了哪种程度……她终于冷静了下来。不过几个小时，她如同经历了一场大劫，全身虚脱无力。

尹哲给她打电话，说自己马上就到了，他先把她的行李之类的东西搬回家，要她把工作交接完后就可以拎包走人。回家，这是世界上最温暖的词汇。她突然想念起那个拥挤的小阁楼，连尹妈的大嗓门，尹爸的木雕脸，她都觉得令人怀念，以前那些嘈杂、令人不堪回首的日子都是弥足珍贵的，只要不是绝症，只要有机会好好活着，真的什么都是好的。

尹哲一脸兴奋地出现在她的面前：“结果出来了，第一名。”

卿帆勉强笑道：“太好了！值得祝贺!”

是的，在生命面前，再大的喜悦在此刻都是麻木的。尹哲从口袋里拿出一个礼品盒，将它打开，一枚熠熠生辉的戒指刺痛了卿帆的眼睛，泪水在那一刹那夺眶而出，尹哲以为她是因为激动，于是更为激动地说：“卿帆！我们回去就领证吧!”

卿帆哽咽着说不出话来。在她心里，她早就嫁给了尹哲，只是现在这个镜头却让她心如刀绞，明明是可以花好月圆的人生啊!

“看，这上面刻着我们的名字，不是字母，是全名。天天戴着，告诉别人私人物品请勿占有。”

“万一有一天，我先走了呢。”卿帆伤感的说。

“你先走了啊……你把戒指戴上去，就算喝了孟婆汤，我也不怕找不到你。所以，我终于明白为什么结婚要买戒指。”

他把戒指拿出来套在她手上，握着她的手放在自己的胸口：“我一直到现在心里才踏实了。我真怕我不得不放弃你，好在，你还在这里，一切都还来得及……”

卿帆紧紧抱着他，她想，如果他知道她有可能得了癌症，而且有可能会因此生不了小孩，他还会这样爱她吗？

她问道：“是不是我遇到死亡，而你不在身边，你还是会要让我打110？”

“真要碰到紧急事情，如果我不在你身边，第一个电话一定是要打给110或者120。你还在为那天的事情生气，你打给我，只给我透露了一个消息，说明你需要我，所以我坐货车回来的。我觉得你需要的是一个安全的怀抱，而不是一个电话。所以，我最不喜欢的事情就是让你离开我的视线，让你有机会被那些心灵鸡汤洗脑。我以后再也不和你分离，到哪都带着，拴在我的裤带上……”

尹哲说着在她的脸上亲了一下，凑到她的耳边，说道：“我还告诉你一个秘密，我向你迈进的每一步都是想破脑袋了的，你知道我有多担心，你不会同我回来，我怕你反悔，才会想出那些趁热打铁的连环招数，孙子兵法都要被我翻烂了……”

尹哲不是无知者无畏，他并不是不敏感，他耐着性子去做饭，他说他穷得坦荡，他对逆境麻木的粗神经……都是因为他要成全她做最真实的自己，她何其有幸，他的爱毋庸置疑。

她想等病情确诊的那一刻，再做最后的决定，让他的快乐多持续几天，也给自己一丝希望。她想，如果今天只是一次误诊，她愿意和尹哲做一对最平淡的夫妻，只有亲身经历的人才会明白那句话：“除了生死，一切都是小事。”

她真想回到最初与尹哲相遇的那一刻，让那一天，刚刚开始。

所谓的放手根本不是爱

在万分忐忑之中，在度日如年的煎熬中，卿帆终于等来了活检的结果：CIN2－3。

接到检验单的那一刻，她的手抖个不停。在这之前，她翻阅了所有的医学资料给自己下诊断，一直在希望和绝望之间徘徊，有时，她觉得这种病进展慢，也许并没有想的那么糟糕，有时又觉得可能已经是原位癌，手术切除子宫加化疗，想到这种可能，她就会心如死灰。而这种痛苦的心理历程，她觉得自己独自承受就够了，因为无论谁给的怎样的安慰也扭转不了她已经患病的事实。她突然就无比佩服尹妈，当初她得抱有多么大的决心，才会放弃治疗。

医生说："准确地说还没有到癌，还是中重度癌前病变。一般 CIN3 期，如果已经生育，为了保险起见，也可拿掉子宫。"

"可是我还没有生育。"癌前病变，已比她想象的好太多，这样的结果对于她，又像是中了一次奖，卿帆在此刻是特别懊恼的，应该早点生孩子的。医生说，子宫这东西，在该生小孩的时候不生孩子，就会长瘤。打着先立业再生孩子的旗号，只不过是一种自私不敢承担责任的借口。

"对要求保留生育功能的患者，可行宫颈锥形切除术或根治性宫颈切除术。建议你完善其他基础检查，立即做 LEEP 刀宫颈锥切手术。"

"是不是切掉病变组织就没事了？"卿帆忐忑不安地问道。

"切下的宫颈需作进一步的病理检查，明确病变程度。只要各项检查正常则半年后再检查一次。每半年一次，共六次。若仍正常则可以一年复查一次，共检查八年。没问题则可放心了。前两年没有复发最重要。"医生耐心地解释道。

"我是不是可以生小孩？"卿帆急切地说。

“原则上是可以的，但是最后结果，得看你的病变情况，还有个人体质情况决定……”

卿帆再次陷入失望，也就是说尽管只是癌前病变，但仍充满着未知，心中另一个决定在此刻就已成形。她从医院走出来，才发现又是一年四月天，万物都已复苏，各种深深浅浅的绿色簇拥在枝头，却偏偏有些树叶经过秋的萧瑟、冬的寒冷，在万物换新装的春天飘了下来，她联想到自己，心中有些悲凉。

回到宿舍的时候，就看到一个熟悉的身影站在门口，这是她最想看到，又最不想看到的人，她还没有想好怎么向他开口，他却迫不及待来接她回家了。其实，亚透公司的交接工作已经完成，不管回与不回，她都会这两天离开亚透。

她定了定神，开门见山地说：“我跟你说，我不跟你回去了，我也不会和你结婚了，从此以后，我们再无瓜葛。”

“为什么？”尹哲大惊失色，好似晴天霹雳，看她样子又不似在开玩笑，脸色凝重而苍白，“发生了什么事情？”

他知道其中必有隐情，他们之间经历了那么多，她都不曾说过这么绝情的话。

“如果我说，我爱上别人了，你会放过我吗？”卿帆狠着心说道，这是她的决定，他那么热切地想要一个小孩，自己肯定是要做手术，能不能要孩子也是一个未知，离开他，这是她爱他的方式。

她说：“以你现在的条件，可以找个更优秀、更年轻的女孩。”

“我不需要你说这些话！我找谁是我的事，我就问你，是不是那个骆海清？”

尹哲极少这样情绪失控。

卿帆看着他痛苦的样子，突然不忍，但还是肯定地回答：“是。”

他绝望地说：“我一直这样信任你，是为了让我们的爱更自由，却还是败给了自己的感觉。”

他一拳打在墙上，手背上很快渗出了丝丝血迹。他盯着她的眼睛，她的眼睛不敢直视他，低着头看着自己的脚面，等她再抬起头时，他已经出去了。他做事一向果断，连她提出分手也不例外，不会反复询问和纠缠，她说不清到底是失望还是释然。她瘫坐在床上，心脏深处马上涌起一股绞痛，不异于又一次绝症来袭。没有哪种爱情是靠一瞬间的感觉决定的，讨厌的、喜欢的、感动的、质疑的、愤怒的、心疼的感觉糅合在你心里，你依然决定和他在一起，它们才是爱情真正的模样。原来，他在她心里，扎根已经这么深，她根本没有连根拔起的承受力。

时间不知道过去了多久，她竟然含着泪睡着了，她睡得很浅，心脏处不断发射的疼痛让她很快就醒了过来。她看见自己床头坐着尹哲，他一脸心疼地看着她，她一时竟不知道哪个场景才是真正的梦。

是她熟悉的声音："门都没关，你就这样睡着了？"

"你怎么回来了？"当她确定是他时，她的内心是狂喜的，她已经反悔了。

"无论是什么样的结果，我都要和你在一起。如果我这么轻易就被你骗到了，你觉得我还是尹哲吗？我们能够走到现在，不仅是因为我爱你，还因为我也无比相信你对我的爱。无论你碰到了什么事情，你今天都跟我回家。"

"尹哲，我得了绝症，而且我有可能生不了孩子。"卿帆号啕大哭，这么多天的压抑和恐惧让她的眼泪有溃堤之势。

尹哲显然也是被惊吓到了，他强作镇定地紧紧抱着她："你不要害怕，慢慢跟我说。"

待卿帆哽咽地把事情说完，尹哲笑道："我还以为真是癌症呢，我还以为我要和你一起变蝴蝶了。癌前病变而已，别怕。我陪你在医院做完手术，我们再回家。"

痛痛快快哭完一场，卿帆觉得心里轻松多了，在尹哲的笑容下，她自己这一刻的感觉似卸下了千斤重担。她说："你怎么和我变蝴蝶？"

"你不知道梁山伯和祝英台吗？一起变了蝴蝶。"

"瞎说，如果我真有三长两短，你会同我一起变蝴蝶？"

尹哲揽着她的肩，"我要告诉你一句话，你听着，我只知道在任何时刻，我都不会放弃你，离开你。你也不要自作聪明地认为所谓的放手是一种爱。这就是我条件这么不堪，我仍然要你在我身边，我会以自己最大的能力去努力。同样，你如果真爱我，也应该在我身边，生在一起，死在一起；好在一起，坏在一起。我们所有关于爱的悲欢离合都是彼此给予，我们一起经历这一生，而不是去想象和遗憾中过一生。其实，我从来不相信有来世，我只相信今生。今生都不能拥有，何有来世?”

“万一，我一直生不了孩子怎么办?”这是她最大的担心，纵是尹哲不计较，尹哲爸妈能不计较?那么一对现实的老人，实在难以想象会得到他们的宽容。

“一起努力去有孩子，这是最好的结果。没有孩子，我们可以当一辈子的孩子，自由自在。”尹哲笑道，“这也是最好的结果。”

“爸妈那边，怎么说?”

“这你不用管，交给我。我自有办法。”

“难道又用你那一套，说你弱精?你这叫欺骗。”这个办法虽说不地道，却也让他们平静了下来，从不在她面前提孩子的事情，唯恐触碰了尹哲敏感的神经。

“有一种谎言叫善意的谎言。”尹哲摸了摸她的头。

她终于安下心来，全力以赴，以最好的心态迎接命运的挑战。这一晚，外面暴雨倾盆而下，电闪雷鸣，那雷在耳边如同一枚枚巨大的炸弹炸裂，她在尹哲的怀抱中，听着他的心跳，有了一种和以前不一样的体验。就这样的时刻，其实是最美妙的时光，不管外面风雨交加。

这一晚，是这段时间以来她睡得最踏实的一晚。

碰到坏事，要把太阳看成芝麻

卿帆躺在手术台上，思绪正在飘飞，她在想自己经历的快要三十二岁的人生，她想把自己这些年来发生的最美好的事情回味一遍，她的新生就要开始了，她就可以忽略这场手术给自己带来的恐惧。她想着小学课堂上，同桌给她一块红薯片，是将红薯煮熟之后搅成糊，然后刮在一层布上，放在阳光下晒，上面撒着点点芝麻……那是她认为她吃过的最好吃的东西……

医生站起来说："好了，手术完成了。切除的病灶部分还要拿去检验一下。"

卿帆不敢相信，不到一刻钟就好啦！做了那么大量的准备工作，搞成生离死别的模样，说了多少煽情的话，就十几分钟时间就完成了。

然后，她被推了出去，医生交代，在观察室观察两个小时就可以回家了。

卿帆对尹哲说："快得不可思议，这可是癌症手术。"

"我说了没有这么恐怖，很多时候就是自己吓唬自己。"他捏了一把她的脸，"都被吓瘦了不少，回去让妈给你做点好吃的，补补身体。你要像她学习，那么一场大病，现在看起来又生龙活虎的了。"

她从未奢望过尹爸尹妈能在这个时候给她温暖，他们能够接受这个现实就已经不错了。对于他们的态度，她还真不敢想象。

卿帆刚到家，尹妈上下打量着她，说道："帆啊！你受苦了，我宁可这病得到我身上，我替你受着啊！"

卿帆想过很多种可能，没有想到是这样的开场白，不管是真是假，她心中暖烘烘的，说道："妈，没有这么严重，癌前病变，还没有到癌呢。"

她看到尹爸和老黄一起坐在沙发上，两个人在一起吞云吐雾，满屋烟味。尹妈生气地说："你们两个，要抽烟到外面抽去，小帆回来了。"

原来老黄也过来了，两个人朝着她微笑，卿帆诧异，他俩什么时候关系变得这么好，她注意到老黄头发理短了，穿了件衬衣，脸上的泥土之色褪除了不少，看起来精神了很多。

尹爸说："回来就好，在家里好好休养，不要搞这么累了，我跟你妈说，你就是在外面累病的。现在我们条件也好些了，你就只管安心养着身体。"

这番话，从尹爸嘴里讲出来太难得，很少见他笑，此刻却看着他笑得高兴，她眼眶一酸，差点落泪。落桌之后，尹爸端起杯来："来，今天黄爸爸也过来了，我们一起祝小帆和尹哲妈妈身体健康。"

卿帆一脸惊讶，老黄什么时候成了黄爸爸。尹哲在旁解释道："以后黄叔就是我们的黄爸爸了，我们的家就是他的家。"

"是的，我和你黄爸老哥俩还有一个伴。"尹爸眉宇间那股阴霾不见了踪影，他的话也多了起来，看来新工作和友谊让他有了脱胎换骨的变化。尹爸以前最看不起的估计就是老黄了，虽有疑问，但这毕竟是好事一桩。饭桌上的氛围有一种一家团圆的喜悦味道。

吃罢饭，老黄从包里拿出两摞钱给卿帆："小帆，这是上次我弄丢掉的两万元，定期到期了，上次我回家了一趟就把它取出来了。"

"黄叔……黄爸爸，您老留着，上次也不是您的责任。"卿帆有些愧疚，为她曾产生过的自以为是的想法而愧疚。

"这里还有一个存折，是尹哲给我的分红，你快点把身体养好，这个家还是得交给你当家，我也不知道上面有多少钱，反正尹哲给我，我就没有动过。"

卿帆连忙推辞，一家人被他的大方吓到了，那上面可是有几十万元钱，他竟然就这样交出去。尹爸说："你不用给他们，自己留着养老。"

卿帆一愣，这是自私小气的尹爸说的话吗？

"我无儿无女，我要那么多钱也是带不进棺材的。现在拿出来，还能支持他们的事业。以后等我死了，你们给我披麻戴孝，以儿子的名义给我送葬，在我家菜园地里把我埋了，有时间带着小卿，带着你们的孩子到坟上看看我就行了，这就是对我最大的福报了。"一席话说得情真意切，却又有些伤感。

卿帆说："没有这钱，我们也会给您养老送终。"

两个人推辞不过，尹哲接过来交到卿帆手上："卿帆，你替黄爸爸保管好。"

卿帆嗔道："你倒是来者不拒。"

她拿着钱和存折，心里沉甸甸的，为她以前对老黄的诸多不屑和一直漠视的态度，没想到他完全不计前嫌，所以，没有哪双眼睛是一眼能看到人心的。

等三个男人去了厂里，留下她和尹妈在家，尹妈说："你不要住在门面上了，那地方还是太艰苦了。"

一直以来，认为他们看不到自己的付出和辛苦，殊不知，自己的付出还是落入了她们眼里，一场病，倒让他们看起来懂道理了不少。

尹妈说："你先住在这里，我好照顾你。等你们新房装修好了，你要我陪着你，我就去。不要我陪，我就不去。要不，你就让你爸妈过来陪着你，给你做做饭。还是在亲妈身边自在些。"

卿帆看着她，不知道这番话是不是发自她的内心。她对过去与她的交战还心有余悸。见卿帆沉默不语，尹妈以为她在意自己的病情，说道："帆啊，什么事情都要往好的方面想，碰到好事，就要把芝麻看成太阳，碰到坏事，要把太阳看成芝麻，要不然，你爸这样对我，我要怎么过下去，自己想开点，每天给自己找点乐子。"尹妈坐在卿帆床边上对她说："这是妈活了大半辈子总结出来的。"原来她每天吆喝她做的菜，每天算计细碎的生活带来的快乐，都是她独有的获取幸福的方式，这是她过日子的味道，这是她朴素的生活哲学。

"妈，如果我得了癌症，你会不会让尹哲跟我离婚？"卿帆单刀直入地问。

"离什么婚？你嫁到我家，就是我家的人。砸锅卖铁都得治，你那时不就是那样救的我吗？妈一把年纪了都得治，你是黄瓜才起蒂，能不治啊！"

尹妈说得有些生气，卿帆觉得她是认真的，她的钱，她这个人都是尹家的，这是尹妈一贯的想法。

"爸爸怎么跟老黄关系这么好了？"

"你爸说，他和老黄一起共事才知道，老黄在厂里干活特别卖命，像给自己儿子做事一个样，他说他在厂里这段日子是他下岗以来过得最舒心的。你别说，你爸去厂里上班后，对我的态度都好多了。”尹妈一副心满意足的样子。

晚上，卿帆正要下床，尹妈端了一盆水过来，大叫道：“才做完手术，要卧床，你可千万不要逞强。我来给你洗，我来。”

“妈，不需要，您自己也还才好一些。我没有这么严重。”

“千万不能大意，宁可错杀一千，不能放走一个。”尹妈用词真大胆，如果不是卿帆早已习惯她的思维和表达方式，估计会被她吓到。

尹妈将毛巾拧开，要她坐起来，给她擦背，卿帆从未享受过她这般照顾，身子不免有些僵硬。尹妈说：“你不要不好意思，我生病的时候，你帮过我啊，你是存了钱在银行里的啊，我现在是还债，我如果还多了，就当我也存银行了。”

这就是尹妈的表达方式，你可以听出很多种意思出来。卿帆想，凡事都往最好的方向去想就对了，把快乐的芝麻当作西瓜去享受。

这时，她收到姚进发来的短信：“帆，我离婚了，月牙儿跟我。”

她给她回了一条：“我与癌症擦肩而过，才做完手术。就让我们一起迎接新生!”

安慰一个人最好的方式，是让她发现还有人比自己更需要安慰。尽管此刻，她觉得自己真的很幸福。

真正的告别完成在心底

姚进带着月牙儿过来看卿帆了，她的憔悴还写在脸上，结束一段患病的婚姻，纵是再有准备和决心，也是耗尽了元气的“死亡”。小月牙儿已经会走路了，还会奶声奶气的叫尹妈“奶奶”，把尹妈逗得心花怒放。高兴之余又有些遗憾，她对姚进说：“人真是没有十全十美的，你男人对你不好，老天给了你多么乖巧的一个孩子。我们家卿帆和尹哲什么都好，可是偏偏……不过，两个人实在没有孩子，也可以去领养一个，一家人高高兴兴，健健康康的就可以了。”

尹妈的话也给了姚进欣慰，当她在埋怨命运的时候，也有人羡慕自己。

因为只有几个女人在家，尹妈上厕所就没有关门，一阵哗哗作响之后，放了两个响亮的屁，不一会儿，尹妈从厕所里走出来。卿帆看了下姚进，两个人忍不住笑了起来。卿帆有些难为情地说：“她就这样，不要见怪。”

姚进说：“你婆婆是个简单的人，挺好的。”

晚上的时候，等月牙儿睡着了，卿帆看着月牙儿无暇的脸，心中一种母爱油然而起，她说：“当初幸亏留下了她，你看你多富有。我都不知道我有没有机会当母亲。”

“你不要担心，孩子你会有的。尹哲对你好吗？”姚进不无担心地说，她很少从卿帆嘴里听到过她和尹哲之间的事情，倒是听雨初有意无意地说，她和骆海清之间有些暧昧不清的关系，她从来没有过问过卿帆，因为她知道，对于这些，卿帆自有分寸。她来了一天了，现在已经是晚上九点多，也不见他回家。

“那我给你讲讲我们吧！你肯定在想，为什么我生病了，他这个点还没有回家。我不需要我生病的时候，他为我端茶倒水。我可以自己来，说明我病得不太严重。如果真有一天，我得了绝症，他能倾家荡产的去治好我，这就行了。为了让他父母不要逼我生小孩，在我因为身体原因可能要不了小孩的时候，他能够站出来，放下男人最为敏感的自尊，将问题揽在自己身上。让我不会因为这个而受到一点点白眼。”

“他也不需要过多地讨好我的家里，殷勤地打电话、买衣服、送礼物，而是在我们买了新房后，给我父母特意留出一间。不仅他自己没有意见，他的父母也没有意见。他的父母一向苛刻。就我对他父母的了解，他应该是为这种结果付出了很多的努力，而这个过程并没有让我知晓。他说无论发生什么都要在一起，他说我的幸福，只有他亲自给予才有意义。”

“他就是尹哲，这就是我的婚姻，你放心了吗?”

姚进听得热泪盈眶，她抓着卿帆的手说：“这就是我一直想要却一直得不到的。你比我幸运，真替你高兴。”

姚进和秦昆彼此视对方为救命稻草的婚姻终于瓦解。秦昆回来后，主动向她解释，他是与狐妹作最后的告别去了，看他一脸憔悴，姚进就知道这必是一场精神与肉体的疯狂告别，这一次，她没有选择再相信他，因为真正的告别，在心里就可以完成。这样的告别，只会放纵他与她一次又一次地告别。所以，她没有犹豫，没有要一分钱，很快就完成了手续。在秦妈的眼中，她本来就没有为这个家创造一分钱价值，创造出了一个带着“欺骗”性质的月牙儿可以让她带走，他们家对于月牙儿的抚养权并没有做过多的努力。尽管秦昆对月牙儿也有不舍，但是他更倾向他父母所建议的，面对下一段婚姻时，能够做到无牵无挂。整个离婚过程她一言不发，毫无感觉。她这样冷静的时候，是因为爱已淡漠，曾经好好拥抱幸福的那颗心早已经支离破碎，无法复原。当她去取自己的行李时，秦妈说：“小进，你也不要急，仔细点清，万一落下什么东西，我们又搬新家了，或者我们秦昆又结婚了，你来就不好了。”

她一向顺从秦妈，却不知道这么快形同陌路，就在她与秦昆离婚前三天，她还问自己怎么还没有怀上，在她的世界里，她的生命不需要尊重。此刻，她的话比秦昆的话更让她伤感，很快她便释然了，幸亏离开了这样一个家庭。

卿帆见她脸上闪现的伤感，说道：“勇敢朝前走，你会碰到那个爱你懂你的人。”

“我现在只想把月牙儿带好，我想把她放在我妈家里，然后我去外面工作，我想还是去北京，因为那里我比较熟悉。”

卿帆摇头：“千万不要让月牙儿成为留守儿童，你既然选择了要抚养她，就应该好好陪着她长大。”

姚进为难地说：“我想给她好的教育和生活，起码比那些有爹的孩子不会差。我就需要工作，如果我不出去工作，那么我可能连给她最基本的生活都无法保障，我爸妈你是知道的，老了还得指望我呢。”

这确实是一个现实的问题，这也是为什么现在农村有那么多留守儿童和老人的原因。卿帆说：“再想想，应该会有好的解决办法。”

两个人又聊到了雨初，她竟然连姚进都没有联系，彻底从她们的生活中失联了。两个人不免又唏嘘了一番。卿帆说：“你相信我吗？我没有特意要骗她的意思。”

“除了我父母，我最信任的就是你。”姚进说道，“其实我跟她解释过，她一直都过得太骄傲，我总觉得，哪怕在我们面前，她都不会完全的敞开自己。”

两个人正聊得火热，尹妈推门进来，对卿帆说：“你要早点休息，你们两姐妹明天再聊吧！身体要紧！”

两个人的聊天戛然而止，她们相视一笑，赶紧关灯。虽然有些不礼貌，但是卿帆却很受用，尹妈的关心就是这样直截了当。姚进说：“看得出来，你婆婆是把你当自家人。秦昆他妈，从来没有给过我这样的感觉。”

“我记得你说过，黑子他妈对你很好。”

“睡觉，要不然你婆婆又会冲进来了。”姚进不再说话，黑子是她心底的隐痛。

等到姚进回家后的某一天，尹妈突然说：“你朋友带着一个孩子真不容易，你怎么不帮帮她？”

尹妈一向八卦，赋闲在家养病的日子将她的八卦精神发挥到了极致，她最近喜欢往小区的小超市跑，每天听了一肚子的新闻就跑来告诉卿帆，有时会一边吃饭，一边添油加醋地讲她听来的故事，那几十平方米的超市就像一台电视机，不停地播放着各种各样的事，而她是乐此不疲地复述者。在尹妈津津有味的描述中，让人感觉她的生活才是全天下最精彩的，也感谢她的这些不着调的狗血故事，冲淡了一些养病的枯燥。姚进不过在这里住了两个晚上，她就将姚进的情况摸了个一清二楚，奇怪的是，尹妈直喇喇的问话方式并没有遭到姚进的反感，姚进似乎也愿意向她倾诉。卿帆想，这两个人如果做婆媳是不是会一派和谐。

“我怎么帮呢?”卿帆没有想到尹妈对于姚进还挺上心。

“你们公司不是在招人吗？我看这女孩蛮不错的。”

卿帆看着尹妈，她记得她以前最不支持的就是请人，果然是时势改变一个人。不过，她的建议倒是提醒了卿帆，姚进可以不用去北京，而且月牙儿还可以带在身边的，这确实是个两全其美的选择，姚进可以在公司负责网络销售，相对的办公时间会自由很多。

尹哲的个体户已经“鸟枪换大炮”，注册成了公司，负责网络销售的人也增加到了五个人，网上的客户成交量已经超过了一个实体店的销售额，和尹哲预测的一样，农机网上销售的时机已经形成，谁是先行者，谁就是受益者。尹哲说，这感觉就像孵蛋，每个物种孵化时间不一致，很多时候，只是需要时机和耐心。

当卿帆将这个意思对尹哲说了以后，尹哲说：“有些朋友，会在你贫穷时去帮你，会在地位财力相当时与你称兄道弟，却不会在你辉煌时替你鼓掌，她到这儿来只是我们的一个普通员工，而且要接受和别人一样的考核和竞争。”

“嗯！她没有问题。”卿帆很认可尹哲的话的，能替你鼓掌的朋友太少，而姚进就是这样的朋友，如果有一天姚进超越了她，她也会满心欢喜地为她喝彩。

尹哲最终代表湖南的参赛团队去了京城，当尹爸在电视上看到自己的儿子时，一种从未有过的自豪感涌了上来，在他脑海中被无数次幻想的镜头，如今成了真，他的儿子正参加创业大赛的总决赛，儿子一脸意气风发，是他这辈子从未抵达过的状态。他推推坐在旁边的尹妈：“你跟我说实话，尹哲到底是不是我儿子？我这样的人怎么会养出这么有出息的孩子?”

“什么话都被你说尽了，尹哲刚从北京回来要自己创业的时候，你不是也问了我，尹哲到底是不是你儿子，怎么这样没出息。”尹妈在他面前底气日益强硬，她说：“我知道你怀疑什么，等尹哲从北京回来，你们去做个亲子鉴定去，免得进了棺材，你都要瞎想。”

“不做，不是亲生的，我也认了。”尹爸笑道。

“这次，我还非得让尹哲去和你做，如果一直以来是你瞎想，上半辈子，我给你做牛做马，下半辈子，就得你给我做牛做马了……”

“现在洗碗、买菜不全是我吗?”尹爸反驳道。

两个人说得热闹，卿帆在一旁听着竟难得的有一股打情骂俏的味道，她笑了笑。尹妈看了一下卿帆说：“我们不仅有个好儿子，更有一个好儿媳。”

“妈啊，您可别表扬我，您一表扬我，我这鸡皮疙瘩就起来了。”

卿帆心里是舒畅的，她和尹妈之间，从不会牵着对方的手互诉衷肠，她们不会像亲娘俩一样挽着手一起逛街，她们之间口舌不断，可是她们逐渐发现对方这样挺好的。有时，她会突发奇想，如果上天给她一次，让她换婆婆的机会，她要把婆婆换成什么样的。想来想去，还是尹妈这样的吧。

总决赛的结果当晚就宣布了，尹哲的万亩良田项目最终获得了全国第三名，也就是他除了奖金以外，也有可能引来投资。不过，不管有没有同行人，卿帆相信尹哲都会一步一步实现自己的想法，她自己早已跃跃欲试，她愿意和他一起，去实现他们在一起暇想了很多次的场景，那不仅是尹哲的梦想，也是她的。

每个人的心，都有别人渡不过去的彼岸

这一年的时间过得特别快，来不及回头，又是一年初夏来临，这个时候的风吹在脸上特别的温煦。卿帆从医院出来，此刻的心情一如这个季节。一年后的复查，医生给她发了“特赦令”，一切正常，可以尝试备孕了。

今天是尹哲的水稻种植基地和红星机械厂农机示范基地挂牌的日子，这个项目已经成功引入投资合伙人，一切都按计划朝前走着。尹哲两口子带着姚进母女一起到了水稻种植基地，月牙儿看到成片的稻田兴奋得在田埂上疯跑，对姚进叫道：“妈妈，这里好好玩！”

卿帆和尹哲牵着手在田埂上慢慢走着，卿帆看着月牙儿跳跃的背影微笑着说：“如果明年，我们也有这样一个乖巧的孩子就好了。”

“我们会有的，因为上天不会亏待每一个努力的孩子。”尹哲将她的手握紧，一场病，让他们相处的方式亲近了不少，彼此约定，一定好好爱自己，争取能够一直牵手到老，他们也明白，为对方保持最健康的状态，才是给对方最深沉的爱。

虽然现在的规模才一千亩，但是那在微风中起伏的稻田看起来也似绵延至了天边，满视野尽是绿色，远处青山如黛，让人心旷神怡。卿帆说：“以后，我就在这建一处小屋，日出而作，日落而息。多么美啊！”

“嗯，只要你愿意，我们就可以做到，我们多么幸运，触手可及就是自己梦想中的生活。”尹哲由衷地说。

“我还记得小时候，一到夏天，屋后的那条小河岸边杨柳飘飘，漆黑的夜晚闪闪发亮的萤火虫……我拿一个小瓶子装着，吊在蚊帐钩上，如同夜空的星星，回想起来，一屋的浪漫。”卿帆有些伤感地说，“我已经很久没有见到萤火虫了。那时候，真是不会再回来了啊！”

“你还见过萤火虫。”尹哲笑道，“我见到的萤火虫都在书本上画

着呢。”

姚进带着月牙儿也走了过来，她说道：“我们小时候习以为常的景物，在孩子眼中已是难得的景观。月牙儿今天认识了青蛙，认识了稻谷，高兴得什么似的，都不肯回去了。”

尹哲说：“其实我一直有一个想法，在我们的基地另辟两百亩，建立一个青少年农村教育科普基地，我们的下一代不知道稻谷长什么样，只能在识字卡上认识鸡、鸭、羊、牛，我要把那个基地做成真正全生态的，稻谷飘香，蛙鸣声声，鸡鸣狗吠……在这个基地，可以看得到农业从最原始的工具到现在的全自动机械，可以看到洞庭湖的一百一十三种鱼类……”

卿帆和姚进异口同声地说：“这个想法真的不错！”

卿帆说道：“你看这里，虽然紧挨着景区，但是生态却几乎没有被破坏。不但是一件有利于社会的事情，对于我们的事业而言，也有很好的宣传点。”

“其实，我曾经想过一万亩全部有机生态，我也曾经抱怨过我们日益严峻的饮食安全。在现在的市场环境下去做有机生态，没有了化肥和农药，粮食必将大量减产，生产成本就会大增，老百姓的消费能力根本无力承受。而且，如果整个国家都去倡导有机生态，连粮食供应都是问题。很多事情，并不是我们看到的那样。不入一行，永远是隔岸看花，看上去很美，做下去完全不是那么一回事。所以，这就是你总觉得我在不断调整，因为我在不断纠正。我一直在现实和理想之间去寻找一个平衡点。所以，我才觉得这一万亩中有两千亩用来探讨循环生态链的可行性，将周边养殖场的粪便做成有机肥……就算失败了，八千亩常规种植的利润也不会让投资人亏损。”

“嗯，这几年，让我们学会了妥协，也让我们学会了坚持。”卿帆深有感触。

三个人走至一处老房子前的时候，尹哲交给卿帆一枚老式的铜钥匙，上面刻着四个字——“家和昌盛”，表面虽有些斑驳，经过岁月的摩挲，变得光滑异常，很有些岁月的沉淀感。她说：“这么快就谈成了？”

这是她和尹哲的新家钥匙，它是一个非常老派的房子，砖木混合。房子的主人是对老夫妻，已经有几年没有居住了，很有些残败，屋前屋后杂草丛生，连屋顶上都长出一棵小树，这都不是卿帆他们在乎的，他们喜欢的是这座房子刚好在基地的旁边，而且它屋后恰好有一条小河，清澈见底，她再种上几棵大柳树，她能一眼看到她的童年，他们将有大部分时间待在这里，和稻谷同生同息，这一刻，他俩都觉得无比幸运，他们现在拥有的，可能是有些人一辈子都在梦想，却无法抵达的梦想家园。

将这样一座老房子重新装修得可以住人很是费了些功夫，翻修的时候，卿帆特意将屋顶那棵小树保留下来，房子周围的草，卿帆和尹哲决定自己亲自去锄，整整一天的挥汗如雨。黄昏时，卿帆手握锄头站在屋前面，欣赏着旧貌换新颜的家。就在此时，有一股隐约的香味钻入鼻孔，她仔细一嗅，香味又不见了。寻思之间，那股香味又出现了，她伸开双臂做拥抱状，笑道："乡野村庄，才是暗香盈动的地方！"

尹哲拿出手机，将此刻定格。她忍不住将这张照片发布在微信上，夕阳下，一个笑颜如花的女人，一座老房子上长着一株小树，像一部美丽的童话。她写道："寻找童年的萤火虫和大水牛，用这辈子做一个好农民。"

她很快就收到了诸多回复，很多人以为她在旅游，赞道这地方真美。她并没有多加解释，只有骆海清回复道："很好，感受到了你的幸福。"

这一天，她还在微信上发现了雨初的最新动态，却是典型的欧式建筑，像是在哪个学校校园，雨初抱着一本书留下一个侧面，有一种超凡脱俗的文艺气质，她一直以为雨初将她拉入黑名单了，她的头像实在沉寂了太久，没想到她还在。她在后面写道："想你。"

她看到骆海清给了她回复："佛罗伦萨学院？去法国读书了？"

她果然是去了她向往的国家，卿帆也感到欣慰。可是雨初对于她的回复，视若无睹。一直到某一天凌晨两点，她才等到雨初的一条微信："在你的邮箱，我给你写了一封信。"

这个点，平时她早已熟睡，这里的夜色如墨，她已经习惯早睡和将手机振动，可是偏偏那个时候，她就感受到了手机几不可闻的振动。

卿帆等不到天亮就阅读了，才看到第一句，她的泪就湿了眼眶。

亲爱的帆：

你说你想我。其实我也在想你。

小时候，好朋友之间不也有吵架的时候吗？你抢了我的糖，我抢了你的饼干，我们其实也可以学小时候单纯的世界，我们和好吧！那些陪我一起成长的朋友早已不见，幸好你们还在。

自从吴楠和我分手，我的角色就逐渐转变，那些高高在上的骄傲随着青春的远行而逐渐瓦解，我在爱情中也开始卑微起来。所以，爱情就是一场轮回。曾经我以为你是故意的，他送了你香水，他给你暗示，而你却鼓励我像傻子一样去爱上他，你是想在我的挫败中去得到一种认可感。我连你的备胎，我都爱得这么疯狂。我恨你为什么不告诉我，他喜欢你，你却装作一副毫不知情的样子。

我经历了人生最混乱的两年，也许你想不到，我为一个男人怀过孕，然后最终放弃了那个小生命，也放弃了因为依附而存在的感情，那个男人以他丰富的阅历轻易地将我看穿，我甚至有些崇拜他，但是每个人的心都是一片海，都有别人渡不过去的彼岸……和他结束后，我开始了饥不择食的相亲，那些我平日最不齿的行为，一一在我身上发生。我才明白，我不是恨你，我原是恨自己的放纵，我竟不知道我怎么变成了这样，好在我那可怜的羞耻之心还未完全泯灭，骆海清对我害怕鄙夷的眼神，直接鞭笞到了我的心脏上面，还鞭醒了我差点癫狂的神经，于是我的全身一寸寸苏醒了过来。

我看到姚进给我的留言，她告诉了我，你们俩的事情，我很想与你们联系。

知道你病情的那一刹那，我才发现，你在我心目中那么重要，那些是真是假的事情，在失去面前一文不值，我一遍遍回想起，第一次见你，我紧紧跟在你身后，你温暖的话语和笑容，想起我们一起在北京漂泊时，互相取暖的时刻。我向往温暖，亲爱的帆，相处就是缘，一晃人就老了，等我学成回来，很想把那种场景再温习一遍。

很多人都不理解我，在这样的年纪还去他国去学所谓的艺术。可是，什么样的人生都是自己走出来的，从来不是活在别人的眼光里。有些路是慢慢走才清晰。每个人的情怀并不是天生的，都是靠不断的阅历和经历沉淀出来的。走得越多，经历越多，就越接近想要的自己，才能真正爱上自己。

因为我终于明白，我做的一切，就是把自己的心当作彼岸，其实只是为了爱上自己。

我知道，你能理解我。就如同，我也终于理解你的选择。愿一切安好。

卿帆将这封信读了好几遍。她确信，阅历不会凭空而来，无论在哪个阶段，生活都会给你丰富的馈赠，无论是美丽的，残酷的，它就是生活本来的模样。你能感觉到那些哀伤和快乐，恰恰是因为你还有知觉地活着。

南回北归，朝着幸福的方向迁徙

当卿帆一行从北京站出站口出来，看到黑子向人群挥手的时候，心中恍然大悟，难怪姚进会主动请缨来北京，原来如此啊！当初的固执到底抵不过心中最初的爱情。黑子一见到姚进母女便直接将她的行李箱接了过去，递给月牙儿一个洋娃娃："来，月牙儿，叔叔给你买了个小伙伴，会说话哦。"月牙儿一把将洋娃娃搂在怀里，倚在姚进怀里，快乐地说道："谢谢叔叔！"黑子摸了下她的头高兴地说道："真乖！"这已经不是黑子与她们的第一次见面，卿帆原以为姚进会执意带着月牙儿独自生活，因为姚进始终认为，婚姻里面容不下旧爱的影子，过去会像一块潜在的伤疤一样横在他们中间。卿帆说，秦昆不是你的旧爱，因为你没有刻骨铭心的爱过他。你也不是黑子的旧爱，因为从头到尾，他心里只有一个。虽然曾经因为有月牙儿，而选择了退出，但还是抵不过心中真实的感觉，他还是来找你了。爱就是包容对方的一切，不仅是未来，还有过去，何况是天真可爱的月牙儿。

现在看到这有爱的一幕，卿帆觉得非常欣慰，知道姚进终于勇敢地向前迈进了一步。心中有爱的两个人无论怎样兜兜转转，就有机会转回来。

从北京站出来，卿帆重新踏进这片曾经熟悉的地方，却不是亲切，而是比第一次来北京更陌生的感觉，第一次的每一眼都是新的，而这一次，每一眼的"久别重逢"都让她有"近乡情怯"的感觉，虽然火车站高耸的钟楼、天桥上永不停歇的人流依然如故，但是她却有了望而却步的不适感。她站在天桥上，看到站前广场如同蚂蚁一样来来往往的人群，北京，它以不变的姿势迎接每一位客人，但是却让每一个回来的人心生敬畏，原是一日之别，相距千里。

这一次，她和尹哲、姚进是来组建北京分公司的。卿帆没有想过，有一天她还会以这样的身份重新回到北京，南回北归，人生果然是一场轮回。不过，她和尹哲前期筹划完成后，还是要回到基地，这里就交给了姚进负责。姚进在销售和管理方面的能力日渐成熟，她用了十分的努力和主动去对待自己的事业，她自己感到了一种前所未有的充实和责任，这有别于以往被动的工作，也遇到了另一个自己——一个工作努力向上，生活积极而独立的女人。

晚上，大家在一起吃饭，餐桌上有一盘辣椒炒五花肉，姚进一向不爱吃肥肉，夹起一块肉，就咬下瘦的，把肥的那头正要放到桌上，坐在她身旁的黑子，把碗端了过去。姚进迟疑了一下，把肥肉扔到他的碗里。虽然是一个小动作，却被卿帆收入眼底，她想起了以前，她和雨初一起到他们那儿蹭饭吃的时候，但凡有点拿得出手的好菜，都会是黑子掌厨，他说怕姚进“暴殄天物”，自己一个人在厨房忙活，留下三个女人只等饭菜上桌，她想着，眼眶就有些湿润，那个时候，姚进吃不完的任何东西，就直接连碗一起扣到黑子碗里，而黑子就如同现在这样一脸心满意足，而现在这一幕重演，好像一切都回来了。

一行人吃罢饭从餐馆出来的时候，刚好有两个人挽着手迎面走来，卿帆与男人四目相对，她心里“咯噔”一下，“一斤红”？他有了中年男人普遍的富态，胖得让卿帆不敢相认，可是那微笑的眉眼明明相识，旁边的女人大着肚子挽着他的胳膊，却不是上次那位了。世界如此之小，偌大的北京还有与他重逢的时刻。他也认出了她，目光扫过卿帆身边的尹哲，两个人微笑着点点头，卿帆有些惊喜，欲走上前去寒暄几句，却见他们已径直穿过大门朝另一方向走去，曾经那么相熟，时隔几年，拥有的却只是擦肩而过的情谊。卿帆心中欣慰，却有些惆怅，人和人的缘分那么奇妙，在别人心中，你或许根本没有自己想的那么重要。

从北京临回前的一晚，卿帆对姚进说：“你们不要再错过了，你应该庆幸，转了一圈，他依然还在原地。虽然他依然很普通，可是他踏实。如果不是因为爱，谁是真心爱做饭的，爱那千篇一律的准备前奏和洗碗后缀，谁愿意日日重复挥舞着锅铲，谁愿意在烟熏火燎中度过一日一日的光阴。”

这话说给姚进听，也是说给她自己听的，因为尹哲说，他愿意为她做一辈子饭。只是这一趟北京之行，她没有见到骆海清，她和他竟是一别快两年了。他早在半年前就去了英国总部，她和尹哲还去找寻了一圈，她们曾经住过的地方，几年的分别，它们早已变了样子，他们努力地辨别它们最初的模样，城市日新月异的建设，将过去很快掩埋，那些陪伴了青春的地方只有刻在心里，才会永不褪色，永不改变。

尹哲和卿帆从北京回来即赶往了基地，两个人不禁感叹，还是在大自然的怀抱中感觉更好。正好是一场雨后的傍晚，呼一口气，湿润到底，真有沁人心脾的感觉。卿帆站在房子的台阶上，朝远处张望，一望无际的绿色铺展到了群山脚下，已近黄昏，天空像一面被洗净的镜子，风拂起阵阵麦浪，然后将麦香送到她的鼻子底下，她贪婪地吸了一口……屋檐下突然掉下来一只蜘蛛，背后面牵引着一根长长的丝，没有任何踪迹判断它从哪里来，它努力地朝上攀爬，悬在空中如荡秋千状，卿帆看得有些发呆，一只小蜘蛛都拥有自己独特的顽强的生命轨迹，何况于人。小时候听妈妈说，看到蜘蛛荡秋千，家有客人到。可是，在这样的地方来个客人太不容易，正在遐想翩翩的时候，公司里面将他俩离开北京时的快递都送了过来，其中有一张明信片是寄给卿帆的，原来真有远信驾到！

很久没有收到过信了，还是读大学的时候，收到过远方来信。

是骆海清的字，和他写“暗香浮动一如卿”的笔迹一样：“远方来信，一切安好！I am fall in love，那阳光般的笑容和你一样，代向尹哲问好！”

她记得她曾经跟骆海清说过，好想收到一封远方的明信片，不是电子卡片，也不是快递，是曾经在读高中时风靡过的那种一样。信上说，他有了喜欢的人，卿帆甚是欣慰，不管是真是假，这就是骆海清，如同三十七度的温暖。

尹哲从屋内搬了一把条凳过来，招呼她坐下，卿帆把骆海清寄来的明信片在他眼前一晃，说道：“稀罕吧！”

尹哲接过来一看，说道：“他确实很喜欢你。不过，这辈子他没有机会，下辈子再和我竞争吧！”

“你不是不相信有下辈子吗？”

“对啊，所以要让他等到下辈子。”尹哲贼笑道，“为什么所有人都爱说，爱情就是要等到老了坐在摇椅上慢慢聊，要等到老了，爱情才有最终的价值？我心中的爱情，就是我们尽可能地在一起，一起吃饭，一起散步。雨天、雪天、大风天，我们都能在一起，过好每一天……”

夜幕不知不觉降临了，黑暗如同一张稠稠的网，卿帆将头倚在尹哲的肩上，耳边是潺潺的流水声，混杂着泥土溪水味的空气，有着令人沉淀的力量，她的内心充满着希望，突然，几个光点在夜幕中一闪一闪的，她抓着他的手，像个孩子一样的叫道："尹哲！你看，那就是萤火虫！我又看到萤火虫了！"

尹哲握着她的手站了起来，追寻着黑暗中那一点点光亮，高兴地说："嗯！萤火虫！它和我们一样，哪里有希望，哪里有爱，它们就在哪里。"

人生只有一个目的地，那就是一辈子朝着幸福的方向迁徙。